TOUT
EN
UN

FRANÇAIS 1re

SESSION 2024-2025

SUR LES ŒUVRES AU PROGRAMME DU BAC

COLLECTIF SOUS LA DIRECTION
D'AMÉLIE GOUTAUDIER
Rémy Arcemisbéhère, Franck Bessonnat,
Constance Desormeaux, Camille Kerbaol, Marie Krebs, Bertille Le Coz,
Jeanne Perreau, Lunorsola Raffalli-Grenat, Morgan Trouillet

ellipses

Conception graphique couverture : Éric VIGIER
Conception graphique intérieur et mise en pages : Aline DEVILLARD

ISBN 9782340-087552

8/10 rue la Quintinie 75015 Paris

www.editions-ellipses.fr

Table des matières

OBJET D'ÉTUDE 1
LA POÉSIE DU XIXe AU XXIe SIÈCLE

OBJET D'ÉTUDE 2
LA LITTÉRATURE D'IDÉES DU XVIe SIÈCLE AU XVIIIe SIÈCLE

OBJET D'ÉTUDE 3
LE ROMAN ET LE RÉCIT
DU MOYEN ÂGE AU XXIe SIÈCLE

OBJET D'ÉTUDE 4
LE THÉÂTRE DU XVIIe AU XXIe SIÈCLE

Les auteurs

- **Rémy Arcemisbéhère**

  Docteur en Littérature française et professeur agrégé de Lettres modernes (Académie de Versailles)

- **Franck Bessonnat**

  Ancien élève de l'École normale supérieure (Ulm) et professeur agrégé de Lettres classiques (Académie de Lyon)

- **Constance Desormeaux**

  Professeur certifié de Lettres modernes (Académie d'Amiens)

- **Amélie Goutaudier**

  Docteur en Littérature et civilisation françaises et professeur agrégé de Lettres modernes (Académie d'Amiens)

- **Camille Kerbaol**

  Professeur agrégé de Lettres modernes (Académie de Rennes)

- **Marie Krebs**

  Professeur agrégé de Lettres modernes (Académie de Paris)

- **Bertille Le Coz**

  Professeur agrégé de Lettres classiques (Académie de Versailles)

- **Jeanne Perreau**

  Professeur certifié de Lettres classiques (Académie d'Amiens)

- **Lunorsola Raffalli-Grenat**

  Docteur en Littérature française et professeur de Lettres modernes (Académie d'Amiens)

- **Morgan Trouillet**

  Professeur agrégé de Lettres modernes (Académie de Paris)

OBJET D'ÉTUDE 1

La poésie du XIXe au XXIe siècle

ARTHUR RIMBAUD, *CAHIER DE DOUAI*, DE « PREMIÈRE SOIRÉE » À « MA BOHÈME (FANTAISIE) »

Parcours : « Émancipations créatrices »

Par Lunorsola Raffalli-Grenat

FRANCIS PONGE, *LA RAGE DE L'EXPRESSION*

Parcours : « Dans l'atelier du poète »

Par Franck Bessonnat

HÉLÈNE DORION, *MES FORÊTS*

Parcours : « La poésie, la nature, l'intime »

Par Bertille Le Coz

Arthur Rimbaud, *Cahier de Douai*

> “ *Le poète est vraiment un voleur de feu. Il est chargé de l'humanité, des animaux même ; il devra faire sentir, palper, écouter ses inventions ; si ce qu'il rapporte de là-bas a forme, il donne forme : si c'est informe, il donne de l'informe.* ”
>
> Rimbaud, *Lettre du 15 mai 1871 à Paul Demeny*

1. L'œuvre et ses contextes

1.1 ARTHUR RIMBAUD (1854-1891)

Éléments biographiques	Productions littéraires
• **1854**: Le 20 octobre naît à Charleville, dans les Ardennes, Jean-Nicolas Arthur Rimbaud. Il est le fils d'un capitaine d'infanterie, Frédéric Rimbaud et de Vitalie Cuif. • Il a un frère aîné, Frédéric, et deux jeunes sœurs, Vitalie et Isabelle. • **1860**: Le père quitte définitivement la maison familiale. Arthur Rimbaud grandit avec cette absence. • **1861**: Il est scolarisé à l'Institution Rossat. • **1865**: Il poursuit sa scolarité au collège de Charleville.	• **1868**: Rimbaud compose une lettre en vers qu'il adresse secrètement au Prince impérial, lors de sa première communion. • **1869**: 15 janvier, le *Bulletin de l'Académie de Douai* publie une pièce en vers latins composée par Rimbaud: *Le Songe de l'Écolier.* • Le 1er juin, le même bulletin publie une seconde pièce en vers latins, *L'Ange et l'Enfant.* • Le 15 janvier, le *Moniteur de l'enseignement secondaire* n° 22, publie une composition en vers latins qui vaut à Rimbaud de remporter le prix académique. Cette production qui se voulait célébrer un grand personnage de l'histoire est dédiée à Jugurtha dont elle porte le nom. On voit déjà se dessiner ici le goût de la révolte. • Rimbaud compose *Les Étrennes des orphelins.* D'un style hugolien, ce poème témoigne de la colère qui anime Rimbaud face à la misère.

- **1870** : Il rencontre Georges Izambard, un jeune professeur de rhétorique avec lequel il se lie d'amitié.
- Le 29 août, alors qu'il étouffe à Charleville, Rimbaud fugue pour Paris. Il est arrêté et emprisonné à Mazas.
- 1er septembre : défaite de Sedan.
- 2 septembre : Napoléon III capitule.
- 4 septembre : Proclamation de la Troisième République.
- 5 septembre : Retour de Victor Hugo que l'Empire avait contraint à l'exil. Il est accueilli à Paris en Héros. Le même jour, Izambard obtient la libération de Rimbaud. Il le confie à ses tantes le temps d'un court séjour.
- Retour à Charleville mais le 7 octobre Rimbaud fait une nouvelle fugue. Les tantes d'Izambard l'accueillent à nouveau.

- **1871**
- Janvier : Les Allemands occupent Charleville.
- 18 mars : Commune de Paris.
- 21 au 28 mai : C'est la semaine sanglante. Adolphe Thiers réprime la rébellion dans le sang. Rimbaud est du côté des insurgés.
- En septembre il contacte Paul Verlaine qui l'invite à Paris et le reçoit dans l'hôtel particulier de ses beaux parents. Il lui ouvre le cercle des poètes parnassiens.
- Rimbaud a une liaison avec Paul Verlaine alors que ce dernier vient d'avoir son premier enfant avec sa femme, Mathilde Mauté.

- **1872** : La liaison avec Paul Verlaine s'avère être houleuse et fait scandale.
- En juillet, ils partent tous deux pour la Belgique puis pour l'Angleterre où ils vivent dans la pauvreté.
- Verlaine noie ses angoisses dans l'alcool alors que Mathilde Mauté le contraint au divorce.
- **1873** : Les séparations, les retrouvailles et les querelles entre les deux amants ponctuent cette année. Verlaine est anéanti par le procès que sa femme lui intente et pense au suicide.
- En juillet, il tire un coup de révolver sur Rimbaud qui avait pris la décision de le quitter et le blesse au poignet. Il est condamné à deux ans d'emprisonnement.
- Rimbaud va alors mener une vie d'errance en Europe.

- **1870** : Rimbaud envoie au poète Théodore de Banville une lettre qui contient trois poèmes : *Sensation, Ophélie* et *Credo in unam*.
- Le 19 juillet, Rimbaud écrit le sonnet *Morts de quatre-vingt-douze*.
- Le 13 août, Rimbaud compose *Vénus andyomène* et *Les Réparties de Nina*.
- Le 5 septembre : Rimbaud est à Douai, chez les sœurs Gindre, tantes d'Izambard où il recopie ses poèmes dans un cahier à l'intention du jeune poète Paul Demeny.
- En octobre, de retour à Charleville, il complète ce « cahier de Douai ».

- **1871**
- Rimbaud écrit des poèmes communards : *Chant de guerre Parisien, Les mains de Jeanne-Marie, Paris se repeuple*.
- Le 13 mai : « La lettre du voyant[1] » est adressée à Georges Izambard. Il expose sa vision d'une poésie nouvelle. Il accompagne la lettre du poème *Le Cœur supplicié*.
- Le 15 mai, une lettre similaire est envoyée à Paul Demeny. Elle contient *Chant de guerre Parisien, Mes petites amoureuses*, et *Accroupissements*.
- Le 10 juin, une nouvelle lettre à Demeny contient *Le Poète de sept ans, Les Pauvres à l'église* et *Le Cœur du pitre*.
- Rimbaud écrit une nouvelle lettre à Théodore de Banville. Il lui adresse *Ce qu'on dit au Poète à propos des fleurs*. Il signe du nom d'Alcide Bava.
- En septembre : Rimbaud écrit à Paul Verlaine. Il lui envoie plusieurs poèmes. Verlaine souhaite le rencontrer : « Venez, chère grande âme », écrit-il à Rimbaud. Ce dernier emmène dans ses bagages le *Bateau Ivre*. Ce long poème témoigne du génie poétique de Rimbaud et de sa capacité à maîtriser le vers classique dont il va finir par s'affranchir totalement. Sa lecture sera saluée et le fera entrer dans le cercle des poètes contemporains. Jean-Luc Steinmetz écrit à son sujet : « Ce vaisseau tanguera tant que la littérature gardera sa raison d'être. Il compte au nombre des embarcations dont « on ne revient pas » [...] *Le Bateau ivre* cause plus qu'une surprise ; il éblouit[2] ».

1. Ces lettres du 13 et 15 mai 1871 adressées à Izambard et Demeny, sont désormais regroupées sous le titre Lettres dites « du voyant ». Voir Rimbaud, *Œuvres complètes/Cahier de Douai, Poésies*, présentée par Jean-Luc Steinmetz, Garnier Flammarion, p. 133.
2. *Ibid*., p. 24.

	• En octobre : Charles Cros fonde le Cercle Zutique, groupe de poètes dont la vocation est avant tout parodique. Rimbaud collabore à l'*Album Zutique* pour lequel il écrit des poèmes à caractère souvent pornographique. • **1872** : Tandis que Verlaine écrit *Romances sans paroles*, Rimbaud aurait probablement rédigé certains textes qui composeront les *Illuminations*. • **1873** • Août : Rimbaud écrit *Une saison en enfer*. Le manuscrit est confié à un éditeur bruxellois mais Rimbaud lui retire ses exemplaires en octobre. On découvrira en 1901 une partie du tirage encore empaquetée. • Un volume est envoyé à Verlaine à la prison des Petits Carmes à Bruxelles. • Rimbaud rentre à Paris. Il lui reste peu d'amis parmi les poètes. Germain Nouveau fait partie de ceux-ci.
• **1875** : Les deux poètes se retrouvent à Stuttgart. • En mai Rimbaud, que Verlaine appelle « l'homme aux semelles de vent », reprend ses errances en Europe. • **1880** : Il quitte l'Europe pour Alexandrie. Il est engagé comme chef d'équipe dans la construction d'un palais de gouverneur. Il regagne Chypre puis l'Abyssinie où il occupe un poste important dans le commerce. • **1881** : Il contracte la syphilis. • C'est une seconde vie qui commence en Afrique. Rimbaud change souvent de métier et voyage beaucoup. Il n'écrit plus. • **1891** : Très malade et probablement atteint d'un cancer au genou, Rimbaud est rapatrié en France. • Il meurt le 10 novembre à l'âge de trente-sept ans.	• **1875** : Le 2 mars, Rimbaud revoit Paul Verlaine à Suttgart et lui remet une liasse contenant le manuscrit des *Illuminations*. • **1891** : Le jour de sa mort paraît *Reliquaire, Poésies* de Rimbaud. • **1892** : *Les Illuminations* et *Une Saison en enfer* sont publiées en un seul volume préfacé par Paul Verlaine. Il écrit au sujet de l'ouvrage : « Comme on va voir, celui-ci se compose de courtes pièces, prose exquise, ou vers délicieusement faux exprès. D'idée principale, il n'y en a ou plutôt nous n'en trouvons pas. De la joie évidente d'être un grand poète, tels paysages féériques, d'adorables vagues amours esquissées et la plus haute ambition (arrivée) de style : tel est le résumé que nous croyons pouvoir donner de l'ouvrage ci-après. Au lecteur d'admirer en détail[1]. »

1. Préface de Paul Verlaine pour Arthur Rimbaud, *Les Illuminations, Une Saison en enfer*, éd. Léon Vanier, Paris, 1892, p. V et VI.

1.2 LES CONTEXTES LITTÉRAIRES, CULTURELS ET POLITIQUES

Le XIXe siècle est une période sujette à de grands bouleversements politiques et sociaux qui auront un impact majeur sur la littérature. Le spectre de la Révolution française et le souvenir des conquêtes napoléoniennes hantent les esprits, soufflant un vent d'espoir et de révolte dans le cœur des générations qui se succèdent tandis que l'industrialisation apporte une nouvelle forme de pauvreté. La première moitié du XIXe est marquée, comme partout en Europe, par le romantisme flamboyant. Mais à partir de 1850, la fracture du siècle, qui est aussi une fracture politique avec l'avènement en 1852 de l'empereur Napoléon III, voit l'émergence d'un nouveau romantisme fondé sur la désespérance. Dans les années 1860, le renouveau poétique se place du côté du Parnasse. Sous l'égide de Théophile Gautier, la poésie porte la devise de « l'Art pour l'Art ». Cependant Charles Baudelaire ouvre, avec son recueil *Les Fleurs du mal*, publié en 1857, la voie d'une poésie encore inexploitée. À sa mort, en 1867, il est l'inspirateur du Nouveau Parnasse, constitué de jeunes poètes dont Paul Verlaine ou Stéphane Mallarmé, qui cherchent à réinventer la littérature et surtout la poésie, font partie. S'ouvre alors la perspective de formes poétiques et d'expressions du monde qui dépassent la perception réaliste. C'est la naissance du symbolisme, mouvement littéraire issu du Parnasse, qui recherche la suggestion et l'abstraction pour exprimer un état d'âme ou évoquer le réel. Sur les pas de Baudelaire, Verlaine ou Mallarmé, Rimbaud s'inscrira dans cette modernité poétique.

En 1970, date à laquelle il compose les *Cahiers de Douai*, la France est au bord de l'explosion politique. Napoléon est entré en guerre contre la Prusse et le premier septembre, la défaite à Sedan de l'armée de Mac Mahon marque la chute de l'Empire et l'ascension de la IIIe République – une république de pacotille qui ne tardera pas à massacrer ses propres enfants. Dans la France occupée, flotte l'odeur âcre de la défaite tandis que ce nouveau gouvernement met à jour les antagonismes sociaux qui ne cessent d'augmenter. En 1871, alors que les Prussiens sont aux portes de Paris, la semaine sanglante verra le soulèvement de la Commune, non seulement à Paris mais dans de nombreuses villes de France. Cette révolte, qui enflammera les poètes, sera réprimée dans le sang par le nouveau gouvernement d'Adolphe Thiers.

1.3 LA NAISSANCE DE L'ŒUVRE

C'est donc dans un contexte de guerre et de misère que naissent les *Cahiers de Douai*. Le jeune Arthur Rimbaud, alors âgé de seize ans, s'ennuie à Charleville Mézières, cette petite ville du département des Ardennes où il a grandi, élevé par sa mère. Dans une lettre datée du 25 août 1870, adressée à son professeur de rhétorique, Georges Izambard, il crie son désir de liberté :

> Je suis dépaysé, malade, furieux, bête, renversé ; j'espérais des bains de soleil, des promenades infinies, du repos, des voyages, des aventures, des bohémienneries enfin ; j'espérais surtout des journaux, des livres… Rien ! Rien ! Le courrier n'envoie plus rien aux libraires ; Paris se moque de nous joliment ; pas un seul livre nouveau ! C'est la mort[1] !

Il a déjà publié des pièces dans le *Bulletin de l'Académie de Douai* et écrit des poésies, dont *Sensation* et *Ophélie*, lesquelles, avant d'être glissées dans les *Cahiers de Douai*, avaient été ajoutées à un courrier adressé à Théodore de Banville. Pendant toute cette période, il faut noter que le professeur Georges Izambard et le jeune poète Paul Demeny seront pour le jeune Rimbaud des interlocuteurs bienveillants qui toujours l'encourageront dans cette voie poétique.

Le *Cahier de Douai* appelé également *Recueil Demeny* sera constitué par Rimbaud en deux fois, c'est-à-dire en septembre puis en octobre 1870. Suite à une première fugue datant du 29 août, celui qui n'est pas encore un poète confirmé, est arrêté à Paris puis emprisonné à Mazas. Libéré grâce à l'intervention de Georges Izambard, il passe une quinzaine de jours à Douai chez les tantes de ce dernier, les demoiselles Gindre. C'est là qu'il recopie certains de ses poèmes écrits durant l'année 1870, dans le but de faire un recueil à l'intention de Paul Demeny, ce jeune poète de Douai, rencontré grâce à Izambard et qui vient de publier un premier recueil. De retour à Charleville, Rimbaud, à nouveau gagné par le désir de fuir, fugue pour séjourner une fois encore chez les demoiselles Gindre entre le 20 et 30 octobre avant de confier le recueil à Paul Demeny. Les feuilles du premier ensemble, écrites recto-verso comportent les quinze premiers poèmes. Celles du second, comportant les sept derniers poèmes, sont écrites simplement au recto, ce qui témoigne d'une préparation pour l'imprimerie[2]. Mais dans une lettre datant du 10 juin 1871, Rimbaud prie instamment Paul Demeny de brûler tout ce qu'il lui a confié :

> Brûlez, je le veux, et je crois que vous respecterez ma volonté comme celle d'un mort, brûlez tous les vers que je fus assez sot pour vous donner lors de mon séjour à Douai.

Sa volonté ne fut pas exécutée et, quelques années plus tard, Demeny vendit le recueil à Rodolphe Darzens, journaliste et poète mais aussi premier biographe d'Arthur Rimbaud. Le manuscrit fut ensuite publié intégralement en 1891, sous le titre *Reliquaire, Poésies* aux éditions Léon Genonceaux. La préface de Darzens pour cette édition de 1891, soulignait déjà la personnalité atypique du jeune poète de Charleville :

---

1. Rimbaud, *Œuvres complètes/Cahier de Douai, Poésies*, *op. cit.*, p. 215.
2. Le recueil sera publié bien plus tard. Vendu par Demeny puis bien plus tard racheté aux enchères par Stéphane Zweig, le manuscrit est aujourd'hui conservé à Londres.

> [Rimbaud] vint en effet à Paris – ayant lu déjà bien des littératures : seulement, lassé de toutes, curieux insatiablement de choses nouvelles, il quitta les routes frayées et, cherchant des rythmes inconnus, des images irréalisées, des sensations non éprouvées, il s'engagea au hasard dans la vaste Forêt poétique. Mais de même qu'un aventureur et capricieux voyageur, il s'est perdu, sans trouver la clairière spacieuse, où ses rêves-fées auraient pu, sous la lune magique, cueillir l'ample moisson des fleurs merveilleuses et noter le chant inouï d'oiseaux fabuleux[1].

Le collectionneur Pierre Dauze fit l'acquisition du manuscrit et autorisa qu'il soit photographié, ce qui permit en 1919, une édition en fac-similé dans la série « Les Manuscrits des maîtres », édition dirigée par l'éditeur Albert Messein. Les manuscrits devinrent ensuite la propriété de l'écrivain Stefan Zweig, puis de la famille de son épouse. En 1986, ils furent donnés à la British Library de Londres. Dans une édition datant de 1939, intitulée *Poésies* d'Arthur Rimbaud, Bouillane de Lacoste fut le premier à nommer l'ensemble « *recueil Demeny* ». Pierre Brunel, dans son livre *Rimbaud. Projets et réalisations* en 1983, conforta cette idée. Puis les éditeurs de Rimbaud, comme Jean-Luc Steinmetz en 1989 dans la collection Garnier-Flammarion ou Louis Forestier chez Gallimard adoptèrent le titre de *Cahiers de Douai* ou celui au singulier de *Cahier de Douai.*

1.4 LE POÈTE SE FAIT VOYANT[2]

On ne peut parler décemment de Rimbaud sans évoquer sa conception de la poésie et surtout, du poète, qu'il livre avec une conviction désarmante à Izambart et Demeny dans deux lettres qu'il envoie à chacun d'eux, cela à deux jours d'intervalle. Ces lettres dites du « Voyant » datent du 13 mai 1871, pour ce qui concerne celle adressée à Georges Izambard et du 15 mai 1871 pour celle envoyée à Paul Demeny. Elles sont ponctuées de poèmes écrits par Rimbaud qui illustrent les propos de l'auteur.

La teneur de ces lettres est fondamentale car elle fixe la vision poétique de Rimbaud et annonce tout ce qu'elle a de terrible et de splendide. Il écrit à Georges Izambard :

> Les souffrances sont énormes, mais il faut être fort, être né poète, et je me suis reconnu poète. Ce n'est pas du tout ma faute. C'est faux de dire : Je pense : on devrait dire : On me pense. – Pardon du jeu de mots[3].

1. Préface de R. Darzens *in* Arthur Rimbaud, *Reliquaire, Poésies*, éd. Genonceaux, Paris, 1891, p. VII.
2. Rimbaud, *Œuvres complètes/Cahier de Douai, Poésies*, *op. cit.*, p. 133 à 149.
3. *Ibid.*, p. 138.

Puis il ajoute « Je est un autre ». Il ne s'agit pas de concevoir cette phrase comme une dissociation du moi mais comme une nécessité, un besoin absolu exprimé par le poète qui n'a d'autre choix que d'écrire de la poésie. Ce n'est pas une volonté, un choix, un calcul réfléchi. C'est une évidence. Il n'a pas la maîtrise de cette implication et si l'exigence poétique le transporte, le transforme, le contraint, c'est indépendamment de sa propre volonté.

Être contraint ! On a parlé de construction douloureuse de l'acte poétique. « Tant pis pour le bois qui se trouve violon », ajoute Rimbaud. « Tant pis » car la musique a un prix. Le bois utilisé pour créer un violon est contraint, travaillé, tordu, plié, lacéré. C'est seulement par cette souffrance qu'il sonnera « juste » et que le poète écrira « juste ».

Dans les deux lettres Rimbaud affirme que le poète doit se rendre voyant par « un long dérèglement de tous les sens[1] ». Il ne s'agit pas ici d'une transe poétique ou d'un état d'ébriété mais d'une conscience claire et affirmée qui observe la nécessité d'un déploiement intérieur. Il précise dans la lettre à Demeny que le poète « épuise en lui tous les poisons, pour n'en garder que les quintessences. Ineffable torture où il a besoin de toute la foi, de toute la force surhumaine, où il devient entre tous le grand malade, le grand criminel, le grand maudit, – et le suprême Savant ! – Car il arrive à l'inconnu[2] ! »

Les *Lettres du voyant* doivent être définies comme une révolution poétique. Elles rompent avec cette perception romantique qui fait de la poésie une expression pour imposer une déconstruction puis une reconstruction par le truchement même d'une expérience, d'une exploration, d'un démantèlement profond de l'être. Il est important de comprendre que la poésie de Rimbaud lui ressemble. Qu'elle n'est pas surfaite, pensée ou réfléchie mais se présente comme le cri, le hurlement de colère et de vigueur d'un adolescent prodige et révolté.

2. L'œuvre en examen

2.1 L'ÉMANCIPATION EN MARCHE

2.1.1 La liberté émancipatrice

Verlaine disait que Rimbaud était un homme « aux semelles de vent ». Considéré comme une comète dans le paysage littéraire français, tant par la fulgurance de sa carrière poétique que par sa vie en perpétuelles errances, le phénomène Rimbaud ne peut se concevoir si l'on ne prend pas d'abord en compte son **besoin de s'émanciper**

1. *Ibid.*, p. 138 et 143.
2. *Ibid.*, p. 143.

physiquement. Enfant sans père, il grandit auprès d'une mère trop rigide, dans une bourgade qu'il déteste. Sa nature indomptable l'invite à la fugue et lui souffle l'idée de voyages qui sont autant d'appels à la liberté. Ces escapades bohèmes seront un des thèmes majeurs du *Cahier de Douai* car c'est en marchant que le jeune homme s'émancipe, qu'il parfait sa qualité de poète. Qu'elle soit fugue ou promenade, qu'elle se fasse à pied ou dans un wagon, la déambulation rimbaldienne est toujours source d'inspiration et de création. Elle inscrit le jeune poète dans une nature qui apparaît bienveillante et lui ouvre les portes de tous les possibles. Il écrit dans « Sensation » :

Par les soirs bleus d'été, j'irai dans les sentiers,
Picoté par les blés, fouler l'herbe menue
Rêveur, je sentirai la fraîcheur à mes pieds.
Je laisserai le vent baigner ma tête nue[1].

Rimbaud, poussé par l'émancipation du corps, la liberté du mouvement, affirme déjà dans ce poème, autrefois envoyé à Banville, ce lien étroit qui l'unit à la nature par l'intermédiaire du voyage. Souvent, son bonheur est d'aller à pied. Certes, le manque d'argent est sans nul doute responsable de ce choix de locomotion qu'il a très souvent adopté. Mais il n'en est pas moins vrai que ses pieds le portent avec aisance et poésie. L'Hermès des poètes[2] déambule comme s'il volait, porté par la liberté que lui procurent ses échappées. Il suit les chemins de campagne et devient « comme un bohémien », c'est-à-dire un être libre de toute contrainte, un vagabond mais aussi, un poète.

C'est le thème même de ce **vagabondage poétique** que l'on retrouve dans le poème intitulé « Ma Bohème » d'où s'exhale un enchantement léger et enfantin, presque primesautier. Le monde qui l'entoure semble être perçu par le regard magique d'un enfant dont la seule richesse est la liberté :

Mon unique culotte avait un large trou.
– Petit-Poucet rêveur, j'égrenais dans ma course.
Des rimes. Mon auberge était à la Grande-Ourse.
Mes étoiles au ciel avait un doux frou-frou[3]

1. *Ibid.*, p. 65, v. 1 à 4.
2. Hermès, messager des dieux, est représenté avec une paire de sandales ailées. Mais il est aussi l'inventeur de la lyre qu'il créa avec une simple carapace de tortue et de la ficelle avant de l'offrir à Apollon, dieu de la poésie et de la musique. Dans le poème intitulé « Ma Bohème » Rimbaud ressemble à l'enfant Hermès qui voyage entre la terre et le ciel, invente une lyre avec ses élastiques, pour s'affirmer enfant poète. Parodie du lyrisme, « Ma Bohème » symbolise parfaitement l'émancipation créatrice selon Rimbaud.
3. Rimbaud, *Œuvres complètes/Cahier de Douai, Poésies, op. cit.*, p. 103, v. 5 à 8.

Le jeune poète habite le monde d'une façon presque cosmique, se réfugiant à l'auberge stellaire de la grande constellation ou s'amusant dans le jupon des étoiles. Dans ce monde onirique, la misère est atténuée. Malgré son seul « paletot », « ses poches crevées » et « ses souliers blessés », il est riche d'une liberté qui l'émerveille. Mais il ne faut pas omettre le sous-titre qui annonce une « fantaisie » qui n'est autre qu'une œuvre d'imagination pure, un **vagabondage de l'esprit**. Et c'est parce que l'esprit vagabonde en même temps que le corps, que l'enfant peut rêver, s'échapper, créer, devenir poète.

Le déplacement physique est donc favorable à l'émancipation créatrice. Dans le poème « Rêvé pour l'hiver » écrit « en Wagon, le 7 octobre 1870 » et adressé « à Elle », l'imagination de l'adolescent l'entraîne dans la douceur sensuelle d'un voyage en train :

> L'hiver, nous irons dans un petit wagon rose
> Avec des coussins bleus.
> Nous serons bien. Un nid de baisers fous repose
> Dans chaque coin moelleux[1].

Locus amoenus[2] idéalisé où la vie semble suspendue, le wagon est un « nid » où les amants se cachent. Car ce n'est pas tant le rêve d'un amour consommé qui interpelle ici mais bien ce qu'il y a à l'extérieur du wagon : l'hiver, les « ombres des soirs », les « monstruosités hargneuses », la « populace de démons noirs et de loups noirs ». Car en vérité, émancipé, libéré du giron maternel et du carcan dans lequel il vivait à Charleville, le jeune homme apprend que la création poétique ne peut fermer les yeux sur le réel. Le bonheur de la vie de bohème n'est sans doute rien de plus qu'un moyen, qu'une fantaisie, une course vaine, pour oublier qu'au bord des chemins, il y a aussi la misère, la guerre, la douleur. Mais c'est aussi cette conscience du mal qui achèvera de transformer l'émancipation physique en émancipation créatrice.

2.1.2 L'exaltation des sens, moteur de l'émancipation créatrice

Ainsi, en chemin, le jeune homme devient poète. L'émancipation rimbaldienne naît donc d'une communion avec la nature, première source d'inspiration et de création car elle va éveiller tous ses sens. Pour le poète, la nature ressemble d'abord à une mère accueillante – on se souvient de l'auberge constellée qui accueillait le poète dans « Ma Bohème » – mais aussi, parfois, à une amante. Le poème « Sensation » s'éteint sur cette certitude : « et j'irai loin, bien loin, comme un bohémien, / Par la Nature – heureux comme avec une femme[3] ». L'allégorie de la Nature est d'autant plus expressive que le mot est écrit sur le manuscrit en caractères plus grands que

1. *Ibid.*, p. 97, v. 1 à 4.
2. Le *locus amoenus*, est une expression latine signifiant « lieu amène ». C'est devenu un motif très répandu en littérature pour désigner un endroit propice au repos et à l'idylle.
3. Rimbaud, *Œuvres complètes/Cahier de Douai, Poésies*, *op. cit.*, p. 65, v. 7 et 8.

le reste du texte. La nature est l'aimée, la compagne, l'horizon. **L'enfant prodige se dévergonde**, s'émancipe au contact du monde. La nature rimbaldienne permet le débordement, voire le « dérèglement » de tous les sens – celui-là même qui fera de Rimbaud un vrai poète. Grâce à l'exaltation, à l'ivresse des sens, l'écriture poétique déploie une esthétique sensible et sensuelle, riche de parfums, de saveurs, de couleurs, de bruits, d'effleurements et de caresses. Les couleurs et les odeurs explosent. Elles sont largement décrites par le poète. Il est transcendé et cette transcendance mène à l'amour. La nature est ainsi le témoin de l'adolescence qui s'éloigne, s'émancipe, alors même que les premiers émois prennent l'assaut du corps. « On n'est pas sérieux quand on a dix-sept ans », affirme Rimbaud dans le poème intitulé « Roman ». « On n'est pas sérieux » mais il faut dire que les tilleuls, l'air frais du soir, les parfums de la vigne invitent à l'amour et favorisent les rencontres :

> Les tilleuls sentent bon dans les bons soirs de juin !
> L'air est parfois si doux, qu'on ferme la paupière ;
> Le vent chargé de bruits, – la ville n'est pas loin, –
> A des parfums de vigne et des parfums de bière[1]...

On perçoit de quelle façon l'émancipation, la libération du corps, permet une fois de plus **l'expression de la poésie**. Sentir, ressentir, offre au jeune homme la possibilité de devenir un homme mais aussi de devenir poète, de libérer sa créativité, ses pulsions et ses impulsions poétiques. Ainsi, la nature exalte les sens et les sens exaltés invitent à l'écriture de l'amour. Le lexique de la nature est ainsi largement employé pour décrire les « amoureuses » rimbaldiennes ou les rapports qui les unissent au poète : « on divague ; on se sent aux lèvres un baiser / Qui palpite là comme une petite bête[2]... » écrit-il encore dans « Roman ». Cette comparaison qui ne va pas sans rappeler le poème de Victor Hugo intitulé « La Coccinelle[3] » se retrouve dans « Rêvé pour l'hiver » : « un petit baiser, comme une folle araignée / Te courra par le cou[4] » ou encore dans « Première Soirée » :

> – Je regardai, couleur de cire
> Un petit rayon buissonnier
> Papillonner dans son sourire
> Et sur son sein, – mouche au rosier[5].

1. *Ibid.*, p. 92, v. 5 à 8.
2. *Ibid.*, p. 92, v. 15 et 16.
3. « Elle me dit: "Quelque chose / Me tourmente". Et j'aperçus / Son cou de neige, et, dessus, / Un petit insecte rose. / J'aurais dû – mais, sage ou fou, / À seize ans on est farouche, / Voir le baiser sur sa bouche / Plus que l'insecte à son cou. » V. Hugo, *Les Contemplations*, Éditions Gallimard, NRF, Paris, 1973, p. 66, v. 1 à 8.
4. Rimbaud, *Œuvres complètes/Cahier de Douai, Poésies, op. cit*, p. 97, v. 10 et 11.
5. *Ibid.*, p. 63, v. 9 à 12.

Le corps est mis à nu et les baisers sont des petits insectes fous qui se glissent, non sans indécence, sur le corps féminin, tandis que les arbres personnifiés profitent, voyeurs et malicieux, de la scène :

> – Elle était fort déshabillée
> Et de grands arbres indiscrets
> Aux vitres jetaient leur feuillée
> Malinement, tout près, tout près[1].

Inspiré, le poète se permet des comparaisons singulières et parfois grivoises entre le corps féminin et la nature. Dans son poème « La Maline » Rimbaud prête à la jolie servante une peau « velours de pêche rose et blanc » tandis que dans « Les Réparties de Nina », la jeune femme semble être aussi enivrante que la nature sensuelle et complice qui entoure les amants. On y lit que « le bois frissonnant saigne, muet d'amour » tandis que des « choses ouvertes » font « frémir les chairs ». Quant à la jeune fille, elle a un « goût de framboise et de fraise, / Ô chair de fleur[2] ». Ainsi, la chair, le fruit, la fleur se confondent. Le poète cueille l'amour et goûte au plaisir d'aimer. Pour Rimbaud, la nature prend corps. L'émancipation créatrice rimbaldienne réinvente le rapport entre l'homme et le monde. **La nature** n'est plus le lieu qui accueille ou exprime la création poétique : elle **est la création poétique, pulsion sensuelle et organique qui permet au poète de libérer ses instincts les plus primitifs**. Au sujet de la nature rimbaldienne, René Char écrit :

> La nature chez Rimbaud a une part prépondérante. Nature non statique, peu appréciée pour sa beauté convenue ou ses productions, mais associée au courant du poème où elle intervient avec fréquence comme matière, fond lumineux, force créatrice, support de démarches inspirées ou pessimistes, grâce. De nouveau, elle agit[3].

Mais si la nature est une force créatrice et poétique en mouvement c'est sans doute parce que les fleurs d'Arthur Rimbaud sont comme celles que cultivait Baudelaire : ambivalentes et paradoxales, dépouillées de leur « beauté convenue ». Ces fleurs-ci sont des « fleurs du mal », et derrière chaque pétale, la mort affleure.

---

1. *Ibid.*, p. 63, v. 1 à 4.
2. *Ibid.*, p.84, v. 25 et 26.
3. Préface de René Char, pour Rimbaud, *Poésies. Une Saison en Enfer. Illuminations*, Éditions Folio Classique, Paris, 1999, p. 11.

2.1.3 L'émancipation créatrice et la conscience du mal

Ainsi, l'émancipation du corps et le contact avec le monde mènent à l'émancipation créatrice et poétique. Mais cette émancipation serait incomplète si le poète ne regardait pas, avec une âpre lucidité, le mal qui l'entoure. En effet, les délices rimbaldiennes finissent toujours par se fracasser sur les roches obscures de la réalité et l'enfant poète montre alors toute l'étendue de sa révolte. La nature est belle mais elle cache souvent, masque gracile, **l'envers d'un décor fait de larmes et de douleur**. Ainsi, qui peut croire qu'au détour d'un vallon, un jeune homme endormi est en vérité la dépouille d'un soldat mort que Rimbaud aura peut-être croisé lors de ses errances, alors que la guerre franco-prusse ravage la France ? Dans « Le Dormeur du Val », la nature est si belle qu'elle semble éclipser l'horreur. Le poème se déroule dans une douce sérénité que procure la description d'un monde apaisé, voire même joyeux et vivant. Rimbaud écrit que les pieds « dans les glaïeuls », dans ce « trou de verdure où chante une rivière », « où le soleil luit » « où la lumière pleut », un soldat « dort ». Ici tout n'est que douceur et le lexique de la lumière invite à la rêverie. Et pourtant, peu à peu, la mort s'immisce dans le poème sans pour autant se nommer. Le jeune homme sourit « comme un enfant malade », « il a froid », ses sens l'ont abandonné puisque sa narine ne frissonne plus au contact du vent. Enfin la chute brise le tableau :

> Il dort dans le soleil, la main sur sa poitrine
> Tranquille. Il a deux trous rouges au côté droit[1].

En vérité, le choix d'une créativité poétique qui s'émancipe impose au poète une nouvelle vision du monde ; vision d'autant plus glaçante qu'elle est paradoxale. Dans cette nature qui répand une étrange tranquillité, seules les fleurs parlent. Les glaïeuls qui entourent les pieds de la victime, sont comme des glaives[2], jetés à terre, symbole d'une défaite fracassante. Et puis ils nous rappellent que la guerre rôde et que la mort qu'elle répand est partout, même là où on ne l'attend pas. La nature vivante, chantante, est finalement impuissante face au malheur de l'homme. **Dans les moindres aspérités de sa beauté, le morbide cache sa face funeste** comme les fleurs cachent le mal dans la poésie de Baudelaire dont Rimbaud est un grand admirateur. C'est un héritage poétique qui s'affirme ici et qui se confirme dans un autre poème intitulé « Ophélie ».

« Sur l'onde calme et noire où dorment les étoiles / La blanche Ophélia flotte comme un grand lys », écrit Rimbaud dans ce magnifique texte inspiré de la pièce de Shakespeare. Le poète ne doit pas limiter sa création à l'ivresse des sens. Cette fois, la femme fleur n'est plus toute en sensualité. Elle est entourée d'un linceul mais sa beauté est intacte. La nature pleure autour d'elle comme s'il s'agissait d'une vierge sacrifiée : « le vent baise ses seins », « les saules frissonnants pleurent », les roseaux « s'inclinent »,

1. Rimbaud, *Œuvres complètes/Cahier de Douai, Poésies, op. cit*, p. 98, v. 13 et 14.
2. Le mot « glaïeul » vient du latin *gladius*, qui signifie glaive.

les nénuphars « soupirent ». À nouveau, l'écriture poétique rimbaldienne cherche dans le paradoxe la force de sa créativité. L'isotopie de la nature et des fleurs personnifiées dessine autour de la jeune femme un tableau idyllique malgré la mort qui l'entoure. Mais au sein même de cette nature se cache une double métamorphose. Ophélie devient spectre – « voici plus de mille ans que la triste Ophélie / Passe fantôme blanc, sur le long fleuve noir » –, puis elle devient le double fantomatique du poète :

> Et le poète dit qu'aux rayons des étoiles
> Tu viens chercher, la nuit, les fleurs que tu cueillis,
> Et qu'il a vu sur l'eau, couchée en ses longs voiles,
> La blanche Ophélia flotte comme un grand lys[1]

Le corps du poète, comme celui d'Ophélie qui glisse sur l'onde, est en errance. Rimbaud évoque ici cette émancipation créatrice de la poésie, ce **nouveau rôle du poète** qui n'est plus d'être nimbé pour la beauté de son écriture mais **banni pour les monstruosités qu'il dépeint**. L'âme du poète, comme celle d'Ophélie, est transcendée par la nature mais aussi par la conscience du mal. L'esprit du poète, comme celui d'Ophélie, est voué à se perdre dans les affres de l'incompréhension et du désespoir. À jamais, comme Ophélie, le poète est malade, maudit.

La mission du poète est finalement claire : il doit se libérer des conventions sociales et **sa création poétique doit s'affranchir de tous les tabous**. Dans « Soleil et Chair », Rimbaud exprime le regret d'un âge d'or où la communion panique entre le poète et le monde était encore possible :

> – Ô Vénus, ô Déesse !
> Je regrette les temps de l'antique jeunesse
> Des satyres lascifs, des faunes animaux[2].

Mais il compare surtout cet âge d'or mythologique aux temps présents. L'Homme désormais a les « yeux fermés » et les « oreilles » closes. Il est « Roi », il est « Dieu » affirme le poète pour fustiger cet orgueil décadent. La comparaison est tranchante. Les divinités païennes ont été remplacées par « l'autre Dieu qui nous attelle à sa croix ».

Le *Cahier de Douai* est donc l'œuvre d'un adolescent en proie à l'amertume et à la nostalgie. À l'âge où il découvre le monde et l'amour, déjà, il a conscience d'être le témoin d'un effondrement qui mènera l'homme à sa perte. Il va alors complètement s'émanciper de ce qu'était la poésie pour affirmer avec plus de force et de détermination une création poétique dont les enjeux ne sont rien d'autre qu'une révolution littéraire, et pourquoi pas, sociale.

---

1. Rimbaud, *Œuvres complètes*/*Cahier de Douai, Poésies, op. cit.*, p. 78, v. 32 à 36.
2. *Ibid.*, p. 72, v. 9 à 11.

2.2 LA POÉSIE RIMBALDIENNE SYMBOLE DE L'ÉMANCIPATION CRÉATRICE

2.2.1 Les colères rimbaldiennes au cœur de l'émancipation créatrice

La colère chez Rimbaud est un puissant vecteur d'émancipation créatrice et poétique. Pour crier, dénoncer, laisser sa rage exploser, le poète doit écrire une poésie différente. Si « Le Dormeur du Val » est une révolte assourdie par la nature environnante, le poème n'en reste pas moins une dénonciation de la guerre qui écrase la France en 1870. Mais il est chez Rimbaud des colères plus vibrantes, plus bruyantes, plus éclatantes. L'enfant poète voit la réalité avec lucidité et la décrit telle qu'elle lui est jetée au visage : affreuse, gluante, obsédante.

La poésie de Rimbaud est une **poésie révolutionnaire** : elle est en marche. Elle s'émancipe. Elle court vers la liberté en hurlant son désir de tout renverser, elle crie la gloire du peuple, elle destitue les puissants. Le poème « Le Forgeron » nous transporte en 1792. La légende veut qu'un boucher se serait alors introduit aux Tuileries pour s'adresser au roi Louis XVI. Rimbaud transforme ce boucher en forgeron, tandis que sous les traits de Louis XVI se devine le portrait de Napoléon III. Ce long poème est un plaidoyer pour le petit peuple, celui que les bourgeois appellent « la crapule », celui qu'on affame, qu'on maltraite, qu'on étouffe, qu'on embastille, qu'on assassine sans scrupule, qu'on laisse « crever » sans sourciller. **La poésie est le cri de la liberté** :

> Oh ! mais l'air est tout plein d'une odeur de bataille !
> Que te disais-je donc ? Je suis de la canaille !
> Il reste des mouchards et des accapareurs.
> Nous sommes libres, nous ! Nous avons des terreurs
> Où nous nous sentons grands, oh ! si grands[1] ! […]

La grandeur est dans la révolution. L'homme doit se battre et se libérer. Rimbaud a ses idoles et ce sont ces « hommes extasiés et grands dans la tourmente[2] », « Les morts de Quatre-vingt-douze ». Ce poème fait leur éloge comme s'ils étaient des prophètes : « Ô million de Christs aux yeux sombres et doux[3] » écrit le poète. La métaphore est parlante : ne nous trompons pas de héros ; ne nous laissons pas aveugler par ceux qui veulent changer l'Histoire.

Si Rimbaud est un révolutionnaire, c'est parce que la misère s'infiltre partout. Elle laisse mourir les hommes, les femmes et surtout les enfants. Le poème « Les Effarés » a des accents hugoliens mais avec une plus grande sobriété. Rimbaud, dans un langage épuré et puissant décrit cinq enfants perdus dans l'hiver et le froid, qui regardent avec envie le pain qui cuit dans la boulangerie. Au pain « lourd » et « blond », « chaud »,

1. *Ibid.*, p. 71, v. 155-159.
2. *Ibid.*, p. 94, v. 5.
3. *Ibid.*, p. 94, v. 5.

« façonné », « pétillant », dont les « croûtes parfumées » embaument la boulangerie, il oppose les miséreux cachés et blottis devant le soupirail. Eux sont pauvres, vêtus de haillons, pleins de givre, froids. Le blanc de la neige est l'antithèse des couleurs chaudes de la boulangerie. Le pain croustillant et chaud fait face au froid et à la mort. Les enfants, eux, ont des « petits museaux roses » qui les font ressembler à de petits animaux hagards, égarés, effarés. **Le poète, par ses créations littéraires, se fait la voix des humiliés** : s'ils ne peuvent pas parler, il parle pour eux. S'ils ne peuvent pas condamner, il condamne. S'ils ne peuvent pas dénoncer, il dénonce et rien ne semble l'arrêter.

« L'empereur est soûl de ses vingt ans d'orgie[1] ! » s'écrie-t-il dans « Rages des Césars ». Selon Rimbaud, Napoléon III est l'incarnation du mal. Dans le sonnet intitulé « Le Mal », Rimbaud dénonce la figure du roi[2] qui condamne son peuple à la misère et à la guerre mais aussi la religion, qui se targue de porter aux nues un Dieu bon qui n'a que faire de la mort qui frappe les innocents. Le mal est donc bicéphale, avec ses deux visages, bêtes glapissantes, presque baudelairiennes, qui se moquent des innocents. Le roi « raille » les soldats qui tombent sous les « crachats rouges de la mitraille » ; le Dieu « rit », insensible aux pleurs des mères qui lui donnent en offrande leurs maigres économies pour sauver leurs fils déjà morts. Rimbaud affiche un anticléricalisme qui a été nourri par sa soif de vérité et son désir de justice.

Mais à ses yeux, la dénonciation ne peut se faire sans provocation et la révolution créatrice et poétique prendra forme dans l'horreur et dans le sang, dans la désublimation.

2.2.2 La désublimation, parangon de l'émancipation créatrice

L'émancipation créatrice doit énormément à Charles Baudelaire. Mort en 1867, ce dernier laisse derrière lui toute une lignée de poètes captivés par la force de sa poésie qui est apparue comme une déflagration dès 1857, avec la première publication des *Fleurs du mal*. Malgré le délit d'outrage à la morale publique et aux bonnes mœurs, retenu contre l'auteur, et une sommation à retirer les six poèmes concernés, la poésie française venait de s'émanciper de façon tout à fait radicale et entrait ainsi dans la modernité. Dans sa lettre du 15 mai 1872 adressée à Paul Demeny, Rimbaud déclare : « Baudelaire est le premier voyant, roi des poètes, un vrai Dieu[3] ». La poésie est une transgression. Mais de quelle transgression s'agit-il exactement ? Tandis que certains parleront de **transgression des règles** de la poésie, d'autres parleront d'**alchimie**, de transformation de la boue en or, de « Charogne » devenue Poésie. L'un n'empêche pas l'autre.

1. *Ibid.*, p. 96, v. 11.
2. Il peut s'agir ici de la figure de Napoléon III comme de celle de Guillaume II.
3. *Ibid.*, p. 147.

Sur les pas de Baudelaire, Rimbaud casse les codes de l'écriture poétique mais il opte surtout pour ce **langage qui heurte en même temps qu'il libère**. Le poète voyant « cherche son âme, il l'inspecte, il la tente, l'apprend » : il s'agit de se faire « l'âme monstrueuse[1] ». C'est ainsi qu'il trouvera la vérité et qu'importe si cette vérité pue, si elle choque, si elle écœure. Il faut la dévoiler, la répandre.

Le poème « Vénus Anadyomène » incarne avec force cet héritage baudelairien. Rimbaud s'y attaque à l'amour, sans doute ulcéré par des passions non partagées. Il faut faire tomber Vénus de son piédestal et montrer à quel point elle transpire la laideur, elle qui laisse les êtres brisés sur son passage. Le lexique rimbaldien est comme celui de Baudelaire. Il provoque. Le corps est une salissure. Telle Mélusine serpente baignant sa queue infâme dans une bassine au jour de Saturne, la Vénus rimbaldienne émerge d'une baignoire qui ressemble à un cercueil. Elle est serpentine, avec son « col gras et gris », « son dos court qui rentre et qui ressort », sa « graisse sous la peau ». Mais après cette description monstrueuse, c'est le dernier tercet qui se présente comme une image obscène, quand tout ce « corps remue et tend sa large croupe / Belle hideusement d'un ulcère à l'anus ». Comme Baudelaire, Rimbaud joue avec les oxymores. Ici c'est « belle hideusement » qui attire l'attention du lecteur. Il semblerait que Vénus, répugnante et graveleuse, ait déchiré sa beauté sur les crocs acérés de la poésie. Le poème « Les Réparties de Nina » affiche la même douleur crue et cruelle. Petit à petit, l'amour idyllique et sensuel se couvre de **déjections poétiques qui décrivent le réel**.

L'isotopie de la laideur et de la saleté inonde les poèmes « désublimés ». Tout n'est que graisse, crachats, salissures, corps en décomposition. Rimbaud est volontiers **scatologique** et **obscène**. Dans le « Bal des pendus », poème inspiré de la « Ballade des pendus » de François Villon, autre poète maudit, c'est toute la dimension macabre du corps en décrépitude qui est dépeinte. Là encore, le vocabulaire est cru, les images morbides et la tonalité est celle de la dérision. Les pendus sont des pantins, ils ont perdu « leur chemise de peau », « un morceau de chair tremble à leur maigre menton » et leurs squelettes s'entrechoquent, se « heurtent longuement dans un hideux amour ». Le corps en décomposition est mis en musique dans une danse macabre. Le poète s'en moquerait-il ? « Hurrah ! Les gais danseurs, qui n'avez plus de panse ! » s'écrie-t-il. Puis « Holà, secouez-moi ces capitans funèbres ». Mais le sarcasme est un cri de désespoir. Le monde ressemble à cette danse funeste. Les images rimbaldiennes révèlent sa perception de la condition de l'être humain, abandonné au diable, dans un monde sans Dieu. C'est pourquoi, le réalisme du poète est cru. Il touche à l'ordure car la réalité doit être perçue dans toute son horreur.

1. *Ibid.*, p. 142.

Enfin, il y a le **sarcasme**. L'écriture rimbaldienne use volontiers de l'ironie et de la satire pour dénoncer ses ennemis. Il hait l'hypocrisie et, à ses yeux, l'Église et ses clercs sont les suppôts de cette grimaçante mascarade. Dans le « Châtiment de Tartuffe », il peint avec une verve caustique et satirique, le portrait d'un curé brûlé par le désir charnel :

> Tisonnant, tisonnant son cœur amoureux sous
> Sa chaste robe noire, heureux, la main gantée,
> Un jour qu'il s'en allait, effroyablement doux,
> Jaune, bavant la foi de sa bouche édentée[1].

Celui que le poète nomme « Saint Tartuffe » cache sous sa chaste soutane un corps empreint de lubricité. Sa décomposition buccale symbolise les paroles trompeuses et l'hypocrisie qui suinte de son discours. La décomposition du corps, le ridicule de l'aspect extérieur, sont les reflets de l'âme infâme.

Ce ridicule est perçu dans « L'Éclatante Victoire de Sarrebrück » qui serait inspirée par une gravure vendue à Charleroi et représentant l'Empereur après la victoire. Rimbaud, qui abhorre la guerre, se moque à l'occasion de Napoléon III en le décrivant tel un fantoche :

> Au milieu, l'Empereur, dans une apothéose
> Bleue et jaune, s'en va raide, sur son dada
> Flamboyant ; très heureux, – car il voit tout en rose
> Féroce comme Zeus et doux comme un papa[2].

L'emploi des couleurs vives, le lexique de la victoire avec les termes « flamboyant » et « apothéose », s'opposent à la réalité et créent la satire tandis que Napoléon III cache sa cruauté de chef de guerre derrière une image de bon père. Une fois de plus, l'empereur est guindé, benêt, ridicule.

La désublimation occupe donc une place prépondérante dans la poésie de Rimbaud. Dans sa lettre du 13 mai 1871 adressée à Georges Isambard il écrivait : « Maintenant, je m'encrapule le plus possible. Pourquoi ? Je veux être poète, et je travaille à me rendre voyant[3] ». L'émancipation créatrice passe par l'affranchissement du langage. La poésie n'est plus l'obligation du beau mais la nécessité du vrai. Le poète se doit de livrer ce qu'il voit, et, ne l'oublions pas, si « c'est informe, il donne de l'informe. »

---

1. *Ibid.*, p. 81, v. 1 à 4.
2. *Ibid.*, p. 101, v. 1 à 4.
3. *Ibid.*, p. 137-138.

2.2.3 L'émancipation créatrice et le renouvellement du langage poétique

L'émancipation de la poésie s'est mise en marche bien avant l'arrivée d'Arthur Rimbaud dans le paysage littéraire : quelques années auparavant, le vers était tombé sous la prose poétique d'Aloysius Bertrand dont le *Gaspard de la nuit* fut publié en 1842 à titre posthume. Suivant cet exemple, Baudelaire s'était également initié à la poésie en prose en publiant le *Spleen de Paris*. Enfin, Rimbaud lui-même remarquait déjà en août 1870, à la lecture des *Fêtes Galantes*, que Verlaine se permettait de fortes licences poétiques puisqu'il ne faisait pas de césure à la sixième syllabe de l'alexandrin.

Même s'il maîtrisait parfaitement les règles classiques de la poésie et qu'il fut au départ fortement influencé par Victor Hugo, Théodore de Banville et par les Parnassiens, Rimbaud va peu à peu déconstruire l'écriture poétique ou plutôt, il va l'adapter jusqu'à atteindre une forme d'expression que l'on pourra très vite considérer comme des vers libres. Le *Cahier de Douai* est constitué de longs poèmes et de sonnets. Mais soucieux d'un nouveau langage dont le but est sans doute de dérouter le lecteur, **Rimbaud s'émancipe des formes classiques** qu'il considère sans doute comme désuètes, **il les enfreint, les élague, les réinvente.** « Ma Bohème », poème auquel Rimbaud ajoute le double titre de « Fantaisie », garde *a priori* la forme classique du sonnet mais il va pourtant s'en éloigner. Tout d'abord, les quatrains et les tercets ne s'opposent plus au niveau du sens. Puis, Rimbaud maltraite avec une certaine jubilation l'alexandrin classique et surtout son rythme avec des scansions dissymétriques du vers. L'emploi de nombreux enjambements et rejets permet de casser le rythme. Enfin, Rimbaud se permet des rimes fantasques, comme par exemple « élastique » et « fantastique », rompant avec l'idéologie d'une langue poétique qui ne s'autorise qu'un registre soutenu. Les images en perdent leurs valeurs culturelles de référence : la lyre d'Apollon est confondue avec les lacets des souliers crevés. Le langage est presque enfantin. **La liberté est Muse.** Jean-Luc Steinmetz décrit ainsi l'écriture de Rimbaud :

Son réalisme est aussi dru que celui des romanciers de l'époque, mais il sait lui donner un éclat particulier, comme Rembrandt faisait d'un bœuf écorché un temple d'entrailles. Ses mots s'emparent du réel – que l'on sent à portée, touché, comme « les étoffes moisies » des « Pauvres à l'église », la « bible vert-chou » et les « espaliers galeux » des « Poètes de sept ans » [...]. Et il sort de là une lumière qui est plus que la vie, qui est le plus-que-réel dont seul le poème est capable[1].

Cependant, si l'écriture poétique, désacralisée, n'en est que plus lumineuse, c'est sans nul doute parce qu'elle provient d'une volonté de s'affranchir de tous les carcans imposés jusqu'alors par une élite. Avec Arthur Rimbaud, la poésie n'est plus un genre littéraire destiné à une élite. Elle est le langage, l'écriture du peuple, du tout-venant. Le poète emploie volontiers des expressions triviales comme « frou-frou » et des

1. Préface de J. L. Steinmetz, *ibid.*, p. 19.

exclamations familières : « Oh ! là là[1] ! », « Hurrah ! », « Hop[2] ». Dans « L'Éclatante Victoire de Sarrebrück », le langage familier accentue l'ironie et permet de faire tomber le souverain de son piédestal : ainsi « dada » rime avec « papa » et les « Pioupious » se lèvent tandis que « Pitou » remet sa veste. Ce registre familier utilisé à l'époque par le peuple pour désigner les soldats permet au poète de s'inscrire dans la classe sociale qu'il revendique : la paysannerie, le « petit peuple » entre ainsi avec lui en poésie comme il était entré en révolution.

On comprend bien que l'émancipation créatrice rimbaldienne n'a alors d'autres enjeux que de faire de la poésie ce nouveau genre révolutionnaire dont les surréalistes se diront être les héritiers. Sans doute, Rimbaud voulait-il changer la vie. Pour ce faire, il s'est employé à changer la poésie, **faisant de sa créativité un manifeste**, une arme de contestation sociale implacable et anticonformiste.

3. L'œuvre à l'examen

Les plans détaillés ici doivent impérativement être complétés par des références précises extraites des poèmes.

3.1 EXPLICATION LINÉAIRE : « LE DORMEUR DU VAL »

- **Éléments de contextualisation**

  Composé en octobre 1870, ce poème dénonce avant tout la guerre dans laquelle la France du Second Empire a été précipitée. Le spectacle d'un soldat mort est loin d'être imaginé par le jeune Rimbaud qui, lors d'une de ses fugues, aura très probablement assisté à une telle scène. L'émancipation créatrice du jeune poète peint un tableau paradoxal : dans la nature qui est refuge et où le soldat semble dormir, la mort omniprésente s'immisce salement dans la beauté du monde. Ce poème ressemble par l'emploi des couleurs et des descriptions de la lumière à un tableau impressionniste. Rimbaud oppose ici la nature bienfaitrice à l'absurdité humaine, la vie débordante à la mort. Mais la Nature est muette quand l'orgueil et la cruauté se déchaînent. Elle apparaît alors comme un linceul qui entoure le corps du soldat et le ramène vers elle dans une sorte de transcendance divine.

- **Lecture expressive du poème**

1. *Ibid.*, p. 103, v. 4.
2. *Ibid.*, p. 79, v. 13 et 15.

Problématique: En quoi ce poème, qui semble être en apparence une ode à la nature, témoigne-t-il en vérité de toute la révolte rimbaldienne?

– **Présentation des mouvements.**

I. Un décor idyllique (v. 1 à 4)

1. Un trou de verdure (v. 1)

- Le val est perçu comme un refuge. Le mot « trou » apparaît dès le premier vers et participe à la création d'un lieu caché qui pourrait évoquer un abri.
- La verdure colore le tableau dessiné par Rimbaud. On arrive dans un *Locus amoenus* douillet et accueillant.

2. Personnification de la rivière (fin du v. 1 début v. 3)

- Allitération en [v]. Le poème semble suivre le mouvement de l'onde ou celui du vallon.
- La rivière est personnifiée: elle chante et accroche des « haillons d'argent aux herbes ».
- Le verbe « chanter » contribue à la création d'une ambiance douce et salutaire.
- L'adverbe « follement » donne à la rivière un côté sauvage.
- La métaphore « accrochant [...] des haillons d'argent » et l'oxymore « haillons d'argent » soulignent le sentiment de richesse éprouvé par Rimbaud lorsqu'il est seul dans la nature (*cf.* « Ma Bohème »).
- Le rejet du mot « argent » accentue l'oxymore: la nature est une richesse.

3. Un endroit baigné de lumière (v. 4)

- Isotopie de la lumière avec « Soleil », « luit », « rayons ».
- Personnification de la montagne avec l'adjectif « fière ».
- Il y a une harmonie entre les éléments naturels.
- La métaphore « mousse de rayons » matérialise la lumière.

II. L'illusion d'un sommeil réparateur (v. 5 jusqu'au v. 8 « il dort »)

1. Le soldat se fond dans la nature environnante (v. 5 et 6)

- Description de la posture du soldat. Il y a une impression d'abandon total à la nature: « bouche ouverte », « tête nue », la « nuque baignant » dans le « cresson ».
- La couleur bleue de l'herbe donne un aspect féerique et onirique au décor.
- Le soldat semble appartenir à la nature environnante.

2. Un sommeil annoncé (v. 7)

- Le verbe « dormir » est rejeté au vers 7. Il tend à accentuer l'illusion en mettant l'appui sur le sommeil.
- Les nuages sont le toit sous lequel le soldat se repose. Il y a ici quelque chose d'autobiographique. Plus d'une fois Rimbaud a dû se reposer dans un tel vallon.

3. Une pâleur inquiétante (v. 8 et 9 jusqu'à « il dort »)

- La douceur et la tranquillité s'estompent avec l'emploi de l'adjectif « pâle ». Soudain, il semble s'agir d'un malade dans son « lit » de verdure.
- La métaphore « la lumière pleut » crée un paradoxe entre le solaire et la pluie, créant un basculement du chaud vers le froid : « La mousse des rayons » dont il était question au v. 4 semble s'être liquéfiée, perdant de sa douceur pour un aspect plus triste.
- Les glaïeuls symbolisent la défaite.

III. La mort se révèle (v. 9 « Souriant » jusqu'à la fin)

1. La maladie est annoncée (v. 9 à 11)

- Antithèse entre le sourire et la maladie. Le sourire est entaché de morbidité.
- Le soldat est décrit comme un « enfant » afin de montrer l'absurdité de ce qui va suivre.
- Allégorie de la Nature. Le poète s'adresse à elle pour soigner le soldat.
- Le verbe « bercer » à l'impératif désigne la nature comme une mère protectrice.
- La chaleur dispensée par la nature s'oppose au froid qui s'est emparé du corps.

2. Un sommeil discutable (v. 12 et 13)

- Les sens semblent avoir abandonné le jeune homme, ce qui sous-entend une perte de la vie.
- Trois occurrences de « dort ». L'auteur ne veut pas voir la mort en face tant elle est absurde.
- La main sur la poitrine laisse présager une blessure.

3. La mort annoncée (dernier vers)

- L'adjectif « tranquille » rejeté au dernier vers crée une chute.
- La présence des deux trous rouges annonce la mort.
- Opposition du rouge sang avec les couleurs froides de la nature.
- Rimbaud joue avec les couleurs. La couleur chaude du sang symbolise le froid mortel qui s'empare de l'homme. Les couleurs froides de la nature apportent lumière et chaleur.

Conclusion

« Le Dormeur du Val » est une dénonciation de la guerre. Rimbaud confronte une nature apaisante et sereine à la réalité de l'existence humaine. Par un jeu de lumières et de couleurs tantôt froides, tantôt chaudes, il crée un tableau qui dépeint la beauté d'une nature tranquille. Mais derrière cette impression de sérénité, se cache la mort que le jeune poète ne semble pas vouloir reconnaître, lui qui voit en ce soldat, un enfant endormi. L'émancipation créatrice du jeune poète est révélée par la puissance d'un langage émotionnel qui mêle de manière paradoxale la joyeuse et indifférente vivacité de la Nature face à l'absurdité, à la mort et à la solitude de l'homme.

3.2 EXPLICATION LINÉAIRE : « MA BOHÈME »

– **Éléments de contextualisation**

Le sous-titre de « Fantaisie » annonce déjà une poésie onirique. C'est le récit d'une fugue faite par un enfant en quête de liberté qui trouve dans la nature, les chemins ouverts et la vie de bohème, une échappatoire à sa triste vie. L'univers est enfantin, joyeux, extravagant. Mais il laisse deviner les aspirations poétiques du jeune prodige en marche. Cependant, cette poésie n'a rien d'une écriture guindée, endimanchée dans des règles classiques. Elle est comme lui, libre, émouvante, fantaisiste. « Ma Bohème » est le symbole même de l'émancipation créatrice : l'enfant glane les rimes le long des chemins, la misère fait de lui un poète, son lyrisme naît des élastiques de ses souliers blessés.

– **Lecture expressive du poème**

Problématique : En quoi ce poème est-il la représentation du jeune poète Rimbaud en quête d'émancipation ?

– **Présentation des mouvements**

I. La vie de bohème (v. 1 à 5)

1. Idéalisation de la fugue (v. 1 et 2)

- Un départ dans la pauvreté : l'enfant n'a pas argent (« poches crevées »), il a les mains fermées (« points »), n'a qu'un « unique paletot ».
- L'adjectif « idéal » témoigne du bonheur de cette fugue.

2. Un moment d'inspiration (v. 3)

- La répétition du verbe « aller » et l'absence de destination montrent qu'il s'agit d'une errance.
- Cette errance est placée sous le signe de liberté : présence imposante du ciel.

- L'exclamation « Muse ! », et la périphrase « ton féal » tissent un lien entre liberté et poésie. La liberté impose l'inspiration.
- Rimes idéal / féal. Le poète est heureux de ce joug.

3. La liberté permet la rêverie (v. 4)

- Les trois exclamations témoignent de l'émotion qui étreint le poète.
- Hyperbole « amours splendides » : tous les espoirs sont permis.

II. Fantaisie (v. 6 à 11)

1. Le petit poucet de la poésie (v. 6 et début du v. 7)

- Référence aux contes et au Petit Poucet : sa culotte est trouée. Le poète est pauvre comme le héros de Charles Perrault.
- L 'adjectif « rêveur » fait écho au verbe « rêver » au vers 4 et accentue la fantaisie donnant un aspect onirique au poème.
- Le poème « égrène » des rimes comme le Petit Poucet des cailloux. La poésie est une boussole.
- Rejet de « rimes » pour casser le rythme et donner de l'impulsion au poème.

2. La Nature merveilleuse (fin v. 7 et v. 8)

- Métaphore entre la Grande Ourse et une auberge. Le jeune poète trouve refuge dans la nature.
- Le ciel et les étoiles sont palpables puisqu'il peut y dormir.
- Cette impression est renforcée par la métaphore du vers 8 qui prête une sonorité aux étoiles.
- Le terme « frou-frou » léger et enfantin accentue le côté bienveillant.
- Le poète est semble-t-il habité d'un pouvoir surnaturel.

3. Communion avec la nature par les sens (v. 9 à 11)

- Les verbes « écouter » et « sentir » ainsi que l'évocation du « vin » témoignent d'une ivresse des sens.
- Le poète cesse de gambader pour « écouter » les étoiles. Volonté d'une communion. Il entend la parole poétique.
- La comparaison du vers 11 fait de la nature une force régénératrice.

III. Une poésie nouvelle (v. 12 à 14)

1. Une poésie fantaisiste (v. 12)

- La métaphore « au milieu des ombres fantastiques » révèle une menace sombre et inquiétante.
- Mais le poète continue d'être inspiré comme en témoigne le participe présent « rimant ».
- Rien ne peut l'atteindre. Le poète ne craint pas d'être malmené.

2. Parodie de la poésie ancienne (v. 13)

- Rimbaud se présente comme un nouveau poète, chantre de la pauvreté. La métaphore du v. 13 remplace les cordes de la lyre d'Apollon par les élastiques des souliers.
- La poésie ancienne est ainsi parodiée.
- Rimbaud montre que le vrai poète doit parler de la vraie misère et non s'écouter « chanter ».

3. Une poésie en marche (v. 14)

- La marche du nouveau poète est difficile comme en témoigne la personnification « souliers blessés ».
- Seule la douleur mène à la vraie poésie et Rimbaud s'affirme poète.
- La métaphore « un pied près de mon cœur » tisse un lien étroit entre la poésie en marche et l'exaltation de l'âme du poète.

Conclusion

Ce poème qui semble être enfantin et onirique, se révèle finalement être une ode à la poésie telle que Rimbaud la conçoit. Le désir d'émancipation créatrice d'Arthur Rimbaud s'affirme à travers une révolution esthétique et poétique. Le poète déconstruit les règles classiques pour proposer une autre vision de son art. Lavé des engourdissements que procuraient les anciennes normes, son langage est celui du vagabond, de l'homme libre, de celui qui parle au monde. Or c'est cette émancipation qui fait de lui un « voyant », porté par le seul désir de s'approprier la vérité et d'être la voix de l'ineffable, quelles que soient les souffrances endurées.

3.3 L'ÉPREUVE ÉCRITE : SUJET DE DISSERTATION

> « *Cette langue sera de l'âme pour l'âme, résumant tout, parfums, sons, couleurs, de la pensée accrochant la pensée et tirant.* »
>
> Arthur Rimbaud, *Lettre à Paul Demeny, dite « du voyant »*

Problématique : En quoi l'écriture et le langage poétique dépassent-ils l'inspiration personnelle pour prendre forme dans une expérience émancipatrice et universelle ?

I. La poésie, langage des sens

1. Voyager pour être voyant : la nécessité du voyage pour tout embrasser

2. La nature comme expression des sens et des sentiments

3. Écriture de l'exaltation et de la sensualité

II. Une poésie révolutionnaire

1. La rupture poétique

2. Écriture de la colère et de la dénonciation

3. Le langage de la désublimation

III. La poésie : un langage et un combat universel

1. « Je est un autre »

2. Poète(s) maudit(s)

3. Accéder à la vérité ultime

3.4 PARCOURS : « ÉMANCIPATIONS CRÉATRICES »

- **Lectures cursives**
  - Aloysius Bertrand, *Gaspard de la nuit*, 1842.
  - Charles Baudelaire, *Les Fleurs du mal*, 1857.
  - Paul Verlaine, *Poèmes saturniens*, 1866 ; *Fêtes Galantes*, 1869 ; *Romances sans paroles*, 1874.
  - Lautréamont, *Les Chants de Maldoror*, 1874.
  - Tristan Tzara, *L'Homme approximatif*, 1931.
  - Andrée Chédid, *Rythmes*, 2003.

- **Axes de lecture**
  - Un nouvel art poétique.
  - Le poète maudit : solitude et dérèglement des sens.
  - La désublimation.
  - La vérité révélée par la puissance de la poésie.
  - La poésie, une arme révolutionnaire.
- **Textes complémentaires**
  - Aloysius Bertrand, *Gaspard de la Nuit*, 1842 : « Ondine ».
  - Charles Baudelaire, *Les Fleurs du mal*, 1857 : « La Charogne ».
  - Paul Verlaine, *Fêtes galantes*, 1869 : « Colloque Sentimental ».
  - Lautréamont, *Les Chants de Maldoror*, 1874 : « Chant deuxième », du début jusqu'à « les ténèbres de l'orgueil ».
  - Tristan Tzara, *L'Homme approximatif*, 1931 : « Chant VIII, du début » jusqu'à « adulte de fer ».
  - Andrée Chédid, *Rythmes*, 2003 : « L'Autre Réalité ».

Francis Ponge,
La Rage de l'expression

“ *Ce n'est pas de la relation, du récit, de la description, mais de la* conquête. ”

Francis Ponge, Appendice au « Carnet du bois de pins »,
La Rage de l'expression, p. 160

L'édition de référence pour notre étude est celle qui a été publiée chez Gallimard en 1976.

1. L'œuvre et ses contextes

1.1 REPÈRES BIOGRAPHIQUES

Date	Vie
27 mars 1899	Naissance à Montpellier. Ses parents s'installent peu après à Avignon où le petit Francis connaît une enfance heureuse avec sa sœur Hélène, qui naît en 1901. L'atmosphère et les paysages du Midi marquent durablement notre auteur. Le tout jeune enfant est vite initié à l'art: dès l'âge de 7 ans (en 1906), il commence le piano, sans doute éveillé à la musique par son père mélomane; quant à la peinture, c'est sa mère, passionnée, qui éduque très tôt le regard de son fils.
1909	Le père de Francis Ponge, alors directeur de l'agence nationale d'escompte, est muté à Caen. C'est dans cette ville que notre auteur fait un parcours scolaire brillant au lycée Malherbe.
1916	Il obtient un baccalauréat latin-sciences-philosophie (on retrouve déjà, dans le choix de ces trois disciplines, beaucoup de Francis Ponge!). Ponge est admis en hypokhâgne à Louis-le-Grand. L'étudiant souffre d'un véritable blocage quand il s'agit de prendre la parole. Cela lui coûte son admission à l'ENS, malgré sa réussite aux écrits. C'est en Sorbonne qu'il poursuit son cursus où il se spécialise en philosophie. Mais cette incapacité à parler l'empêche de réussir ses épreuves. Pendant ces premières années parisiennes, Ponge est aussi un jeune homme travaillé par les combats de son temps: il flirte avec le nationalisme de Maurice Barrès avant d'être séduit par la révolution bolchevique...
1918	Ponge finit par rejoindre les troupes françaises de la Première Guerre mondiale. Son ardeur est vite déçue: la vie de soldat ne lui sied guère.

18 mai 1923	Le père de Francis Ponge décède des suites d'une fièvre typhoïde. Commence alors une sombre période pour le jeune orphelin (il n'a que 24 ans) qui perd cette figure tutélaire et encourageante. C'est dans ces années-là qu'il rencontre Jean Paulhan qui devient, en 1925, le directeur de *La Nouvelle Revue française*. Malgré leurs désaccords et leurs échanges parfois tendus, l'homme de lettres fait bel et bien office de mentor dans la vie et surtout dans la carrière de Ponge.
1929	Francis Ponge rencontre Odette Chabanel qu'il épouse en 1931 et dont il a une fille, Armande, en janvier 1935.
Dans les années 1930	Il rencontre régulièrement les surréalistes et est particulièrement proche d'André Breton. S'il ne cache pas un certain enthousiasme pour les thèses littéraires d'alors, il n'adhérera jamais complètement à l'ensemble des idées surréalistes et s'en affranchira de plus en plus. Par ailleurs, il est très engagé politiquement et il est probable que son poste d'employé aux messageries Hachette, qu'il occupe depuis 1931, l'ait rendu particulièrement sensible aux luttes des travailleurs. En parallèle de son activité dans son « bagne de premier ordre », il est très engagé à la CGT, applaudissant évidemment les réformes du Front Populaire de 1936. Cet engagement politique étant de plus en plus chronophage, il finit par être licencié à la toute fin de l'année 1937.
1940	Francis Ponge s'engage activement dans la Résistance en parallèle de son nouvel emploi dans le domaine des assurances. Il contribue activement à des revues résistantes et reste, jusqu'à la Libération, très engagé dans la Résistance, aux côtés des communistes et de Louis Aragon.
1942	Publication du *Parti pris des choses*, recueil le plus célèbre de Francis Ponge, auquel son nom est systématiquement associé. Il s'agit d'un recueil de poèmes en prose sur des objets que l'on pourrait qualifier de communs, tels que le pain, l'huître, le cageot, etc.
1944	Quand vient la période de la Libération (6 juin 1944-8 mai 1945), Ponge prend ses distances avec le communisme tant politique qu'artistique : au premier, il reproche une violence trop systématique, une trop frénétique « épuration » ; au second, un dogmatisme étriqué. Il finira par se rapprocher du gaullisme dans les années 1950.
Dès 1950	Notre auteur devient progressivement une figure majeure du monde artistique et littéraire, il est proche de beaucoup d'écrivains en vogue dans les milieux littéraires (Queneau et Guillevic, pour ne citer qu'eux) et se rapproche de peintres bien connus (d'un certain Picasso, par exemple). L'année 1950 marque un tournant dans la carrière de Ponge : c'est l'ère de la consécration qui s'ouvre.
1951	André du Bouchet (1924-2001), alors tout jeune poète, dédie son recueil à F. Ponge, qu'il considère comme son maître.
1952	Publication de *La Rage de l'expression*.
1956	La prestigieuse *Nouvelle Revue française* (NRF) publie un numéro consacré à notre auteur, *Hommage à Francis Ponge*. De grands noms de la littérature sont au rendez-vous pour louer leur pair (père ?), comme Albert Camus et Philippe Jaccottet.
1966	Ponge, qui multiplie les conférences en France et à l'étranger depuis les années 1950, est Professeur Invité à Columbia (New York).

1967	Première monographie consacrée à F. Ponge, que l'on doit à Philippe Sollers.
1975	Premier grand colloque consacré à notre auteur intitulé « Ponge, inventeur et classique » au centre de Cerisy-la-Salle.
6 août 1988	Ponge s'éteint à 89 ans. Il repose au cimetière protestant de Nîmes, qu'il considérait comme sa ville d'adoption.
1999 et 2002	Publication du tome I puis du tome II des œuvres de Francis Ponge dans la prestigieuse collection de la Pléiade.

1.2 REPÈRES HISTORIQUES

1914-1918	**Première Guerre mondiale**
1936	Le Front Populaire: union de différents partis de gauche qui gouverne la France de mai 1936 à avril 1938. Nombreuses réformes sociales, comme la diminution du temps de travail et les congés payés.
14 juin 1940- 24 août 1944	L'Occupation: la France, qui a été défaite par l'Allemagne, est en partie occupée par l'ennemi. Pétain devient le président de l'État Français et a les pleins pouvoirs: c'est le régime de Vichy. S'organise alors une résistance qui prend entre autres une forme littéraire: circulation de journaux et d'œuvres qui critiquent vivement le régime en place.
19 août 1944 – 25 août 1944	La Libération: la France est libérée par les Américains. C'est la fin de l'Occupation. Se met en place rapidement « l'épuration », c'est-à-dire la sanction de tous ceux qui ont collaboré ou que l'on soupçonne d'avoir collaboré avec l'ennemi pendant l'Occupation.

1.3 FRANCIS PONGE ET LES SURRÉALISTES

Ponge a été proche des auteurs surréalistes. Pourtant, son œuvre en général et son recueil en particulier échappent, c'est certain, aux étiquetages. Ponge est un de ces inclassables. Toutefois, il a sans doute appris auprès de ce monde littéraire dynamique et animé, même s'il n'a pas souscrit à tous leurs principes. Les surréalistes prônaient une écriture libérée de toute contrainte, qu'il s'agisse des règles formelles, de la censure et, même (surtout) de la chaîne logico-référentielle[1]. Ils sont en ce sens friands d'associations d'idées, de mots, d'images incongrues sans qu'elles soient pour autant forcément hasardeuses, bien qu'elles semblent l'être. Quand Éluard, par exemple, écrit que « La

1. On parle de chaîne logico-référentielle pour désigner l'enchaînement logique, attendu, commun des mots ou groupes de mots dans une phrase.

terre est bleue comme une orange[1] », il semble aller contre la logique. Mais la terre est pourtant de la même forme qu'une orange, et elle est bien bleue. Quand le même auteur, dans *Les Mains libres*, écrit qu'une « averse est un feu de paille », il semble associer les contraires au point de défier, encore une fois, la logique et le réel. Mais il attire plutôt notre attention sur les bruits assimilables du feu qui crépite et de l'eau qui tombe en averse. Le lecteur doit donc entrer dans une démarche interprétative et s'interroger sur le cheminement de l'auteur jusqu'à comprendre l'évidence qui se cache derrière l'incongruité. Ponge, dans certaines associations d'idées, est proche de cette attitude surréaliste. C'est que sa démarche est semblable à bien des égards : inviter le lecteur à repenser les mots, les choses, et les liens qui les unissent.

2. L'œuvre en examen

2.1 REMARQUES LIMINAIRES SUR LE TITRE : « LA RAGE DE L'EXPRESSION »

Ce titre peut d'abord renvoyer à un élément biographique que nous avons vu : pour Francis Ponge, parler a longtemps été un obstacle. On comprend donc aisément que l'expression soit associée à cette « rage » dont il est question. La rage de l'expression est suscitée par la rage du silence.

En outre, au sein même du recueil, la parole est liée à une urgence : il faut dire, il faut nommer, il faut qualifier ; il faut que la parole coïncide avec les choses. Le poète se voit dans une position quasi prophétique : il pose les jalons d'un rapport aux mots qui définira un nouveau rapport au monde et enrichira l'esprit humain. On comprend donc ce désir ardent de dire. Inévitablement, cette soif du mot juste, qui pousse notre auteur à une perpétuelle recherche, à des tâtonnements incessants, s'accompagne d'un emportement devant l'impossibilité, parfois, de bien dire, de trouver le mot juste : « Non ! », scande-t-il dans un texte, alors qu'il ne parvient pas à formuler ce qu'il souhaite (p. 105).

Mais il y a plus : la rage, une maladie qui peut être mortelle. Cette interprétation peut être déployée en deux sens. Premièrement, l'approche biographique pourrait nous faire penser à ce rapport maladif à la parole. Le recueil serait donc un ensemble d'exercices thérapeutiques pour enfin guérir cette expression enragée. On peut aussi

1. Paul Éluard, *L'Amour la poésie*, 1929.

penser à l'expression en général, qui serait, minée par la banalité et les mots que l'on prononce sans les penser, gravement malade : le recueil aurait pour but de la libérer et de la guérir.

Enfin, le lecteur du *Littré* qu'était Ponge n'aura pas omis ce dernier sens, plus rare mais savoureux : « goût excessif, penchant outré ». Notre auteur se caractérise effectivement par cette passion pour l'expression, il y consacre tout son temps, toute sa vie, toute son énergie.

Si Ponge a fini par choisir ce titre, c'est probablement que tous ces sens se complétaient, s'enrichissaient et le séduisaient.

2.2 DANS L'ATELIER DU POÈTE

En ouvrant *La Rage de l'expression*, on ouvre immédiatement la porte de l'atelier de Francis Ponge. L'originalité de ce texte se donne immédiatement à voir. Le lecteur comprend en effet très vite qu'il n'a pas affaire à un produit fini – c'est ce que l'on attend, habituellement, d'une *œuvre* – mais à une véritable *exhibition*. Exhibition des ficelles, des coulisses, du processus créateur, de cette « lente fabrique[1] » qu'est le texte. Il convient d'être plus précis encore pour toucher à la pleine originalité de ce recueil. Ponge ne nous propose pas exactement de lire des notes ou des carnets préparatoires. C'est que ce travail, ces recherches incessantes et ces tâtonnements vertigineux, ces hésitations infinies constituent, précisément, le produit fini. Tout y est : les expériences et les résultats, les brouillons et les textes à leur stade d'avancement le plus avancé. *La Rage de l'expression* est donc un *produit fini* dans la mesure où l'auteur ne nous donne pas accès aux coulisses d'une œuvre. Quand André Gide, par exemple, publie *Le Journal des faux-monnayeurs*, il ouvre la porte de l'atelier du romancier, montre ses notes et les différents rouages de la composition du roman. Mais *La Rage de l'expression* n'est *le journal* d'aucune autre œuvre. Autrement dit, le livre est tout à la fois produit fini et travail préparatoire. Plus encore, c'est un travail qui ne prépare à rien d'autre qu'à lui-même. Il s'agit certes d'une étape décisive et, en ce sens, *préparatoire* dans la poésie et la poétique de Ponge. Pour autant, ce travail préparatoire ne correspond à aucun produit fini. *Le Journal des faux-monnayeurs* prépare le roman *Les Faux monnayeurs*. *La Rage de l'expression* n'est pas l'étape préparatoire d'un autre recueil. C'est donc l'originalité de ce livre, produit fini qui s'ouvre sur son inachèvement, que nous tâcherons de mettre en évidence.

1. Expression utilisée dans ses « Notes sur le bois de pins », p. 123. Il parle également d'une « lente fabrique de bois mort » (p. 113) et ne manque pas d'insister sur cette idée du bois mort laissé en cours de route. Il faut évidemment y lire une dimension méta-poétique : le poète laisse beaucoup derrière lui au fur et à mesure du processus. Toutes les versions abandonnées sont autant de bois mort.

2.2.1 Derrière la porte de l'atelier du poète

Suivre le poète à sa table de travail

Dans *La Rage de l'expression*, Ponge donne à lire, parfois, un véritable journal[1]. Le lecteur peut suivre la création de l'auteur de manière très précise. Dans ce qui peut parfois s'apparenter à un **journal de bord poétique**, Francis Ponge date ses différentes remarques et ses différentes versions d'un même texte. Ainsi, on apprend, à la fin de la première série de textes – consacrée à « La Guêpe » – que ce début de recueil a été composé entre août 1939 et août 1943 ; par ailleurs, il est aussi indiqué que cette aventure créatrice a commencé à Paris et s'est achevée à Fronville (p. 27). De la même manière, les « Notes prises pour un oiseau » s'achèvent sur des indications sur le lieu et la période de composition : « Paris, mars-septembre 1938 ». Il n'est pas si rare, pour un poète, de dater ses textes, ni d'indiquer le lieu de composition. Mais notre auteur se montre souvent plus précis encore, soucieux, au cœur même d'un texte, d'être suivi à la trace. C'est ainsi qu'au milieu du texte « L'Œillet », il indique, entre parenthèses, que ce qui suit a été écrit « [u]n autre jour » (p. 57). À la fin du sixième fragment du même poème, il se montre particulièrement précis en indiquant, toujours entre parenthèses : « Ces six premiers morceaux, la nuit du 12 au 13 juin 1941, en présence des œillets blancs du jardin de Mme Dugourd. » Par cette précision, **l'auteur se montre en train de composer**, donne les circonstances très concrètes, voire triviales, de la composition d'une pièce.

C'est également un moyen de souligner sa **proximité réelle avec *les choses*** dont il tend à donner une image textuelle franche et juste. Le poète, dans son atelier, se doit d'être au contact de ces choses dont il tient à *prendre le parti*. Sa poésie n'est donc pas le fruit, en l'occurrence, d'une représentation ou d'un souvenir, mais d'un contact précis, concret. On peut en outre penser à ce passage du « Mimosa » dans lequel l'auteur n'est, une nouvelle fois, pas avare en détails. D'abord, l'un des extraits du poète est horodaté : « 6 avril, 3 heures du matin » ; et Ponge d'ajouter, au milieu de l'extrait, entre parenthèses : « Il est trois heures du matin et nous voici, comme par hasard, au dimanche des Rameaux 1941. » Cette parenthèse interrompt le fil du texte, comme le marquent les points de suspension avant et après la parenthèse. L'auteur, pendant qu'il écrit, émet une réflexion personnelle ; il l'indique. Il nous donne ainsi accès, à l'heure près, à son *flux de conscience,* au contenu de ses pensées. Au-delà de la symbolique religieuse à laquelle l'auteur se plaît ici à faire rapidement référence, il faut surtout retenir qu'il se montre, encore une fois, au travail. C'est grâce à ces remarques et à cette précision que **l'auteur dévoile les coulisses de sa création**.

1. À ceci près qu'on ne suit pas *chronologiquement* sa création : certaines pièces plus tardives sont placées avant, par exemple ; à l'ordre chronologique, Francis Ponge préfère *son* ordre.

Les outils du poète

Ponge ne nous renseigne pas seulement sur les temps et les lieux du processus créateur mais il tient aussi à nous faire part de ses outils. D'abord, de façon très concrète, il y a le support sur lequel il compose. Ainsi, parlant du mimosa, auquel il consacre un long texte – ou, plutôt, une longue série de textes –, il écrit : « Comme c'est un sujet très difficile il faut donc que j'ouvre un cahier » ; et d'ajouter immédiatement, au paragraphe suivant : « Tout d'abord, il faut noter que le mimosa ne m'inspire pas du tout. » Non seulement le poète évoque son matériel, mais il le montre, il en expose le contenu. Ce que le lecteur lit, c'est le contenu de ce **cahier**, sur lequel l'auteur fait le point sur ce sujet apparemment si délicat. Le recueil du poète, son livre, c'est ce cahier sur lequel il prend ses « notes », comme le suggèrent d'ailleurs différents titres.

Mais il est surtout fait mention d'un outil de travail privilégié : le **dictionnaire**. La consultation des dictionnaires semble être le socle sur lequel Ponge bâtit son travail. Il a donc une place essentielle dans *La Rage de l'expression*. Dans la deuxième série de textes, notre auteur travaille sur l'oiseau ; après plusieurs développements sur son objet, il finit par écrire : « Que dit Littré de l'oiseau ? Encore la compilation qui me tarabuste. Tant pis. Allons-y voir. Un effort. Je me lève de mon fauteuil » (p. 38). Au-delà, ici, d'une énième mise en scène de l'artisan des mots au travail, qui est soucieux de se montrer en train de créer, cette référence au *Littré* est essentielle. Ponge reconnaît une tendance à « la compilation » et, pour cause : il va recopier ce dictionnaire qui lui est si cher. Du moins en partie car, comme il le signale d'emblée, cet article du Littré est « impossible à recopier » ; la cause : « il y en a trois colonnes, toute la page 813 du tome I-P et plusieurs lignes encore à la page 814 ». Notons au passage, une nouvelle fois, la précision stupéfiante de ses relevés. Finalement, le poète va se résoudre à copier « seulement les têtes de chapitre », ce qui est déjà considérable[1].

Cependant, Ponge ne fait pas que recopier des définitions. Il se montre en train de rêver sur les mots et les étymologies, sélectionnant ce qui l'intéresse, commentant entre parenthèses ce qui l'émeut ou l'informe particulièrement. On croirait même parfois lire des commentaires oraux, échappés au fil de la lecture des définitions, comme à la page 92, où il insère successivement, « (tiens !) » et « (tiens, tiens !) » au cœur d'une définition qu'il recopie. Ponge cherche donc à cerner, par les mots, les choses au plus près. Il est surtout à la recherche de « trouvailles » (p. 91), de termes ou d'expressions

1. Notons par ailleurs que si le Littré a sa préférence, il signale qu'il consulte également, en bibliothèque, « la Grande Encyclopédie » et « le Larousse » (p. 84). Il serait oiseux de citer tous les moments où Ponge recopie le dictionnaire où s'y réfère : ils sont si nombreux. Nous pouvons toutefois garder à l'esprit ce moment, dans sa « Formation d'un abcès poétique », où il fait la liste des « mots à chercher dans Littré » (p. 121). En note, l'auteur nous dit tout, comme à son habitude : « J'étais, à La Suchère, sans moyen de me procurer un Littré. Je notai donc seulement les mots à chercher. Ce que j'ai retenu des définitions du Littré n'a été inscrit en face de ces mots que plusieurs semaines plus tard, vers la fin septembre. » En plus de faire, une fois de plus, de ce recueil un journal du besogneux écrivant, cela permet de souligner l'importance du dictionnaire.

qui résonnent particulièrement avec son expérience de l'objet et pourraient même éclairer et informer son expérience, le rendre plus sensible à certains aspects de ce dernier. Ponge ne se contente donc pas d'un simple relevé, c'est un relevé poétique et rêveur et souvent même une véritable méditation étymologique et esthétique qu'il propose. Par ailleurs, le dictionnaire est, d'une certaine manière, un paradigme pour Ponge qui souhaite dire ce qui l'entoure avec authenticité et précision. Toute proportion gardée[1], il souhaite lui aussi proposer un dictionnaire, à ceci près (et c'est loin d'être un détail) qu'il souhaite dire la chose non pas tant telle qu'elle est, objectivement, mais telle qu'elle existe pour un regard. Mais c'est surtout que pour dire avec authenticité et fidélité les choses, l'artisan doit d'abord faire le plein de mots.

Un texte en chantier

Ce que dévoile aussi notre poète, on commence à le percevoir nettement, c'est un **travail acharné et difficile**. Le texte qui nous est donné à lire est un assemblage de « notes », de différentes versions, de successives « variantes » parsemées de remarques entre parenthèses, de propositions de synonymes. En bref, c'est un texte en chantier qui nous est soumis.

D'emblée, il faut prêter attention à la **dimension graphique** de ce texte. Sans même le lire, on remarque la profusion de points de suspension, en fin de phrases et, plus surprenant, en début de phrases. Le texte apparaît immédiatement comme fragmenté et fragmentaire, non pas, précisément, comme un texte mais comme un ensemble de pièces, d'extraits, de versions. La valse des astérisques renforce évidemment cette discontinuité textuelle.

Le **style télégraphique**, auquel recourt souvent l'auteur, contribue aussi à faire de cette œuvre un carnet de notes. Pour ne citer qu'un exemple, voyons le dernier paragraphe de la page 33 : « Mais ce sont des caractères communs à ces bêtes à toute cette classe d'animaux que je peux seulement reconnaître. Bêtes à plumes. Faculté de voler. Caractères spéciaux du squelette. Attitudes ou expressions caractéristiques ». Le texte est bien plutôt un assemblage d'outils, de remarques, d'essais et d'échecs.

Le poète ne dissimule pas ses **hésitations** ni ses **déceptions** : c'est par un pathétique « (oh que je m'exprime mal !) » qu'il achève, à la page 147, une remarque sur « le bois de pins ». On retiendra enfin ce bilan, intitulé « TOUT CELA N'EST PAS SÉRIEUX », où le poète déplore la lente avancée de son travail : « Qu'ai-je gagné pendant ces quinze pages (pp. 119 à 141) et ces dix jours ? – Pas grand-chose pour la peine que je me suis donnée ». Et d'énumérer six avancées qu'il tire de ce chantier décevant à ses yeux. Si décevant qu'il finira par qualifier l'essentiel des textes du recueil de « tous ratés » (p. 145) dans sa correspondance.

1. Ponge cherche-t-il pour autant *stricto sensu* à définir ? Non. Il veut explorer et épuiser. Ramifier et non réifier, tout donner à voir. Il veut même *donner à vivre* la chose.

2.2.2 Figure(s) du poète

Une mise à distance de la figure du poète

On l'aura déjà compris : Ponge nous donne accès à son atelier, c'est là toute son œuvre. Or c'est évidemment une figure du poète qui se dessine en creux. Comme nous l'avons déjà perçu, le poète est un être méticuleux et laborieux. Mais au-delà de ce que l'on perçoit, il y a la manière dont Ponge lui-même se présente. Ce qui frappe avant tout, c'est qu'il se refuse le qualificatif de poète. Ainsi déclare-t-il de but en blanc, peu après avoir commencé son travail sur « L'Œillet » : « Je ne me prétends pas poète. Je crois ma vision fort commune ». Cette dissociation d'avec la figure du poète tiendrait donc à la dimension *commune* du travail mené par Ponge. L'auteur se dissocie donc plutôt d'*une* vision du poète comme être *non commun*, exceptionnel, différent, singulier. On reconnaît ici cette humilité qui fonde la poétique de Ponge en général et ce projet (*La Rage de l'expression*) en particulier. Le poète se place en rupture avec une certaine représentation, antérieure, de la figure du poète, figure du mage, du prophète[1]. « *Je ne me veux pas poète* », insiste-t-il encore dans sa correspondance (p. 169). D'ailleurs, le contenu de ce qu'il nous livre tend précisément à rompre avec ces représentations : il y a d'abord ce à quoi il s'intéresse en général (les « Objets », les « choses ») mais il y a aussi la manière dont il s'y intéresse : sur un mode discontinu et fragmentaire, inachevé, mal assuré. Cette poétique de l'humilité fait apparaître, évidemment, un poète qui doute fort. Après avoir esquissé un art poétique, ou, plutôt, quelques jalons, dit ce qu'il faudrait faire avec les mots et les choses, il déclare : « Il est fort possible que je ne possède pas les qualités requises pour mener à bien une telle entreprise – en aucun cas ». Ponge ne se sent pas *digne* d'un poète. Lorsqu'il relit de grands noms de la poésie du XXe siècle, il regrette de ne pas soutenir la comparaison : « J'ai relu, nous confie-t-il, les noms d'Apollinaire, Léon-Fargue… et j'ai honte de l'académisme de ma vision : manque de ravissement, manque d'originalité. » La comparaison avec d'autres ne fait donc que le conforter dans son idée qu'il n'est pas poète. Mais s'il n'est pas poète, s'il ne se définit pas comme tel, de quelle figure se rapproche-t-il alors ? À qui s'identifierait-il davantage ?

La figure du scientifique

« Mais ici, déclare Francis Ponge dans sa correspondance, mon dessein n'est pas de faire un poème, mais d'avancer dans la connaissance et l'expression du bois de pins ». *Avancer dans la connaissance*, voilà une démarche qui semble, à s'y méprendre, être plutôt du côté de la science que des lettres. Ponge semble en effet plus prompt à s'identifier à un scientifique. **Chimiste de la langue**, il entend tester différentes combinaisons, différentes associations de mots et d'idées, différents mélanges, différentes

1. Figure particulièrement incarnée dans le premier romantisme, par Lamartine ou Hugo, par exemple. Voir Paul Bénichou, *Les Mages romantiques*, Gallimard, 1988.

réactions. Par moments, son texte prend, de ce fait, l'allure de compte rendu d'expériences scientifiques ou même d'équations. Ainsi, l'atelier du poète se donne à voir comme un **laboratoire**. Sa démarche elle-même, dans *La Rage de l'expression*, semble plus proche, au premier abord, d'une démarche scientifique que littéraire ou artistique. Là où l'artiste fournit un produit fini, le scientifique, lui, expose toutes les étapes de sa recherche. Plus encore, c'est ce que l'on attend de lui et c'est ce qui fait la validité de son travail : il doit égrener sa démonstration, ses tentatives, ses essais et ses échecs. C'est bien ce que fait Ponge. Ne se compare-t-il pas lui-même à « un savant à sa recherche particulière » (p. 160) ? Ses différentes versions et variantes sont numérotées comme de **petits échantillons**. Ses notes donnent parfois l'impression de complexes équations, schémas ou rapports arithmétiques. Ainsi, en page 139 : « Si l'on adopte cette variante, et tenant compte que les distiques PA et DO et le triolet SDS sont indéformables, leur ordre et celui des vers R et Q deviennent à volonté interchangeables, Q devant toutefois être toujours placé après R. » Le lecteur saura tout. La précision est arithmétique, vertigineuse, comme lorsqu'il synthétise les différentes combinaisons poétiques possibles dans une sorte de tableau où les lettres s'effacent véritablement derrière les chiffres (p. 141). Cette « exactitude scrupuleuse de la description » (p. 201) qu'il appelle de ses vœux et considère comme le « secret de la victoire » rappelle d'ailleurs Balzac, celui-là même qui insistait sur la dimension scientifique de sa démarche.

La mission de Francis Ponge

Mais au delà de cette humilité et de cette dissociation de figures plus traditionnelles du poète, Francis Ponge se présente comme chargé d'une mission. En cela, la figure qu'il nous laisse voir peut rappeler celle, plus traditionnelle et romantique, du **mage-poète**[1]. Et cette mission, notre auteur la prend très au sérieux. L'écriture n'est pas ni un passe-temps, ni un jeu, ni un divertissement[2]. Le poète se pose en éclaireur des choses et du monde, convaincu d'avoir un lien singulier avec eux – et plus spécifiquement avec elles, c'est-à-dire avec les choses. Est-ce à dire que Francis Ponge serait « orgueilleux », comme le suggère, non sans malice, l'un de ses correspondants (p. 165) ? En tout cas, il a une très haute estime de sa mission et se sent véritablement *appelé* par les choses.

La grande dignité de son entreprise s'exprime notamment par le recours, à quelques reprises, au futur. Le poète se fait prophète, être clairvoyant qui voit plus loin que son temps. Ainsi écrit-il, dans ses notes sur l'oiseau, qu'il a abordé cette matière dans les détails pour « que nous ayons une meilleure prise sur le monde » ; et d'ajouter : « Nous ferons des pas merveilleux, l'homme fera des pas merveilleux s'il redescend aux choses ». Les futurs abondent dans ce texte et nous indiquent que Ponge a véritablement une

1. On (re)lira avec intérêt, à ce sujet, «Fonction du poète» de Victor Hugo, dans son recueil *Les Rayons et les ombres* (1840).
2. Il ne s'agit pas pour autant d'un *pensum*, d'une torture. On sent chez Ponge un plaisir des mots, une certaine jouissance lexicale et poétique. Mais il ne dissimule pas l'exigence forcenée de son travail.

vision profonde, ancrée dans le temps. Tout ce travail qu'il abat, dont il exhibe les engrenages et les difficultés, il le fait *pour les hommes*. Peut-être n'a-t-il d'ailleurs pas les épaules pour une telle mission. Qu'importe : il pose là des jalons et montre la voie. Car « [d]'autres viendront, déclare-t-il, qui utiliseront mieux que moi les procédés que j'indique. Ce seront les héros de l'esprit humain » (p. 57). Ces quelques mots sont essentiels : Francis Ponge *indique* des procédés pour le bien de l'esprit humain. Voilà une des clefs essentielles pour comprendre un tel degré de dévoilement : ce sont bien les procédés, le cheminement qui comptent. Ponge nous présente une sorte de protocole précis, une méthode graduée pour libérer l'esprit humain. Et, évidemment, une telle entreprise laisse une place de choix au lecteur.

2.2.3 La place du lecteur

Prendre le lecteur par la main ?

Le recueil de Ponge n'est pas facile à lire. Le lecteur, habitué à une trajectoire plus linéaire, est indéniablement surpris par cette voix qui se cherche et se construit, par ces répétitions, ces va-et-vient entre plusieurs versions et, finalement, cet ensemble plutôt circulaire. Le lecteur a souvent l'impression de faire du surplace, relisant de nombreuses fois plusieurs variations, parfois légères – mais essentielles – sur un même poème. C'est la conséquence même du projet de *La Rage* : ouvrir les portes au lecteur de l'atelier du poète.

Mais l'auteur insiste, le lecteur n'est pas seul. Il tient à l'accompagner dans cette singulière découverte, ayant à cœur de « [parler] simplement » (p. 117). Plus encore, son souhait est net : « Il faut que je prenne le lecteur par la main » (p. 87), déclare-t-il. Car Ponge a conscience de ce que son projet n'est pas conventionnel et de ce qu'il peut heurter son lecteur ; c'est pourquoi il ajoute : « je sollicite de sa part une assez longue complaisance, le suppliant de se laisser conduire au risque de s'ennuyer par mes longs détours ». L'auteur, humble, qui ouvre les coulisses de son travail au lecteur, a conscience, pleinement, de la difficulté que cela représente. Mais s'il mène cette entreprise, c'est précisément qu'il a un but, qu'il croit en la vertu de son travail. Le lecteur, une fois ces pérégrinations délicates passées, « goûtera sa récompense lorsqu'il se trouvera enfin amené par [l]es soins [du poète] au cœur du bosquet de mimosa, entre deux infinis d'azur ». Francis Ponge souhaite donc faire de ce recueil un **espace collaboratif**, au cœur duquel, main dans la main avec le lecteur, notre auteur s'efforcerait de descendre au cœur des choses, dans leur intimité, dans toute la force, la vigueur et l'étonnante beauté de leur apparition.

La leçon des choses

Ce qu'il souhaite également transmettre au lecteur, c'est ce qu'il appelle « la leçon des choses ». Il y a donc bien un but moral dans sa démarche. Chez Ponge, poétique et éthique sont intimement liées, de la même manière qu'esthétique et éthique se complètent. En page 69, notre poète affirme qu'il y a des « leçons à tirer de la contemplation de l'œillet ». Il souhaite donc transmettre cette leçon et ses textes comporteraient quelque morale. D'ailleurs, il mentionne peu d'autres auteurs, mais Jean de La Fontaine, lui, auteur de l'âge classique, qui s'était appliqué à plaire et instruire, est mentionné. Ponge y voit un modèle de clarté et de simplicité, ce qu'il recherche toujours lui-même pour son lecteur : « Il s'agit, écrit-il dans sa correspondance, d'aboutir à des formules claires, du genre : *Une maille rongée emporta tout l'ouvrage. Patience et longueur de temps*, etc. ». S'est-il inspiré du fabuliste, même pour le titre[1] ? C'est possible. Ce qui est sûr, en tout cas, c'est que notre auteur se fait un devoir d'édifier le lecteur à sa manière, comme La Fontaine le faisait en son temps. D'ailleurs, Francis Ponge associe lui-même la figure du poète à celle, très classique, du « moraliste » (p. 44). Il détaille encore sa conception dans sa correspondance, expliquant agir « en faveur de l'esprit, qui peut y gagner quelque leçon, y saisir quelque secret moral et logique ». Il souhaite donc apporter à l'esprit de son lecteur, l'élever, ou, plutôt, *le faire descendre dans l'intimité des choses*. Celui qui se réclame des Lumières est soucieux de faire percevoir à son lecteur l'éclat subtil de l'Objet. Ce qu'il souhaite, au fond, c'est (ré)éduquer le regard du lecteur.

Sur le chemin de la co-naissance

Notre poète prend le lecteur par la main pour lui faire vivre, étape par étape, cette entrée « dans la familiarité » des choses (p. 114). Tout est là : s'il se veut si transparent, si humble, s'il dévoile tout, détaille tout, c'est pour **faire de son lecteur non pas un spectateur mais lui aussi un acteur, un artisan, au cœur de cet atelier**. Cette mise au même niveau de l'auteur et du lecteur est particulièrement nette lorsque Ponge déclare écrire à cause d'un déficit de lecture et coucher sur le papier ce qu'il aimerait lire (p. 157-158). Ponge séquence minutieusement la trajectoire de son regard sur les objets qui attirent – *appellent*, dirait-il probablement – son intérêt. Il souhaite donc faire la lumière sur les objets qui entourent le lecteur, lui ouvrir les yeux, d'une certaine manière, sur son environnement. Lui apprendre à méditer sur un Objet.

Mais il y a plus. C'est sur le chemin de la « **co-naissance** » que Ponge veut mener son lecteur. Ce terme, il l'emploie dans sa correspondance : « Si nous sommes entrés dans la familiarité de ces cabinets particuliers de la nature, s'ils en ont acquis la chance de naître à la parole, ce n'est pas seulement pour que nous rendions anthropomorphiquement compte de ce plaisir sensuel, c'est pour qu'il en résulte une co-naissance

1. La suite de la citation, interrompue par Ponge, est : « …font plus que force ni que rage ».

plus sérieuse » (p. 118). Connaître, certes ; mais il faut surtout co-naître, c'est-à-dire « naître avec ». Naître avec l'objet. Naître avec la chose. Poser ce regard nouveau et naïf, émerveillé et vif sur les choses, les voir comme si elles naissaient devant nous et avec nous.

Derrière cette attention aux choses, il y a, tout simplement une attention et une sensibilité au monde, une empathie avec lui. La démarche de Ponge ne se résume pas tant, comme on le dit parfois un peu vite, à enchanter le quotidien. Il s'agit plus exactement de **lutter contre l'indifférence et contre son pendant verbal : le silence**. D'où la nécessité urgente, voire enragée, de l'expression. Il faut dire, parler ; il faut voir, cerner, il faut identifier, savoir, reconnaître, s'approprier le monde. Et, en creux, on le sent, s'unissent le poétique et le politique. D'ailleurs, Ponge ne disait rien d'autre : « La naissance au monde humain des choses les plus simples, leur prise de possession par l'esprit de l'homme, l'acquisition des qualités correspondantes – un monde nouveau où les hommes, à la fois, et les choses connaîtront des rapports harmonieux : voilà mon but poétique et politique ».

Quel voyage ! Voilà ce que l'on pourrait s'exclamer, après avoir lu ce recueil si singulier. Un voyage émouvant, où le poète nous montre tout, nous dit tout, nous permettant d'explorer chaque arpent de son atelier. Cette mise à nu de son travail, de ce cheminement inégal, tortueux et semé de cahots permet à l'auteur de se dévoiler en tant qu'artiste qui doute et qui essaie, qui tente et qui échoue. Mais pourtant, un sens profond de sa mission semble malgré tout l'animer. Cette « rage de l'expression », qui lui est chevillée à l'esprit, il veut la communiquer à son lecteur. En donnant tout de son cheminement, il permet au lecteur d'emboîter le pas hésitant d'un poète obsédé par les Choses. Ou, plutôt, obsédé par l'idée de rompre le silence en donnant, par sa plume, une voix à ce qui n'en a pas. L'enjeu est de taille : dans un monde en crise – Ponge ne le sait que trop ! – l'indifférence est un ennemi. Indifférence à ceux qui ne font pas entendre leur voix, indifférence qui pousse à ne pas faire entendre la sienne. **Ponge initie le lecteur à un contact franc, emphatique et harmonieux avec le monde**. Ce n'est pas aisé, il mesure et montre à chaque instant que cela fait l'objet d'exercices inconfortables. Mais c'est peut-être la seule manière de faire advenir ce qui, quand règnent l'harmonie et la compréhension, apparaît comme une évidence : la paix.

3. L'œuvre à l'examen

3.1 EXPLICATION LINÉAIRE : « LE MIMOSA »

“ *Ainsi, après voir beaucoup tourné* [...] *disons-lui au revoir !* ” (p. 92-93)

– **Éléments de contextualisation**

Francis Ponge est très connu pour son *Parti pris des choses*, recueil de poèmes en prose dans lequel il écrit sur des éléments apparemment prosaïques, exclus du champ de la poésie. Les « choses », ce sont le pain, le savon, l'huître... Mais Ponge n'est pas l'homme d'un seul recueil, il a beaucoup écrit et notamment *La Rage de l'expression*, recueil publié dix ans après *Le Parti pris*. Dans ce recueil surprenant, Ponge écrit toujours sur les choses – ou, comme il l'écrit aussi, sur « les objets ». Mais, plus encore, il nous montre tout son cheminement, dévoile toutes les ficelles de son travail d'artiste sur ces « choses ». De longues pages durant, notre poète s'intéresse au mimosa : il l'examine avec soin et essaie, comme toujours, de le dire avec justesse et subtilité. La section consacrée au mimosa commence à la page 75 : Ponge a déjà exposé plusieurs pistes, plusieurs variantes, plusieurs fragments. À la fin de ce long et foisonnant cheminement poétique vient une sorte de bilan sur son étude poétique du mimosa.

■ **Problématique** : Le projet de lecture pourrait s'articuler autour de la tension entre, d'une part, la recherche de la précision dans ce texte pour *dire* le mimosa et, d'autre part, la profusion de qualificatifs et d'éléments qui nuancent ce tableau, au point que le mimosa nous semble à la fois plus familier et à la fois plus mystérieux au fur et à mesure de la lecture.

I. Un processus long et éprouvant (1er §)

Ce premier paragraphe est constitué d'une seule phrase où s'accumulent les infinitifs, ce qui traduit, d'emblée, la longueur du processus décrit. Deux idées essentielles se dégagent de ce long début :

1. Il s'agit de la fin d'un processus...

- Le connecteur « Ainsi » ; la conjonction « après » : bilan et conclusion.
- Cette conjonction introduit une cascade d'infinitifs passés, qui forment une accumulation et montrent la longueur du chemin parcouru : la proposition principale marque le retour au présent du texte.

2. ... mais aussi (surtout) d'un aveu d'échec

- Écart entre les verbes qui expriment son idéal et ceux qui expriment la réalité de son travail.
- Une maigre trouvaille qui se résume en une formule : « glorioleux, vite découragé » : dimension méta-poétique – en tout cas, des qualificatifs qui se rapportent à des hommes : donner des qualités humaines aux choses.

Transition : Or Ponge ne s'arrête pas là, il entend ajouter quelques « nuances », le désir de « faire le tour » de l'objet est pressant, irrépressible. Le processus de création, en fin de compte, semble impossible à achever. Il ajoute donc des nuances, qu'il numérote de 1 à 3. Ce sont les deux premières qui vont nous intéresser.

II. Les fleurs du mimosa (première « nuance »)

1. Exprimer la floraison du mimosa : une merveille (1er §)

- Rythme ternaire de la première phrase : dimension harmonieuse de la floraison du mimosa.
- Approche cosmique du mimosa (« chaque branche »/« petits soleils », etc.) : lien entre l'infiniment grand et l'infiniment petit : Ponge souhaite montrer ce qui, dans le moindre recoin des choses, est aussi grandiose que l'Univers.
- Souhait d'insister sur la vie des choses, avec une description qui recourt à des éléments subjectifs (« enthousiasmes », « joyeux ») : montrer la vie des choses ; projection également de la subjectivité du poète devant ce spectacle.
- Dimension méta-poétique, avec « éclatants succès », par exemple : ramification puis jouissance. C'est ainsi que crée Ponge, ou qu'il souhaiterait créer, toujours. La description du mimosa et de sa floraison fonctionne comme la description d'un cheminement créatif idéal ; notons que le poète, lui, dans la réalité de son travail, éprouve toujours des difficultés (voir la parenthèse qui marque encore le sentiment d'échec).

2. Dire la singularité du mimosa (2e §)

- Insister sur la singularité, la spécificité et la vérité du mimosa : « vrai », « vraiment ».
- Toujours le lien entre l'infiniment petit et l'infiniment grand, dimension cosmique revêtue par le mimosa : « éclosion »/« soleil » : le mimosa est aussi associé au miracle de la naissance, de la vie qui apparaît.
- Nombreux adverbes de manière, ce qui montre une volonté de dire vrai ; répétition de l'adverbe « simplement », à noter : dire l'évidence des choses.

Transition : Le mouvement va de l'extrémité vers le feuillage, de ce qui est le plus extérieur, visible, au cœur. On voit bien ici ce mouvement de *descente dans l'intimité des choses*.

III. Le feuillage du mimosa (deuxième « nuance »)

1. De la fleur au rameau (1er §)

- Développement de l'expression liminaire (« glorioleux, vite découragé »).
- Juxtaposition d'adjectifs : donner un aperçu fidèle du mimosa, approcher de l'exhaustivité.
- Mise en scène des mots qui cherchent la chose.

2. Insistance sur le contraste entre la floraison et le feuillage (2e §)

- Épanorthose qui exprime encore la recherche d'exactitude.
- Reprise de certains termes, développés et expliqués : un texte en construction.
- Nette et précise personnification.

3. Le mimosa : arbuste à plumes (3e §)

- Question initiale : mise en évidence de la recherche de précision.
- Longue phrase pour y répondre : faire le tour de l'objet.
- Faire le lien avec « éclosion » (plus tôt dans le texte).

IV. Le parfum du mimosa

1. Qualifier le parfum, un défi poétique (1er §)

- Répétition du substantif « parfum » au fur et à mesure que l'auteur tente de le qualifier le plus authentiquement possible.
- Insistance sur le parfum pour créer l'expérience sensorielle – olfactive, en l'espèce. Le poète ne veut pas seulement transmettre une image.
- Volonté de donner une dimension visible au parfum : jeu avec les sens du lecteur, poème comme expérience la plus complète possible.

2. La chute du texte (2e §)

- Points de suspension : fin soudaine, discontinuité ; rupture ? fleur qui nous échappe ?
- Retour au cycle de saison avec le malicieux « Au revoir ! » : astucieuse manière de clore cet extrait, le poète soigne sa chute.

Éléments de conclusion

– Un texte dans lequel le poète encyclopédise des choses, cherche à faire le tour de son objet.

– Une approche technique, minutieuse et sensorielle de son objet d'étude qui devient un objet de méditation et d'émerveillement pour le lecteur.

– Un texte qui s'étoffe à la manière d'une fleur. Les ressources textuelles (lexicales) employées, cherchent à dire l'apparition mystérieuse du mimosa dans le réel.

3.2 EXPLICATION LINÉAIRE : *EXTRAIT DU « CARNET DU BOIS DE PINS »*

“ Parlons simplement [...] dans la paroi de miroirs ” (p. 117-118)

– **Éléments de contextualisation**

Le « Carnet du bois de pins » est l'un des morceaux de cette surprenante mosaïque textuelle que constitue *La Rage de l'expression*. Comme dans les précédents passages, on y trouve des essais, notes et variantes sur un même thème – le bois de pins, en l'occurrence. Après de nombreux essais, Ponge tente de proposer une version plus aboutie, plus simple et juste de son expérience du bois de pins.

■ **Problématique** : En quoi le poète fait-il du bois de pins un espace à la fois intime et mythique, empreint d'une grande sensualité ?

I. Le bois de pins comme brosserie (1er §)

1. Premier aperçu du bois de pins comme brosserie (1re phrase)

- Volonté de condenser l'ensemble du texte, d'en donner un aperçu simple : sorte de vitrine du texte dans son ensemble – reproduction du premier regard posé sur l'objet, de la première *impression* (dimension *subjective* importante) au contact du lieu.
- Analogie avec « le petit salon de coiffure » : lien entre la nature et l'intimité domestique.
- Cela permet l'introduction d'une créature mystérieuse, duplique : sensualité.

2. Développement de l'univers intime de la brosserie (suite et fin du 1er §)

- Succession de phrases nominales : donner à lire le surgissement des images et des impressions.
- Expression sensorielle et sensuelle de l'atmosphère de la brosserie — pins assimilés à des corps féminins : sensualité.
- Sollicitation de plusieurs sens à la fois : expérience synesthétique.
- Nombreuses allitérations en /r/ : profondeur sonore ; l'atmosphère décrite est charriée avec expressivité.

II. Le motif de la brosse (suite et fin du texte)

1. Analogie entre le pin, la brosse et le peigne (2e §)

- Paragraphe de transition.
- Le pin serait entre la brosse et le peigne : analogie basée sur une observation minutieuse.

- Rapprochement peut-être fait sur un critère sonore (pin/peigne). Ponge n'est pas avare de ces rêveries sur les sons des mots...

2. Dei ex machina[1]... (3e §)

- Sorte de mythe étiologique[2] (« Pourquoi... ? »).
- Ce mythe a comme avatar une haute figure de la mythologie gréco-romaine : Vénus, incarnation du désir amoureux.
- Mention de Phoebus (Apollon, dieu du Soleil... et de la poésie) : figure plus en retrait, au second plan, moins centrale. Peut-on y voir l'œil du poète sur ce tableau sensuel qu'il vient de créer ?

Éléments de conclusion

- La poésie de Ponge est reliée aux grands mythes et à la grande poésie antique. Elle prend une dimension ovidienne : la sensibilité du poète permet la métamorphose du bois de pins en salon de Vénus.
- Un texte dans lequel on voit se déployer la sensibilité et l'imagination du poète qui souhaite moins rendre compte du bois de pins que d'une expérience du bois de pins, d'une rencontre entre un sujet, une subjectivité et le bois de pins. Juste après, le poète se dira « satisfait de ce tableau », fait suffisamment rare.

3.3 L'ÉPREUVE ÉCRITE : SUJET DE DISSERTATION

Dans *La Rage de l'expression*, Francis Ponge déclare vouloir « prendre le lecteur par la main ». Ce souhait de l'auteur correspond-il à votre expérience de lecture ?

- **Éléments d'analyse et de problématisation du sujet**

  Avec *La Rage de l'expression*, Francis Ponge ouvre la porte de son atelier : outils, variantes, notes... Il montre tout au lecteur. Il dit souhaiter « prendre son lecteur par la main », suggérant donc qu'il le guide, lui explique l'ensemble de sa démarche créatrice. Le lecteur a en effet accès à une expérience créatrice graduée. Pour autant, est-il vraiment guidé ? Au contraire, n'est-il pas perdu dans ce dédale de croquis textuels et poétiques ? En fin de compte, en voulant tout montrer et tout détailler à son lecteur, notre poète ne finit-il pas par le perdre ?

1. On appelle *deus ex machina* une technique qui consiste, dans les pièces de théâtre, à faire intervenir une divinité pour dénouer l'intrigue.
2. Mythe qui donne une explication, s'intéresse à la cause. Vient précisément du grec ancien αἰτία (« aitia »), qui signifie « la cause ».

Proposition de plan

I. Une expérience créatrice détaillée, graduée

1. Le lecteur peut suivre le créateur, qui se dévoile, dans l'espace et le temps

2. Il peut également savoir comment il travaille et quels outils il utilise

3. Il connaît même la moindre hésitation et le moindre jugement de l'auteur sur son travail

➧ En ce sens, Ponge « prend le lecteur par la main », pour le guider, pour l'informer. Une franche proximité, voire une certaine intimité semble vouloir être créée avec le lecteur. Pour autant, ces différents éléments créent aussi une expérience de lecture singulière, qui peut être déroutante.

II. Une expérience de lecture déroutante

1. Une accumulation de variations: l'impression d'une lecture circulaire

2. Le goût des mots: un texte souvent complexe, un sens qui échappe

3. Une œuvre inachevée?

➧ Si le lecteur est pris par la main, il se retrouve néanmoins dans un univers textuel d'une profonde singularité et les contours de la route ainsi que son point d'arrivée sont loin d'être nets. C'est que Ponge ne prend pas le lecteur par la main pour l'infantiliser, mais pour l'inviter à une expérience de lecture nouvelle et à un autre rapport au monde.

III. De la nécessité de déchiffrer le monde: fonder une nouvelle éthique de la lecture

1. Pour une lecture active: pousser le lecteur à l'interprétation et à la création

2. Rééduquer son regard pour l'initier aux Choses et au monde

3. Pour le progrès de l'esprit humain!

➧ Ce qui fait la difficulté de cette lecture, c'est aussi ce qui fonde la singularité du recueil: dérouté, le lecteur, pour se frayer un chemin, utilise comme il peut les jalons laissés par l'auteur. En ce sens, *La Rage de l'expression* est une main tendue au lecteur pour qu'il s'empare de son environnement et puisse entrer dans une démarche aussi exigeante que celle de l'auteur.

Conclusion

Bon nombre d'éléments laissent à penser que notre poète « prend le lecteur par la main ». En effet, le processus créatif est décrit avec une telle abondance de précision et de détails qu'on pourrait le penser. Mais le projet semble, à notre sens, plus complexe. C'est que cette profusion de détails, d'emblée, perd quelque peu le lecteur. Peut-être est-il tenu par la main, mais il ne comprend guère où il est ni où il va. Dès lors, il est contraint de refonder son expérience de lecture pour devenir un lecteur actif, qui interprète, qui recherche, qui essaie de comprendre. Il tâche d'emboîter le pas de son auteur et, finalement, le recueil a presque vocation à devenir un espace collaboratif, œuvre à quatre mains où errent deux êtres qui s'attachent à saisir humblement le monde qui les entoure.

3.4 PARCOURS AUTOUR DE L'ŒUVRE : « DANS L'ATELIER DU POÈTE »

Corpus : « Arts poétiques : le poète au travail »

- Boileau, *Art poétique*, I, 147-182 (1674).
- Hugo, *Contemplations*, I, XXVI, « Quelques mots à un autre », v. 80 et *sqq.* (1856).
- Rimbaud, *Lettre du voyant* (1871).
- Verlaine, *Jadis et naguère*, « Art poétique » (1884).
- Breton, *Manifeste du surréalisme*, « Surréalisme » (l'écriture automatique) (1924).

– **Textes complémentaires**
  - Horace, *Art poétique*, v. 1-38 (19 av. J.-C.).
  - Baudelaire, *Les Fleurs du mal*, « Paysage » et préface des *Petits poèmes en prose* (1857 et 1859).
  - Éluard, *L'Évidence poétique*, conférence prononcée au moment de l'Exposition surréaliste de Londres (1936).
  - Sartre, *Qu'est-ce que la littérature*, I, « Les poètes sont des hommes qui refusent d'utiliser le langage » (1947).
  - Aragon, *Les Poètes*, « La rose du premier de l'an » (1960).

– **Lectures cursives**
  - Boileau, *Art poétique*.
  - Breton, *Manifeste du surréalisme*.
  - Ponge, *Pour un Malherbe* (1965) et *Proêmes* (1968).
  - Marie-Claude Char, *Dans l'atelier du poète* (1996).

– **Prolongements artistiques et culturels**
  - Poussin, *L'Inspiration du poète* (1630).
  - Spitzweg, *Le Pauvre Poète* (1839).
  - Daumier, *Poète dans sa mansarde* (1844).
  - Cézane, *Rêve du poète* (1860).

Hélène Dorion,
Mes Forêts

“ *Quand je regarde à l'extérieur, je regarde à l'intérieur.* ”

Hélène Dorion

L'édition de référence pour notre étude est celle des Éditions Bruno Doucey (2021).

1. L'œuvre et ses contextes

1.1 UNE VIE LITTÉRAIRE ET ARTISTIQUE INTENSE, MONDIALEMENT RECONNUE

Éléments biographiques	Publications et distinctions
• **21 avril 1958** : naissance à Québec. • Études à l'Université Laval. • **1980** : Baccalauréat en philosophie. • **1982** : Maîtrise en littérature. • Hélène Dorion rejoint la rédaction de la revue *Estuaire*. • **1984** : Installation dans les Laurentides. • Enseignement de la littérature pendant six ans au Cégep de Saint-Jérôme. • Critique, membre de la rédaction de revues, émissions culturelles radiophoniques. • **1987** : Premier séjour en Europe, où ses textes commencent à être publiés et traduits. • **1991** : Directrice des Éditions du Noroît. • Lectures-spectacles. • Réalisation d'une série audio de poésie et musique. • Anthologies de poètes québécois. Préfaces. • **1993** : Première participation à la Biennale internationale de poésie de Liège. • Participation accrue à des lectures publiques, colloques et festivals. • Membre de comités de revues européennes, lectrice pour des maisons d'édition.	• Contributions publiées dans *Considérations*, revue philosophique de la faculté. • **1981** : Premiers poèmes publiés dans la revue *Estuaire*. • **1983** : *L'Intervalle prolongé* suivi de *La Chute requise*. • **1985** : *Hors champ*. • **1987** : *Les Retouches de l'intime*. • **1988** : *Les Corridors du temps*. • **1990** : *Un Visage appuyé contre le monde*. Anthologie *La Vie, ses fragiles passages*. • **1991** : *Les États du relief*. • **1992** : Prix international de Poésie Wallonie-Bruxelles. • **1993** : *L'Issue, la résonance du désordre*, prix des Écrivains francophones d'Amérique et prix du Festival international de poésie de Roumanie. Grand Prix de la Culture des Laurentides. • **1995** : *Sans bord, sans bout du monde*, prix Alain-Grandbois. • **1998** : *Pierres invisibles*, prix Aliénor. *Les Murs de la grotte*. • **2000** : *Passerelles, poussières. Fenêtres du temps. Portraits de mers*.

• **1997** : Élue membre du jury du prix francophone de poésie Louise Labé. • **1998** : Élue à l'Académie des Arts d'Oradea de Roumanie. • **1999-2001** : Écrivaine en résidence à l'Université du Québec puis à l'Université de Montréal. Ateliers d'écriture. • **2006** : Élue membre de l'Académie des lettres du Québec. • **2007** : Nommée Chevalière de l'Ordre national du Québec. • Membre du comité de direction de la « Rencontre québécoise internationale des écrivains », et du comité de rédaction de la revue *Les Écrits*. • **2009** : Colloque sur son œuvre à l'Université Paris-Nanterre. • **2010** : Nommée Officière de l'Ordre du Canada. • **2011** : Chroniqueuse dans le magazine *Spirale*. • C'est au cours de cette période qu'Hélène Dorion s'installe à Orford en Estrie, au cœur de la forêt. • **2014** : Séjour à Umbertide grâce à une bourse de résidence d'artiste de la Fondation new-yorkaise Civitella Ranieri.	• **2002** : Roman *Jours de sable*, prix Anne-Hébert. Anthologie *D'argile et de souffle*. Chronique dans le magazine *Relations*. • **2003** : *Sous l'arche du temps*, essai sur l'art et la création. • **2006** : *La Vie bercée*, album jeunesse. *Mondes fragiles, choses frêles*, anthologie. • **2005** : *Ravir : les lieux*, prix du Gouverneur général du Canada. Prix Mallarmé pour l'ensemble de son œuvre. • **2008** : *Le Hublot des heures*, prix Charles-Vildrac de la Société des Gens de Lettres de France. • **2009** : *L'Étreinte des vents*, prix de la revue des Études françaises de l'Université de Montréal. • **2011** : Prix européen Léopold-Senghor pour l'ensemble de son œuvre. • **2012** : *Cœurs, comme livres d'amour.* • **2014** : Roman *Recommencements*, prix des Écrivains francophones d'Amérique. • **2015** : Spectacle *Au creux du temps* conçu avec l'orchestre Les Violons du Roy. • **2016** : *Le Temps du paysage*, roman avec photographies primé au Concours LUX (2017). • **2018** : *Comme résonne la vie*, recueil qui sera l'objet d'un concert littéraire. • **2019** : Prix Athanase-David, plus haute distinction décernée par le Gouvernement du Québec en littérature. • **2020** : Roman *Pas même le bruit d'un fleuve.* Prix du Conseil des Arts et des Lettres du Québec – Artiste de l'année en Estrie. • **2021** : *Mes Forêts.* Prix Catullo de l'Académie mondiale de poésie. • **2022** : Écriture avec Marie-Claire Blais du livret de l'opéra *Yourcenar – Une île de passions.* Prix Béatrix de Toulouse-Lautrec.

1.2 QUELQUES ÉLÉMENTS DE CONTEXTUALISATION

1.2.1 L'avènement d'une poésie de l'intime au Québec

Hélène Dorion entre en littérature dans les années 1980, au terme d'une période de fortes mutations économiques, sociales et culturelles. Dans les années 1960 en effet, la société très conservatrice, religieuse et principalement agricole du Québec cède le pas à une société industrielle, moderne et laïque, transformation qui s'accompagne d'un véritable bouillonnement culturel. L'identité québécoise s'affirme avec des revendications indépendantistes, et un fort engagement national à travers la « poésie du pays ».

En 1968 émerge un mouvement formaliste, inspiré de l'avant-garde française et centré sur le langage, puis dans les années 1970 se développe une poésie de la contre-culture, subversive et provocante, peignant l'injustice et la déchéance. Parallèlement l'essor du féminisme permet d'importantes avancées et l'écriture au féminin s'impose dans le paysage littéraire.

Les années 1980 marquent un véritable tournant. L'économie est entrée en récession, l'échec du référendum d'indépendance a provoqué un désengagement politique, et les avant-gardes se sont essoufflées. L'heure n'est plus ni au militantisme, ni à l'autoréférentialité formaliste[1], ni à la transgression ou à la rébellion, mais plutôt au repli sur soi. Les Éditions du Noroît, exclusivement consacrées à la poésie, diffusent une poésie plus personnelle, plus intérieure. La poésie des femmes s'oriente vers la confidence lyrique, le sentiment amoureux ou filial, et la réalité quotidienne. Ce mouvement intimiste se prolonge dans les décennies suivantes, tout en élargissant sa perspective, interrogeant la place de l'individu dans le monde. L'œuvre d'Hélène Dorion s'inscrit dans cette nouvelle mouvance : ses premières publications abordent les thèmes du manque, de la distance ou encore de la faille, avant de s'ouvrir, à partir des années 1990, à une exploration de l'univers chargée d'une dimension éthique, refusant un intimisme qui rimerait avec repli sur soi et retrait du monde.

1.2.2 Une poésie contemporaine classique, postmoderne et métaphysique

On peut qualifier de « classique » la poésie d'Hélène Dorion dans la mesure où elle aspire, à travers des mots simples et une certaine clarté d'expression, à une beauté harmonieuse, un équilibre réconciliant les contraires, associant le particulier à l'universel, le circonstanciel à l'intemporel.

Son écriture pour autant n'est pas régie par un carcan de conventions : sans être transgressive, elle use librement de la strophe et du vers sans régularité contrainte, elle se dispense des rimes et de la ponctuation, et n'hésite pas à introduire des acronymes ou à jouer avec la typographie et la mise en page.

Sa poésie, bien actuelle, se réfère aux écrivains et musiciens contemporains, comme en témoignent les épigraphes et les pièces regroupées par l'auteure dans sa liste de lecture. Elle intègre de nombreux échos à la condition postmoderne, portant un regard critique sur l'agitation du monde, les excès de la mondialisation et du capitalisme, la société de consommation, les dérives du numérique et de la technologie, l'emprise des écrans et des réseaux sociaux, la catastrophe écologique.

1. L'approche formaliste considère que la véritable signification d'un texte ne réside que dans le texte lui-même, indépendamment de son auteur et de tout élément de contexte.

Cette poésie pense, elle explore le monde extérieur comme intérieur, participant à une quête ontologique et métaphysique sur notre identité, sur l'humanité, sur le mystère de l'existence. Elle ouvre un chemin qui interroge notre rapport à la vie, à la mort, au temps ; elle donne à voir les blessures et les fragilités ; elle questionne notre présence au monde et à autrui ; elle invite à la réflexion et au discernement.

1.3 GENÈSE ET RÉCEPTION

1.3.1 La nature, un thème qui s'impose progressivement

La nature est, depuis l'ère romantique au moins, une source d'inspiration et un thème à part entière de la littérature. Peu présente dans ses premières œuvres, davantage tournées vers les thèmes de l'amour, du silence, de la solitude ou du rapport à l'autre, elle s'impose progressivement dans l'œuvre d'Hélène Dorion, avec par exemple *Le Temps du paysage* (2016). C'est dans les Laurentides, alors qu'elle habite une maison bâtie au bord d'un lac, qu'elle noue un lien particulier à la nature et engage un dialogue avec le paysage. Ce lien se prolongera en Estrie, où elle vit entourée par la forêt. Son dernier recueil naît du désir d'approfondir intimement son contact avec cette forêt, familière et pourtant toujours étrangère.

1.3.2 Le cheminement de l'écriture

L'écriture du recueil s'étale sur quatre années, et commence alors que le roman *Pas même le bruit d'un fleuve* n'est pas encore achevé. Lorsqu'elle aborde la question de l'inspiration, Hélène Dorion explique que chacun de ses livres semble porteur d'une faille, d'une brèche dans lequel le livre suivant vient se construire, au gré des circonstances extérieures. *Pas même le bruit d'un fleuve*, voyage initiatique sur le Saint-Laurent, aborde déjà dans une écriture très poétique le thème de la nature et du lien qui la relie intimement à l'homme ; il manifeste une quête de sens continuelle, et interroge le pouvoir salvateur de la poésie : *Mes Forêts* s'inscrit dans la continuité de ce roman, toutefois sous un angle nouveau, dans un genre littéraire différent.

La démarche initiale de la poète part du désir d'entrer en contact de très près, de rencontrer intimement la forêt au milieu de laquelle elle vit sans pour autant la connaître vraiment. Son regard s'intéresse au plus petit : l'écorce, la feuille, l'insecte, autant de détails qui ensemble composent une forêt.

Survient la pandémie de Covid-19, qui met le monde à l'arrêt et le confine. Confrontée à cette expérience, l'écrivaine se sent invitée à approfondir son lien à la forêt, à partager le « voyage immobile » des arbres, à plonger dans sa forêt intérieure, mais aussi dans la forêt parfois tumultueuse et inquiétante d'un monde agité en quête d'équilibre. Le questionnement existentiel sur la place de l'homme et sa présence au monde s'intensifie, et les poèmes, d'abord courts et épurés, prennent de l'ampleur en s'augmentant du bruit du monde.

Chez Hélène Dorion, intéressée par le dialogue entre la littérature et les arts, la musique accompagne le processus de l'écriture, et le précède même parfois, permettant de préparer les rythmes en amont. La poète partage ainsi une liste de titres qui l'ont nourrie et qui peuvent accompagner la lecture.

Le recueil, salué par la critique, a reçu un bon accueil en librairie. En septembre 2022, une sélection de ses textes, mis en dialogue avec des extraits de *Femme forêt* d'Anaïs Barbeau-Lavalette, ont servi de support au spectacle littéraire *Femmes pays : nos forêts*, mis en scène par Véronique Côté dans le cadre du Festival international de littérature en septembre 2022 ; le recueil a également fait l'objet d'un concert littéraire.

2. L'œuvre en examen

2.1 DU MURMURE AU *CRESCENDO*

2.1.1 Le titre

Le recueil, sobrement intitulé *Mes Forêts*, frappe par sa brièveté et sa simplicité. Deux mots, ordinaires et familiers, trois petites syllabes. Le thème de la nature est posé sans détour. Et déjà la poésie est présente, à travers l'union musicale de l'assonance finale en [ɛ].

Le possessif interpelle le lecteur ; il établit un lien fort et intime entre le lieu et le sujet-poète, témoignant de l'attachement de la poète à sa forêt, celle au milieu de laquelle elle vit, qu'elle aime arpenter et avec laquelle elle dialogue. Il suggère également une autre lecture, qui nous fait plonger dans l'imaginaire de la poète, dans ses forêts intérieures, univers intime. Le pluriel, tout en conférant ampleur et profondeur à cet espace imposant qu'est la forêt, en souligne la diversité et l'ambivalence : intérieure ou extérieure, réelle ou imaginaire, observée ou rêvée.

2.1.2 Une composition cyclique

Le recueil est scandé par le retour à intervalles réguliers du même motif: un poème relativement long s'étalant sur plusieurs strophes et commençant par « Mes forêts sont... », formule reprise en anaphore. Depuis l'ouverture jusqu'à la fin, chaque partie se trouve ainsi encadrée par une sorte de refrain, à la manière d'une ballade ou d'un rondeau.

Ce « refrain » entre en résonance avec les autres sans jamais lui être identique. Il est à la fois point de repère et d'ancrage par sa stabilité, et signe de mouvement et de quête perpétuelle, par son évolution et sa réécriture permanente. Il témoigne d'une double démarche de la part de la poète : l'introspection et le partage. Il s'agit d'explorer ses forêts intérieures, d'y pénétrer grâce à la poésie pour s'y découvrir soi-même, de sonder sans relâche les multiples composantes du moi en faisant surgir les mots et les images ; mais il s'agit aussi de rejoindre le lecteur, de partager avec lui cet imaginaire, en l'immergeant progressivement dans un univers intime, inaccessible sans les mots.

2.1.3 Une structure en quatre parties

Les quatre parties sont dotées d'un titre plus ou moins énigmatique – quoique constitué d'un simple groupe nominal étendu fait de mots ordinaires – et s'ouvrent par une épigraphe – un distique d'une poète contemporaine, prenant (à une exception près) la forme d'une interrogation. Chaque partie, pourvue d'une identité propre, se démarque par sa longueur, sa composition interne, son rythme et ses thèmes.

L'écorce incertaine

Le titre s'apparente à un oxymore, alliant l'épaisseur, la rigidité et le tangible à la fragilité, la faiblesse et l'impalpable. Il évoque l'effritement du temps à l'œuvre derrière la carapace de dureté des arbres.

Cette première section regroupe vingt-cinq poèmes, dotés d'un titre sobre (généralement un simple article défini suivi d'un nom commun). Une harmonie se dégage de son homogénéité formelle : elle rassemble des poèmes brefs, d'une longueur de sept à quatorze vers ; ces vers, regroupés en petites strophes, sont eux-mêmes courts, n'excédant que très rarement les six mots. Le poème s'ouvre ainsi avec ce que l'écrivaine nomme des « poèmes à une voix », qu'elle associe musicalement à des morceaux où un piano solo égrène délicatement des arpèges.

Dans cette première partie, c'est à pas de loup (p. 39) que la poète pénètre dans la forêt et nous y entraîne doucement. Pour entrer en contact avec la nature, elle revient au plus petit, s'émerveille de nouveaux angles de vue, pose son regard sur des fragments. Elle offre une vision kaléidoscopique de la forêt, à travers une sorte d'inventaire des différents éléments qui la composent.

Si les poèmes intègrent souvent un certain degré d'abstraction, c'est néanmoins un rapport sensuel et charnel qui s'instaure avec la forêt, à travers une attention particulière à la matière, aux textures, au bruit et à la lumière. La poésie est invitation à ressentir la forêt. Pour cela lenteur et silence sont de mise : la posture du sujet est celle de l'écoute.

Si la nature ne parle pas distinctement, ou qu'on n'entend plus sa voix (cf. p. 25), elle s'exprime toujours, tantôt hurlant (p. 16), tantôt gémissant (p. 24), tantôt chuchotant (p. 32). Compagne empathique capable de nous entendre (p. 19), gardienne de la mémoire, et détentrice du mystère de la vie et de la mort (p. 22), la forêt est présentée comme un être vivant et agissant, source d'apprentissage et de promesses, qui bouscule et transforme.

Tenter de déchiffrer la forêt devient alors une manière de défricher sa vie, de creuser en soi une clairière (p. 22). La marche se fait démarche, quête identitaire édifiante et réparatrice, qui apprend à s'accepter soi-même (v. 8-10 p. 15) ; l'apparition de la modalité interrogative témoigne d'un questionnement personnel. Cette rencontre poétique avec la nature ouvre le regard (p. 31), permet la prise de conscience, la révélation, et l'émerveillement. Le regard tourné vers l'extérieur invite à l'examen intérieur.

Une chute de galets

La chute est signe de faiblesse, rupture de la progression, mais aussi condition du relèvement et de l'envol ; comme la lumière qui tombe (p. 49) avec pesanteur et fracas, elle peut être perçue aussi bien comme un échec, un crépuscule, que comme un éclairage, une révélation. Les galets se rattachent à la métaphore marine qui court dans tout le recueil, et évoquent le roulement et le polissage perpétuels dus au ballottement du temps, placé sous le signe de la fluidité (« l'écoulement du temps »).

De même que dans les pièces musicales citées par la poète de nouveaux instruments font leur entrée – notamment le violoncelle, mais également des percussions et des effets électro –, de même la voix poétique s'amplifie et se densifie à travers cet unique poème. Le « moi » solitaire s'efface tandis que le pronom « tu » fait son apparition, adresse suggérant une expérience partagée à deux (« nous »). À moins que ce ne soit l'expression d'une autre facette du sujet lyrique, ou encore une manière d'associer le lecteur à cette promenade poétique, qui revêt un caractère universel.

Le poème se déploie autour de deux éléments structurants : le distique initial, repris sept fois à la manière d'un refrain, et l'anaphore de l'injonction « écoute ». Il se focalise sur les mouvements infimes, les événements imperceptibles, les détails en apparence insignifiants qui font le léger bruissement d'une forêt » (p. 47) soumise à l'action du temps. Paradoxalement, il s'agit d'écouter le silence (« chut ! »), silence qui se rompt (p. 48) et devient éloquent pour qui lui prête son attention, loin de l'agitation de notre société. Le vacarme de celle-ci vient symboliquement briser la douce unité du refrain initial, et s'accompagne d'images de désolation (p. 49). Le sujet lyrique invite à habiter intensément le présent, moment fragile (p. 49), à se laisser embrasser par la nature, et à se mettre à son diapason pour « éclairer le néant » (p. 50) dans sa quête de sens. C'est dans cet abandon sensuel et rêveur que s'avance une voix, faite d'une énumération de « choses muettes et nues » (p. 51), comme autant de petits galets sur notre chemin.

L'onde du chaos

Dans cette section les forêts intérieures rencontrent le chaos des forêts du monde. Trente poèmes de longueur inégale dressent par métaphore le bilan météorologique du monde, souligné par le retour de la formule « Il fait (un temps)… ». Le sujet lyrique est pris dans la tempête d'un monde frappé par la violence, les catastrophes et la dévastation, tableau sinistre qui pointe du doigt la responsabilité des hommes. L'hiver plane dans l'atmosphère crépusculaire d'une nature souffrante. « Il se fait tard / pour la nuit humaine » (p. 60) : le ton est grave et pressant, face à l'urgence du sursaut avant l'irréparable (« on ne pourra pas toujours… » p. 60, 64). La poésie elle-aussi est mise à mal, en témoignent les mots brisés que sont les sigles qui nous assaillent (p. 69) ; langage agressif, décousu et vide de sens qui donne à certaines strophes des allures de rap (p. 75).

L'espoir apparaît progressivement, avec une sensation d'accalmie. Le rythme s'apaise de poème en poème, et comme dans un rêve s'esquisse une aurore printanière, un envol possible vers l'avenir, une patiente ascension. C'est dans la proximité physique et poétique avec la nature que nous pouvons trouver refuge, et que peut advenir le désir de changement et la réparation : tel est en tout cas l'espoir de la poète. S'arrêter, écouter, fermer les yeux, s'asseoir, s'incliner, autant de gestes d'humilité par lesquels se noue ce lien intime et si précieux avec la forêt.

Le bruissement du temps

La dernière partie élargit la perspective en proposant un vaste survol de l'histoire de l'univers et de l'humanité. Les titres des trois poèmes qui la composent – « Avant l'aube », « Avant l'horizon » et « Avant la nuit » – insistent sur la temporalité ; ils explorent le passé, succession d'événements (anaphore « sont venus ») et d'actions humaines (anaphore du pronom « on » suivi d'un verbe d'action), laissant le lecteur en suspens concernant ce que sera l'après.

« Avant l'aube » s'ouvre sur une cosmogonie qui reprend le premier chapitre de la Genèse et les grands récits mythologiques, invitant à l'émerveillement. C'est ensuite l'épopée humaine qui est évoquée, marche vers le progrès depuis la lointaine préhistoire, mais aussi marche parsemée de violences : division, destructions, vol, colonisation, qui engendrent haine, vengeance et désolation. Dans cette histoire merveilleuse et blessée, « à moitié debout à moitié à genoux » (p. 108), l'histoire intime rejoint l'histoire universelle (v. 23 p. 107, v. 1 109). « Avant la nuit » propose ainsi un inventaire dessinant par petites touches une brève autobiographie, dans laquelle on devine des souvenirs joyeux et lumineux, mais aussi les déchirures, l'empreinte de la souffrance et du deuil.

L'histoire rend lucide sur les failles qui déchirent l'humanité, mais fait naître l'espoir par la contemplation de ce dont la terre et l'homme sont capables. C'est en regardant d'où l'on vient que l'on peut envisager où aller. Face à cette histoire fragile, contingente et dont le sens nous échappe, le rêve, l'art et la poésie apparaissent comme un secours précieux pour oser traverser la nuit ; s'ils ne peuvent venir à bout de la haine, ils accompagnent la quête de sens et de lumière.

2.2 LES FORÊTS DE LA POÈTE

Le thème de la forêt se déploie sur plusieurs niveaux, le premier étant concret – la nature environnante –, et les autres métaphoriques : forêt intérieure, forêt du monde, forêt du temps. Les différents niveaux dialoguent entre eux, se font écho et parfois s'opposent ; ils s'interpénètrent et se fondent, entretenant une certaine ambiguïté.

1. Promenade en forêt	
Une peinture par petites touches Paysage d'ensemble relativement abstrait, parsemé de détails concrets disséminés de poème en poème, qui ensemble recomposent l'environnement sylvestre. Regard qui privilégie le fragment et la matière.	• **Monde avant tout végétal** : humus, brindilles, épines, mousse, terre, herbe, brin d'herbe, fleur, crocus, pétales. • **L'arbre, roi de la forêt** : fruits, tiges, racines, branches, sève, tronc, feuillage, feuilles, écorce, cime, houppier, bourgeon, chêne, saule.
	• **Foyer de vie bruissant d'animaux** : petites bêtes, vers, fourmis, bêtes, oiseaux, hibou, proie, œuf, reptile, poisson. • Énumération v. 20-24 p. 41.
	Monde minéral : pierre, rocher, montagne, grain de sable.
	Monde pénétré et traversé • **Fécondé par l'eau** : ruisseau, eau, rivière, goutte de pluie. • **Parcouru de passages** : sentier, route, chemin.
L'espace de la promenade	Évocation de la **marche** (p. 30, 50, 78, 91) et du **pas** (p. 18, 39).

Une rencontre intime et sensorielle	• **Regard contemplatif**: attention portée aux détails, à la lumière. • **Sensibilité au toucher et à la matière**, notamment le bois et ses fissures (v. 4-5 p. 77). • Pesanteur (p. 17, 49) ou légèreté (p. 47, 80). • Sensation de froid (p. 17, 48), parfois mordant (p. 80). • **Posture attentive et bienveillante d'écoute** (p. 16, anaphore p. 48, p. 91). • **Abandon et humilité**: mouvement de salutation respectueuse, voire de prosternation (p. 77).
2. Un espace transformé par la poésie	
L'émerveillement poétique	Puissance créatrice de la poésie: • **Invention d'images**: « la lune / qu'ébrèche le ruisseau » (p. 81) pour évoquer le reflet fragmenté; métaphores (v. 3-4 p. 16); effets de synesthésie (ex: v. 11-12 p. 108, v. 16-17 p. 49). • **Renversement étonnant des perspectives**: vision de la cime dans une sorte d'inversion du mouvement de la pluie (v. 1-2 p. 27); le sol maculé de taches lumineuses se mue en constellation (p. 38). • **Métamorphose** de la forêt en univers marin: métaphore filée de la mer avec ses vagues et ses marées. • Captation de la **beauté, émerveillement** (v. 11 p. 89). • Par le biais de l'écriture, le réel se fond avec **l'imaginaire** (v. 18-19 p. 107).
Une nature personnifiée	• Nature dotée de caractéristiques humaines, ce qui permet et renforce le **dialogue intime** entre la poète et la forêt. • **Parole**: incises du verbe dire (p. 62, 112); chuchotement (p. 32); hurlements (p. 16) et gémissements (p. 24). • **Ouïe** (v. 6 p. 19) et **vue** (v. 9 p. 77). • **Pensée**: souvenir (p. 35), rêve (p. 30, 39, 61). • **Action, mouvement**: promenade (p. 61); lutte (p. 26, 37); étreinte (p. 50, 70). • **Souffrance**: blessures et cicatrices (p. 15, 19, 33, 81), vieillesse et accablement (métaphore du dos p. 80).
Un univers qui nous demeure étranger	Malgré sa proximité avec notre humanité, cet espace poétique demeure marqué par une **altérité irréductible**: évocation d'une cité, d'un monde mystérieux rattaché à un ailleurs (v. 3-4 p. 38; v. 2-3 p. 84).

3. Le domaine intérieur

Des forêts pour dire l'intime	• « **Mes forêts** » : titre repris de manière cyclique dans le recueil, qui nous immerge dans l'univers intime de la poète : possessif qui pointe la singularité, le caractère personnel et unique de ces forêts imaginaires. Écho aux *inscapes* d'Hopkins évoqués p. 112. • **Transposition** de la nature dans le domaine de l'intime : ces forêts imaginaires s'élaborent à partir des forêts observées et parcourues, dont elles reprennent des éléments caractéristiques. Dans la première partie du recueil, une majorité de poèmes commence par une phase d'observation de la nature, avant un retour à soi dans les derniers vers sous forme de réflexion, d'émotion ou de résonance intérieure (ex : 2e strophe, p. 22).
Un monde imaginaire étrange	• **Série d'attributs surprenants** pour décrire les forêts ; introduits par le verbe « être » qui affirme une équivalence étonnante, là où l'on pourrait davantage attendre une ressemblance ou une comparaison. • **Forêts étranges et fantasmées**, assimilées à des abstractions, des objets, ou encore des animaux (v. 1-5 p. 53).
Projection et végétalisation progressive du sujet	• **Interrogation** : le parallèle établi entre la forêt extérieure et la forêt intérieure amène dans un premier temps le sujet à questionner son lien à la nature (v. 5 p. 30). • Puis **métaphore** de l'écorce pour désigner la vie (p. 66). • Enfin **identification** du sujet à la branche de l'arbre (p. 72) **et métamorphose** (v. 4 p. 87, v. 16 p. 89).
La marche, image de l'introspection	Métaphore de la **progression intérieure** dans la connaissance et l'**acceptation de soi** (v. 1-2 p. 78, cf. p. 30 ; strophe finale p. 116).

4. Une vision du monde et de son histoire

Un jardin dans la tempête	• **Métaphore du jardin** pour désigner explicitement la forêt du monde : espace habité et domestiqué, éventuellement exploité. • Loin de l'idée d'un espace clos paisible, abrité et confortable, le jardin est **malmené par les tempêtes**, images de la violence de notre monde (v. 14 p. 59), et tend à devenir cimetière (v. 8 p. 67). • Tempête peinte comme une **lutte cruelle**, caractérisée par le déchaînement de la foudre, mais surtout du vent (cf. fricatives et chuintantes) et de la pluie (cf. liquides) : « alors que l'écorchent / les flèches de pluie / des vagues de vents / luttent avec les veilleurs » (p. 26).
Un vaste espace temporel	• Avec « Le bruissement du temps », plongée « dans la forêt du temps » (p. 110, cf. v. 1 p. 112). • Forêt associée au **temps long** dès le premier vers (p. 9) et jusque dans le poème final (v. 1 p. 115). • Temps d'une vie, mais aussi temps d'un siècle (p. 49, 64, 67), voire temps de l'univers qui remonte jusqu'au commencement (p. 101). • Les forêts sont ainsi **présence matérielle du temps**, et proposent un récit, une histoire (p. 96, cf. p. 62).

2.3 LA FORÊT, UN ESPACE AMBIVALENT D'UNION ET DE CONFRONTATION DES CONTRAIRES

La forêt se présente comme un espace complexe, à la fois sinistre et lumineux, fixe et mouvant, paisible et bruyant, familier et sauvage, ressourçant et menaçant. C'est un monde vivant, qui évolue dans une constante dialectique, offrant un miroir des contradictions inhérentes à notre moi intime et à notre société contemporaine. En peignant « l'arbre haut des bonheurs / et de nos déchirures » (p. 50), la poète érige la forêt en interlocuteur privilégié du fait même de son ambivalence.

1. Des forêts en « clair-obscur » (p. 18)		
Ombres et ténèbres	**Sous l'ombre de la forêt**	Espace couvert caractérisé par une certaine **obscurité**, les arbres faisant obstacle à la clarté céleste : domaine des ombres (p. 9, 61). Obscurité relative, puisqu'une ombre n'apparaît qu'en présence d'un minimum de lumière. Lieu associé à la **nuit** (v. 20-21 p. 9) et au phénomène de l'éclipse (v. 7 p. 53).
	Une vie baignée d'ombres	Sur le **plan intime**, métaphore des ombres de la vie (p. 30, 87, cf. p. 78) : deuils, souffrances, blessures, peurs, faiblesses, violences…
	Un monde frappé d'obscurité	**Intensification de l'obscurité** dans la forêt du monde, plongée dans « la nuit humaine » (p. 60, 84). **Nuit noire** (v. 11 p. 88), au sein de laquelle la lumière semble avoir disparu, comme si le monde souffrait d'une vaste panne (v. 8, 11, 17 p. 64).
Un espace pénétré par la lumière	**Des irruptions de lumière**	La lumière s'immisce de manière **fragmentée**, sous forme de rayons (p. 9, 95, 116) et de taches (v. 1-2 p. 91). Métaphore de la chute des étoiles (p. 9, cf. p. 38) pour évoquer le scintillement du soleil à travers les feuillages et les taches de lumière au sol. La lumière se dévoile dans l'**éclaircie** (p. 26, 36), lorsque se dégage le ciel, ou lorsque se creuse une clairière (p. 22) ; et domine lorsqu'on prend de la hauteur (v. 1 p. 32).
	Une lumière parfois perçante	Percées potentiellement agressives (v. 13 p. 79 ; v. 14 p. 95) par leur intensité (v. 12 p. 47) ou par le contraste occasionné. **Aveuglement** (v. 3 p. 20 ; v. 4 p. 32).
	Une lumière tangible	• Contact **tactile** (v. 4 p. 33 ; v. 8-9 p. 48 ; v. 14-16 p. 49). • **Douceur** (v. 4-5 p. 116).
	Une lumière chargée de sens	• Associée à l'**espoir** (p. 32), à la joie (p. 78) et à l'**avenir** (p. 86). • **Éclairage** posé sur la vie et le monde : la lumière ordonne ce qui est confus (v. 10 p. 21), elle accompagne la quête de sens : « un chemin vaste et lumineux / qui donne sens / à ce qu'on appelle *humanité* » (p. 113).

2. Multitude et solitude

Densité et abondance	• Métaphores architecturales (v. 1 p. 19 ; v. 5 p. 29) qui suggèrent la multitude des arbres, des racines. • Densité qui évoque une foule humaine (v. 3 p. 62 ; v. 4-5 p. 63). • Nombreux **pluriels**, en commençant par le titre ; « tiges », « branches », « racines » (p. 16), « les troncs » (p. 35), « les arbres » (p. 37)… • Forêt grouillante d'animaux, parcourue par la poète. • Certain désordre (p. 15, 16 ; v. 8 p. 26).
Prégnance de la solitude	**Polysémie et divers niveaux d'interprétation** : • Solitude des racines (p. 29) et des arbres au cœur de la forêt (v. 12 p. 89, v. 12 p. 91) ; solitude du loup (p. 81). • Forêts en marge des villes, qui incarnent donc des « solitudes » pour les hommes (v. 9-10 p. 41, v. 21 p. 47). Solitude ressentie par le promeneur isolé dans cet espace à l'écart, surtout par temps de neige (p. 32). • Solitude des hommes au milieu de leurs semblables : « solitudes » au pluriel (p. 24), solitude ressentie au sein de la famille (p. 108). • Solitude de la forêt abandonnée des hommes (v. 6-11 p. 115).
Désir d'union	• **Harmonie** : accord entre les différentes parties de l'arbre (v. 6-7 p. 29), entre divers éléments de la forêt (v. 22-23 p. 70). Même accord possible entre l'homme et la forêt : verbe « accorder » p. 50 et 53. • Espoir d'une **réparation du lien** entre l'homme et la nature : les forêts attendent ces retrouvailles (v. 11 p. 115) ; promesse énoncée v. 5-7 p. 86. • Présence du **désir** et de l'érotisme dans la nature (v. 11-14 p. 63). Érotisme qui embrasse aussi le promeneur (p. 70, cf. p. 50). • Recherche de l'**union** amoureuse ou amicale, voire d'une réconciliation, à travers la métonymie de la main qu'on cherche à saisir (p. 48).

3. Silence et parole, calme et fracas

Silence et doux bruissement de la forêt	• Forêts : domaine du silence (v. 1 p. 41, v. 6 p. 53). Espace reculé et **paisible** qui invite à partager son silence dans le recueillement : ambiguïté de « sans voix » (p. 70) qui peut s'appliquer aussi bien aux arbres qu'au sujet. • Indice d'une rupture de communication : voix devenue inaudible (p. 25). En prêtant l'oreille, le **silence se rompt** et devient éloquent, porteur de sens (v. 4-6 et 9-11 p. 48). • On distingue alors « le **bruit du monde** » (p. 47, cf. p. 91), chuchotement (p. 32), écho (p. 79) ou chant (p. 35, 63) ; l'arbre devient musicien (p. 89). Rumeur qui éveille un murmure en nous (v. 10-11 p. 17).

Un calme perturbé et menacé	• **Vacarme agressif de la ville** dans la course folle de nos sociétés (v. 5-8 p. 49, v. 1 p. 67). Fracas qui accompagne la **destruction** de la nature (v. 15-17 p. 75). • **Présence bruyante et violente de l'homme** dans la forêt. Métonymies de l'outil qui abat les arbres, avec effets rythmiques et sonores : rythme heurté des mots brefs et brutalité de l'allitération en [k] dans la dernière strophe p. 23 ; « un bruit de scie / brouille le silence / perce le mur / de nos frêles illusions », paronomase et allitération menaçante de sifflantes. Métaphores de la désillusion et du désenchantement. • **Plainte poignante des forêts** (p. 24). Cri de souffrance et d'angoisse dans l'adversité : hurlement des forêts qui subissent le vent et la tempête (p. 16, 62), mais aussi cri des hommes en proie à la peur (v. 3-4 p. 95).
Silence oppressant de nos vies	• Silence extérieur qui résonne avec nos **silences intérieurs** : ce que l'on cache, ce que l'on passe sous silence (v. 12 p. 17, v. 8 p. 30, v. 4 p. 74). • Silence **pesant** (v. 8 p. 69), lourd de solitude (v. 8-9 p. 109). • Présage **sinistre**, silence de mort et de néant qui s'étend sur le monde (v. 4 p. 59, v. 15 p. 64).
Un langage moderne défectueux et perverti	• **Précipitation** de la parole dans la société, assommée de mots et de chiffres insignifiants (v. 13 p. 69, v. 2-3 p. 75, v. 6 p. 82) ; mot valise « *facebookinstagramtwitter* » (p. 53) pour dénoncer l'illusoire communication proposée par l'instantanéité des réseaux sociaux. • **Défaillance et perte de sens du langage** mis à mal par l'usage contemporain ; les mots disparaissent derrière des sigles stridents (assonance en [i] v. 16-17 p. 69) ; le discours est saccadé et haché (p. 75), à l'image de nos sociétés malades, divisées, violentes. • **Rupture de la communication et de la communion** (v. 18 p. 75) dans cette nouvelle Babel (cf. p. 106). Le langage par écrans interposés devient poison mortifère (v. 1-6 p. 88).
La langue de la nature, une langue mystérieuse à redécouvrir	• Discours **hésitant**, bégayant (p. 33), qui se déploie dans la **lenteur** (v. 15 p. 53). • **Discours énigmatique**, incompréhensible, constitué de mots et de caractères déformés voire inconnus (v. 9 p. 21, v. 7-8 p. 38, v. 14-15 p. 41, v. 6 p. 95). Langue qui nécessite un **déchiffrement** (p. 16, 82), un effort d'attention et de patience. • Langue **imparfaite** mais **familière et résiliente** (v. 18-23 p. 95).
4. Mouvement et immobilité, force et faiblesse	
Ancrage et stabilité	• **Fixité et robustesse** de l'arbre, avec ses racines ancrées dans la terre (p. 29) et son écorce protectrice. **Enracinement** dans le temps long (v. 8 p. 77). • Métaphore du « veilleur » qui garde son poste (p. 26).

Vie et mouvement	• **Immobilité apparente** (v. 9 p. 53). • Activité animale : bond d'une bête (p. 28), envol d'un hibou (p. 35), affairement de fourmis (p. 38). • **Multitude de mouvements** parfois infimes, de l'éclosion d'un bourgeon à la chute d'une feuille (p. 47). • Oxymore du « **voyage immobile** » (p. 9, 77) : voyage à travers le temps et les saisons qui favorise un voyage vers soi-même (p. 116).
Vulnérabilité	• **Fragilité** de la nature (p. 33, 49, 59, 78) qui rejoint celle de l'homme. **Nudité**, (p. 42, 47, 50, 95), écho à notre vulnérabilité face au temps qui nous dénude (p. 31, 72). Vie aussi fragile qu'une feuille : reprise du même verbe « se froisser » (p. 34 et 111). • **Blessures, cicatrices** (p. 15, 19, 33, 64, 77, 81, 116) qui sont aussi les nôtres (p. 116) et celles que l'on inflige à la nature (p. 64).
Ébranlement et chute	• **Effritement**, grignotement du temps (p. 17, 21, 27, 34). • **Tremblement**, vacillement des forêts (p. 20, 21, 29, 62, 65, 95) comme des hommes (v. 1 p. 60). • **Fissure** (p. 16, 18, 21, 33, 63, 105) ; **cassure** (p. 21, 23, 31, 83) ; déchirures extérieures (p. 34) et intérieures (p. 50). • **Chute** des feuilles (p. 22, 47) et des fruits (p. 83), mais aussi chute plus brutale des branches (p. 47) et des troncs (p. 73, 83). Image de nos propres épreuves : comparaison p. 16 ; identification à un arbre abattu par la foudre (p. 87). Parallèle avec l'écroulement de notre monde (v. 2 p. 64).
Un envol possible	• Le vertige de la chute n'a pas le dernier mot. La chute permet le redressement et l'envol (p. 87). • Cycle de régénération (v. 7-8 p. 21) à la manière de celui des saisons : la chute des feuilles d'automne prépare le retour du printemps ; exemple de l'humus, terreau fertile issu de la chute et de la décomposition (p. 25). • Progression tâtonnante et trébuchante qui ne renonce pas (v. 18-19 p. 112).

5. Menace et réconfort

Un imaginaire inquiétant	• Lieu **obscur** investi par les contes et les légendes peuplé de revenants (p. 9) d'ogres et de toutes sortes de créatures dans notre imaginaire. Indices du possible surgissement d'un **loup-garou** dans la première strophe p. 95. • Lieu de l'**égarement** (v. 19 p. 41, v. 9 p. 62), comme dans les contes (ex : *Le Petit Poucet, Hansel et Gretel*…). • **Désorientation** qui rejoint celle du monde moderne, qui a perdu le nord (p. 64) et anéantit tous les repères (v. 8-9, 12 p. 88), au point qu'on risque de se perdre (p. 83). • La face sombre de la forêt exprime bien l'**inquiétude** ambiante (v. 14 p. 69, v. 7-8 p. 96).
Le refuge	Lieu de **ressourcement**, de détente, de lâcher-prise (v. 8-11 p. 37, v. 16 p. 70, v. 2 p. 71) ; **refuge hospitalier**, lieu de respiration (v. 17-19 p. 53). **Retraite protectrice**, à l'abri du tumulte de la société (v. 18-20 p. 69). Lieu où se déploie le **rêve** (p. 29, 39, 50, 61, 79, 89, 96), pas seulement le cauchemar.

2.4 UNE ODYSSÉE INITIATIQUE ET POÉTIQUE

1. La leçon de l'arbre	
L'éternel mouvement du temps	• **Enseignement** tiré des forêts : inexorable progression du temps (prosopopée de l'arbre p. 112), qui s'écoule sans discontinuer (cf. refrain d'« Une chute de galets ») et imprègne la nature (v. 19-21 p. 70). • Rien ne lui échappe depuis la nuit des temps (v. 16-14 p. 102). Même le roc, la matière la plus solide, en porte la marque. • **Progression cyclique.** Les forêts sont une vaste « partition / du temps » (p. 16) ; elles vivent au rythme de la succession du jour et de la nuit (v. 7-8 p. 91) ; elles obéissent au tempo des saisons (v. 3-4 p. 41) et des années (v. 3 p. 83).
Un monde périssable et précieux	• Prendre conscience de la progression inexorable du temps, c'est admettre notre **finitude** (cf. p. 28, v. 16-17 p. 115) et celle du monde qui nous entoure. Les forêts témoignent de la dialectique de la vie et de la mort (v. 5-6 p. 22, v. 1-2 p. 41). Comme les arbres nous n'échapperons ni à la souffrance (v. 10-11 p. 26), ni au deuil (v. 6-7 p. 76), ni à la mort. • Invitation à sortir de notre **aveuglement** (p. 34), et à nous défaire de nos **illusions** (v. 2 p. 34, v. 11 p. 37, v. 26 p. 75). • Urgence de comprendre que **notre monde non plus n'est pas immortel,** mis en danger par notre culture du jetable (p. 49, 67) et par notre société de consommation jamais satisfaite (chiasme et répétitions v. 18-21 p. 64). • Infinie **préciosité** de la vie et du monde qui découle de cette finitude. Il faut en chérir les fragiles beautés (v. 7 p. 96), ces « choses muettes et nues » (p. 50).
2. Un chemin en quête de direction	
Le vertige du néant	• Perspective plongeante sur la vie, qui semble **suspendue** au-dessus du vide (v. 7 p. 59, v. 7 p. 68, v. 5 p. 73, v. 3 p. 76). • Néant auquel participe l'action humaine, **responsable** de faire de la terre une vaste béance (v. 16 p. 64), et de creuser en nous un abîme, semant la dévastation (p. 66). • Nécessité de conjurer le vide, de trouver un sens, d'« éclairer le néant » (p. 50).
Horizon et brouillard	• Présence de brouillard (p. 62, 82) et de brumes agitées (p. 79, 95, 96) qui masquent l'horizon (v. 10-12 p. 67, v. 8 p. 93). **Perte du repère**, de la **direction à prendre** dans notre vie (v. 3 p. 39). • L'horizon, c'est pourtant ce qui ouvre la première partie du recueil ; c'est l'objectif qui nous dépasse et vers lequel on doit tendre, tracer notre chemin (p. 72). Orientation, sens à donner à notre vie. • Saisir les **éclaircies**, offertes par un instant de beauté (p. 39) ou par une élévation permise par le rêve (v. 18-19 p. 96). Réapparition de l'horizon grâce à l'écriture (v. 21-22 p. 107) ; les forêts poétiques deviennent des **boussoles** (v. 2-5 p. 115).

Crainte et espoir	• Couple moteur et complémentaire. • **Crainte** utile pour saisir la **nécessité de se mettre en mouvement**. Avertissements (v. 12-15 p. 60, v. 25-26 p. 110) ; la menace est réelle et l'orage imminent (p. 12), d'où une forte inquiétude (v. 7-8 p. 96). • **Espoir** essentiel : justifier et encourager l'action par la projection dans un avenir meilleur possible. Espoir fragile (p. 32, 31, 95) mais qui résiste et tient bon (v. 16 p. 9). • Espoir qui s'appuie sur l'**histoire** : du néant originel (v. 2 p. 101) a pu naître l'univers, et malgré ses vicissitudes l'histoire des hommes se poursuit (v. 3-5 p. 82). Ainsi les forêts de la poète, à la fois théâtre de catastrophes mais aussi champ de possibles, sont porteuses d'une histoire aussi bien salvatrice que destructrice (v. 10-13 p. 96). • Comme au commencement, un nouveau monde peut surgir (p. 80, 87).
Un rêve d'avenir	• Rôle moteur du **rêve** (p. 79, 84, 89, 96), qui se déploie au cœur de la nuit (v. 2-3 p. 112). Non pas fuite, mais antidote, vitalité et projection vers un monde nouveau. • Néanmoins **fragilité** du rêve (p. 69, 87). • **Traversée de la nuit** orientée vers l'avenir (v. 15 p. 9, v. 7 p. 17, v. 6 p. 72), avec comme perspective la fin de l'obscurité (v. 14 p. 39, v. 1 p. 50, v. 22 p. 69, v. 17 p. 79).
Ouverture du chemin, chemin d'ouverture	• **Chemin problématique** : absence du point de départ (v. 20-21 p. 59) ; obstacles à la progression (v. 4-5 p. 16), impasses (v. 2-3 p. 21), égarement (v. 19 p. 41). • Pourtant chemin prêt à surgir (v. 6 p. 79). • **La forêt comme guide**, ouvrant des voies (v. 9 p. 18, v. 14 p. 53). • **Chemin vers les hauteurs** : la plongée en soi (v. 5-6 p. 59) se mue en **ascension**, épreuve initiatique avec pour ambition d'atteindre le sommet (v. 10-12 p. 93, v. 18-19 p. 96) et de pouvoir enfin fixer l'horizon (v. 10 p. 72). Chemin possible vers une transcendance (v. 15-17 p. 87). • **Cheminement intérieur**, exploration de soi par des voies intimes et non matérielles (v. 16-17 p. 48, v. 9 p. 72, v. 15-16 p. 112). • Parcours intime de purification et de régénération, qui permet de dégager en soi des espaces autrefois obstrués (v. 7-9 p. 22, v. 8-9 p. 33, v. 1-2 p. 73).
Un questionnement permanent	• **Lyrisme « critique**[1] », qui dans ce monde dévasté et menacé n'est plus tant puissance de célébration (comme au temps des romantiques) qu'espace de quête, d'interpellation et de questionnement. • **Progression par questions** (p. 73), dont on ne peut se défaire (v. 2-3 p. 68), même lorsqu'elles sont malmenées par notre société (v. 2 p. 76). • Examen de conscience, bilan : vie réussie, constructive et digne d'admiration ou bien échec destructeur ? (p. 66). • **Questionnement existentiel** qui imprègne tout le recueil : Comment vivre, et quel chemin prendre ? Comment habiter notre monde ? À nous de choisir pour dessiner l'avenir (v. 15 p. 86).

1. Cf. Isabelle Cadoret, *Le sujet lyrique chez Hélène Dorion*, Québec, mémoire de maîtrise, Faculté des études supérieures, Université Laval, mai 2000, p. 64.

3. Le choix de la poésie

Le pouvoir des mots	• Travail de la **matière des mots** (v. 17-21 p. 48). • Parole de lenteur, murmure de douceur et d'amour (v. 17 p. 112) qui vient conjurer le venin qui imprègne le langage de notre monde actuel (p. 88). • **Élargissement** de notre perspective, ouverture du regard sur le monde (v. 3 p. 113, v. 10-11 p. 108). • **Pouvoir incantatoire** de la poésie, capable de faire advenir la lumière, de donner une parole à ce qui n'en a pas (v. 14-15 p. 64, v. 6-7 p. 93). • Voie d'**accomplissement de la quête de sens**, chant qui permet d'« éclairer le néant » (p. 50), de vivre pleinement le présent en ouvrant un avenir : « Et sur la branche du présent / un poème murmure / un chemin vaste et lumineux / qui donne sens / à ce qu'on appelle *humanité* » (p. 113). Chemin d'humanité, rite de passage (v. 1-2 p. 116).
Un langage d'amour pour réenchanter et réparer le monde	• **Rôle social** des poètes, qui « montent la garde du monde » mis en danger, en peignant la ruine du paysage et en assumant dans le poème le « face-à-face avec la dévastation de la Terre[1] ». • Choix engagé du chant poétique plutôt que du discours écologique : il s'agit moins de raisonner les hommes que de faire **ressentir la beauté**, pour susciter le désir de la préserver. Objectif : é-mouvoir, au sens étymologique : mettre en mouvement, transformer. • Rappel par ce choix que nous sommes des **êtres poétiques** : un monde qui ne valorise que la croissance à outrance ne peut combler l'humanité (prosopopée du bois p. 62). Lyrisme universel chargé de **réenchanter** notre société postmoderne, de « redonner à l'humain ce que le monde moderne ne cesse de lui retirer » : « cette âme des choses empreinte de sacré », le mystère, la magie, l'impalpable[2]. • Invitation à **porter un regard poétique** sur le monde, à saisir la poésie présente dans une tige, dans le vol d'un oiseau (p. 89) ou dans une étendue de neige (p. 78). • **Réparer** dans les mots le lien au vivant, pour préserver le présent et préparer le futur (v. 21-22 p. 96), sans crainte des erreurs (v. 13 p. 115). Poème écologique au sens premier : voix qui manifeste le souci de la maison.

1. Hélène Dorion, *Sous l'arche du temps*, Leméac, Montréal, 2003, p. 84-85.
2. *Ibid.*, p. 41-42.

3. L'œuvre à l'examen

3.1 EXPLICATION LINÉAIRE : « MES FORÊTS SONT DE LONGUES TRAÎNÉES DE TEMPS... » (P. 9)

– **Éléments d'introduction**

Poème liminaire reprenant le titre du recueil, prolongé par quatre autres poèmes qui jalonnent l'œuvre. Tentative de description de sa forêt intérieure, entreprise qui passe par une exploration de soi ; mais également création par la poésie de cet univers intime au fur et à mesure qu'elle l'explore.

■ **Problématique** : Comment l'élaboration du paysage poétique de la forêt accompagne-t-elle l'exploration de l'intime ?

I. Entrée dans un espace-temps poétique et contrasté (1re strophe)

- Espace identifié d'emblée à une abstraction : les forêts sont incarnation du temps, ancrées dans la durée, la lenteur, la longueur (du vers).
- Alliance de violence sauvage – métaphore des « aiguilles » qui « percent » et « déchirent », mention de l'« orage » – et de douceur : verbe « glissent », image de l'aile.
- Espace vertical parcouru de mouvements contraires : stabilité et enracinement, élan ascensionnel, chute.
- Espace traversé d'une lumière fragmentée, habitée par la mémoire.
- Métaphore de l'humus : passé décomposé, mais aussi terreau de demain (cf. p. 25).
- Instant fragile de beauté et de délicatesse avec la métonymie de l'aile (cf. p. 39) ; légèreté du rythme qui suggère une douce ondulation. Poésie sensible qui touche et émeut.

II. Le lieu du voyage immobile (2e strophe)

- Étonnants « voyages immobiles » des arbres (oxymore) : traversée du temps, des saisons. Parallélisme avec le voyage immobile de la poète : introspection, quête de soi, relecture de son parcours personnel.
- Métaphore du grenier : espace marginal peuplé de poutres, poussiéreux et parfois inquiétant, hanté par le passé, propice à l'exploration et aux découvertes. Imaginaire enfantin et fantastique convoqué par la mention des « fantômes », symbole aussi de ce qui est mort dans nos vies, de ce qui nous tourmente, de ce qu'on voudrait fuir.
- Métaphore marine, qui associe par la verticalité et la matière le tronc et les mâts.

- Familiarité, intimité partagée avec ces forêts qui deviennent « jardin », arpenté et modelé par la poète, mais aussi par le vent qui anime, agite voire fait trembler. Forêt sensible mais impalpable, en partie insaisissable.
- Image du cycle, éternel renouvellement, perpétuel recommencement : paradoxe « s'en retourne vers demain ». Fécondité du temps qui porte des « fruits ».

III. Le lieu ambivalent de nos fragilités et de nos aspirations (dernières strophes)

- Verticalité, stabilité, et robustesse qui font des forêts l'incarnation de l'espoir et de la dignité de l'homme « debout ». Espace-refuge, mais qui est aussi l'espace des « ombres » et de l'angoisse.
- Ambivalence du feu, ravageur pour de frêles brindilles, mais aussi flamboyant et purificateur, qui aide à défricher.
- Forêt tissée de mots qui brûlent et craquent : langage difficile d'accès, à recomposer ?
- Alliance des contraires : feu et eau, ombre et lumière, mouvement et fixité.
- Parole qui s'efface avec l'amenuisement progressif des strophes : plongée dans le silence de la nuit. Obscurité peut-être inquiétante mais pas nécessairement oppressante, grâce à la hauteur, à l'élévation. La nuit est aussi l'espace où se déploie le rêve.

Éléments de conclusion

- Portrait par accumulation de métaphores d'un paysage au moins aussi abstrait que concret (l'arbre par exemple n'est jamais cité). Importance de l'imaginaire dans cet univers étonnant, poétique et symbolique.
- Démarche d'introspection accordée au voyage immobile des arbres dans le temps. Relecture d'une histoire personnelle marquée par le passé et tournée vers l'avenir.
- Peinture d'un univers qui allie les contraires : monde obscur parfois inquiétant ou tourmenté, mais aussi traversé de lumière et de douceur. La forêt intime assume ainsi les contradictions internes de la poète, sans mensonges, mais avec espoir.

3.2 EXPLICATION LINÉAIRE : « IL SOUFFLE MILLE VOIX DE VENT… » (P. 59)

– **Éléments d'introduction**

Poème qui ouvre la troisième partie du recueil : « L'onde du chaos ». Déchaînement de la tempête du monde, déjà annoncée dans la partie qui précède (« terre ébranlée » p. 49). Rencontre entre la violence du monde, la nature souffrante et le moi pensant.

■ **Problématique** : Comment le regard poétique du sujet sur le paysage chaotique du monde exhorte-t-il à l'élaboration d'une nouvelle éthique proche de la nature ?

I. Spectacle du chaos

1. Un souffle de tempête (v. 1-3)

- Tonalité épique des premiers vers. Ici le vent n'est pas le murmure sensible, mais un chant démultiplié, terrible et puissant, que soulignent les fricatives [f] et [v].
- La montagne, massive et solide, subit métaphoriquement les « marées » : assaut répété, incessant qui n'épargne même pas les hauteurs. Reprise de l'image des vagues et de la marée pour évoquer le vent violent et l'hiver agressif dans les poèmes suivants (p. 75, 80, 82…). Verbe « traversent » : la montagne résiste encore.
- Durée : « tant d'aubes ». Fragile évocation de la lumière, de l'espoir, de la renaissance, qui semblent anéantis par l'atmosphère crépusculaire de « fin de jour ».

2. La descente « vers soi » (v. 4-11)

- Silence qui contraste avec le fracas de la tempête. Silence d'inquiétude et de mort qui accompagne une sorte de descente aux enfers, exploration de ce qu'il y a de plus noir en chacun de nous ? Ou silence plus apaisé de celui qui travaille à se réconcilier avec son humanité ?
- Mouvement plongeant (« au-dessus ») : vertige face au gouffre du néant. Le monde souffre d'une perte de sens.
- Sagesse, lucidité d'un ciel (intérieur ?) incertain et flottant, privé d'un ancrage solide (*cf.* p. 15), qui connaît les intempéries et les déchirures.
- Ignorance, absence d'évidences qui paradoxalement nous emprisonnent en dressant des « murs d'incertitudes » : oxymore alliant l'obstacle solide et infranchissable à l'instable, l'hésitant, le fragile. Loin d'être un « miroir » idéal de nos aspirations, le ciel est à l'image de « nos rêves » contrariés, de nos désillusions.

3. Le retour annoncé de l'orage (v. 12-19)

- En écoutant le monde on décèle les indices annonciateurs de nouvelles tempêtes. Retour du « désir » avant le retour de l'orage : responsabilité accablante des hommes.

- Métaphore du « jardin » : monde habité et familier, dont nous devrions prendre soin.
- Chaos, désordre, mépris de la vie qui pourtant est au commencement de tout.
- Polysémie autour du « temps » : bilan météorologique mauvais (tempête), symbole d'une époque qui va mal. Zeugme autour de la construction du verbe « aller » : aller plus ou moins bien / aller et venir. Époque maladive dont le cycle naturel est détraqué : « saisons décousues ».
- Espoir : permanence mystérieuse des étoiles, lumières dans la nuit.

II. Une poésie qui bouscule et cherche une issue

1. Un nouveau chemin est-il possible ? (v. 20-25)

- Citation de Silvia Baron Supervielle (épigraphe p. 45). Interrogation mise en exergue par la brièveté du vers : quête d'un refuge, quête d'une éthique à adopter, d'une orientation à donner à sa vie.
- Obstacles : deux circonstancielles de temps. Absence d'un point de départ, d'un repère. Chemin à inventer.
- Rupture d'un lien charnel entre l'homme et la nature. Humanité en pire état, en plus grand danger que la terre (comparatif « plus chancelant »). Éloignement source d'oubli et de méconnaissance : on ne reçoit plus la leçon de sagesse de l'arbre, de sa force fragile, de son voyage immobile dans le temps.

2. Violence et indifférence (v. 26-31)

- Pouvoir presque incantatoire de l'homme qui sème le chaos. Responsabilité.
- Aveuglement volontaire, insensibilité qui frôle l'hypocrisie. Métaphore du voile par lequel on masque les vérités qui dérangent ; évocation d'un linceul funèbre qui rappelle la gravité des dommages causés.
- Synesthésie évocatrice d'une violence insupportable : vue (« regard ») → toucher (« poignées ») → ouïe (« cris ») → toucher (« jetées »). Puissance et matérialité des sensations. Métonymie du regard pour désigner les témoins qui « étouffent » devant ce que la société fait pour étouffer le désastre. Allusion crue et suggestive de la mort et de la détresse.

3. Une situation intenable (v. 32-37)

- Avertissement. Constat dramatique et laconique (tétrasyllabe) : le temps est compté. Métaphore de la nuit, période obscure dans laquelle l'humanité s'enfonce. Peut-on espérer une aurore humaine au débouché de cette nuit ?
- Anaphore de la négation, mais avec un rythme haché, qui connote le malaise, l'angoisse, l'épuisement fatal. Au bord de l'impasse, nécessité de recommencer, de sortir de ces hivers sans fin, de renouer avec l'aube, de se relever. Condamnation de la fuite en avant : il y a une réalité à assumer, des responsabilités à prendre.

■ **Éléments de conclusion**

- Malaise du sujet lyrique qui rejoint la souffrance d'un monde ébranlé par la violence, puissamment convoqué par la poésie. Perte de sens et de repères, menace d'une catastrophe imminente ; urgence d'un sursaut salvateur, mais aux contours encore indistincts.
- Néanmoins permanence d'un fragile espoir. Le remède semble résider dans le lien à la nature et au vivant, qui nécessite réparation : la poésie a le pouvoir de nous faire ressentir cette nature, et peut ainsi changer notre regard et transformer notre être.

3.3 L'ÉPREUVE ÉCRITE : SUJET DE DISSERTATION

> « *Le paysage lyrique est plus qu'un état d'âme. Le sujet ne se contente pas de s'y contempler comme un miroir, ni d'y verser ses émotions. Il le choisit et le structure, lui prête les figures les plus inattendues, le détaille ou le réduit à presque rien, l'invente, le découvre en soi et se découvre en lui… Il se situe dans l'univers en le recomposant ; son identité est liée à sa localisation.* »
>
> Jean-Michel Maulpoix, *Du lyrisme*, Paris, Éditions José Corti, 2000, p. 339

En quoi cette remarque éclaire-t-elle votre lecture de *Mes Forêts* ?

■ **Problématique** : Dans quelle mesure le sujet, dans sa démarche d'introspection, s'approprie-t-il le paysage par une recomposition poétique ?

I. De la nature à l'architecture

1. **Un angle de vue particulier : vision kaléidoscopique, choix du détail et du fragment.**
2. **Un désordre organisé : forêt structurée autour de couples de contraires.**
3. **Un paysage soumis aux métamorphoses de la poésie.**

II. Un espace poétique où interagissent l'extérieur et l'intérieur

1. **Un miroir poétique : richesse et ambivalence de la forêt vue par le poète, qui permet de rejoindre le sujet avec ses divers états d'âme et ses contradictions intérieures.**
2. **Démultiplication et mise en abyme de la forêt : forêt du monde, forêt environnante, forêt intime. Entrée dans un paysage imaginaire et étrange.**
3. **Interpénétration d'univers distincts : personnification de la nature, végétalisation du sujet.**

III. Un paysage entre dialogue et distance

1. **Un miroir problématique pour une identité du sujet mise en question : altérité irréductible, langage mystérieux de la forêt.**

2. **Un lien à la nature à réparer.**

3. **Plus qu'un miroir, un interlocuteur à part entière dans l'exploration de soi et la quête de sens.**

3.4 PARCOURS AUTOUR DE L'ŒUVRE : « LA POÉSIE, LA NATURE, L'INTIME »

– **Proposition d'un corpus : Le poète et les arbres**
- Victor Hugo, *Les Contemplations* (1856), « Aux arbres ».
- Paul Verlaine, *Poèmes saturniens* (1866), « Dans les bois ».
- Émile Verhaeren, *La Multiple Splendeur* (1906), « L'arbre ».
- Jules Supervielle, *1939-1945* (1946), « Pins ».

– **Textes complémentaires : Dans l'intimité de la nature**
- Théophile Gautier, *Premières poésies* (1832), « Ballade » (« Quand à peine un nuage... »).
- Alphonse de Lamartine, *Recueillements poétiques* (1839), « Cantique sur un rayon de soleil ».
- Arthur Rimbaud, *Derniers vers* (1872), « Bannières de mai ».
- Emile Verhaeren, *La Multiple Splendeur* (1906), « Autour de ma maison ».
- Yves Bonnefoy, *Du mouvement et de l'immobilité de Douve* (1953), « Aux arbres ».
- Luc Bérimont, *Poésies complètes* t. 1 (2000), « La Forêt ».

– **Prolongements artistiques et culturels**
- La forêt dans l'œuvre de l'artiste contemporaine Eva Jospin.
- Ottorino Respighi, *Les Pins de Rome* (1924).
- Diego Stocco, « Music from a tree » (2009).

OBJET D'ÉTUDE 2

La littérature d'idées du XVIe siècle au XVIIIe siècle

RABELAIS, *GARGANTUA*

Parcours : « Rire et savoir »

Par Amélie Goutaudier

LA BRUYÈRE, *LES CARACTÈRES*, LIVRES V À X

Parcours : « La comédie sociale »

Par Camille Kerbaol

OLYMPE DE GOUGES, DÉCLARATION DES DROITS DE LA FEMME ET DE LA CITOYENNE, DU « PRÉAMBULE » AU « POSTAMBULE »

Parcours : « Écrire et combattre pour l'égalité »

Par Constance Desormeaux

François Rabelais, *Gargantua*

“ *Et son éclat de rire énorme*
Est un des gouffres de l'esprit! ”

Victor Hugo, *Les Contemplations*, « Les Mages » (VI, 23), 1856

Translation réalisée par nos soins.

1. L'œuvre et ses contextes

1.1 FRANÇOIS RABELAIS, UN HOMME INSCRIT DANS SON TEMPS

Éléments biographiques	Production littéraire et censure
• **1483 ou 1494** : François Rabelais naît en Touraine, près de Chinon. Son éducation, confiée aux moines de l'abbaye de Seuilly, repose sur les méthodes scolastiques qu'il condamnera ouvertement dans *Gargantua*.	
Les années monastiques (1511-1530) • **1511-1518 :** Rabelais fait son noviciat au couvent de la Baumette près d'Angers. • **1519-1524 :** Ayant rejoint les Franciscains de Puy-Saint-Martin à Fontenay-le-Comte, Rabelais étudie le grec et le latin. Mais ses supérieurs confisquent les livres de grec (sur les recommandations de La Sorbonne, alertée par les interprétations personnelles du Nouveau Testament que favorise cette étude). • **1525 :** Avec l'autorisation du pape, Rabelais quitte l'ordre des Franciscains pour celui des Bénédictins, réputés plus ouverts aux évolutions culturelles. • **1528-1530 :** Pendant trois ans, Rabelais effectue de nombreux déplacements au sein d'universités (Paris, Toulouse, Bordeaux, Orléans). Il quitte l'ordre des Bénédictins, et prend l'habit de prêtre séculier.	• **1521-1524 :** Rabelais fréquente un groupe d'humanistes et entretient une correspondance (en latin et en grec) avec Guillaume Budé. Il traduit en latin le second livre d'Hérodote.

Études médicales et débuts littéraires • **1530** : Rabelais entame des études de médecine à Montpellier, est reçu bachelier la même année et s'installe à Lyon. Il y fréquente l'humaniste et imprimeur Étienne Dolet (que la liberté d'expression conduira au bûcher). • **1532** : Il est nommé médecin de l'Hôtel-Dieu de Lyon.	• **1532** : Publication de *Pantagruel* (sous le pseudonyme d'Alcofribas Nasier, anagramme de François Rabelais). • **1533** : La Sorbonne condamne *Pantagruel* pour obscénité.
Voyages diplomatiques et condamnations • **1534** : Rabelais accompagne alors à Rome, en qualité de secrétaire et médecin, le cardinal Jean du Bellay (oncle du poète) • **1535-1536** : Lors d'un deuxième voyage à Rome, le pape lui accorde l'absolution pour avoir quitté le froc bénédictin. • **1536** : Rabelais passe à Montpellier la licence et le doctorat de médecine. Il devient l'un des premiers médecins du royaume. À partir de 1536, il exerce et enseigne la médecine à Lyon, à Montpellier ou dans le Poitou. • **1546 (mars)** : Il se réfugie à Metz (ville d'Empire), pour échapper à la condamnation formulée par la Sorbonne.	• **1534** : Publication de *Gargantua* (sous le pseudonyme d'Alcofribas Nasier). • **1542** : Les éditions définitives de *Pantagruel* et *Gargantua* paraissent à Lyon. Les deux œuvres sont censurées par le Parlement à la demande des théologiens, en même temps que des œuvres d'Érasme, Marot ou Calvin. • **1545** : Rabelais obtient un privilège de François Ier pour imprimer librement ses livres pendant dix ans. • **1546** : Publication du *Tiers Livre des faits et dits héroïques de Pantagruel*, condamné aussitôt par les théologiens qui l'accusent d'être « farci d'hérésies ». • **1548-1552** : Publication du *Quart Livre*, censuré par les théologiens (mais Rabelais conserve le soutien des parlementaires). Calvin traite Rabelais d'« impie » et d' « athée ». • **1550** : Rabelais obtient du roi Henri II un privilège pour la réimpression de ses ouvrages.
• **1553** : Rabelais meurt à Paris.	• **1555** : Calvin se livre à une nouvelle attaque contre l'impiété et l'obscénité des ouvrages de Rabelais. • **1562-1564** : Publication posthume du *Cinquième Livre*, dont l'authenticité est sujette à caution.

1.2 LES CONTEXTES LITTÉRAIRES, CULTURELS ET POLITIQUES

1.2.1 Le cadre politique

Les premières décennies du XVIe siècle européen sont marquées par la quasi-continuité des guerres. La rivalité qui oppose François Ier et Charles Quint dure depuis 1519, date à laquelle les deux hommes sont candidats à l'élection au trône du Saint-Empire romain germanique, élection remportée par Charles de Habsbourg qui prend le nom de Charles Quint.

Gargantua n'échappe pas à cette dimension essentielle de l'actualité, même si le récit la travestit de manière plus ou moins comique : Charles Quint a servi de modèle au personnage de Picrochole[1], dont l'impérialisme est présenté sous un angle parodique au chapitre 33. Par ailleurs, Rabelais fait des allusions aux opérations militaires impériales : le sac de Rome en 1527 (chap. 33) ; la lutte de Charles Quint contre les Infidèles (chap. 33) ; la bataille de Pavie à l'issue de laquelle François Ier est battu par les troupes impériales (chap. 39).

1.2.2 Le cadre littéraire et religieux : l'humanisme

Définition	Au départ, l'humanisme est une **philosophie** qui met l'Homme et les valeurs humaines au-dessus de tout. Puis ce terme désigne le **vaste mouvement intellectuel et littéraire** de la Renaissance qui se caractérise à la fois par une vive admiration pour les cultures grecques et latines et par une foi dans les capacités de connaissance que possède l'Homme. Ce mouvement, né en Italie au XIVe siècle, s'étend progressivement en Europe et s'épanouit au XVIe siècle.
Écrivains représentatifs	• **ÉRASME**, *Éloge de la folie* (1511) ; • Thomas **MORE**, *Utopie* (1516) ; • **RABELAIS**, *Pantagruel* (1532) ; *Gargantua* (1534) ; • **MONTAIGNE**, *Essais* (entre 1580 et 1588). S'appuyant sur la sagesse des auteurs antiques, les humanistes, mus par une soif de connaissance, souhaitent bâtir une société différente, désirent atteindre la perfection, que ce soit dans le domaine humain, moral ou artistique. C'est à cette époque que surgissent des universités dans toute l'Europe.

1. Ses paroles reprennent la devise « Plus oultre », de Charles Quint (chap. 33) ; au chapitre 50 est convoqué le souvenir des rois catholiques qui châtient ; au chapitre 33 est faite une allusion à la guerre contre l'Islam, que menait alors Charles Quint.

Principaux thèmes	**Religion** : la réflexion humaniste est marquée par l'influence du courant évangélique qui prône la lecture directe des textes bibliques, la prière personnelle et la méditation. L'évangélisme repose sur l'enseignement de saint Paul, sur l'espérance et la charité. **Politique** : les humanistes opèrent une réflexion sur le rôle du prince et sur la meilleure façon de gouverner. **Paix** : le plaidoyer en faveur du pacifisme va de pair avec le réquisitoire contre la guerre offensive. **Éducation** : de nouvelles méthodes pédagogiques visent au développement de l'esprit critique et à l'extension du champ de connaissances. **Différences culturelles** : les humanistes amorcent une réflexion sur l'altérité.
Écriture souvent argumentative	• L'écrivain humaniste fait référence à la **sagesse des Anciens.** • Il exploite les **procédés didactiques** pour mettre le savoir à la portée du lecteur et recherche une connivence intellectuelle avec ce dernier, usant volontiers de l'ironie, du paradoxe, du double sens, de la polyphonie, pour éviter l'attaque directe. • L'œuvre humaniste est une **réhabilitation de la langue maternelle**[1].

1.3 GENÈSE ET PLACE DE *GARGANTUA*

1.3.1 Deux livres étranges : *Pantagruel* et *Gargantua*

En 1532 Rabelais, prenant le pseudonyme d'Alcofribas Nasier (anagramme de François Rabelais), fait publier à Lyon *Pantagruel*[2]. Le grand succès que connaît cette œuvre mêlant registres farcesque et épique pousse Rabelais à écrire une suite (ou plutôt un début[3]) : l'histoire de Gargantua, le père de Pantagruel. Dans *Gargantua*, Rabelais rectifie un peu le tir : **si le style reste farcesque, le préquel est un livre d'humaniste** : *Gargantua* est une réflexion sur l'éducation, la politique, l'organisation de la société. L'écrivain cherche à la fois un public populaire et savant : il s'agit d'un livre où « les

1. Au XVe siècle, le latin demeure la langue de culture. Après l'ordonnance de Villers-Cotterêts (1539) qui fait du français la langue officielle, du Bellay publie en 1549 sa *Défense et Illustration de la langue française*. Les écrits de Rabelais sont représentatifs de cette lente évolution vers la langue maternelle : Rabelais ridiculise dans son récit les faux lettrés qui usent d'un latin fossilisé, truffé de références, témoignant de leur incapacité à s'adapter au présent.
2. À la foire d'août 1532 sont publiées les *Grandes et Inestimables Chroniques du grand et énorme géant Gargantua* (auteur anonyme) qui auraient donné l'impulsion initiale. Rabelais reprend à cette œuvre plusieurs épisodes, comme la jument qui abat les forêts, la visite du géant à Paris et l'enlèvement des cloches de Notre-Dame. Il emprunte également les noms de certains protagonistes : Grandgousier, Galemelle (transformé en Gargamelle), et Gargantua. Mais ce n'est pas cet auteur anonyme qui a inventé la légende de Gargantua, dont on trouve des traces avant le XVIe siècle : à la fin du Moyen Âge, le personnage est présent dans le folklore, caractérisé à la fois par une stature exceptionnelle, une humeur débonnaire et un appétit féroce.
3. *Gargantua* est donc le préquel de *Pantagruel*.

intentions satiriques et pédagogiques se proclament ouvertement sous le manteau apparemment transparent de la fiction » selon Gérard Defaux, qui analyse Rabelais comme un homme « certes conscient des dangers que ses propos lui font courir, mais décidé, comme frère Jean, à agir et payer de sa personne[1] ».

1.3.2 Publication et réception

Gargantua est publié en 1534 ou 1535 à Lyon[2] ; il est réédité plusieurs fois jusqu'à l'édition définitive de 1542. Jusqu'au XIXe siècle, malgré son immense succès, le roman est perçu comme une **œuvre délurée**. À partir de la seconde moitié du XIXe siècle, la recherche universitaire commence à rattacher les textes rabelaisiens aux contextes politiques, culturels et religieux du XVIe siècle. C'est ainsi qu'Abel Lefranc, dans son *Rabelais* (1953), réhabilite l'écrivain : « Sous l'"éclat de rire énorme" du grand satirique se dissimulent les visées les plus audacieuses. **Le masque de la folie n'est qu'un moyen** dont il a usé pour lancer à travers le monde les vérités et les négations qu'il était impossible de faire entendre autrement. »

1.3.3 L'ambiguïté de la prise en charge narrative

Dans *Gargantua*, le narrateur est envahissant et prend un masque comique : « Maître Alcofribas Nasier » tient à préciser dès sa signature qu'il est « abstracteur de quinte essence », périphrase désignant l'alchimiste[3]. S'il partage les amours et les haines de son créateur, Alcofribas n'est pas Rabelais : il est le sot et le badin choisi pour mener le jeu et donner à l'œuvre une atmosphère comique. **Alcofribas est le masque, Rabelais est le visage**, qui revendique la culture humaniste et l'habille de culture populaire ; c'est ce qu'explique Gérard Defaux : « Alcofribas est le masque comique dont Rabelais s'affuble pour démasquer le mal et l'exposer au ridicule. »

---

1. Gérard Defaux, Préface de *Gargantua*, 1994.
2. On ne possède qu'un exemplaire de la première édition, mais il manque la page du titre, ce qui rend la date incertaine.
3. Il tient d'ailleurs à s'inscrire dans son texte : au chapitre 8 il est question d'un certain Alcofribas, qui crée les anneaux de Gargantua.

2. L'œuvre en examen

2.1 STRUCTURE DU ROMAN

2.1.1 « Prologue de l'Auteur »

Dès le prologue, celui qui prétend en être l'auteur met en garde son lecteur et l'invite à une **lecture herméneutique**. Selon lui, il ne faut pas seulement prendre les aventures qui suivent comme un tissu de plaisanteries, mais il est nécessaire de « soigneusement peser ce qui y est montré » car « l'habit ne fait point le moine ». Il exploite dans cette perspective la métaphore des Silènes, qui sont des boîtes peintes avec des figures grotesques, mais à l'intérieur desquelles se trouvent des drogues capables de guérir. Socrate est quant à lui un personnage « laid de corps et ridicule en son maintien », « toujours riant », « toujours se moquant », mais d'une sagesse exemplaire – « toujours dissimulant son divin savoir. » De la même manière que le chien mentionné au livre II de *La République* de Platon, qui tombe sur un os, le brise et en suce la moelle, le lecteur doit ainsi découvrir le sens caché de l'œuvre, au-delà de la fantaisie affichée.

Pourtant, après nous avoir invités à une lecture herméneutique, il semble nous en dissuader, remettant en cause les interprétations qui ont forcé le sens des œuvres d'Homère ou d'Ovide. L'« auteur » avoue avoir écrit ce livre en buvant et en mangeant... Son œuvre sent moins l'huile de la lampe, métaphore du labeur, que le vin. Il revendique la nonchalance comme principe même de l'écriture : son livre est à la fois une œuvre grande – un « livre seigneurial » – et pleine de bêtises. Ce prologue expose donc le **dilemme** auquel est confronté tout lecteur interprète, entre **lecture allégorique** et **recherche de l'intention** de l'auteur.

2.1.2 Une composition linéaire qui adopte la structure du roman de chevalerie

L'histoire se déroule en Touraine (ou du moins dans une Touraine transformée en royaume par l'imagination de Rabelais) et à Paris, aux XVe et XVIe siècles[1]. La narration, prise en charge par Alcofribas Nasier, oscille entre une composition linéaire, avec une progression chronologique de l'intrigue, et une composition plus désinvolte, intégrant de nombreuses digressions.

1. Il est fait référence à la bataille de Pavie en 1525, au chapitre 39 ; à la fin du chapitre 14 nous est donnée la date de la mort du premier précepteur de Gargantua : « c'était en l'an mil quatre cent vingt ».

L'enfance de Gargantua (chap. 1 à 13)

Gargantua est d'emblée présenté comme s'inscrivant de façon burlesque dans la lignée des héros mythiques. Il naît au bout de onze mois[1], par l'oreille de sa mère, à l'occasion d'un banquet énorme ; ses premiers mots sont « À boire ! à boire ! à boire ! ». Son éducation est régressive, car elle est faite par le bas corporel, contrairement à l'éducation de l'époque. Ainsi, les maîtres-mots de l'enfance sont : boire, manger, dormir. De plus, le personnage s'éduque par lui-même en prenant progressivement conscience de son corps. Rabelais souligne plaisamment que l'enfant abandonné à ses instincts fait spontanément tout ce que condamne la sagesse des nations.

L'éducation de Gargantua (chap. 14 à 24)

Un diptyque soigneusement construit oppose l'éducation des précepteurs sophistes[2] (chap. 14, 21 et 22) à celle du précepteur humaniste (chap. 23 et 24), qui fait échapper l'élève à l'inculture asociale où il menaçait de sombrer[3]. Ces deux modes d'éducation constituent un **diptyque à valeur polémique**. Entre les deux, Ponocrates fait appel à un médecin qui purge le cerveau de son élève : « Il le purgea canoniquement » pour le nettoyer de « toute corruption et de toute perverse habitude. »

La guerre picrocholine (chap. 25 à 51)

Pendant que Gargantua poursuit ses études à Paris sous l'égide de Ponocrates, un incident se produit entre les fouaciers de Lerné et les bergers du pays de Gargantua. Non seulement les premiers refusent de donner aux seconds des fouaces, mais ils se mettent à les insulter ; s'ensuit une « grande querelle » à l'issue de laquelle les fouaciers, en mauvaise posture, rentrent chez eux et se plaignent auprès de leur roi Picrochole. L'ambitieux, colérique, irritable et irréfléchi roi saisit ce prétexte pour se mettre en campagne. Son armée, constituée de pillards indisciplinés, détruit tout sur son passage et n'épargne personne. Face à l'excitation belliqueuse de Picrochole et de son armée, Grandgousier, quoiqu'au départ réticent, décide d'entrer en guerre contre Picrochole pour « secourir et protéger [s]es pauvres sujets ». Après de nombreuses péripéties, l'armée ennemie, désorganisée, est mise en déroute par l'armée puissante et organisée de Gargantua, rentré à la demande de son père. Comprenant que la défaite sera inéluctable, Picrochole s'enfuit – et disparaît définitivement du récit.

1. Dans un registre héroïcomique est développée la théorie des douze mois de grossesse, bien pratique dans le cas de naissance illégitime.
2. Un sophiste est un maître de rhétorique, enseignant la sagesse et l'art de parler en public. Cependant, visant davantage à l'efficacité persuasive qu'à l'énonciation d'une vérité, la sophistique connut de nombreux détracteurs, comme Rabelais.
3. Voir l'analyse thématique : l'éducation.

C'est dans ces chapitres qu'**entre en scène frère Jean des Entommeures**, « un vrai moine s'il en fut jamais depuis que le monde moinant moina de moinerie », jurant « pour orner [s]on langage » et se servant du bâton de la croix non pour convertir mais pour massacrer[1]. Buveur invétéré, volontiers paillard, frère Jean est ripailleur, bon vivant, tonitruant : il s'agit d'une **parodie de moine**, dont les prières endorment Gargantua au chapitre 41.

L'abbaye de Thélème (chap. 52 à 58)

Les derniers chapitres constituent l'étape ultime de la vie du héros qui, après avoir guerroyé, se retire dans une abbaye pour devenir un bon moine. Après quatre chapitres consacrés à l'architecture de l'abbaye (chap. 52 à 55), les chapitres 56 et 57 dévoilent le mode de vie des Thélémites. Vivant libres et heureux, tant épanouis sur le plan individuel que sur le plan collectif, les Thélémites ont pour règle « Fais ce que voudras[2] ».

2.2 RIRE ET SAVOIR : ÉTHIQUE ET ESTHÉTIQUE DE LA JOIE

Dès le XVIe siècle, les romans de Rabelais ont suscité des jugements divergents. Si la Sorbonne condamne l'obscénité de l'œuvre, Montaigne quant à lui apprécie des « livres simplement plaisants, [...] dignes qu'on s'y amuse » (*Essais*, II, 10). Madeleine Lazard s'inscrit dans cette lignée lorsqu'elle affirme dans *Rabelais l'humaniste* (1993) : « *Gargantua* illustre toutes les formes de la joie, le mot-clé de l'œuvre, constamment repris ».

2.2.1 Une éthique de la joie

Gargantua s'inscrit dans la continuité de *Pantagruel* qui étayait une doctrine de bon vivant. Dès l'adresse aux lecteurs, le roman se place effectivement sous le signe de la joie, présentant le rire comme motif majeur. D'ailleurs, dans l'édition originale, cette adresse se terminait par un « Vivez joyeux » typographié en lettres capitales, invitant le lecteur à la fête et au plaisir tout en rappelant le précepte évangélique de saint Paul[3].

Dans cette perspective, le narrateur s'attache à inscrire le récit dans un **univers de liesse** au sein duquel la fête est omniprésente. Les scènes de banquet et de convivialité joyeuse scandent le récit : Gargantua naît lors d'une partie de campagne animée par

1. « Toutefois mon bâton de croix fera diablement merveilles. » (Chap. 42) : l'ironie culmine avec l'antithèse.
2. La devise est la parodie du célèbre précepte de saint Augustin : « Aime [crains] Dieu, et fais ce que tu veux. »
3. Cf. Première épître de saint Paul aux Thessaloniciens, V, 16 : « Soyez toujours dans la joie ».

les « propos de beuverie » des « bien ivres », que Rabelais a amplifiés au fil des éditions successives ; son retour de Paris est célébré par des festivités organisées au château de Grandgousier (chap. 37 à 40) ; c'est encore un festin magnifique qui clôture la guerre picrocholine, couronnant la victoire de Gargantua et des siens (chap. 51). De plus, dans les chapitres consacrés à l'éducation, les repas se placent sous le signe de la joie, dans un contexte de pédagogie humaniste menée par Ponocrates. La nourriture et la boisson renvoient d'emblée à la convivialité effervescente, à la joie du partage et de l'échange. Un homme qui boit et mange seul est un homme sans avenir : telle pourrait être la leçon de Rabelais, lequel nous en donne l'illustration avec le personnage de Picrochole qui dîne seul tout en faisant des injonctions martiales (chap. 26).

Chez Rabelais, la joie devient donc un **idéal éthique**. Selon l'humaniste, le savoir passe nécessairement par la joie : contrairement à l'éducation sophiste, l'éducation de Ponocrates est ludique. La découverte du monde, au cœur de l'éducation, passe par la joie – le précepteur et l'élève « devise[nt] joyeusement ensemble » (chap. 23), et cette méthode « fut si douce, si légère et délectable, qu'elle ressemblait davantage à un passe-temps de roi qu'à l'étude d'un écolier » (chap. 24). Ainsi, joie et spiritualité sont liées : les couleurs de la livrée de Gargantua illustrent cette pensée, le blanc et le bleu signifiant, selon le narrateur, la « joie céleste ». Cette joie, qui s'inscrit dans l'optimisme inhérent à l'humanisme, permet de mettre à distance la réalité de la mort – Gargamelle meurt de joie au chapitre 35 – et s'épanouira à Thélème, monde utopique dans lequel la joie est synonyme de liberté. L'idéal évangélique d'une joie céleste paraît être atteint dans ce lieu accueillant des « joyeux, plaisants, mignons, [...] gentils compagnons », comme l'indique l'inscription mise sur la grande porte (chap. 54). Ce couple joie-liberté semble alors établir le fondement de la vie d'après Rabelais.

2.2.2 Une esthétique de la joie

À cette éthique correspond une esthétique de la joie, proche de l'euphorie verbale, qui embrasse l'ensemble de l'œuvre. Le **comique farcesque**, hérité du Moyen Âge, est lié au thème du **gigantisme**, qui provoque un rire reposant sur l'inadéquation de deux sujets, de deux univers. Il s'agit dès lors d'un comique carnavalesque de l'invraisemblance, Rabelais usant à loisir des proportions gigantesques, grossissement de la réalité propre au genre : il faut des milliers de vaches pour nourrir le bébé Gargantua (chap. 7), lequel, grandissant, dispose de montagnes de victuailles pour déjeuner et souper ; Grandgousier quant à lui offre à Toucquedillon un collier pesant cent soixante-quinze tonnes (chap. 47). Le comique de disproportion intervient régulièrement, notamment lors du retour de Gargantua, qui confond boulets d'artillerie et grains de raisin, mouches (chap. 36) ou poux (chap. 37), puis mange six pèlerins en salade (chap. 38). Les humains sont noyés tantôt par l'urine du géant Gargantua (chap. 17[1] et 38[2]), tantôt par celle de la jument (chap. 36[3]).

L'exubérance, l'hyperbole, la surabondance sont les caractéristiques de cette écriture de l'excès et participent à la fécondité du style : **Rabelais se fait lexicalement plaisir**. Le plaisir des mots se fait sentir dans les énumérations (jeux de Gargantua, torcheculs au début réalistes puis complètement absurdes, pièces d'artillerie, jurons de frère Jean, ...). Les propos grivois ou scatologiques (chap. 5, 13 ou 40), qui entretiennent le comique obscène de premier degré, côtoient un langage savant, médical et religieux. La rencontre entre le discours médical et le discours chevaleresque, relevant d'une volonté de décalage et d'humour, crée un **comique de langage** sur lequel reposent notamment les combats de frère Jean (chap. 27, 43 ou 44). La langue rabelaisienne est une langue extrêmement foisonnante traduisant une véritable jubilation verbale. Cette **écriture bachique** tend à créer des sonorités en délire; le chapitre 5, intitulé « Les propos des bien ivres », en est un exemple frappant. Le texte déraille, confine à la folie; folie des mots, ivresse de l'écriture revendiquée telle quelle dès le prologue : « L'odeur du vin est, ô combien plus friande, riante, priante, céleste et délicieuse que celle de l'huile ! »

2.3 PARODIE, SATIRE ET IDÉAL : L'ÉDUCATION, LA GUERRE ET LA POLITIQUE, LA RELIGION

2.3.1 L'éducation

L'éducation est une grande préoccupation des humanistes de la Renaissance qui veulent en finir avec la scolastique médiévale. Érasme, moine et intellectuel majeur de l'époque, se penche sur cette question et publie en 1530 un traité sur l'éducation : *La Civilité puérile*. Influencé par Érasme, Rabelais à son tour traite de cette thématique, mais de façon polémique puisqu'il oppose en diptyque deux méthodes pédagogiques.

1. « Alors, en souriant, il détacha sa belle braguette et, tirant sa mentule en l'air, les compissa si aigrement qu'il en noya deux cent soixante mille quatre cent dix-huit, sans compter les femmes et les petits enfants. »
2. « Alors il pissa si copieusement que l'urine coupa le chemin aux pèlerins, qui furent contraints de franchir la grande rigole. »
3. « Cependant, sa jument pissa pour se relâcher le ventre, mais ce fut en telle abondance qu'elle en fit sept lieues de déluge. »

	Chap. 21-22 : Éducation sophiste	Chap. 23 : Éducation faite par Ponocrates
Lever	Gargantua se réveille entre huit et neuf heures.	Gargantua se lève vers quatre heures du matin. Dès son réveil lui sont lues les saintes Écritures ; s'ensuit un temps de prière.
Habillement, besoins naturels	Gargantua se distingue par son comportement bestial. Il ne se lave pas, méprise l'hygiène ; ses besoins naturels sont décrits grâce à l'accumulation de termes scatologiques.	Après s'être lavé, Gargantua va « aux lieux secrets faire excrétion des digestions naturelles. » Le langage est pudique et révèle la bonne hygiène de vie à laquelle s'adonne à présent Gargantua.
Déjeuner	Son déjeuner est caractérisé par la goinfrerie et la surenchère de mets.	Ø
Église	Gargantua assiste à une trentaine de messes. Sa dévotion est formaliste et mécanique ; ses prières sont bâclées (« un tas de chapelets » ; « Il marmonnait avec lui toutes ces Kyrielles »).	Ø
Étude	Il étudie pendant « quelque méchante demi-heure » mais « son âme était à la cuisine ».	Gargantua étudie pendant trois heures. L'enseignement repose sur un idéal d'harmonie qui permet de concilier exercice corporel et exercice spirituel.
Besoins naturels	À nouveau, les besoins naturels de Gargantua sont évoqués : « Pissant donc en plein urinoir ».	Ø Gargantua se lave et se promène doucement.
Déjeuner	Là encore, Gargantua se goinfre de « quelques douzaines de jambons » ; on lui jette des pelletées de moutarde dans la bouche ; il ne connaît aucune limite en matière de boisson. Pour finir, il se lave les mains avec du vin.	Le déjeuner donne l'occasion d'écouter une lecture ou d'ébaucher une discussion intellectuelle. Ils se lavent avant et après le repas, lequel est simple et équilibré. À l'issue du déjeuner, tous rendent grâce à Dieu avec élégance et sincérité.
Jeux	Le chapitre 22 expose, dans une litanie, deux cents jeux grotesques auxquels s'adonne l'élève.	Le savoir encyclopédique au cœur de l'éducation humaniste de Ponocrates se fait aussi grâce aux jeux de cartes, par le biais desquels Gargantua apprend l'arithmétique. L'élève se divertit en faisant « de joyeux instruments et figures géométriques », en apprenant l'astronomie ou la musique.
Sieste	Après avoir bu avec ses compagnons quarante-quatre litres de vin, Gargantua dort pendant deux ou trois heures, puis se remet à boire dès son réveil.	Ø

	Chap. 21-22 : Éducation sophiste	**Chap. 23 : Éducation faite par Ponocrates**
Étude	Gargantua se met à étudier « quelque peu » et expédie ses prières. Il s'intéresse davantage aux mets cuisinés pour le souper.	L'élève se remet à l'étude pendant trois heures ou plus. Il apprend l'art de la chevalerie – il sera un jour roi et chef militaire. Ponocrates insiste sur l'importance des leçons de choses et son enseignement repose sur la connaissance de la vie pratique.
Souper	Il convie ses voisins pour boire et jouer avec eux, quand ils ne vont pas voir les filles des alentours après le souper.	Le souper est « sobre et frugal » ; les discussions intellectuelles animent le repas. Les divertissements tels que la musique, les cartes, les dés, ou l'observation des astres ponctuent la soirée.
Coucher	« Puis il dormait sans débrider jusqu'au lendemain huit heures. »	Après des prières sincères, « ils entraient en repos. »

Parodie satirique de l'éducation à l'ancienne mode

La dénonciation porte d'abord sur le **savoir livresque** auquel est soumis le jeune Gargantua. Les livres qu'il apprend par cœur (chap. 14[1]) et dont la liste est un mélange d'ouvrages fantaisistes[2] ou dépassés, sont des lieux communs de sentences, de morales, mais qui ne prêtent pas à la réflexion. Dans cette logique, l'onomastique participe à la critique, avec des noms d'auteurs tels que « Tropditeux » (« qui parle trop »), « Faquin » ou « Brelinguand » (« Maître Lecon »). Non seulement cette éducation est inutile, mais elle entraîne la **paresse**, le **manque d'hygiène**, et transforme le temps en temps mort. Soucieux de bien manger, bien boire et bien dormir, les maîtres de Gargantua sont des « vieux tousseux », personnages ridicules mais dangereux ; ce sont les représentants du pouvoir théologique et de l'ancienne éducation. Si les méthodes du précepteur sophiste Thubal Holoferne s'avèrent si inefficaces et si désastreuses, c'est parce qu'elles sont incapables d'« élever » le jeune Gargantua, lequel, s'il ne manque pas de verve[3], ne maîtrise en aucun cas la rhétorique : son langage témoigne d'une obsession scatologique nettement régressive, de sorte que, pleurant « comme une vache », il ne peut prendre sa place dans l'échange social[4] contrairement à Eudémon.

1. Maître Thubal Holoferne « lui apprit si bien son alphabet qu'il le récitait par cœur, à l'envers » ; Gargantua connaît si bien *Les Modes de la signification*, traité de grammaire théorique, qu' « il le restituait par cœur, à l'envers ».
2. Chapitre 14.
3. Cf. la litanie des torcheculs au chapitre 13.
4. Chapitre 15 : « il ne fut pas possible de tirer de lui une parole, non plus qu'un pet d'âne mort. »

Éloge de l'éducation humaniste

Par contraste, grâce à beaucoup de rigueur et d'exigence, le précepteur Ponocrates (« le travailleur ») va réguler, contrôler et canaliser le corps et l'esprit de son élève, dans l'optique d'en faire un gentilhomme. L'éducation de Ponocrates repose sur cinq principes : il s'agit avant tout d'une éducation dans la **joie**[1], qui prône le **respect du corps** : Ponocrates accorde une grande importance à l'hygiène, à l'équilibre des repas, et règle l'emploi du temps selon la nature. Conformément aux préceptes humanistes, le programme est **encyclopédique** : Arts, Sciences et Lettres sont étudiés par l'élève, qui apprend en outre la Botanique lors de ses promenades, ou l'Astronomie lors des sorties nocturnes. Cette éducation est **ludique** : au chapitre 23, l'éducation des sciences débouche sur des jeux. Enfin, la méthode pédagogique de Ponocrates est dynamique et tournée vers la **vie**, puisqu'il y a un rapport entre ce qu'on apprend et ce qu'on va vivre.

2.3.2 La guerre et la politique

Claude de Seyssel est l'un des premiers à écrire un ouvrage qui réfléchit sur la politique humaniste : *La Grande Monarchie de France* (1519). Dans cet essai, il oppose guerre défensive et guerre de conquête : selon lui, le fondement de l'autorité royale ne réside pas dans la force mais dans la justice. Les chapitres consacrés à la guerre picrocholine portent en creux cette réflexion.

Parodie du genre épique

C'est avant tout par le rire que Rabelais nous invite à appréhender la guerre picrocholine, présentée d'emblée comme une **épopée bouffonne**. Multipliant les écarts avec le genre épique, le conteur Alcofribas, qui s'adresse à plusieurs reprises au lecteur[2], use à outrance de l'hyperbole et concilie langage militaire et langage chirurgical[3], de sorte que les combats deviennent de véritables carnages[4].

Tout devient sujet de dérision sous la plume du conteur : les motifs de la guerre, exposés aux chapitres 25 et 26, réduisent cette dernière à une **querelle sans réel intérêt**, entre des fouaciers et des bergers. Pourtant, l'incident prend des proportions démesurées sous l'impulsion de l'ambitieux Picrochole. Les chapitres 26 et 27 sont une illustration magistrale de la parodie du genre épique : personne ne semble épargné ; le **désordre** règne dans les deux camps ; les combats sont menés de façon anarchique ;

1. Montaigne, dans ses *Essais*, reprendra cette idée : « La plus expresse marque de la sagesse, c'est une réjouissance constante » (I, 26).
2. « D'où vient cela, Messieurs ? Pensez-y, je vous prie. » ; « Croyez bien que c'était le plus horrible spectacle que l'on n'ait jamais vu. » (chap. 27).
3. Frère Jean « lui faisait voler la tête en pièces en le frappant à la suture lambdoïde. » (chap. 27).
4. Chapitres 27, 43 ou 44.

le cri de guerre est parodique[1]. Nous constatons dès lors le **renversement des objets** : les ennemis n'utilisent pas les armes à des fins offensives mais pour récolter le raisin ; les trompettes et les tambourins deviennent des objets dégradés par rapport à leur fonction noble du départ[2] ; les enseignes sont rabaissées au rang de jarretières[3].

Mais derrière le carnaval, **la satire subsiste** : ce comique, qui permet de mettre à distance la réalité de la guerre, en dénonce la cruauté : Rabelais condamne la fureur guerrière des guerres de conquête, dans lesquelles le pillage, contraire à l'idéal chevaleresque, n'épargne personne, ni homme ni femme. La critique ne ménage pas frère Jean des Entommeures, personnage sympathique mais sans aucune mesure. Les coups qu'il donne deviennent automatiques, mécaniques ; il se montre impitoyable envers les ennemis et semble éprouver un certain plaisir à découper les corps ramenés au stade animal[4] et à achever ses ennemis.

Réflexion sur la politique

Rabelais amorce dans son roman une réflexion sur la **politique intérieure** qu'il emprunte à Érasme[5] selon lequel, « Un prince chrétien est un père pour ses sujets ». À ce titre, il doit les protéger, comme le précise du reste Grandgousier qui veut « secourir et garantir [s]es pauvres sujets » (chap. 28) et exhorte son fils au retour, lui rappelant le devoir de tout suzerain : « force m'est de te rappeler pour protéger les gens et les biens qui te sont confiés par droit naturel ». Les mesures sociales mises en place vont dans ce sens : à l'issue de la guerre picrocholine, Grandgousier prévoit un hôpital pour les blessés et rembourse les civils des dommages qu'ils ont subis[6]. Soucieux de l'âme de ses sujets, il incarne l'image d'un **roi chrétien et débonnaire** – rappelant celle de Louis XII. Gargantua quant à lui, se plaisant à citer le livre v de *La République* de Platon au chapitre 45, prône discrètement **l'idéal platonicien du roi philosophe** : « les républiques seront heureuses quand les rois philosopheront, ou quand les philosophes régneront. »

La guerre picrocholine devient aussi un prétexte permettant à Rabelais d'étayer la réflexion au sujet de la **politique extérieure.** Dans la réflexion humaniste de nature érasmienne, tout doit être traité par la douceur. Grandgousier tente d'apaiser la colère

1. Au « Montjoie ! » se substitue un « horrible tumulte » (chap. 26).
2. « Les tambours avaient défoncé leurs caisses d'un côté pour les emplir de raisins, les trompettes étaient chargées de branches de vigne. » (chap. 27).
3. « Quelques-uns des moinillons emportèrent enseignes et drapeaux dans leurs chambres pour en faire des jarretières. » (chap. 27).
4. Frère Jean « les culbutait comme des porcs » ; « il lui cassait les reins comme à un chien. » (chap. 27).
5. Dans *L'Éducation du prince chrétien (ou l'art de gouverner)* (1516), Érasme s'exprime au sujet de la mission du prince qui doit être un législateur, agissant pour le bien commun. Selon lui, un prince mauvais ne peut donner qu'une mauvaise politique.
6. Chapitre 51.

de son adversaire[1], en vain. Sa lettre à Gargantua énonce clairement le **pacifisme du roi débonnaire, face à l'impérialisme** honteux de son pendant négatif, Picrochole[2] : « Mon intention n'est pas de provoquer, mais d'apaiser ; ni d'assaillir, mais de défendre ; ni de conquérir, mais de garder mes fidèles sujets et mes terres héréditaires sur lesquelles est hostilement entré Picrochole, sans cause ni raison, poursuivant chaque jour sa furieuse entreprise et ses excès intolérables pour des personnes libres. » (Chap. 29). En corollaire, si la guerre défensive est légitime, la guerre offensive ne l'est pas : non seulement Picrochole a rompu une alliance[3], mais il n'a aucune autorité sur La Roche-Clermault qu'il prend d'assaut (chap. 28). Face aux débordements de Picrochole, Grandgousier se révèle être un bon roi car il est généreux et clément, même à l'égard des agresseurs. Dans sa lignée, Gargantua ne juge pas les actes mais les intentions : à l'issue de la guerre, prince débonnaire, il recense les rescapés, leur offre un repas et leur tient une harangue dans laquelle transparaissent sa générosité, sa mansuétude et son amitié. Il leur pardonne, les délivre et leur verse trois mois de solde, mais leur demande de lui livrer les fauteurs du trouble initial et les mauvais conseillers du roi (chap. 50).

2.3.3 La religion

Alors que l'idéal politique et l'idéal sur l'éducation sont centrés sur quelques chapitres, l'idéal religieux est disséminé tout au long du roman, tantôt sous la forme de satires, tantôt sous la forme de discours. L'évangélisme prôné par Rabelais n'est pas tant une doctrine qu'une attitude spirituelle ; il repose non sur des dogmes ou des règles, mais sur un christianisme intériorisé. Il récuse toute forme de foi passive ou quiétiste.

Satire des pratiques du catholicisme

Les objets de la satire sont nombreux : Rabelais s'attaque aux **litanies** dont il raille l'inefficacité[4] ; par ailleurs, les **pèlerinages**, signes extérieurs de la piété populaire, ne sont que d'« ineptes et inutiles voyages » selon Grandgousier (chap. 45) puisqu'ils sont la manifestation de l'hypocrisie des croyants[5]. Les **psaumes** et les **prières machinales** sont quant à eux sévèrement blâmés par Gargantua au chapitre 40, raillant les moines

1. « Grandgousier pour acheter paix, fit rendre les fouaces » (chap. 32).
2. Ce nom signifie « le bilieux », « le colérique ».
3. Cf. la harangue de Gallet au chapitre 31 : « Quelle furie donc t'émeut maintenant, toute alliance brisée, toute amitié foulée aux pieds, tout droit trépassé, pour envahir ses terres, sans avoir été ni endommagé, ni irrité, ni provoqué, par lui ou les siens ? Où est la foi ? Où est la loi ? Où est la raison ? Où est l'humanité ? Où est la crainte de Dieu ? »
4. Au chapitre 27, non seulement les combattants invoquent confusément saints attestés et saints fictifs – comme sainte Nitouche –, mais ces litanies n'obtiennent pas l'effet escompté puisque « les uns mourraient sans parler, les autres parlaient sans mourir. Les uns mouraient en parlant, les autres parlaient en mourant. »
5. Cf. les épisodes des pèlerins aux chapitres 38 et 45.

qui « marmonnent grand nombre d'antiennes et de psaumes qu'ils ne comprennent nullement » ; frère Jean se targue même de pouvoir endormir Gargantua en priant les psaumes au chapitre 41 ! Rabelais fait la satire des croyants, dont la foi a été remplacée par de **vulgaires croyances populaires** et qui portent une vénération outrancière au culte des saints[1] : les cinq pèlerins du chapitre 45 expliquent revenir de Saint-Sébastien où ils sont allés invoquer le saint contre la peste ; Picrochole envoie en patrouille des chevaliers, « tous bien aspergés d'eau bénite » au chapitre 43, pour les préserver de toute fin funeste, en vain.

L'écrivain n'épargne pas les **institutions religieuses** qui selon lui faussent les rapports de l'homme à Dieu. Usant à loisir de la parodie, il raille l'absurdité des vœux et la vie oisive des moines, résumée par un polyptote comique au chapitre 27 : « le monde moinant moina de moinerie ». Les institutions ne font qu'étouffer l'enseignement du Christ, telle la Sorbonne qu'Alcofribas Nasier ne cesse de dénigrer grâce à des néologismes dépréciatifs ou à une onomastique suggestive[2]. De tels théologiens et prédicateurs sont de dangereux « faux prophètes », puisque, selon Grandgousier, « La peste ne tue que le corps, mais de tels imposteurs empoisonnent les âmes. » (Chap. 45). C'est pourquoi, à l'issue de la harangue de Janotus de Bragmardo[3], parodie du discours théologique de la Sorbonne, « Ponocrates et Eudémon s'esclaffèrent de rire si profondément, qu'ils crurent en rendre l'âme à Dieu » (chap. 18 à 20).

Pratiques valorisées : l'idéal évangélique

La première recommandation de l'écrivain est d'**éviter toute forme de mécanisme** : la prière doit exprimer la pensée profonde de chaque individu, condition *sine qua non* pour engendrer le dialogue avec Dieu. Ainsi, les offices et les cloches seront bannis de Thélème, puisque « la plus grande sottise du monde était de se gouverner au son d'une cloche » (chap. 52). S'ensuit la nécessité de **privilégier la lecture des textes sacrés** et de donner l'accès aux Évangiles sans intermédiaire. L'inscription gravée sur la porte de l'abbaye va dans ce sens :

Que la parole sainte
Jamais plus ne soit éteinte
En ce lieu très saint.
Que chacun en soit ceint,
Que chacune porte en son sein

1. Rabelais fait une allusion à la Sorbonne qui demandait à François Ier d'agir en faveur du respect du culte des saints guérisseurs.
2. « Sorbonnagres », « Sorbonnards », « Sorbonnicoles ». Dans l'édition remaniée de 1542, les sobriquets sont remplacés par le terme de « Sophistes » – signe de la prudence de l'écrivain.
3. Là encore, l'onomastique est révélatrice, « braquemard » gardant le sens argotique de « pénis ».

La parole sainte[1].

De surcroît **le bon croyant est dans l'action** et ne doit pas compter seulement sur la prière[2]. À l'instar d'Érasme, Rabelais insiste sur l'importance de l'action humaine dans la réalisation des desseins de Dieu, reprenant ainsi l'adage : « Aide-toi et le Ciel t'aidera ». Enfin, suivant les préceptes de saint Paul, la **charité** est au cœur de la pensée évangélique : la devise de Gargantua, énoncée en grec et en lettres capitales au chapitre 8, est d'ailleurs une reprise de la sentence que saint Paul écrit dans sa 1re Épître aux Corinthiens : « Ce que recherche la charité, ce n'est pas son bien à elle-même. »

Thélème : l'anti-abbaye, ou l'idéal religieux

Thélème est une **illustration de l'idéal monastique** – sans moines. Il s'agit d'un anti-couvent, dont l'ordre est « au contraire de tous les autres » (chap. 52), et au sein duquel l'enseignement est centré sur la vie mondaine (avec un équilibre du corps et de l'esprit), et non sur la vie spirituelle. **Les règles y sont posées en antithèse avec celles d'une vraie abbaye** : pas de murailles, pas de religieux ni de religieuses, pas d'horloges ni de cloches. N'y sont acceptés que les « gens bien nés[3] », hommes et femmes qui sont libres de sortir et ne prononcent aucun vœu de chasteté, de pauvreté et d'obéissance. Si les Thélémites vivent sans règle, il se mettent en permanence au service de l'autre et réalisent par conséquent le paradoxe évangélique du chrétien à la fois seigneur et serviteur. Cette conception rejoint donc non seulement une utopie religieuse mais aussi une utopie sociale, qui crée une cellule sociale (puisqu'elle aboutit au mariage).

Cependant, de **nombreuses zones d'ombre** laissent perplexe le lecteur. En ce qui concerne l'idéal d'éducation, le programme encyclopédique prôné semble peu réaliste, l'emploi du temps est très chargé… En ce qui concerne l'idéal religieux, à Thélème, on ne boit pas, on ne rit pas beaucoup, chacun est libre, mais la liberté devient presque un conformisme. Où sont passés les buveurs du prologue, ou les joyeux convives des banquets ? Où sont passés les personnages s'égalant en impertinence et maniant la parole avec humour et ironie[4] ? Comme toujours, un **voile ironique** est jeté sur ces chapitres… Il ne s'agit pas tant pour Rabelais de proposer un système éducatif ou religieux que d'en ridiculiser les méthodes excessives. À l'image de l'énigme exhumée

1. Chapitre 54.
2. Contrairement aux moines de Seuilly qui pour se défendre, ne savent faire que « belle procession » et litanies inintelligibles, se barricadant dans l'église (chap. 27).
3. « Il fut ordonné que n'y seraient reçus que des femmes belles, bien formées et de bonne nature, et des hommes beaux, bien formés et de bonne nature. » (chap. 52).
4. Il ne sera plus question de cette abbaye ni des Thélémites dans le *Tiers livre*.

au dernier chapitre[1], Rabelais veut sans doute nous faire comprendre qu'il n'existe pas de lecture univoque : l'ambiguïté est emblématique de l'esthétique rabelaisienne. Restons donc prudents dans l'interprétation.

3. L'œuvre à l'examen

Nous proposons des plans détaillés, qui doivent être nécessairement complétés par des références précises au texte.

3.1 EXPLICATION LINÉAIRE : GARGANTUA SUR LES TOURS DE NOTRE-DAME

Chapitre 17 : du début à « fiers en parler. »

- **Éléments de contextualisation**

  Si *Gargantua* adopte la structure d'un roman de chevalerie, exposant de façon chronologique l'enfance puis l'éducation du jeune héros éponyme, certains chapitres rompent avec la tradition en exploitant le thème du gigantisme cher à Rabelais. En effet, après l'échec de l'éducation menée par les précepteurs sophistes, Gargantua s'en va poursuivre ses études sous l'égide du précepteur humaniste Ponocrates. Confronté à un véritable harcèlement de la part des habitants de Paris, Gargantua se réfugie sur les tours de Notre-Dame. C'est ainsi qu'au cœur même de l'éducation, le narrateur Alcofribas Nasier marque une pause dans la narration et inscrit un passage de pure comédie qu'il emprunte aux *Chroniques*[2] de 1532 et dans lequel l'écrivain atteint la perfection comique. Néanmoins, le lecteur averti dès le prologue, sait à quoi s'en tenir et doit chercher à « rompre l'os » pour « sucer la substantifique moelle ».
- **Lecture expressive du passage**

■ **Problématique** : Il s'agira d'analyser en quoi cet épisode héroïcomique met en scène un combat carnavalesque entre le géant évangélique et le géant sorbonnien.

1. Gargantua en fait une lecture allégorique et lui donne une interprétation évangélique, interprétation aussitôt démentie par son compagnon selon lequel il s'agit tout simplement de la description du jeu de paume. L'adresse finale de frère Jean renvoie donc au prologue et à la nécessité de se méfier de l'herméneutique : « Trouvez-y des allégories et des significations aussi graves que vous voudrez et ratiocinez sur le sujet, vous et tout le monde, autant que vous voudrez. »
2. *Les Grandes et Inestimables Chroniques du grand et énorme géant Gargantua* sont publiées anonymement en 1532. Rabelais reprend à cette œuvre plusieurs épisodes, notamment celui des cloches de Notre-Dame, tout en y ajoutant une connotation satirique.

– **Annonce des mouvements de l'extrait**

I. Introduction de la farce du géant : les premiers indices de la satire

(§ 1 et 2)

1. Satire du peuple de Paris (§ 1)

- Motif du gigantisme qui singularise le héros grâce à l'hyperbole.
- Gradation rythmique, adjectifs dépréciatifs mis en valeur par l'intensif répété.
- Lexique du spectacle et de la fête ; derrière la farce se masque la virulente critique rabelaisienne à l'encontre de la bêtise populaire qui consiste à accorder plus de crédit aux indulgences qu'aux prédications évangéliques[1].

2. Gargantua sur les tours (§ 2)

- Singularisation du héros seul contre tous par l'opposition du singulier et du pluriel.
- Intrusion du discours direct : justification de la victime des poursuites incessantes des curieux dont la grossièreté est soulignée.
- Double portée métaphorique : combat carnavalesque entre le géant évangélique et le géant sorbonnien (le haut des tours fait référence au haut des tours de l'Université (la Sorbonne) ; image burlesque du Dieu qui juge et punit son peuple qui ne suit pas l'évangélisme.

II. Gigantisme et héroïcomique

(§ 3 et 4 jusqu'à « nous sommes baignés par ris ! »)

1. La vengeance de Gargantua (§ 3)

- Le sourire du géant atténue la cruauté du châtiment imposé. C'est par le rire que le géant se libère du joug des oppresseurs.
- Goût rabelaisien pour la scatologie et l'hyperbole.
- Parodie d'un épisode épique : le flot d'urine remplace le flot de sang propre au combat (surenchère hyperbolique).
- Intertextualité biblique et parodie du Déluge, génocide divin qui arracha les hommes du mal.

2. Satire des rescapés (§ 4 jusqu'à « nous sommes baignés par ris ! »)

- Lâcheté des rescapés (lexique de la fuite et langage très imagé) qui se réfugient à la Sorbonne.
- Caricature et satire des « Sorbonnagres » (gradation). Portée symbolique de la toux et des crachats (paroles inintelligibles, calomnieuses et néfastes).

1. Les humanistes reprochaient à l'Église d'exploiter la ferveur populaire et de favoriser le commerce des reliques ou des indulgences.

- Blasphèmes, jurons, formules magiques chassant les démons et imploration de saints inconnus.

III. Revendication d'une étymologie fantaisiste

(« Depuis, la ville en fut nommée [...] fiers en parler. »)

1. Étymologie de « Paris » (première phrase)

- Références farfelues du narrateur ; calembour grotesque qui laisse transparaître la jouissance verbale de l'écrivain.
- Argument d'autorité pour rendre vraisemblable l'étymologie.
- Héroïcomique : collision entre la référence à une autorité reconnue (Strabon) et l'interprétation fantaisiste et scatologique.

2. Étymologie de « Parisiens » (deuxième et troisième phrases)

- Confusion des sources : contrairement à la première référence, le livre cité et son auteur (« Joaninus de Barranco », double de Jonatus de Bragmardo ?) sont imaginaires.
- Satire des Parisiens, beaux parleurs, impies, orgueilleux et vaniteux ; la paronomase « bons jureurs et bons juristes » tend à confondre deux univers, celui du blasphème et celui du droit.

Conclusion

Ce passage est donc emblématique de la prose rabelaisienne, dans laquelle le rire est un prétexte permettant à l'écrivain d'exprimer sa pensée par rapport à son époque. Ainsi, cet épisode héroïcomique révèle une structure à deux niveaux : le sens littéral et superficiel renvoie à une histoire de géant, dont l'objectif principal est de faire rire le lecteur. Mais ce dernier est invité à saisir le sens plus profond du texte et doit être en mesure d'apprécier la satire des Parisiens : Rabelais, non sans humour, met en scène un combat carnavalesque entre le géant évangélique et le géant sorbonnien. Derrière la farce et la légèreté propres au gigantisme se cache donc une satire virulente : si les Parisiens sont punis, c'est en raison de leur inculture, de leur superstition, de leur vanité. L'épisode du « pissefort » se clôt sur le vol des cloches – Gargantua les emportant, pensant qu'« elles serviraient bien de clochettes au cou de sa jument », mais la satire se poursuit et culmine avec la harangue de Janotus de Bragmardo, véritable parodie de la rhétorique sophiste (chap. 19).

3.2 EXPLICATION LINÉAIRE : LE CONSEIL DE PICROCHOLE

Chapitre 33 : du début à « je ne lui baiserai pas sa pantoufle. »

– **Éléments de contextualisation**

Dans *Gargantua*, de nombreux motifs binaires soulignent l'esthétique du contraste. En effet, Rabelais crée dans son roman tout un système de correspondances qui nous incitent à la lecture de deux récits, l'un nous exposant la folie, l'autre au contraire la sagesse, que ce soit dans le domaine de l'éducation, de la religion ou de la politique. Ces deux récits procèdent par regroupements d'épisodes et d'éclairages réciproques : ainsi, après avoir opposé dans un diptyque deux méthodes d'éducation, l'écrivain use à nouveau du diptyque pour amorcer une réflexion sur la conduite de la guerre. À la réflexion stratégique de Grandgousier et à son constant souci d'humanité (chap. 28 à 32) s'opposent l'impulsivité haineuse de Picrochole et ses fantasmes de domination universelle. La piété et l'esprit charitable du premier font ressortir l'esprit belliqueux et irritable de Picrochole, mis en scène au chapitre 33 dans une saynète de comédie où il devient un pantin entre les mains de ses mauvais conseillers.

– **Lecture expressive du passage**

■ **Problématique** : Il s'agira d'analyser en quoi cette saynète de comédie permet à Rabelais de railler la folie belliqueuse propre à la guerre de conquête.

– **Annonce des mouvements de l'extrait**

I. La parodie d'un conseil de guerre

(« Les fouaces détroussées [...] Thésauriser est fait de vilain. »)

1. Des conseillers obséquieux (« Les fouaces détroussées [...] dit Picrochole. »)

- La violence d'ordre physique (« détrousser ») introduit la violence verbale des conseillers excitant l'animosité de Picrochole.
- Conseillers discrédités par leurs noms : l'onomastique suggère leur fourberie (« Menuail » : « le peuple menu, la canaille »), leur fureur guerrière (« Spadassin ») ou leur grossièreté (« Merdaille »).
- Saynète de comédie : les personnages se définissent eux-mêmes par leur parole obséquieuse, usant du superlatif, de l'hyperbole, et de la comparaison flatteuse à Alexandre le Grand.

2. Des conseillers habiles à flatter l'orgueil de Picrochole (« – Grand merci [...] bien mieux que nous. »)

- Fausse modestie des conseillers réduits à une seule voix qui leur refuse toute identification propre.
- Proposition de leur plan de défense et d'attaque.

- Flagornerie sans borne : insidieusement, ils vantent la politique intérieure de Picrochole, louent son ingéniosité, font l'éloge de l'intelligence hors du commun de leur roi (comparatif de supériorité).
- Figure inversée de Grandgousier, Picrochole est mû par le désir d'expansion et non par le souci de protéger ses sujets.

3. La manipulation rhétorique (« Une partie ira se ruer [...] Thésauriser est fait de vilain. »)

- Plan d'attaque et issue heureuse du combat (lexique de l'urgence et de la rapidité).
- Mise à distance de l'adversaire discrédité (*cf.* démonstratif) et dévalorisation de l'armée (« ses gens »).
- Stratégie argumentative des conseillers qui séduisent leur roi par l'appât du gain (hyperbole).
- Manipulation rhétorique et syllogisme inversé : les deux maximes finales s'apparentent à des arguments irréfutables.

II. Le rêve d'hégémonie : dénonciation de la guerre de conquête

(« Cependant, l'autre partie, [...] je ne lui baiserai pas sa pantoufle. »)

1. Satire de l'impérialisme (« Cependant, l'autre partie [...] ce ne sont que des lourdauds ! »)

- Excitations belliqueuses et intéressées (champ lexical de la conquête).
- Progression du théâtre des opérations : les toponymes s'accumulent, la carte des conquêtes s'élargit, l'empire de Picrochole s'impose sur la terre et sur la mer. Le roi devient, dans cette tirade, l'acteur principal des conquêtes jusqu'à devenir l'unique « conquérant ».
- Enthousiasme belliqueux : pluriel emphatique, gradation rythmique et sémantique, hyperboles, juron et dépréciation de l'adversaire dans la négation restrictive finale.
- Assimilation de la conquête au pillage : trois personnages mus par la pulsion de dominer.

2. Après l'appât du gain, l'appât de la gloire (« Vous passerez par le détroit [...] pourvu qu'il se fasse baptiser. »)

- Discours prophétique, proche du fantasme, qui compare Picrochole à Hercule.
- Dénonciation sous-jacente de l'impérialisme de Charles Quint, qui avait pour emblème deux colonnes symbolisant l'immensité de ses conquêtes.
- Picrochole, alias Charles Quint, visualise presque la capture de Barberousse (corsaire ottoman qui aida François Ier contre Charles Quint) ; allusion aux croisés qui offraient aux vaincus la possibilité d'être baptisés ou de mourir.

3. Folie belliqueuse et délire verbal (« Et vous attaquerez [...] je ne lui baiserai pas sa pantoufle. »)

- Litanie des toponymes, réels et fantaisiste (« Barbarie »).

- Allusion à Charles Quint qui combattit l'Islam et mit à sac Tunis en 1535 ; reprise de sa devise « Plus oultre ».
- Critique de l'ambition des princes qui aspirent à la monarchie universelle (langage imagé et hyperbolique).
- Figure caricaturale du pape : rappel des querelles entre papes et empereurs (depuis le sac de Rome en 1527, les papes ne pouvaient plus collaborer à une politique hostile à celle de Charles Quint).
- Réaction comique de Picrochole : contraste entre l'interjection (« Par ma foi ») et le refus de s'abaisser à « baise[r] [l]a pantoufle » papale.

Conclusion

Dans cette saynète de comédie, Rabelais excelle à exposer ses idées sérieuses sous la forme la plus attrayante du discours parodique. Il s'agit pour lui de dénoncer la folie ambitieuse et belliqueuse des conseillers de Picrochole et à travers eux, de n'importe quel conquérant. Picrochole, sans aucun esprit critique, s'imagine conquérir l'univers et aspire à la monarchie universelle. Pourtant, à la fin de ce délire collectif, un vieux gentilhomme nommé Échéphron (« le Retenu, le Prudent »), miroir inversé des mauvais conseillers, intervient et tente de mesurer, en vain, la fureur guerrière de Picrochole. Les chapitres suivants démentiront catégoriquement le rêve impérialiste, le renversement définitif de Picrochole pouvant se lire comme une allégorie de la disparition d'un monde ancien.

3.3 L'ÉPREUVE ÉCRITE : SUJET DE DISSERTATION

« *Un rire désormais victorieux y balaie sans résistance le vieux roi, le vieux monde, la vieille année. Rabelais, en fidèle disciple d'Érasme, y dit son mot sur tout* [...]. *Certes conscient des dangers que ses propos lui font courir, mais décidé, comme frère Jean, à agir et à payer de sa personne. Envisagé sous cet angle, le* Gargantua *est élan, volonté déclarée de changement.* »

Gérard Defaux, Préface de *Gargantua*, 1994

Problématique : Dans quelle mesure le rire d'un écrivain est-il victorieux ? Vous organiserez votre réflexion en prenant appui sur *Gargantua* et son parcours associé « Rire et savoir ».

- **Analyse du sujet**

  Selon Gérard Defaux, le rire rabelaisien s'attacherait à épousseter la vieillesse, donnant un coup de balai magistral en vue de proposer un nouveau mode de pensée. Rabelais s'inscrirait ainsi dans la lignée des humanistes, traitant de l'éducation, de la politique ou de la religion. Son œuvre serait alors subversive et par conséquent confrontée au risque de la censure. L'analogie à frère Jean est significative : tel le moine, Rabelais se battrait sans mesure, ferait rire par son mépris des convenances, mais son rire, en dépit de tous ses détracteurs, serait « victorieux ».

- **Problématisation**

  Pourtant, l'éclat de rire, aussi immense et aussi littéraire soit-il, n'est pas exempt d'ambiguïté et comporte de nombreuses failles. En effet, le rire est souvent équivoque et laisse le lecteur perplexe : de qui rit-on au juste ? Faut-il nécessairement appréhender le rire comme un masque servant la critique sociale ? Dès son prologue, Alcofribas Nasier prévient le lecteur de se méfier de l'herméneutique ; l'interprétation univoque étant déconseillée, n'y a-t-il pas un risque à faire rire le lecteur ? Dans quelle mesure le rire d'un écrivain est-il victorieux ? Ce questionnement nous invite à analyser en quoi tout écrivain revendiquant le rire au fondement de son esthétique suspend non seulement le jugement du lecteur mais le sens lui-même, cette « défaite » étant nécessaire à l'appréhension d'une œuvre jubilatoire.

- **Proposition de plan détaillé**

  Se reporter à l'analyse thématique pour compléter ce plan et donner des exemples précis.

I. Le rire littéraire, un rire victorieux

Rire de tout, rire pour savoir, rire pour changer : tels sont les enjeux d'un rire surplombant, permettant à l'écrivain de « di[re] son mot sur tout ».

1. Le rire de pensée semble n'épargner personne

- La folie et la dérision s'inscrivent au cœur de l'écriture : dans *Gargantua*, la parodie et la satire fondent l'esthétique rabelaisienne.
- Toutes les cibles de l'attaque rabelaisienne sont traitées par le rire : parodie de l'enseignement sophiste, de la guerre offensive, des préceptes religieux de la religion catholique.

2. Ce rire n'est pas gratuit : la dérision sous-tend le didactisme et l'enseignement

- Emprunté au folklore, le gigantisme n'est qu'un prétexte : dès le prologue, le lecteur averti doit chercher à « rompre l'os », à ouvrir les Silènes, à briser la façade comique et grotesque, étant assuré de trouver « une céleste et inappréciable drogue ».
- L'architecture du roman repose sur une opposition massive et les personnages fonctionnent en diptyque (éducation des sophistes/éducation de Ponocrates ; guerre offensive du belliqueux Picrochole/guerre défensive du pacifique Grandgousier).

3. La réflexion doit provoquer le changement des mœurs

- Tel le médecin qui « purgea canoniquement » le cerveau de Gargantua pour le nettoyer de « toute corruption et de toute perverse habitude » (chap. 23), les auteurs engagés « purgent » le cerveau de leur lecteur et proposent un idéal de pensée en rapport avec les préoccupations de leurs temps.
- « Fidèle disciple d'Érasme », Rabelais prône une éducation humaniste et un idéal évangélique qui aboutiront à la création d'une utopie : Thélème.

II. Néanmoins, le rire peut nuire à la transparence du savoir, entraînant la confusion du sens

1. La compulsion ludique et la jubilation verbale peuvent ébranler le sens profond

- La démesure comique, l'hyperbole numérique, les effets de disproportion liés au gigantisme foisonnent et provoquent l'hilarité du lecteur – *cf.* les banquets, l'épisode du pissefort (chap. 17).
- Néologismes et jeux verbaux abondent chez Rabelais : le plaisir des mots, le goût pour l'excès, la grivoiserie, voire la scatologie, traduisent aisément la jubilation d'un écrivain se faisant lexicalement plaisir – *cf.* les propos des bien ivres (chap. 5), la litanie des torcheculs (chap. 13).

2. Au lecteur est donc refusée l'évidence d'un savoir

- Rabelais refuse l'herméneutique facile. Le roman est encadré par deux énigmes, allégories obscures créant une circularité qui enferme l'œuvre dans l'ambiguïté.
- Le narrateur use de la contradiction volontaire, comme aux chapitres 9 et 10 : fustigeant dans un premier temps le symbolisme des couleurs d'un blason, il avance pourtant une symbolique du bleu et du blanc dans un second temps.

3. Par conséquent, le rire provoque la confusion du savoir

- Cette confusion est renforcée par le dispositif d'énonciation complexe : Rabelais n'est pas Alcofribas Nasier, vieillard aviné du prologue, qui demande à son lecteur d'interpréter ses paroles dans le sens de la plus haute perfection mais de révérer en même temps « le cerveau en forme de fromage qui [lui] offre en pâture ces belles billevesées ».
- La fantaisie est donc génératrice de comique mais aussi d'incertitude. Même les sujets les plus sérieux posent problème : Grandgousier est un roi pacifique mais quelque peu idéaliste.
- De nombreuses zones d'ombre laissent le lecteur dubitatif : les méthodes d'éducation de Ponocrates semblent peu réalistes ; à Thélème, l'absence d'individualisation et le caractère élitiste mettent en exergue les limites de l'utopie.

III. C'est précisément de la défaite du sens qu'est créée une œuvre jubilatoire, reposant sur une sorte de contamination permanente et réversible du sérieux et du comique

1. La gravité est désamorcée par le rire : le savoir repose donc sur la réciprocité du rire et du sérieux

- La folie et le savoir ne sont guère dissociables : dans *Gargantua*, les joyeux massacres de frère Jean doivent faire rire.
- La collision entre érudition et grotesque forge le style de Rabelais – *cf.* les étymologies avancées de « Paris », « Parisiens » ou de la « Beauce ».

2. Le refus de se prendre au sérieux s'accompagne du refus d'un lecteur raisonneur

- L'écrivain raille les agélastes (Picrochole) ou les pédants (Janotus de Bragmardo, chap. 19). Par contraste, il fait la proposition d'un bon rieur, se plaçant dès le prologue sous l'autorité de Socrate « toujours riant, toujours buvant autant que chacun de ses compagnons, toujours se moquant, toujours dissimulant son divin savoir. »
- À l'instar de Ponocrates ou d'Eudémon, le lecteur est invité à rire grâce à une joyeuse intoxication de l'esprit. Le dizain liminaire de *Gargantua* introduisait déjà l'invitation à une festivité verbale : « Il vaut mieux traiter du rire que des larmes, Parce que le rire est le propre de l'homme. »

3. Or un tel rire n'exclut pas la recherche du sens, même s'il n'est pas immédiat

- Le lecteur bon rieur doit pouvoir combler les lacunes du texte. Si Alcofribas Nasier se présente comme un alchimiste, un « abstracteur de quinte essence », le lecteur doit participer à la réalisation de l'alchimie, éprouvant les acrobaties de l'esprit chères à Rabelais.
- Rabelais clame le refus du savoir évident parce que la doctrine absolue n'existe pas. Le rire doit donc secouer l'intelligence du lecteur et lui permettre de se forger sa propre opinion, à partir des données de l'écrivain.

3.4 PARCOURS AUTOUR DE L'ŒUVRE : « RIRE ET SAVOIR »

Lecture cursive : Voltaire, *Micromégas* (1752)

- **Axes de lecture**
  - Le gigantisme, source du comique.
  - Parodie et satire : la censure, la guerre, la métaphysique.
  - Une « fadaise philosophique » : enthousiasme pour les découvertes scientifiques ; curiosité intellectuelle et démarche empirique ; plaidoyer pour le relativisme.
- **Caricature et satire : rire de l'Homme**
  - Corpus 1 : gloutonnerie et incivilité
    - Rabelais, *Gargantua* (1534), chap. 11.
    - La Bruyère, *Les Caractères* (1688), « De l'Homme » (XI, § 121) : Gnathon.
    - La Fontaine, *Contes et nouvelles en vers* (1665), « Autre conte tiré d'Athénée » : « Le Glouton » [titre de l'édition de 1685].
  - Corpus 2 : vanité et discorde sociale
    - Rabelais, *Gargantua* (1534), chap. 25.
    - La Fontaine, *Fables* (1678), « Les Deux Coqs » (VII, 13).
    - Boileau, *Satires* (1666), « Le repas ridicule » (III, vers 200-224).
  - Corpus 3 : les caprices de la mode
    - Rabelais, *Gargantua* (1534), chap. 8.
    - Montesquieu, *Lettres persanes* (1721), Lettre 99.
    - La Bruyère, *Les Caractères* (1688), « De la Cour » (VIII, § 74).

La Bruyère, *Les Caractères*, Livres V à X

“ *Comme les hommes ne se dégoûtent point du vice, il ne faut pas aussi se lasser de leur reprocher.* ”

Jean de La Bruyère, *Les Caractères*, Préface

1. L'œuvre et ses contextes

1.1 VIE ET ŒUVRE DE LA BRUYÈRE

Comme le notait avec justesse Emmanuel Bury dans sa « Préface » des *Caractères*, « ce livre est l'œuvre d'une vie, et son auteur est l'homme d'un seul livre ». Les quelques éléments biographiques sur La Bruyère éclairent à peine la vie de cet homme profondément discret, dont l'abbé d'Olivet faisait le portrait suivant en 1729 :

> On me l'a dépeint comme un philosophe, qui ne songeait qu'à vivre tranquille avec des amis et des livres ; faisant un bon choix des uns et des autres ; ne cherchant, ni ne fuyant le plaisir ; toujours disposé à une joie modeste, et ingénieux à la faire naître ; poli dans ses manières et sage dans ses discours ; craignant toute sorte d'ambition, même celle de montrer de l'esprit.

Vie et œuvre de La Bruyère	Contexte historique et culturel
• **1645** : Naissance de Jean de La Bruyère, à Paris. Issu d'une famille roturière de la Cité.	• **1643** : Mort de Louis XIII. Régence d'Anne d'Autriche, secondée par le cardinal Mazarin. • **1648** : Paix de Westphalie : fin de la Guerre de Trente ans. • **1659** : Paix des Pyrénées : fin de la guerre franco-espagnole. • Molière, *Les Précieuses ridicules*. • **1661** : Début du règne personnel de Louis XIV.
• **1665** : Fin de ses études de droit à Orléans. Mort de son père la même année.	• **1664** : La Rochefoucauld, *Maximes*. • Molière, *Tartuffe*. • **1665** : Molière, *Dom Juan*. • **1666** : Molière, *Le Misanthrope*. • **1666-1668** : Boileau, *Satires* (I à IX). • **1668** : La Fontaine, *Fables* (I à VI). • **1670** : Pascal, *Pensées* (posth.).
• **1673** : Grâce à l'héritage que lui a laissé son oncle quelques années plus tôt, il achète un office de trésorier de France dans la généralité de Caen, ce qui lui confère revenu et titre de noblesse. • **1674** : Il part en Normandie prêter serment pour sa charge. Ce sera la seule et unique fois où il s'y rendra.	• **1672-1678** : Guerre de Hollande. Apogée de la puissance française en Europe. • **1673** : Mort de Molière lors de la première représentation du *Malade imaginaire*.
• **1684** : Sur recommandation de Bossuet, évêque de Meaux, il obtient le titre de précepteur du duc de Bourbon, fils du prince de Condé et petit-fils du Grand Condé. Il s'installe à l'hôtel de Condé, suivant son élève à Chantilly ou à Versailles à l'occasion. Le préceptorat est rendu pénible par la personnalité du jeune duc, décrit par Saint-Simon dans ses *Mémoires* comme « une meule toujours en l'air, qui faisait fuir devant elle. [...] Il se sentait le fléau de son plus intime domestique. »	• **1678** : La Fontaine, *Fables* (VII à XI). • Mme de La Fayette, *La Princesse de Clèves*. • **1683** : Fontenelle, *Dialogue des morts*. • **1685** : Révocation de l'édit de Nantes. • Saint-Evremond, *Sur les poèmes des Anciens*. • **1686** : Fontenelle, *Entretiens sur la pluralité des mondes*.
• **1686** : Mort du Grand Condé. Le duc de Bourbon devient duc d'Enghien et cesse ses études. La Bruyère revend son office de trésorier et devient « gentilhomme ordinaire de M. le Duc », occupant vraisemblablement des fonctions de bibliothécaire ou de secrétaire à Chantilly. • **1688** : Première édition des *Caractères* (420 remarques). Le succès est tel que l'ouvrage est réimprimé trois fois la même année. • **1689** : Quatrième édition des *Caractères*, avec ajouts (420 → 764 rem.). • **1690** : Cinquième édition des *Caractères*, avec ajouts (764 → 923 rem.).	• • **1688-1697** : Guerre de la ligue d'Augsbourg. • **1688** : Fontenelle, *Digression sur les Anciens et les Modernes*. • **1689** : Racine, *Esther*.

• **1691** : Échec à l'entrée à l'Académie française, en butte à l'hostilité de Fontenelle et du parti des Modernes. • Sixième édition des *Caractères*, avec ajouts (923 → 997 rem.) • **1692** : Septième édition des *Caractères*, avec ajouts. (997 → 1073 rem.) • **1693** : Entrée à l'Académie française. Son discours de réception prend le parti des Anciens et attaque Corneille, créant une vive polémique. • **1694** : Huitième édition des *Caractères*, avec ajouts. Une préface et le discours de réception à l'Académie française complètent l'ensemble. (1073 → 1120 rem.). • **1696** : Mort de la Bruyère, qui travaillait à la correction d'une neuvième édition parue posthume sans ajouts. • Avec l'accord de Bossuet, il travaillait à un ouvrage intitulé *Dialogues sur le quiétisme*, dirigé contre la doctrine défendue par Fénelon et Mme Guyon. Ces *Dialogues* furent édités et complétés par le théologien Ellies Du Pin en 1698.	• **1691** : Racine, *Athalie*. Racine n'écrira plus pour le théâtre. • **1694-1697** : Perrault, *Contes*. • **1695-1697** : Pierre Bayle, *Dictionnaire historique et critique*.

1.2 CONTEXTES POLITIQUES, ARTISTIQUES ET SCIENTIFIQUES

1.2.1 L'âge d'or de Versailles

La carrière de La Bruyère s'étend sur la première partie du règne de Louis XIV. Le souvenir vivace de la Fronde avait poussé ce dernier en 1677 à établir la Cour à Versailles, installation qui n'aura lieu que cinq ans plus tard, le 6 mai 1682. Si quelques Grands comme les Orléans ou les Condé se permettent encore d'avoir un fief personnel comme Saint-Cloud ou Chantilly, l'ensemble de la noblesse se doit d'être et de paraître à Versailles pour solliciter emplois et pensions, pour soi ou pour les siens. Le privilège d'être logé se paie au prix d'un quotidien fait d'inconfort, de promiscuité et surtout d'attente, qu'égaient quelques divertissements de cour (bals, concerts, jeux). Cette oisiveté forcée pousse les courtisans à passer leur temps en intrigues, en galanteries ou, sous l'influence de Mme de Maintenon, devenue secrètement la seconde épouse du roi en 1683, en dévotions, feintes ou réelles.

Cette comédie sociale est souvent dénoncée par les écrivains du temps, en particulier ceux qui font figure de satellites dans la galaxie de Versailles, tels Saint-Simon et la Princesse Palatine, plus ou moins en semi-disgrâce permanente, Mme de Sévigné, décidément trop parisienne, ou bien La Bruyère, d'origine trop modeste pour faire partie du « jeu », à la fois vain et essentiel, de la vie de cour.

1.2.2 La vogue de la littérature morale

Le début du XVIIe siècle est marqué par une vague contestataire, fortement teintée de matérialisme, le libertinage. Rejetant la morale traditionnelle, les libertins prônent la recherche de la satisfaction des sens. Mais cet anticonformisme est également perçu comme une contestation du pouvoir royal et vivement réprimé, avec l'assentiment des autorités religieuses. Plusieurs congrégations, comme l'Oratoire ou Port-Royal, s'attachent alors à la reconquête des cœurs et des esprits. C'est dans ce contexte que Pascal prépare en 1656 une apologie de la religion chrétienne mais qu'il n'achèvera pas : restent 611 fragments qui paraîtront de manière posthume sous le titre des *Pensées sur la religion et sur quelques autres sujets* en 1670. Il s'agit alors de montrer la misère de l'homme sans Dieu, cherchant sans cesse un divertissement qui le détournera du spectacle de sa condition.

Dans une perspective plus mondaine, le duc de La Rochefoucauld, ancien Frondeur en disgrâce, rédige ses *Maximes* pour dénoncer les illusions de l'héroïsme. L'écriture se veut démystificatrice : il s'agit de démasquer les apparences et de condamner l'amour-propre, source de nos actes. Seule l'honnêteté, qui modère les élans de l'amour-propre, permet d'établir une sociabilité agréable.

Le point commun de ces écrits moraux est la méfiance envers l'esprit de système et le dogmatisme, d'où le choix de formes brèves et fragmentées, seules à même d'explorer avec lucidité les contradictions de l'âme humaine et de faire ainsi « l'anatomie de tous les replis du cœur » (La Rochefoucauld). En refusant de tout dire, l'auteur laisse au lecteur la possibilité d'être également partie prenante du sens du livre : la moindre cohésion du texte renforce la connivence avec le lectorat, le forçant ainsi davantage à se rendre.

La brièveté impose également une nécessaire stylisation de la forme, au risque que la valeur esthétique dépasse la valeur spéculative : cela a pu faire dire à Julien Benda, dans *Du style d'idées* (1948), que, chez la plupart des moralistes classiques, la banalité de la pensée était sauvée par la forme. Néanmoins, il y a dans ce goût du « bien dire » l'idée que le Beau est la forme de la Vérité : dans le sillage de Descartes, la clarté de l'expression traduit l'évidence des idées et communique une impression véritable sur soi et sur le monde.

1.2.3 La Querelle des Anciens et des Modernes

Tout au long du XVIIe siècle, le modèle de l'Antiquité est progressivement remis en question. Vers la moitié du siècle, un premier débat agite les milieux littéraires autour de la question du merveilleux : devait-il rester païen, mythologique ou chrétien ? L'échec des épopées nationales modernes et des tragédies chrétiennes et françaises montra dans les faits qu'il était difficile de surpasser les chefs-d'œuvre antiques mais permit de constituer un parti des Modernes. Le débat est relancé vingt ans plus tard lors de l'affaire des Inscriptions (1676-1677), quand on choisit désormais d'utiliser le français et non plus le latin pour orner les monuments du règne. La querelle atteint son apogée entre 1687 et 1694 : l'« Ancien » Boileau et le « Moderne » Perrault s'invectivent par ouvrages interposés, aidés en cela, l'un par La Fontaine et La Bruyère, l'autre par Fontenelle. En se présentant d'abord comme une traduction de Théophraste et par nombre de remarques du premier chapitre « Des Ouvrages de l'Esprit », *Les Caractères* militent en faveur des Anciens.

Anciens	Modernes
• Permanence de la validité et de l'autorité des modèles tirés de l'Antiquité : nécessité de l'imitation. • Modernité marquée par la préciosité, l'enflure et le burlesque : l'Antiquité est, elle, marquée par l'art simple de la Nature. • Seule l'épreuve du temps permet de juger de la qualité d'une œuvre : la mode est souvent artificielle et passagère.	• Croyance en l'existence d'un progrès littéraire et d'un perfectionnement des arts. • Recherche de nouvelles formes littéraires par l'exercice de la raison. • Accommodation aux goûts et mœurs de son temps. • Faiblesse des Anciens : ennui, difficultés de compréhension, inadaptation au nouveau public que sont les mondains et les femmes.

Au-delà de l'inimitié entre deux écrivains, qui prendra fin en 1697, la Querelle des Anciens sanctionne une scission du public, qui se partage entre les « doctes », les esprits sérieux du clergé et de la bourgeoisie, et ce qu'on pourrait qualifier de « grand public », amateur de curiosités, de galanteries et de nouveautés, comme l'opéra ou le roman. La Querelle connaîtra un ultime rebondissement à la fin du règne de Louis XIV entre Mme Dacier et Houdar de La Motte au sujet d'Homère, achevant de renforcer le scepticisme du public à l'égard des chefs-d'œuvre antiques. Paradoxalement, si les idées des Modernes triomphent et ouvrent la voie à l'esthétique rationaliste des Lumières, les écrivains du siècle de Louis XIV que la postérité retiendra sont presque tous… des Anciens.

1.3 GENÈSE ET PLAN DE L'ŒUVRE

1.3.1 Le titre : qu'est-ce qu'un caractère ?

Le mot « caractère » vient du grec, langue dans laquelle il signifie « figure que l'on trace, que l'on grave », avec des sens plus précis comme « signe de l'écriture » ou « marque de poids ou de monnaie », puis « marque appliquée à un animal ou une personne pour le distinguer », pour aboutir à un sens plus abstrait de « portrait ou peinture des personnes ou des mœurs », où la personnalité, les sentiments, les idées ou les passions sont analysés. La première édition du dictionnaire de l'Académie, contemporaine de la huitième édition des *Caractères* (1694), en donne la définition suivante : « ce qui distingue une personne des autres à l'esgard des mœurs ou de l'esprit. »

Cette idée de distinction n'est pas sans paradoxe : le « caractère » tend à montrer l'homme dans son essence, par conséquent pris en général, ce qui suppose une sorte d'unité et de fixité du genre humain. Or, La Bruyère est particulièrement sensible aux détails extérieurs, qui trahissent la vérité d'un être derrière la surface : le caractère sert donc moins à l'identification comme son nom l'indique qu'au constat de la diversité des apparences.

1.3.2 La Bruyère et Théophraste

Les Caractères de la Bruyère se présentent comme une traduction des *Caractères* de Théophraste : jusqu'à la 6e édition (1691), la traduction de l'auteur grec est en plus gros caractères que le texte de La Bruyère. La traduction sert donc de « paravent de son propre ouvrage », selon l'expression de Patrice Soler. Ainsi, La Bruyère ressent-il le besoin de se positionner par rapport à sa source dans la dernière édition de son vivant : le « Discours sur Théophraste » lui permet de justifier un certain nombre de choix.

La Bruyère commence par évoquer la difficulté de plaire au public, trop divers et animé d'envies différentes : faut-il parler à son imagination ou former son jugement ? N'évoquer que l'Antiquité et s'aventurer dans les temps modernes ? S'attaquer à la ville ou bien à la Cour ? La tâche paraît si complexe que La Bruyère s'étonne : « quelle apparence de pouvoir remplir tous les goûts si différents des hommes par un seul ouvrage de morale ? » Quoi qu'il en soit, quel que soit le type de lecteur, ce dernier est en tous cas réticent à se corriger : « et tels n'approuvent la satire, que lorsque commençant à lâcher prise, et à s'éloigner de leurs personnes, elle va mordre quelque autre ».

La Bruyère présente également Théophraste : disciple d'Aristote, Théophraste a repris tout en s'appropriant la philosophie morale de son maître, en quittant la neutralité du ton philosophique pour adopter celui de la satire et en développant les définitions en portraits plus conséquents. D'une certaine manière, La Bruyère, en reprenant Théophraste, imite son maître dont il loue l'ouvrage : « un reste précieux de l'Antiquité », « un chef-d'œuvre dans son genre », « un livre d'or », « la première source de tout le comique ». Ce faisant, La Bruyère se permet au passage un coup de canif à ses adversaires : « nous qui sommes si modernes seront anciens dans quelques siècles. » Imaginant un lecteur du futur, La Bruyère invite à ne pas se détourner des ouvrages anciens et célèbre l'actualité de Théophraste au nom d'une permanence du genre humain : « Les hommes n'ont point changé selon le cœur et les passions, ils sont encore tels qu'ils étaient alors, et qu'ils sont marqués dans Théophraste, vains, dissimulés, flatteurs, intéressés, effrontés, importuns, défiants, médisants, querelleux, superstitieux. »

1.3.3 Le « plan » des *Caractères*

Les Caractères s'organisent selon un plan progressif, mais qui peut surprendre au premier abord : on attend en effet un moraliste, or au chapitre premier, c'est un critique littéraire qui apparaît dans « Des ouvrages de l'esprit ». Néanmoins, pour Thérèse Goyet, dans son article sur « La composition d'ensemble du livre de la Bruyère » (1955), les quatre premiers chapitres décrivent les quatre composantes de la vie sociale : l'esprit, l'ambition, l'amour, l'argent; puis La Bruyère s'attache à montrer l'homme en différentes postures et âges divers, dans un parcours terrestre qui culmine dans le chapitre X sur le Souverain (d'une certaine manière le premier des hommes dans sa particularité), puis à partir du chapitre XI « De l'homme », c'est le chemin spirituel de l'Homme vers la Foi qui est envisagé, le dernier chapitre « des Esprits forts », souvent le plus mal aimé mais néanmoins le plus important, dénonçant les dangers d'un rationalisme qui mènerait à l'incrédulité. Pour Roland Barthes, *Les Caractères* ont la prétention d'être « un livre de savoir total » (*Essais critiques*, 1963).

Toutefois, il ne faut pas envisager les chapitres comme des ensembles clos sur eux-mêmes : à bien des égards, les thèmes glissent d'un chapitre à l'autre et c'est un des avantages de l'écriture discontinue. Ainsi, la remarque 23 du chapitre V note à quel point l'évocation de ses bonheurs et de ses succès peut sembler indécente, voire scandaleuse, à ceux qui souffrent; le chapitre suivant « Sur les Biens de fortune » creuse cette idée de décalage entre les riches et les pauvres, notamment la remarque 18, qui d'une certaine manière, nous place ironiquement du point de vue du riche. Le chapitre IX « Des Grands » dans ses premières remarques donne plus d'ampleur à cette idée de l'aliénation des petits par les Grands (IX. 1-18). *Les Caractères* de La Bruyère sont donc beaucoup moins d'un seul tenant.

L'homme qu'il construit est toujours fait de quelques principes : l'âge, l'origine, la fortune, la vanité, la passion; seule varie la formule de composition, le jeu des classes interférentes : un « caractère » est toujours au moins la rencontre de deux constantes[1].

1. Roland Barthes, *Essais critiques*, 1963.

2. L'œuvre en examen

2.1 RÉSUMÉ ET ANALYSE SUIVIE

2.1.1 « De la Société et de la Conversation » (chap. V)

Le chapitre V « De la société et de la conversation » suit le chapitre « du cœur » qui traitait principalement de l'amitié et des sentiments qui font liens entre les hommes, comme l'amour et la reconnaissance. C'est donc naturellement que sa traduction pratique, la conversation, soit traitée ensuite : ce thème est par ailleurs traditionnel dans les traités de civilité comme *Le Livre du courtisan* de Castiglione (1528) ou *L'Art de la prudence* de Baltasar Gracian (1647) Le début du chapitre pose la nécessité de la convenance et de l'adaptation du discours : c'est en tout cas ce à quoi l'honnête homme doit tendre. Néanmoins la conversation « contemporaine » est marquée par un certain nombre de défauts qui sont passés en revue : celui de vouloir plaire et faire rire à tout prix (V. 3), de parler avec un langage nouveau dans ses expressions (V. 6), de dire des choses fades et sans intérêt (V. 5) ou de manquer de discernement, ce que Saint-Simon dans ses *Mémoires* qualifiait de « politesse choisie » (V. 12, le portrait de l'impoli Théodecte). Ces défauts de la conversation font qu'elle est davantage au service de l'amour de soi que de l'envie de faire société. La Bruyère dénonce la tyrannie du bel esprit et l'envie de dominer par le discours, comme dans le portrait d'Arrias (V. 9). Le pastiche de Montaigne (V. 30) souligne l'importance d'avoir « les coudées franches », la liberté étant seule garante de la conversation civile. Il y a chez La Bruyère une forme de nostalgie pour un langage simple et clair (V. 16), loin des modes maniéristes et précieuses (V. 15 et V. 65) et c'est d'ailleurs avec une grande vigueur que le moraliste dénonce l'imposture langagière des cercles mondains (V. 65-72). La seconde moitié du chapitre (V. 38-64) est consacrée aux dysfonctionnements de la conversation, présentant ainsi les ravages de la fierté et de la jalousie, désignées comme sources des brouilleries et des querelles. Les dernières remarques sont consacrées au dévoiement de la parole dans les cercles littéraires, renvoyant dos-à-dos le pédantisme (V. 73 et V. 74 le portrait d'Hermagoras) et le « commerce » du bel esprit dominant à travers le portrait de Cydias (V. 75), dans lequel les contemporains ont vu Charles Perrault ou Fontenelle, les adversaires « modernes » de La Bruyère. Après un ensemble de trois remarques consacrées au secret et à l'impossibilité de le tenir, le chapitre se clôt sur la perspective pour le sage de sortir du monde.

2.1.2 « Des Biens de Fortune » (chap. VI)

Le chapitre VI « Des Biens de Fortune » est en continuité avec le chapitre précédent dans la mesure où les premières remarques notent la facticité des relations sociales engendrée par les différences de richesse : faux-semblants (VI. 3) et discours réversibles (VI. 7) sont le lot des relations sociales dévoyées par l'écart de richesse, comme si l'Avoir perturbait la correspondance entre l'Être et le Paraître. Par ce thème, La Bruyère se fait l'écho d'un malaise de son temps, évoqué notamment par Boileau dans la Satire V, et qu'il personnifie dans la figure du financier. L'opposant au philosophe (VI. 12 : portrait de Clitiphon), La Bruyère brosse une série de portraits de parvenus (VI. 12-25), caractérisés par leur orgueil et le mépris éprouvé pour plus petit qu'eux. Le moraliste dénonce le scandale de la juxtaposition entre l'excessive accumulation et le parfait dénuement, certaines remarques empruntant le ton de l'éloquence de chaire (VI. 58 et 75) pour dénoncer la « faim insatiable d'avoir et de posséder » (VI. 28). Invitant à contempler la grandeur et la misère des financiers (VI. 31-34), La Bruyère explore sans fard les moyens de parvenir et de faire fortune (VI. 36-60), tout en introduisant progressivement l'idée que le temps révèle la fragilité de toute chose (VI. 40 et 55). À l'image de La Fontaine dans sa fable « Le savetier et le financier (VIII, 2), la seule voie du bonheur est l'*aurea mediocritas*[1], faute de pouvoir trouver un lieu où l'on puisse échapper à la finance, fût-ce « dans l'autre hémisphère » (VI. 35). Les dernières remarques se partagent autour des cas plus spécifiques de l'argent dans les relations familiales, en particulier sur la figure de l'avare et de l'héritier (VI. 60-70), et sur le jeu, qui était véritablement le fléau de la noblesse de l'époque (VI. 71-75). Dans un cas comme dans l'autre, La Bruyère revient sur le thème du temps qui, par son cours et ses aléas, fait et défait les fortunes : le portrait de Zénobie (VI. 78) esquisse une critique des fastes des constructions, reprenant discrètement la métaphore de la fortune-palais de la remarque 40. Le chapitre se clôt sur le double portrait de Giton et Phédon, le riche et le pauvre, pour accentuer le contraste initial du chapitre (VI. 83).

2.1.3 « De la Ville » (chap. VII)

Le chapitre VII « De la Ville » est relativement court avec seulement 22 remarques : la Ville (de Paris) y apparaît comme un lieu de corruption et de désagrégation du tissu social. La Bruyère souligne dès la première remarque le poids du regard des uns sur les autres : la vie y est spectacle (VII. 3), il faut se montrer et être vu. Le corps social est démembré en plusieurs micro-sociétés ou « coteries » qui sont juxtaposées. Le moraliste s'intéresse particulièrement à deux groupes sociaux, celui des avocats et des

1. Cette expression est tirée de l'ode X du deuxième livre des *Odes* d'Horace « À Licinius » : elle renvoie à l'idée que la médiocrité, au sens de juste milieu, est un état qui vaut de l'or, car exempt des tracas de la richesse comme des soucis de la pauvreté.

juristes (VII. 5-12) et celui des femmes (VII. 14-20), les deux groupes étant liés par la figure du pique-assiette ou homme-à-tout-faire (VII. 13). La peinture du premier groupe dénonce la déliquescence de la robe, qui se pare dorénavant d'une honnêteté de façade et des atours de la noblesse, cherchant à imiter les modes de la Cour (blasons, carrosses, chasse), mais ce train de vie dispendieux le précipite dans une vie oisive et inutile (VII. 12), si ce n'est ruineuse (VII. 11). Les femmes sont également dépeintes dans leur relation à l'argent, qui est désormais devenu le succédané de l'amour ou du rang (VII. 14-15), inquiétude que l'on retrouve également chez Saint-Simon dans ses *Mémoires* : l'argent-roi fait que la société est désormais « mêlée », sans « discernement ». La remarque 21 ramène le lecteur à une considération plus générale sur cette vie urbaine qui éloigne l'homme de la Nature, thème qui introduit l'évocation nostalgique d'une autre Ville, la Rome antique, parée de toutes les vertus de l'urbanité et de la civilité (VII, 22).

2.1.4 « De la Cour » (chap. VIII)

Le chapitre VIII « De la Cour » reprend la tradition de la critique de la vie curiale et constitue un des chapitres les plus constamment enrichis par La Bruyère au fil des éditions. La Cour y apparaît comme un lieu fui par la vertu (VIII. 1) et où il faut mobiliser un « savoir » contraire à tout ce que l'honnêteté pourrait préconiser : La Bruyère introduit dans les premières remarques le thème du masque (VIII. 2), du changement et de la mutabilité (VIII. 3-4), multipliant les effets de point de vue et les changements d'échelle (VIII. 5-6 ; 11-12). Ainsi l'homme qui arrive à la Cour perd tous ses repères car il entre résolument dans « un nouveau monde qui lui est inconnu » (VIII. 9). L'arrivée dans ce lieu doit impliquer une modification de personnalité et exige de prendre « l'air de cour » (VIII. 13-21), se traduisant par un extérieur théâtralisé que les portraits du riche (VIII. 18), du faux affairé (VIII. 19) et du maniaque de généalogie (VIII. 21) viennent illustrer. À partir de la remarque 22, La Bruyère s'intéresse aux moyens de parvenir et de faire fortune à la Cour, soulignant que la course à la faveur se fait au détriment de la possibilité d'une vie d'amitiés (VIII. 23-26), que le mérite ne peut par conséquent qu'être oublié (VIII. 27-30). La parole y est une fausse monnaie, dans la mesure où les courtisans passent de l'éloge au blâme en un éclair (VIII. 32) et que les mensonges et tromperies sont de mise (VIII. 42-43) : les « chemins de traverse » (VIII. 49), les « machines » et les « brigues » pour arriver à la fortune et aux places témoignent du dérèglement moral dans une cour où règne la vanité (VIII. 47 ; 65). La Bruyère entreprend ensuite de dépeindre les effets du poison de la faveur, chez des gens qui en sont « enivrés, ensorcelés » (VIII. 61) : l'âme n'est guère en repos (VIII. 51), la vie n'y est que contraintes (VIII. 67, 69, 72) et les relations sociales deviennent volatiles, ce qui se traduit par une succession d'apparitions et de disparitions miraculeuses (VIII. 56-57) ; langage, pensée et corps ne font plus qu'un, tant le courtisan intrigant à l'image de Théodote (VIII. 61) est victime d'une sorte de schizophrénie qui fait qu'il ne « nomme plus chaque chose par son nom » (VIII. 62) et qu'« il pleure d'un œil, et il rit de l'autre » (VIII. 62). Les remarques 73 et 74 soulignent la dimension merveilleuse et étrange de ce monde à l'envers. Le moraliste s'intéresse ensuite aux dangers de la parole de Cour (VIII. 78-84), en particulier sur le poids délétère du discours des Grands sur les petits (VIII. 78) ou sur le caractère stéréotypé du compliment, « phrases toutes faites que l'on prend comme dans un magasin » (VIII. 81) ; ces remarques sur le langage débouchent sur une reprise du thème pascalien de la « finesse » (VIII. 85-90), cette « qualité » qui « flotte entre le vice et la vertu ». Les derniers fragments du chapitre tournent autour de l'idée du départ de la Cour, départ subit de la disgrâce (VIII. 91-97) puis retraite du Sage qui sait renoncer aux vanités de ce monde (VIII. 98-101) : cet ensemble cohérent par sa thématique est entrecoupé par le portrait de Straton, dans lequel tous les contemporains ont vu le duc de Lauzun : une vie « équivoque » qui est aussi une « énigme » et une « question presque indécise », où la plus brillante faveur a côtoyé la pire disgrâce[1].

2.1.5 « Des Grands » (chap. IX)

Le chapitre IX « Des Grands » poursuit la logique ascensionnelle qui partait des riches de la Ville, pour évoquer ensuite le monde de la Cour, avant d'évoquer le premier d'entre tous, le Souverain dans le chapitre qui suit. D'emblée, la première remarque donne le ton et indique qu'il s'agira de démystifier leur personne, non sans ironie quand La Bruyère note : « s'ils s'avisaient d'être bons, cela irait à l'idolâtrie. » Tout le chapitre se fonde sur un jeu d'optique entre grandeur et petitesse et amène à relativiser la notion même de Grandeur, comprise à la fois dans son sens social de « noblesse » et son sens moral d'« élévation de l'esprit ». Les réflexions, dont certaines semblent être nourries par l'expérience de La Bruyère (IX. 3 en particulier), présentent les Grands sous un jour sévère : incapables d'être des exemples pour la société (IX. 2), manquant de cœur (IX. 3), légers et cyniques vis-à-vis de leurs inférieurs (IX. 7-11), ils sont néanmoins adulés par les petits (IX. 5, 14, 16) et pensent ainsi par vanité et affectation être des héros et demi-dieux (IX. 19-23). Or ils sont bien souvent dépassés par plus petits qu'eux, et la réflexion « heureux s'ils deviennent leurs gendres » (IX. 24) est un clin d'œil au roturier Colbert qui maria ses trois filles avec trois ducs. La remarque 25 est une comparaison franche des mérites comparés du peuple et des grands (« le peuple n'a guère d'esprit, et les grands n'ont point d'âme ») et finit sur la très forte déclaration de La Bruyère : « je veux être peuple ». S'ensuit une série de remarques sur le rire du grand et ses plaisirs

1. Antonin Nompar de Caumont (1632-1723) est un petit gentilhomme, remarqué par Louis XIV qui en fait son favori, le comblant de charges et d'emplois honorifiques. Enivré par la faveur, il tenta d'épouser la Grande Mademoiselle, cousine de Louis XIV, qui autorisa le mariage puis se ravisa. Il fut alors enfermé dans la prison de Pignerol pendant dix ans, avant d'être libéré. Il revint vivre alors à Versailles dans un état de semi-disgrâce, ayant quand même été fait duc de Lauzun en 1692.

(IX. 26-30), son incapacité à rendre service et à reconnaître le mérite (IX. 31-35), ce qui rend dangereux leur familiarité (IX. 38-39). Après un bref rappel de leur utilité première dans la société, à savoir le service dans l'armée (IX. 40-41), La Bruyère se penche sur le comportement en société des princes (IX. 43-49), ensemble marqué par la question du lieu et de son empiètement et de la théâtralisation de leur vie, « scène qu'il[s] joue[nt] pour le public » (IX. 45). Le portrait de Theognis (IX. 48), le Grand à qui l'on ne peut rien demander, et le portrait de Pamphile (IX. 50), le faux Grand ou le noble « d'après un grand » (le marquis de Dangeau selon Saint-Simon[1]), achèvent d'illustrer cette partie. Les dernières remarques invitent à se guérir de cette fascination pour les Grands (IX. 51-56) et de « l'espèce de culte qu'on leur rend » (IX. 52) : leur grandeur n'est qu'un mirage et « ils sont peuple » (IX. 53), écho de la remarque 25. Que doit-on dire des Grands, en particulier après leur mort ? Si la tentation de la louange excessive et du libelle est grande (IX. 55), La Bruyère nous invite au silence (IX. 56), autre version de l'invitation à la retraite qui terminait le chapitre précédent.

2.1.6 « Du Souverain ou de la République » (chap. X)

Le chapitre X « Du Souverain ou de la République » se place dans la droite ligne des « Institutions des princes », traités d'éducation morale à l'intention de ceux appelés au gouvernement. Le genre était d'actualité car Fénelon avait rédigé pour le duc de Bourgogne en 1694 *Les Aventures de Télémaque*, mise en roman de cette morale des princes (le texte ne sera publié qu'en 1699). C'est un chapitre à la tonalité plus sérieuse et les remarques y prennent plus d'ampleur. La première remarque souligne la soumission et l'obéissance du sujet en général, et de l'auteur en particulier, pour la forme de gouvernement de son pays. Puis, les remarques 2 à 8 évoquent les maux de l'état, que ce soit dans sa forme parce qu'il est tyrannique (X. 2) ou qu'il glisse vers le despotisme (X. 3-4), ou bien parce qu'il n'est pas capable de réformes et que les abus y prolifèrent (X. 5-8). La Bruyère évoque ensuite le plus grand mal pour l'état à savoir la guerre (X. 9-11 ; 25), série où l'on trouve le portrait de Démophile et Basilide, le défaitiste et le va-t-en-guerre de cour. Le portrait du plénipotentiaire ou ambassadeur en « caméléon » (X. 12), maître de soi et de son discours, est une véritable leçon de rhétorique diplomatique, qui souligne néanmoins le caractère moralement ambigu d'un métier qui consiste en « n'être point trompé et tromper les autres », écho aux réflexions sur la finesse du chapitre « De La Cour ». À partir de la remarque 13, la figure du Souverain devient le fil conducteur et constitue un portrait à petites touches du souverain idéal : nécessairement sérieux, le roi est un être foncièrement seul, or ce vide appelle à être rempli par le favori, miroir discret du prince (X. 17-20) même si La Bruyère n'est guère dupe de l'attrait financier de la fonction (X. 22) ; le roi doit également

1. Saint-Simon, *Mémoires* (VII, 709) : « Aussi La Bruyère disait-il, dans ses excellents *Caractères de Théophraste*, que Dangeau n'était pas un seigneur, mais d'après un seigneur. »

avoir le souci du détail, « partie essentielle au bon gouvernement » (X. 24) : il est la source du bonheur de son peuple et ne doit pas faire passer sa gloire personnelle avant le désir de sécurité et de justice de son peuple; le roi est un père pour son peuple (X. 27), idée présentée à nouveau selon le modèle religieux du Bon Pasteur (X. 29), l'un et l'autre sont engagés par des liens réciproques (X. 28) ; le roi doit gagner le cœur de son peuple (X. 31) tout en évitant les périls moraux intrinsèques à sa fonction (X. 30), d'où l'interrogation de La Bruyère : qui voudrait être roi ? (X. 34). La dernière remarque du chapitre est un long portrait du roi idéal, marqueterie de vertus présentées dans une série de phrases coupées ou averbales, portrait qui apparaît comme un résumé de tout ce qui a précédé : est-ce un éloge de Louis XIV ? Les quatre dernières phrases qui insistent sur la rareté de ce composé de qualités et le mérite qui en découlerait au point d'obtenir l'épithète de « Grand » est peut-être une manière discrète d'exprimer un blâme, à la manière de Saint-Simon qui commence le long portrait funèbre de Louis XIV dans la chronique de 1715 par : « Dieu lui en avait donné assez pour être un bon roi, et peut-être même un assez grand roi[1]. »

2.2 ANALYSE THÉMATIQUE : LA COMÉDIE SOCIALE

2.2.1 Un monde d'objets : décor et accessoires de la vie de Cour

La Bruyère dépeint un monde dominé par le culte de l'objet, phénomène qui sera reconnu comme une caractéristique de la société de consommation par des intellectuels comme Baudrillard ou Barthes au XXe siècle. Le moraliste condamne donc cette société qui s'enfonce dans le matérialisme et où la possession d'objets fait votre valeur (V. 14; 24; VI. 9).

Les Caractères sont une admirable collection de substances, de lieux, d'usages, d'attitudes; l'homme y est constamment pris en charge par un objet ou un incident : vêtement, langage, démarche, larmes, couleurs, fards, visages, aliments, paysages, meubles, visites, bains, lettres, etc[2].

Ce désir d'objet a largement conduit les classes supérieures à une amoralité brillante, marquée par le conformisme, voire le conditionnement social, et l'envie de consommer, oubliant ainsi son désir de responsabilité et de pouvoir. Les remarques sur la guerre sont à lire comme un rappel de leurs devoirs (IX. 40-41).

Contrairement à La Rochefoucauld qui voit dans chaque action la manifestation du vice caché qu'est l'amour-propre, La Bruyère dénonce l'agent du vice qui s'exhibe à savoir l'argent, mobile et fin des actions humaines. À l'image de Saint-Simon, il est

1. Saint-Simon, *Mémoires*, Pléiade, t. V., « Vertus de Louis XIV; sa misérable éducation; sa profonde ignorance; il hait la naissance et les dignités; séduit par ses ministres », p. 478.
2. Roland Barthes, *Essais critiques*, 1963.

particulièrement horrifié par la noblesse devenue objet de commerce, qui transforme la réussite financière en privilège héréditaire. Néanmoins, contrairement au mémorialiste, la cause première du règne de l'argent n'est pas la mauvaise politique du prince, mais bien une tournure d'esprit largement partagée dans la société (VI. 43 ; 58). La Cour fait figure de coupable principal dans la transformation des mœurs : la politesse qui y règne n'est que le masque élégant (V. 32) de la loi du plus fort, qui tient à plus ou moins d'argent ou de faveur. D'où le caractère étrange, contradictoire des courtisans (IX. 16).

Il l'oppose à la notion du mérite qui lui est intérieur : ainsi, le contraste se creuse entre l'extrême visibilité de l'homme qui a et la disparition de l'homme qui est. Les portraits, qu'ils soient grands ou petits, donnent donc d'abord une impression visuelle du personnage (V. 12), en insistant davantage sur ses gestes et ses comportements : la compréhension intellectuelle du « pourquoi ? » ne vient qu'ensuite, à rebours de Théophraste qui lui partait d'une définition pour développer ensuite tout un ensemble d'éléments souvent abstraits. Si les personnages de la Bruyère sont autant marqués par l'automatisme et la prévisibilité, c'est que leur manque d'âme ne leur permet pas de sortir de leurs habitudes et qu'aucune transcendance ne vient les éclairer : contrairement à l'Homme de Pascal, l'Homme de La Bruyère n'a pas une conscience qui lui permettrait de contempler la misère de sa condition.

2.2.2 Distorsion du temps et de l'espace : La Bruyère spectateur de la Cour

On retrouve chez La Bruyère comme chez Pascal une certaine fascination pour les jeux d'échelle : le petit et le grand (VIII. 5) ; le proche et le lointain (V. 49 ; VI. 22 et 71 ; VIII. 6) ; le devant et l'arrière (VI. 25) ; ce qui est et ce qui est advenu ou adviendra (VI. 23). Cela crée des effets d'optique qui transforment tout à coup les objets observés. De la même manière, La Bruyère est très sensible aux déplacements de ses personnages ; ils entrent et ils sortent ; ils montent et ils descendent : autant de mouvements qui les font bien souvent revenir à leur point d'origine, d'une certaine manière à leur « lieu » ou « place », ce qui illustre la vanité de leurs actions. En cela, le caractère est un « faux récit » ou un « récit manqué » dans la mesure où aucune épaisseur temporelle (VIII. 47) ne vient donner une progression au personnage, ce qui le ferait basculer du côté du roman.

Le temps, seul compté également pour tous, est un thème important chez La Bruyère car il est le grand révélateur de la valeur de toutes choses (VI. 40) : c'était un des arguments de son « Discours sur Théophraste », mais on le retrouve disséminé à travers l'ouvrage et appliqué à d'autres matières que la littérature. Ainsi, l'humanité apparaît comme taraudée par le désir de durer, mais les moyens employés, notamment la possession d'objets, le rend illusoire (VI. 64-65 ; VIII. 65 ; 78).

Surnagent alors deux figures qui se détachent de la folie ambiante : la figure du sage (V. 83 ; VIII. 101), présent régulièrement en fin de chapitre, et la figure de l'écrivain à travers un « je » qui s'énonce (VI. 47), qui prend parfois la parole pour réaffirmer la dignité du travail littéraire, seul capable de racheter la société. Il s'oppose ainsi à l'écrivain Cydias (V. 75), qui lui ne « produit » que de l'objet littéraire, en une œuvre abondante mais sans fruit.

2.2.3 Rires de La Bruyère : la comédie de la Cour

Le satiriste est une sorte de prédicateur profane : si La Bruyère emprunte quelquefois un registre qui tient davantage de l'éloquence de chaire et si le chapitre « Du Souverain ou de la République » tranche par son esprit de sérieux, c'est surtout la tonalité comique qui domine, mais un rire réflexif car, comme le note Roger Zuber au sujet de la satire : « Son lecteur est sa cible ; elle le force à penser, elle le force à se reconnaître[1]. » La satire comme la comédie reprennent à leur compte l'impératif antique « *castigat ridendo mores* » : en cela, elle s'oppose au rire galant, celui des femmes des ruelles et des petits-marquis, et au rire gaulois du burlesque. Il est notable que les deux fois où La Bruyère se risque à faire des pastiches en vieux français, le modèle est davantage Montaigne que Rabelais.

Les portraits, qui ont fait la renommée des *Caractères*, sont souvent une combinaison des différents types de comique. Dans le double portrait de Cimon et Clitandre (VIII. 19), on peut repérer les formes de comique suivantes :

- le comique de situation : le personnage se trouve ou se met dans une situation ridicule. *Personnages qui apparaissent déplacés ou en marge alors qu'ils veulent être au centre* ;
- le comique de mots : ce comique explore les possibilités du langage ; La Bruyère évite tout de même de tomber dans des jeux de mots trop grossiers, dans la mesure où dans le chapitre I « Des ouvrages de l'esprit » il trouvait Marot et Rabelais « inexcusables d'avoir semé l'ordure dans leurs esprits » (I. 43). *La pointe finale du portrait « attelés tous deux au char de la fortune, et tous deux éloignés de s'y voir assis »* ;
- le comique de gestes : le personnage se rend ridicule par un geste inapproprié, maladroit ou impertinent. *Les deux personnages sont dans une gesticulation permanente, sans but ni finalité* ;
- le comique de caractère : il se fonde sur la psychologie des personnages. Bien souvent, il s'agit de monomanes, et La Bruyère jouera énormément sur le procédé dans le chapitre XIII « de la Mode ». *Cimon et Clitandre sont ridicules par leur manie de se vouloir importants* ;

1. Roger Zuber, *Les Émerveillements de la raison*, 1997.

- le comique de répétition : La Bruyère étant fasciné par l'automatisme de la vie sociale, bien souvent le comique de geste est lié au comique de répétition. *L'emploi du présent d'habitude crée l'idée de répétition en figeant les deux personnages dans un comportement immuable.*

2.2.4 Mille et une formes de la morale : varier pour séduire le lecteur

La vie de salons à Paris a mis en vogue un certain nombre de formes brèves : ainsi, les Maximes de La Rochefoucauld sont-elles nées dans le salon de la marquise de Sablé. En reprenant les codes littéraires de ses lecteurs mondains, La Bruyère cherche à les séduire, manière sans doute d'atténuer la dureté de la peinture qu'il fait de la Cour.

Les formes brèves ont une multitude de noms et en faire une taxonomie juste relève du défi : si l'on s'accorde assez facilement sur les critères de reconnaissance de la maxime ou du portrait, comment nommer les passages qui ne sont ni l'un ni l'autre ? Sont-ce des fragments, à l'image des *Pensées* de Pascal ? Mais dans ce cas-là, on peut rétorquer que les *Caractères* sont une œuvre finie, voulue ainsi par l'auteur, et ne sont justement pas un ensemble de notes destinées à être liées par des transitions dans une œuvre à venir. Sont-ce des aphorismes ? Captation d'instants, lié à une exigence de mémorisation d'un savoir, l'aphorisme est bien souvent la conjonction d'une expérience et son commentaire : or, chez La Bruyère, le commentaire est bien souvent absent et à charge du lecteur ; par ailleurs, l'aphorisme, parce qu'il repose sur l'expérience, ne suppose aucun plan : les *Caractères* de La Bruyère sont relativement ordonnés selon une progression. Sont-ce des essais ? La Bruyère est un admirateur de Montaigne, mais il ne retient des *Essais* que la liberté de la forme : l'ample exercice critique du doute est remplacé par la retranscription, parfois sèche, des événements ; même si le « je » auctorial apparaît dans *Les Caractères*, il manque le « commerce » avec l'auteur qu'autorisait la « fin [...] domestique et privée » (Montaigne, « Au Lecteur », *Essais*) ; La Bruyère ne se peint pas. Le terme de « réflexion » est utilisé par La Rochefoucauld pour compléter son ouvrage de maximes : ces textes, souvent assez longs, se caractérisent eux aussi par une forte présence de l'auteur et une nette dimension argumentative.

Quelques passages tiendraient sans doute à l'anecdote, qui signifie « ce qui n'a pas été publié » : l'anecdote est dans le récit historique un petit fait vrai, un détail privé et le plus souvent scandaleux tel qu'on peut le trouver dans les *Historiettes* de Tallemant des Réaux (rédigées à partir de 1657, publiées en 1834) ou bien dans les écrits des mémorialistes du temps : il s'agit de faire le récit court, saillant et authentique d'un événement d'une personnalité, pour lui donner une dimension exemplaire (plan éthique), illustrative (plan rhétorique) et caractéristique (plan de la connaissance historique) : cette dernière fonction justifie en soi l'insertion de ce corps étranger dans le discours historique ; ainsi, Saint-Simon, n'ayant pu s'empêcher d'évoquer dans ses *Mémoires*, une obscure dispute entre deux courtisans non moins obscurs, écrit : « je sens bien qu'en soi c'est la dernière des bagatelles pour être rapportée ; mais elle caractérise et dépeint. » Si certains textes de La Bruyère, essentiellement narratifs, tiennent de l'anecdote, il leur manque cependant un « ancrage » individuel et particulier, que le jeu des clés ne leur confère pas. Contrairement à Saint-Simon, il n'offre pas au lecteur « le spectacle vivant d'une pure socialité[1] ».

Ainsi, La Bruyère « entend éluder le choix d'un genre défini[2] », aussi peut-on s'en tenir au terme neutre de « remarques ».

Dans son « Discours sur Théophraste », La Bruyère se place dans la lignée de Pascal (en VIII. 80, il le cite et le complète) et de La Rochefoucauld, qui l'avaient précédé dans l'écriture de maximes, tout en se déclarant « moins sublime que le premier, et moins délicat que le second ». Les maximes sont des axiomes de droit envers lesquels aucune objection n'est possible : elles ont une valeur universelle et générale, et « elles sont comme les lois dans la morale », comme l'ajoute La Bruyère. À l'intention didactique de la sentence – donner des règles de vie, et juger les hommes –, elle ajoute une forme plus complexe : ce n'est pas qu'une idée, c'est une idée bien tournée. En cela, l'emprise esthétique qu'elle a sur le lecteur empêche tout recul critique et lui donne une autorité absolue : elle « décourage la contestation par le bonheur même de l'expression[3] », d'où la critique qui lui sera faite au siècle suivant par Montesquieu qui y voit « les proverbes des gens d'esprit[4] », ou plus fortement encore, par Saint-Lambert qui la qualifie de « langage des charlatans répété par des dupes[5]. » La série de maximes tirées des *Caractères* montre la variété des procédés et des tours employés :

- « Jeunesse du prince, source des belles fortunes. » (VIII. 55) : phrase averbale, juxtaposition sèche de deux groupes verbaux sans déterminant. Caractère absolu et universel de cette vérité. Même procédé de juxtaposition mais sous une forme moins concentrée (IX. 35) ;
- « Un caractère bien fade est d'en n'avoir aucun » (V. 1) ; « La moquerie est souvent indigence d'esprit » (V. 57) : structure attributive avec le verbe être, donne une forme de définition ; présence parfois de modalisateurs en fréquence ou quantité de type « souvent », « jamais », « toujours » ;
- « Il est souvent plus court et plus utile de cadrer aux autres, que de faire que les autres s'ajustent à nous. » (V. 48) : comparatif qui balance entre deux possibilités. Voir aussi VIII. 37 et 69 ; IX. 9 ;
- « La Cour ne rend pas content, elle empêche qu'on le soit ailleurs » (VIII. 8) : paradoxe qui oppose deux situations. Voir aussi VIII. 97 ;

1. Roland Barthes, *Essais critiques*, 1963.
2. *Ibid.*
3. L.A. Prévost Paradol, *Études sur les moralistes français*, 1865.
4. Montesquieu, *Pensées diverses*, « Des Modernes », publié en 1879.
5. Saint-Lambert, *Encyclopédie*, art. « Intérêt ».

- « C'est beaucoup tirer de notre ami, si ayant monté à une grande faveur, il est encore un homme de notre connaissance. » (VIII. 25) : jeu de mots. Voir aussi VIII. 89 ;
- « Les enfants peut-être seraient plus chers à leurs pères ; et réciproquement les pères à leurs enfants, sans le titre d'héritiers. » (VI. 67) : relation d'équivalence entre deux propositions, déséquilibrée par l'épiphrase à valeur d'hypothèse : crée un effet de surprise ;
- « Vous le croyez votre dupe ; s'il feint de l'être, qui est plus dupe de lui ou de vous ? » (V. 58) : question oratoire, davantage dans le style de Pascal que de La Rochefoucauld. Version exclamative (VII. 17) : aux limites de la maxime dans la mesure où l'exclamation n'a pas le même poids en termes de vérité que l'assertion ;
- « Il faut avoir trente ans pour songer à sa fortune, elle n'est pas faite à cinquante ; l'on bâtit dans la vieillesse et l'on meurt quand on en est aux peintres et aux vitriers. » (VI. 40) : maxime dédoublée : une première assertion factuelle puis sa transcription métaphorique. Métaphore expliquée (VIII. 10) ;
- « Épouser une veuve en bon français signifie faire sa fortune : il n'opère pas toujours ce qu'il signifie. » (VI. 61) : assertion puis commentaire métalinguistique qui souligne le double sens (devenir riche/rendre une femme malheureuse) Tendance de La Bruyère à allonger la maxime de cette manière (VIII. 1).

Le portrait s'érige en genre autonome au XVIIe siècle à la faveur de l'émergence d'une vie de salon et devient un véritable jeu de société, à l'image de la scène 4 de l'acte II du *Misanthrope* de Molière où Célimène se livre à la peinture méchante de ses contemporains. Généralement, on distingue ce qui relève de la prosopographie, c'est-à-dire la description physique, et ce qui relève de l'éthopée, description morale et psychologique. Bon nombre de portraits de La Bruyère, notamment les deux plus connus Giton le riche et Phédon le pauvre (VI. 83), sont construits en énigme du fait de l'inflation de la prosopographie et de la rétention de l'éthopée dans les toutes dernières lignes.

3. L'œuvre à l'examen

Le chapitre des « Biens de Fortune » s'attaque aux racines du mal dans la société : l'argent, fausse valeur, qui par sa circulation confond les mérites et les classes. Le thème est loin d'être neuf et les idées de La Bruyère loin d'être originales. À l'aube de la guerre de la ligue d'Augsbourg en 1694, Vauban fait une grande enquête sur l'économie de la France et constate l'immense pauvreté du royaume qui contraste avec l'extrême richesse d'une petite frange de la population. C'est cette petite frange qui est désignée sous le nom de « partisans » par La Bruyère, renvoyant aux financiers, aux hommes d'affaires et aux fermiers généraux. Dans les deux analyses qui suivent, nous allons voir comment La Bruyère utilise la souplesse de la forme des *Caractères* pour dénoncer l'injustice sociale et la comédie des apparences, impliquée par les décalages de richesses.

3.1 EXPLICATION LINÉAIRE : LE PORTRAIT DE CLITIPHON

Chapitre VI, « Des Biens de Fortune », remarque 12.

– **Éléments de contextualisation**

Au chapitre précédent « De la Société et de la Conversation », on trouvait déjà des portraits assez longs où la parole était mise en scène. On pense en particulier à la remarque 82 qui voit le riche Nicandre essayer de séduire la jeune et pauvre Elise : celle-ci sauve l'honneur en n'ayant pas « le courage d'être riche en l'épousant », choix moins guidé par la raison que par la nature superficielle de la femme, que les prestiges de la noblesse éblouissent encore. L'originalité de ce portrait est qu'il remet à nouveau deux personnages en prise, mais cette fois-ci, il s'agit de *Clitiphon* et du « je » auctorial.

■ **Problématique** : En quoi la mise en scène de soi en modeste philosophe permet à La Bruyère de dénoncer l'arrogance des riches, à travers le personnage de Clitiphon ?

I. Une double visite : allées et venues du philosophe

« Je vais Clitiphon [...] ne vous pas laisser voir »

1. Autoportrait du philosophe en fâcheux

- Multiplication des obstacles à la visite : « porte », « esclaves », « endroit le plus reculé de votre appartement ». Mauvaise temporalité : occupé quand La Bruyère vient la première fois chez lui, sorti la deuxième fois.
- Première phrase d'un seul tenant qui relie les observations factuelles et les pensées du philosophe (exclamation « Plût aux dieux… »). La visite fait figure d'effraction dans le « lieu » du riche : mauvaise conscience du philosophe qui risque d'être pris pour un « fâcheux » (*cf.* Molière, *Les Fâcheux*, 1661).

2. Apostrophe au riche absent

- Présence du nom, du pronom personnel « vous », modalité interrogative directe (discours).
- Tentative par le philosophe d'imaginer l'occupation de son hôte : accumulation de verbes « enfilez, collationnez, signez, paraphez » en cadence mineure, qui mime la diminution du volume de travail : « quelques mémoires » deviennent « un registre » ; la signature devient un parafe ; inconsistance et petitesse de ce « labeur » qui fait écho à la « petitesse de la demande du philosophe : tournure restrictive « qu'une chose », « oui ou non ».
- Première morale sur un registre ironique : jeu de mot sur « rare » ; nécessité pour le riche d'être d'un abord facile pour les solliciteurs. Par l'interpellation ironique « ô homme important et chargé d'affaires », La Bruyère imagine un renversement de la situation : le « besoin » change de camp.

II. La leçon de civilité du « je »

« Ô homme important [...] celle qui vous est utile »

1. Le philosophe au cabinet

- Le « cabinet » du philosophe est certes une « solitude, mais une solitude ouverte : « venez », « accessible », « entrez », « toutes les portes vous sont ouvertes » etc. Le chemin vers le philosophe est une voie dégagée de tous les obstacles vus auparavant chez le riche « passez jusqu'à moi sans me faire avertir ».
- Autoportrait du philosophe au travail : gradation dans l'étude des savoirs, des plus humains vers les mystères les plus sacrés : philosophie avec Platon, puis astronomie avec étude du « Ciel », enfin métaphysique et religion (« j'admire Dieu dans ses ouvrages ») : l'agrandissement des sujets d'étude est associé à un épanouissement de l'âme (« devenir meilleur »).

2. Le dialogue civil entre le philosophe et le riche

- Discours poli et obligeant à l'égard du visiteur : compliment (« vous m'apportez quelque chose de plus précieux... »), demande et proposition de service, sur une cadence majeure (« quitter mes livres, mes études, mon ouvrage, cette ligne qui est commencée »).
- Parole qui se déploie vers l'autre, lecture positive (« interruption heureuse ») de la vie sociale fondée sur la notion d'« utilité » à son prochain.

III. L'ours et la borne : hardiesse des images finales

« Le manieur d'argent [...] il ne le veut point être »

Les comparaisons finales achèvent d'opposer les deux personnages :

1. Richesse et sauvagerie

- Métaphore de l'ours pour le financier : « l'homme d'affaire est un ours » ; l'animal sauvage est rustique, incapable d'être « apprivoisé » (*cf.* La Fontaine, « L'Ours et l'amateur des jardins », sur la figure de l'incapable amitié).
- Invisible : répétition du verbe « voir » nié avec variation de l'adverbe de négation « qu'avec peine », « point », « pas encore » « plus » : série de corrections (incise « que dis-je ») qui n'aboutissent qu'à une seule et même idée.

2. Urbanité du philosophe

- Comparaison du philosophe avec la borne : plus originale et inattendue. Borne « mobilier urbain » ; répétition du mot « tout/tous » : figure d'universalité ; presque au-delà du convenable « à table, au lit, nu, habillé, sain, malade » : être visible et transparent à l'autre, là où le financier n'était qu'invisible. Idéal d'une société sans fards ni artifices.
- Morale finale qui définit le philosophe : « ne peut être important » : avis social et « ne le veut point être » : exercice d'une volonté ; sous-entendu : le mépris des richesses lui donne cette volonté.

3.2 EXPLICATION LINÉAIRE : LA GALERIE DES MAUVAIS RICHES

Chapitre VI, « Des Biens de Fortune », remarques 13 à 18.

- **Éléments de contextualisation**

  Suit le portrait de Clitiphon qui s'opposait à la figure du philosophe, *alter ego* de La Bruyère.

■ **Problématique** : Comment l'écriture discontinue des remarques permet d'approfondir la critique du matérialisme de la société ?

I. Une mise en garde philosophique contre la fascination de la richesse

Remarques 13 et 14.

1. Le moraliste en prédicateur

- Rem. 13 et 14 en lien avec la morale du portrait précédent : refus d'accorder de l'importance aux partisans. Ton du prêche : thème du péché, de la conscience, des passions non maîtrisées.

- Rem. 13 : La Bruyère dévoile les « dessous » de cette fortune des partisans : elle naît du sacrifice de tout ce qui peut rendre heureux ; idée du « marché », sorte de version moderne des « pactes avec le diable » des histoires d'antan.

2. L'appel au public

- Rem. 14 : reprise du mot « envie », cette fois-ci le moraliste ne décrit plus le partisan mais l'effet qu'il produit dans le public : verbes de sentiments ; accoutumance coupable du public à leur égard : paradoxalement, en dépit de leur malhonnêteté « on les estime [...] et on les respecte. »
- Jeu du « nous » et du « on » : dans le premier cas, le « nous » renvoie à la communauté qui écoute le moraliste-prédicateur ; dans le second cas, le « on » au peuple qui réagit selon son comportement ordinaire.

Transition : Après ces deux remarques qui enjoignent au lecteur d'adopter une posture critique sur un ton qui relève de la prédication, La Bruyère propose une galerie de petits portraits qui vont difracter son propos initial en plusieurs exemples.

II. Des remarques en galerie : contempler la misère des riches

Remarques 15 et 16.

1. La critique d'une Église complice de cette comédie de la foi

- Effets de la richesse sur quatre personnages bien distincts : trois hommes et une femme.
- Rem. 15 : Sosie, valet qui s'est enrichi et qui a accédé à un poste de fermier-général. Ascension sociale fulgurante mais au prix d'une grande violence à l'égard de son prochain. Reprend le thème du prix à payer de la rem. 13. Relations malsaines de l'Église avec ce genre de personnage, qui devient gestionnaire pour l'église pour « blanchir » sa réputation. Mention ironique du « prodige », pour ne pas dire du miracle de l'argent. De même, jeu de mot ironique « noble » / « homme de bien ».
- Rem. 16 : Arfure : La Bruyère met davantage en scène le miracle de l'argent dans un avant/après. Arfure est une femme obscure, mal placée à l'église : elle n'est pas vue et ne voit pas le prêche, manière de signaler son insignifiance, son « obscurité ». Ironie : « sa dévotion était connue comme sa personne ». Richesse rapide et scandaleuse de son mari qui arrache un cri d'indignation : à qui attribuer ce cri ? à l'auteur ou au public ? Une fois riche, elle devient un spectacle concurrent à la messe. Critique de la tolérance de l'Église à l'égard de ces parvenus : *a priori* pas de prix à payer car elle est « absoute ».

2. La peinture cruelle de mauvais riches

- Rem. 17 : Crésus, riche ruiné, a été abandonné de tous. Le mort « insolvable », c'est-à-dire avec des dettes pendantes fait écho à la précédente absolution. Lui a été « privé de tous les secours » tant matériels que spirituels. Dénuement total scandé par les nombreuses tournures négatives. Préfigure ce qui attend Arfure. Image d'une chute, en parallèle avec l'ascension fulgurante de Sosie.
- Rem. 18 : Champagne : on quitte l'église pour l'hôtel du riche ; à l'image de Crésus, amateur de « bonne chère ». Temps présent de la prospérité : la jouissance des biens de ce monde l'a rendu indifférent à son prochain ; toute puissance d'un homme sur des milliers d'autres, inconséquence contraire à la charité. Le commentaire de l'auteur sous la forme de l'antiphrase finale souligne la cruauté du personnage.

Ouverture : Dans la quatrième édition, la suite est complétée par deux autres courts portraits qui en précèdent un long. Le fil thématique de la place à l'église se continue dans celui des naissances honteuses.

3.3 L'ÉPREUVE ÉCRITE : SUJET DE DISSERTATION

> “ *La fonction du moraliste est d'aider le lecteur – et généralement la société – à ressouder ce qui menace de se scinder, à préserver l'unité de la "règle des mœurs" et de la foi.* ”
>
> Louis Van Delft, *Le Moraliste classique*, 1982

Problématique : La peinture satirique de la société à l'œuvre dans *Les Caractères* de La Bruyère permet-elle selon vous de réconcilier le lecteur avec la société ? Vous répondrez en prenant appui sur votre lecture des *Caractères*. Votre réflexion pourra également s'ouvrir à d'autres œuvres que vous avez découvertes dans le cadre du parcours « La comédie sociale ».

– **Suggestions pour l'introduction**

Évoquer le contexte difficile de la seconde moitié du règne de Louis XIV. La France est en crise (économique, religieuse) et va commencer la guerre de la Ligue d'Augsbourg : cette situation réveille la nostalgie des premiers temps du règne, perçus comme plus heureux.

– **Problématisation de la citation**

La citation invite à penser la relation entre l'auteur et le lecteur. *Les Caractères* seraient donc écrits dans une logique de restauration de l'unité de la communauté : il faudra donc s'interroger sur le rôle et la capacité du comique à effectuer cette tâche.

I. *Les Caractères* ou la peinture d'une société scindée

1. Une société marquée par les divisions

- Violence des rapports sociaux, en particulier entre les grands et les petits ; antagonismes Province/Ville/Cour ; Nobles/Riches ; Jeunes/Vieux.
- Scission de la société qui se traduit dans la forme par l'éclatement des portraits (pas de peinture générale de la société mais une multitude d'individus)
- Fréquence des figures d'opposition : doubles portraits, constructions de maximes sur le balancement entre deux propositions.

2. L'imaginaire de la clôture

- Imaginaire relevé par Roland Barthes : importance du thème de la frontière, de la porte.
- Mise en scène de personnages qui tentent de franchir ces limites et qui ne sont pas dans leur « lieu » : ils sont sanctionnés par le ridicule.

3. L'argent comme moteur de la comédie sociale

- Dénonciation de l'origine du mal : l'argent. Pour le critique Gustave Lanson (*Histoire littéraire de la France*, 1895), cette thématique est la seule originalité de La Bruyère, qui préfigure Balzac sur la question.
- Argent accélérateur du vaste mélange, du « dés-ordre » social.
- Idéal d'un monde du mérite : ce monde ne serait alors plus une comédie puisqu'il n'y aurait plus de masques à porter, ni de rôles à jouer ; il suffirait d'être soi-même.

II. L'art du moraliste : la dénonciation de la comédie sociale

1. *Les Caractères* : une littérature d'engagement

- Investissement du moraliste dans son texte : présence du « je », contrairement à l'abstraction des *Maximes* de La Rochefoucauld.
- La Bruyère est conscient de se réapproprier des vérités communes (« Des ouvrages de l'esprit », I. 69). Il définit clairement son objectif de rendre les hommes meilleurs (*Caractères*, I. 34).
- Il souligne la permanence des vices humains mais redensifie la leçon morale par la nouveauté du style : il se réapproprie les armes de la conversation mondaine au profit de la morale.

2. Posture du satiriste vis-à-vis de la société

- Une position en oblique ou en retrait : La Bruyère veut renouveler le regard sur ce qui nous semble commun et naturel. Il obtient ainsi un effet d'étrangeté par les jeux d'optique et de perspective.

- Attitude d'étonnement du « je » : pour Sainte-Beuve (*Portraits littéraires*, t. 1, 1836), La Bruyère préfigure Montesquieu ou Voltaire ;
- Chamfort : « [l'honnête homme] est dans le vrai et rit des faux pas de ceux qui marchent à tâtons dans le faux. C'est un homme, qui, d'un endroit éclairé, voit dans une chambre obscure les gestes ridicules de ceux qui se promènent au hasard. »

3. Réaffirmation de l'idéal chrétien de la *caritas*

- Volonté de retrouver une communauté de « prochains ».
- Dimension conformiste de cette pensée : vanité de ceux qui veulent dépasser les limites. La sagesse consiste en l'occupation son lieu, de sa place.

III. Le comique : outil de la réintégration sociale du lecteur ?

1. Le rire corrige les mœurs, dit-on

- Croyance ancienne que le rire corrige les mœurs : « *castigat ridendo mores* ».
- Multiplicité du comique : *varietas* conforme au goût mondain, idéal de la conversation et voie de séduction.
- Ironie comme moyen de faire entendre ses véritables idées.
- Art de la chute : crée la surprise.
- Caricature qui favorise le grossissement des traits.

2. Le double statut du lecteur, à la fois complice et victime du moraliste

- Le lecteur ne peut se ranger aux idées de l'auteur qu'à condition de ne pas s'y reconnaître. Cela pose la question de l'efficacité du propos : La Bruyère est conscient de cela dans le « Discours sur Théophraste ».
- La connaissance de soi est la plus douloureuse.
- Rire est comme un aveu de faiblesse ; le burlesque est le genre comique nostalgique d'un héroïsme perdu.

3. L'impossible morale de La Bruyère : peut-on sortir de cette comédie ?

- Deux possibilités de sortie : la retraite et le silence ou l'espoir dans un futur généreux et meilleur ; rien n'est possible pour l'ici et maintenant tel qu'il est décrit dans *Les Caractères*.
- Accusation de misanthropie notamment chez Taine : l'indignation et la colère sont inefficaces ; « ce sentiment trop fréquent et trop pénétrant empoisonne bientôt tous les autres [...] on perd la philosophie sereine et l'esprit comique ; on devient satirique et misanthrope » (*Nouveaux essais de littérature*, 1865).

Ouverture : Le moraliste en fin de compte n'écrit-il pas finalement que pour lui-même ?

3.4 PARCOURS AUTOUR DE L'ŒUVRE : « LA COMÉDIE SOCIALE »

– **« Comédie et société » : versant théâtral de la satire**[1]. Quels sont les moyens de la satire sociale au théâtre ?

Corpus

- Molière, *Le Misanthrope*, 1666 : II, 4.
- Beaumarchais, *Le Mariage de Figaro* (1778, 1re repr. 1783) : V, 3.
- Victor Hugo, *Ruy Blas*, 1838 : III, 2.
- Michel Vinaver, *Par-dessus bord*, 1972.
- Yasmina Reza, *Art*, 1994.

– **Lectures complémentaires en lien avec l'œuvre de La Bruyère**

- Pascal, *Pensées*, 1662.
- La Rochefoucauld, *Maximes*, 1665.
- Saint-Simon, *Mémoires*, notamment les portraits (1691-1723, rédigés de 1739-1750, publ. 1829).
- Boileau, *Satires*, 1657-1666.

– **Prolongements artistiques et culturels en lien avec l'œuvre de La Bruyère**

- Motif de Marie-Madeleine au miroir dans la peinture au XVIIe siècle et peinture des Vanités.
- Fastes de la Cour : présentation d'un des grands châteaux royaux ou Chantilly : comment la construction véhicule une image symbolique de la grandeur ?

1. En lien avec le parallèle fait par Prévost-Paradol dans *Les moralistes français* entre La Bruyère et Molière.

Olympe de Gouges, *Déclaration des droits de la femme et de la citoyenne*, du « préambule » au « postambule »

> “ *Pour avoir eu contre elle la force qui en politique condamne et ne juge pas : la fortune, la femme du dix-huitième siècle n'en a pas moins déployé de remarquables aptitudes, de singuliers talents, d'étonnantes capacités sur le théâtre des plus grandes affaires.* ”
>
> Goncourt, *La Femme au XVIIIe siècle*, 1862

L'édition de référence pour notre étude est la suivante : Olympe de Gouges, « *Femme, réveille-toi !* », *Déclaration des droits de la femme et de la citoyenne*, Gallimard, Folio, 2014.

1. L'œuvre et ses contextes

1.1 BIOGRAPHIE

1748	• Naissance de Marie Gouze à Montauban.
1750	• Mort de son père Pierre Gouze. Elle est élevée par sa mère Anne-Olympe.
1765	• Elle épouse Louis-Yves Aubry à 17 ans.
1766	• Son fils Pierre naît. Peu après, Louis-Yves meurt : Marie se retrouve seule, et bientôt elle imagine son nouveau nom : Olympe de Gouges.
1767	• Elle rencontre Jacques Biétrix de Rozières qu'elle suit à Paris.
1778	• Elle rencontre Louis-Sébastien Mercier, homme de lettres, qui l'encourage à écrire. Elle tient salon.
1784	• Elle écrit et présente la pièce *Zamore et Mirza ou l'heureux naufrage*, qui traite de l'esclavage des Noirs (sera publiée en 1792).
1786-1789	• Écriture de nombreuses pièces de théâtre; *Réflexions sur les hommes nègres*.

1788	• Écriture de son premier texte politique dans le *Journal général de France* : *Un projet d'une caisse patriotique par une citoyenne*. Elle y fait des propositions concrètes pour soulager les indigents.
1789 **Juin** **26 août**	• Les députés se proclament « Assemblée nationale », Olympe de Gouges contribue à l'impôt patriotique et incite toutes les femmes à y participer dans la brochure *Action héroïque d'une Française ou la France sauvée par les femmes*. • *Déclaration des droits de l'homme et du citoyen*.
1790	• *Les Vœux volontaires*, pièce qui parle d'une religieuse forcée de prononcer ses vœux, rencontre un certain succès. • Elle écrit *La Nécessité du divorce* : « Vous rendez à un homme la femme qui est faite pour lui, et une femme au mari qui lui convient ».
1791 **Sept.**	• La fuite du roi arrêté à Varennes la déçoit et elle cherche des moyens de réformer la royauté dans une brochure : *Sera-t-il roi, ne le sera-t-il pas ?* • ***Déclaration des droits de la femme et de la citoyenne***.
1792 **Sept.**	• Dans *L'Esprit français* elle écrit souhaiter une révolution sans violence. • Elle se propose pour être l'avocate de Louis XVI dont le procès commence le 11 décembre. • « La souveraineté du peuple a repris ses droits, et nous ne devons pas le punir de l'ignorance de nos ancêtres et des crimes des siens ».
1793 **20 juil.** **2 nov.** **3 nov.**	• Elle fait publier « Les Trois Urnes ou le Salut de la patrie » : c'est en collant cette affiche qu'elle est arrêtée. On lui reproche de proposer trois choix : gouvernement fédéral, gouvernement républicain, ou monarchie. • Elle est sommairement jugée et accusée d' « attentat à la souveraineté du peuple ». • Elle est la première femme mise à mort après Marie-Antoinette. • Ses derniers mots sont : « enfants de la patrie, vous vengerez ma mort ».

1.2 LES CONTEXTES LITTÉRAIRES, CULTURELS, POLITIQUES

L'œuvre d'Olympe de Gouges se déploie à une époque bien particulière, la Révolution française : pendant ces quelques années, de 1789 à 1799, les mondes littéraire et culturel ne pouvaient ignorer les événements politiques, et l'on écrivait bien souvent pour participer à la vie de la cité. Cependant, la liberté de ton, et le goût pour la prise de parole publique, n'auraient pu exister sans un autre mouvement qui occupa tout le siècle : les Lumières.

1.2.1 Les Lumières : aux origines de la *Déclaration des Droits*

Écrire pour raisonner et faire raisonner

En 1751, paraît l'*Encyclopédie* « afin que chacun participe selon sa portée aux lumières de son siècle » (Diderot), vaste projet autour duquel la conversation se nourrit de chaque idée nouvelle ; la littérature devient **polémique**, le **débat d'idées** est partout. On s'efforce de trouver les conditions d'une société moins injuste et plus solidaire que celle de l'Ancien régime.

Jean-Jacques Rousseau propose les principes démocratiques que la Révolution fera entrer dans la loi : pour remédier aux inégalités entre les hommes, il propose de passer un « contrat social » entre les citoyens.

Période d'effervescence intellectuelle passionnée, les années 1750-1778 préludent à l'élan révolutionnaire.

L'écriture juridique

Avec Montesquieu, le rapport à la loi, et donc au droit, se modifie : son livre *De l'esprit des lois* montre que la loi n'est pas éternelle ou universelle mais dépend de divers critères. Il expose également différents types de gouvernements, en condamnant le despotisme : selon lui, le gouvernement républicain correspond à un esprit d'**égalité**, alors que le gouvernement monarchiste correspond à un esprit d'**inégalité**, et le gouvernement despotique à un **esprit d'égalité extrême**, c'est-à-dire à la corruption du principe d'égalité (*De l'esprit des lois*, chap. VIII, 1748).

L'esprit au féminin

La femme eut une place privilégiée dans la pensée, les arts et la littérature au XVIIIe siècle. Si l'on en croit Edmond et Jules de Goncourt, la femme domina le siècle[1].

Et pourtant. L'on se presse dans les salons d'une Mme Geoffrin ou d'une Mme du Deffand – où l'on fréquente l'élite intellectuelle –, sans pour autant penser que les femmes puissent devenir femmes de lettres, de sciences, ou académiciennes : on reconnaît leur esprit, sans pour autant leur accorder un rôle social équivalent à celui-ci.

En dehors des salons, les femmes, même celles qui ont accès au savoir, sont malgré tout souvent reléguées au **second rôle** par une **société d'hommes**. Les femmes ambitieuses du XVIIIe siècle pensaient que l'ordre hiérarchique qui soumettait un sexe à l'autre, et les moindres capacités féminines, n'avaient d'autres raisons que pédagogiques et sociales. Cette vérité n'allait pas de soi pour la majeure partie de leurs contemporains. Les femmes se définissaient par un surcroît de sensibilité, mais pas par une égalité juridique ou d'intelligence (Diderot, *Sur les Femmes*, 1772).

1. Goncourt, *La Femme au XVIIIe siècle*, 1862.

Olympe de Gouges fera ce que ses prédécesseurs féminins n'auront pas fait : elle engagera le combat pour l'égalité au niveau législatif et judiciaire.

1.2.2 Révolution, Déclamation, Déclaration

La parole

Avec la Révolution, très vite, dans les assemblées et les clubs, **l'éloquence** devint **l'arme** des hommes politiques pour **décider** des plus graves questions, **abattre** leurs adversaires ou **défendre** leur tête.

Les premières années de la Révolution furent marquées par une grande liberté : des opinions, des échanges d'idées, de la presse. On vit une forte diffusion d'écrits de toutes sortes, dans une multitude de nouveaux journaux, sur des affiches, dans des brochures distribuées dans la rue ou même à Versailles.

Le style **pamphlétaire** est à l'honneur, quand l'écrit ou l'éloquence oratoire se donnent pour but d'attaquer le pouvoir ou une institution. Dans le sillage de Voltaire, une écriture de l'**attaque** et de la **conquête des esprits** vise à **combattre les préjugés**, l'injustice.

« Si elle n'avait été scellée dans le sang, la Révolution pourrait apparaître essentiellement comme un débordement de la parole, un terrible déversement de mots, une prise de pouvoir de l'éloquence. Tout vient du Verbe, et aboutit à lui[1] ».

La *Déclaration des droits de l'homme et du citoyen*

Nulle surprise donc, si le symbole de la Révolution est une déclaration. Ce texte est à la fois un écrit et un événement : une déclaration est un acte, l'acte de **déclarer**, d'affirmer quelque chose.

La *Déclaration des droits de l'homme et du citoyen* vient d'une certaine manière coucher sur le papier la somme, le bilan de tous les écrits et pensées des Lumières, leur aboutissement dans la société, dans la vie des individus et de la Nation, le droit et la loi. Couronnement, donc, des Lumières, elle est aussi un commencement : elle sert de préambule à une Constitution votée en 1789, et qui affirme pour la première fois le passage de l'origine du pouvoir de Dieu et du Roi à la Nation et à la Loi.

1. Béatrice Didier, *La Littérature de la Révolution française*, 1988.

1.3 GENÈSE, PLACE DE L'ŒUVRE ET RÉCEPTION

1.3.1 Genèse

La Révolution ne tient pas ses promesses ; les femmes **n'ont pas le droit de vote, et,** dans la Constitution votée le 3 septembre 1791, la conception de citoyen ne s'applique qu'aux hommes. Les femmes sont dépendantes de leur père puis de leur mari.

Devant les différentes injustices sociales, Olympe de Gouges se sent poussée à l'action, et l'action, pour elle, c'est écrire et publier ses écrits. « Il lui semble que c'est à elle que s'adressent les plaintes d'en bas et les dédains d'en haut[1] ». Elle écrit sans cesse des brochures ou des affiches, dans lesquels elle donne son avis mais propose aussi des solutions concrètes pour résoudre un problème. Dans son roman *Le Prince philosophe* (1792), elle évoque la question de la place des femmes dans la cité : « le mérite seul devrait mener aux places majeures ainsi qu'aux inférieures, et l'on devrait donner aux jeunes demoiselles la même éducation qu'aux jeunes gens ».

Constatant que la *Déclaration des droits de l'homme* ne résout pas l'éternelle minorité civile des femmes, la prise de parole d'Olympe de Gouges sur ce sujet va alors de soi.

1.3.2 Place de l'œuvre

La *Déclaration des droits de la femme et de la citoyenne* est nettement écrite en **opposition**, en **parallèle** avec la *Déclaration des droits de l'homme et du citoyen* : elle est son symétrique, son égale de l'autre côté de la ligne qui sépare les sexes. C'est un texte qui représente en « format papier » la femme qu'il cherche à faire émerger, véritable compagne et égale de l'homme par rapport à la Loi.

Ce parallélisme le fait fonctionner comme un **pastiche**, bien qu'il vise aussi un statut **juridique** – Olympe essaiera de le présenter à l'Assemblée, en vain. Publier cette déclaration en 1791, c'est montrer et critiquer le fait que seuls les hommes au sens masculin sont concernés, de fait, par les nouveaux droits de 1789 et 1791.

Notre texte se définit donc dans son rapport à un autre texte, mais aussi à une assemblée politique et enfin au peuple et aux femmes : il est donc tout à la fois pastiche, copie d'un modèle ; texte juridique, plaidoyer, déclaration ; brochure, tract, palimpseste[2].

Concrètement, la *Déclaration des droits de l'homme et du citoyen* rédigée et votée en 1789, préambule à une Constitution élaborée de 1789 à 1791, est présentée au roi et acceptée par lui en septembre 1791 dans un esprit de réconciliation ; Olympe de Gouges

1. Charles Monselet, *Les Oubliés et les Dédaignés* (1857) cité par Sophie Mousset, *Olympe de Gouges et les droits de la femme*, 2003.
2. Parchemin dont la première écriture, grattée ou lavée, a fait place à un nouveau texte. (Larousse)

rédige et veut présenter sa *Déclaration des droits de la femme et de la citoyenne* également en septembre 1791. Elle rappelle ainsi que la moitié des personnes du pays reste exclue des droits civiques pourtant promis dans la *Déclaration des droits de l'homme.*

1.3.3 Réception

Cette *Déclaration des droits de la femme* resta à l'état de projet. Elle fut politiquement ignorée. Le 19 novembre 1793, on pouvait lire dans *Le Moniteur universel* à propos de la mort d'Olympe de Gouges : « Elle voulut être homme d'État, et il semble que la loi ait puni cette conspiratrice d'avoir oublié les vertus qui conviennent à son sexe. » Le message est clair : une femme n'a rien à faire en politique, y compris pour demander des droits que sa nature exige. C'est un **échec.**

On ne parla presque plus d'elle durant deux siècles. Olympe de Gouges est aujourd'hui mieux connue, et la *Déclaration des droits de la femme* est exposée à l'Assemblée nationale. On peut dire d'Olympe de Gouges ce qu'Élisabeth Badinter écrivit au sujet de Mme du Châtelet : « Elle était trop libre, trop intelligente et trop ambitieuse pour ressembler à l'idéal féminin qui l'a emporté jusqu'à ces dernières décennies. Aussi longtemps qu'on s'est représenté la femme sous les traits de la mère de famille, gardienne du foyer, et qu'on s'est moqué de ses prétentions intellectuelles, il était impossible de réconcilier [Olympe de Gouges] avec ces stéréotypes[1] ».

2. L'œuvre en examen

2.1 STRUCTURE DE L'ŒUVRE

Comme la *Déclaration des droits de l'homme et du citoyen*, la *Déclaration des droits de la femme et de la citoyenne* se compose également d'un préambule (adressé à Marie-Antoinette), de 17 articles, et d'un postambule. À cela s'ajoute un texte intitulé « Forme du contrat social de l'homme et de la femme », qui propose une nouvelle formule pour l'acte de mariage, suivi d'un commentaire d'Olympe de Gouges qui, au fil de la plume, déborde de son sujet pour évoquer d'autres préoccupations, comme la situation des esclaves dans les colonies ou une anecdote vécue, qui l'amènent à tirer des conclusions quant à l'amélioration de la société. Ce faisant, elle participe pleinement au « contrat social » évoqué dans son titre : interdite de parole à l'assemblée, une femme peut passer par l'écrit pour s'exprimer sur la vie politique.

1. Élisabeth Badinter, *Émilie, Émilie. L'Ambition féminine au XVIIIe siècle*, 1983.

2.2 ÉCRIRE ET COMBATTRE POUR L'ÉGALITÉ

Le texte d'Olympe de Gouges est doublement un écrit de combat. En effet, en trois ans de travaux, la Constituante n'a pas pensé à donner une place aux droits des femmes dans la société qu'elle élabore. Donc, pour Olympe de Gouges, il s'agit de marteler l'idée de l'égalité en droit des femmes avec les hommes, pour la faire advenir dans la société, le droit, et la loi. Cependant, l'Assemblée en 1791 est déjà menacée par des factions violentes et la lutte des partis. Les Jacobins s'opposent aux monarchistes constitutionnels. À cette date, il y a déjà eu des violences dans les rues, des menaces de guerre civile. Pour notre auteur, il y a là un autre combat : il s'agit de rester ferme dans ses opinions modérées et non-violente face à l'usage de la force. En ce sens, l'écriture est un combat non seulement d'attaque mais aussi de résistance.

2.2.1 Écrire et combattre : l'écriture comme combat

Le texte soumis à notre étude a une double particularité : étant une redite presque mot pour mot d'un texte existant, il n'apparaît pas comme un objet littéraire original ni même susceptible d'être commenté en tant que tel ; cependant, Olympe de Gouges s'est livrée à un travail de réécriture au féminin, changement de point de vue tout autant que changement de genre grammatical.

Aux endroits où Olympe de Gouges a effacé un mot ou une expression pour le remplacer par un(e) autre, le texte, la page, deviennent un champ de bataille et le théâtre d'un conflit. Par exemple dans le préambule, « considérant que l'ignorance, l'oubli ou le mépris des droits de l'homme » est remplacé par « considérant que l'ignorance, l'oubli ou le mépris des droits des femmes » (p. 33). Ce mot « hommes » a pour nous le sens de « genre humain », mais dans un contexte où les femmes sont exclues de la vie publique, on comprend que le remplacement du mot « hommes » par le mot « femmes » prend le caractère d'une lutte et non d'un simple jeu. Au commencement du texte, on peut imaginer dans l'accumulation « Les mères, les filles, les sœurs » la mise en ordre de bataille d'une armée féminine. Un peu plus loin dans le texte, les ajouts ou remplacements de termes faits par Olympe de Gouges mettent clairement l'accent sur une situation de conflit : dans l'article II, l'adverbe « surtout » insiste sur l'importance de la « résistance à l'oppression » dans la liste des droits de la femme – on comprend qu'il s'agit de résister à l'oppression masculine. L'article IV[1] est radicalement transformé, pour faire apparaître une « tyrannie perpétuelle que l'homme lui oppose » et termine par un appel aux « lois de la nature et de la raison » comme armes pour

1. « La liberté consiste à pouvoir faire tout ce qui ne nuit pas à autrui : ainsi, l'exercice des droits naturels de chaque homme n'a de bornes que celles qui assurent aux autres Membres de la Société la jouissance de ces mêmes droits. Ces bornes ne peuvent être déterminées que par la Loi. » (*Déclaration des droits de l'homme et du citoyen*).

soutenir la lutte. Par conséquent, le texte d'Olympe de Gouges fait voir une situation de conflit hommes-femmes – « oppression », « tyrannie », « oppose » –, tout en en donnant les armes non-violentes pour le mener et le gagner : le « partage des fortunes entre les hommes et les femmes », « l'administration publique[1] », « l'éducation [...], la restauration des mœurs[2] ».

En s'engageant dans la vie publique bien qu'elle n'y soit pas invitée, en imprimant et distribuant tracts et brochures pour faire ses propositions, Olympe de Gouges prend des risques. Le pamphlet est une lutte corps à corps de l'auteur avec son adversaire, d'où sa virulence : dans ce duel, qui ne tue pas est tué. D'où le caractère d'urgence et la véhémence du postambule, où l'auteur exhorte ses consœurs à entrer dans la bataille elles aussi, par une accumulation de questions destinées à renvoyer les lectrices à leur propre expérience : « Femmes, quand cesserez-vous d'être aveugles ? Quels sont les avantages que vous avez recueillis dans la révolution[3] ? » En effet, le verbe, toujours menacé d'être étouffé sous d'autres paroles plus fortes, doit être immédiatement efficace. C'est ainsi que le postambule suit un plan assez inhabituel : le tableau de la situation des femmes, qui pourrait logiquement être au début du postambule, suit en fait l'exhortation aux femmes à se lever pour leurs droits, comme si celle-ci était plus importante et urgente. L'auteur accumule les injonctions à l'impératif, « opposez la raison », « réunissez-vous », « déployez... votre caractère[4] ». Ces injonctions désignent leur locutrice comme une meneuse d'hommes, une battante : le style est pugnace, l'image de la guerre court à travers cette adresse aux femmes, dans un vocabulaire soigneusement choisi : « la **force** de la raison », « réunissez-vous **sous les étendards** de la philosophie ».

Le style est également déclamatoire et éloquent, dans ce postambule qui est le commentaire que fait avec passion Olympe de Gouges des articles un peu arides qu'elle vient de rédiger. Ici, elle prend la place qu'elle n'a pas dans l'arène de l'Assemblée française, déclamant des phrases aux tournures efficaces et aux images marquantes, avec des parallélismes qui frappent l'esprit : « Un mépris plus marqué, un dédain plus signalé[5] », « ce que la force leur avait ravi, la ruse leur a rendu[6] ». Sa manière de poser des questions auxquelles elle répond elle-même met sous nos yeux le débat d'idées que l'Assemblée lui a interdit : « que devient cette infortunée ? le jouet du mépris[7] »

1. Olympe de Gouges, *Déclaration des droits de la femme et de la citoyenne*, p. 42.
2. *Ibid.*, p. 43.
3. *Ibid.*, p. 39.
4. *Ibid.*, p. 40.
5. *Ibid.*, p. 39.
6. *Ibid.*, p. 40.
7. *Ibid.*, p. 41.

– et en lisant cette phrase, les lecteurs du XVIIIe siècle avaient peut-être encore en mémoire les tristes fins de Mme du Châtelet ou Mme du Deffand ; « quel est son lot ? la pauvreté et l'opprobre[1] ».

La longue tirade sur les ingratitudes des hommes[2], accumulation de termes péjoratifs – « l'ingrat », « son inconstance inhumaine », « violera » – ainsi que la vie personnelle d'Olympe, abandonnée par son vrai père, perdant son père légal à deux ans, mariée à un homme qu'elle n'aimait pas, ne laisse pas d'illusion : le combat contre les hommes, ou plutôt contre la puissance que leur donne la coutume et la loi, est un combat sans concession, visant à forcer la reconnaissance des femmes comme égales aux hommes dans le droit. L'écriture est donc un instrument d'**action** sur les hommes et sur l'histoire, l'auteur féminin « gratte » le marbre de la *Déclaration des droits de l'homme* pour substituer la femme à l'homme, faisant du premier texte un palimpseste, imposant le sien à sa place : son acte d'écriture donne aux femmes la place qu'elles n'ont pas en effet.

De ce point de vue, écrire des articles de loi, qui obligent les hommes et les femmes, et dire le droit, et le fixer sur le papier pour lui donner une dimension intemporelle, est une forme de **résistance passive** face à ce qui est présenté comme une tyrannie masculine omniprésente, dans l'adresse aux hommes qui précède la *Déclaration des droits*[3], p. 32-33 : « cet empire tyrannique », « il veut commander en despote ». Dans la dernière phrase de ce texte, Olympe de Gouges donne la raison la plus évidente de sa réclamation – « [la femme] a reçu toutes les facultés intellectuelles » puis proclame ses exigences, pour toutes les femmes : il s'agit de « réclamer ses droits à l'égalité ». Or quel meilleur moyen de résister à la force que d'utiliser la loi puisque, comme le dit l'adage, « force doit rester à la loi ». Il s'agit, en contraignant les hommes par le droit, d'éviter que « la raison du plus fort [soit] toujours la meilleure[4] ».

2.2.2 Écrire et aussi combattre

Dans l'objet d'étude « écrire et combattre pour l'égalité », le mot « et » peut avoir deux sens. Soit on entend que l'écriture est un combat, soit que le combat se mène à la fois sur le papier et dans la rue.

Or, les femmes ont participé activement aux premières journées révolutionnaires. Cependant, la Révolution, qui avait d'abord permis aux femmes de s'exprimer en tant que groupe pouvant avoir un rôle politique, se montra par la suite répressive envers

1. *Ibid.*, p. 42.
2. *Ibid.*, p. 42.
3. *Ibid.*, p. 32-33.
4. Jean de La Fontaine, « Le Loup et l'Agneau », *Fables*, I, 10, 1668.

elles. Le combat mené par certaines, parfois les mêmes, dans la rue, à l'Assemblée, dans les salons, est secondé par le combat de l'écrit – écrit éphémère pour les affiches ou les brochures, écrit durable pour les livres, pour la *Déclaration des droits de la femme*[1].

Se faisant arrêter pour avoir écrit et affiché le texte des « Trois Urnes », Olympe de Gouges va sceller par son sang ce qu'elle a théorisé par écrit : son exécution prouve l'égalité devant la Loi mentionnée à l'article IX (« Toute femme étant déclarée coupable, toute rigueur est exercée par la Loi »), mais son procès prouve aussi l'inégalité hommes-femmes, puisqu'on lui a refusé le droit d'être une femme politique. « La femme a le droit de monter sur l'échafaud ; elle doit avoir également celui de monter à la tribune » (art. X) : elle montra par sa vie que cette égalité n'était pas encore atteinte.

Sa *Déclaration* symbolise donc un **moment**, elle le couche sur le papier : ce moment dans l'histoire où l'on passe d'un système social à un autre, mais également ce moment où la Révolution passe de l'euphorie des débuts à la répression qui va s'ensuivre, dans cette course vers l'**égalité extrême** que redoutait Montesquieu[2], symbolisée par l'instrument du couperet de la guillotine, arasant les différences dans le sang. Il est possible qu'Olympe de Gouges ait été conscience de cette particularité de son entreprise : « je n'ai qu'un moment pour le faire, mais ce moment fixera l'attention de la postérité la plus reculée[3] ». Fixant dans l'écrit un combat inégal face à la force des hommes, elle fait par là un geste qui relance ce même combat pour les siècles à venir.

Ainsi, en défendant sa cause par la plume et par le corps et la voix, elle évite le côté abstrait, technique et purement idéologique que peut avoir une telle Déclaration : pour que le combat soit concret il faut qu'il continue dans l'Assemblée et dans la rue.

Le simple acte d'oser présenter une brochure à la reine, où elle s'adresse à elle en tant que femme et non que reine[4], est un acte de combat politique, qui vient en complément « physique » du texte écrit : « songez que vous êtes mère et épouse » écrit-elle. Traiter Marie-Antoinette comme une femme et non une reine, c'est déjà reconstruire la société non plus sur l'opposition nobles/autres gens, mais sur le duel femmes/hommes.

De même, la scène de la dispute (p. 48) est une mise en scène, théâtralisée, d'une lutte physique et verbale avec un cocher puis un sergent de ville : l'auteur s'y met en scène, fait parler les protagonistes, l'aspect théâtral et combatif étant appuyé par la référence à Bride-Oison et donc à la scène du jugement dans le *Mariage de Figaro* (Beaumarchais, 1784, acte III, sc. 12). La vivacité de la scène nous montre une femme

1. Un bon tableau de l'implication des femmes durant la Révolution : https://www.agoravox.fr/culture-loisirs/culture/article/les-femmes-oubliees-de-la-87594
2. Voir 1.2.1.
3. Olympe de Gouges, *Déclaration des droits de la femme et de la citoyenne*, p. 41.
4. Voir la dédicace à la reine (p. 29).

courant les rues pour imprimer ses affiches, faisant face avec vigueur à deux hommes quand il le faut, y compris un homme représentant la loi, pour réclamer son dû et ne pas se laisser faire.

Texte créatif, inédit, la *Déclaration* est aussi un texte **engagé** et incarné. Son auteur a en effet payé de sa poche sa diffusion et de sa vie l'usage de la liberté d'expression qu'elle réclame dans son texte.

2.2.3 Écrire *pour* l'égalité : l'écriture parlementaire et politique, visant l'action

Tout le mouvement qui a conduit à la *Déclaration des droits de l'homme* et donc à la *Déclaration des droits de la femme*, est venu de la décision de Louis XVI de rétablir les parlements. À partir de là, les hommes rassemblés, venus pour parlementer, sont devenus une Assemblée nationale : la parole rendue possible a permis la prise de pouvoir par le peuple. Pouvoir parler, a été pouvoir agir. Parallèlement, quand elle écrit sa *Déclaration*, Olympe de Gouges écrit pour une hypothétique assemblée de femmes.

La période révolutionnaire a permis l'émergence d'une parole jusque-là réprimée, notamment à travers les cahiers de doléances : il y eut des cahiers de doléances de femmes.

Mais prendre conscience que l'on appartient à un groupe, et prendre la parole pour ce groupe, c'est prendre une stature d'orateur politique : c'est ce que fait Olympe de Gouges. Ses œuvres se conçoivent par rapport à un groupe qu'elle veut motiver ou devant lequel elle témoigne ; mais encore, elle se conçoit elle-même comme faisant partie d'un groupe, les femmes ; elle va leur servir de porte-parole.

Les deux styles assez distincts de son texte correspondent à deux stratégies différentes : dans la partie plus légaliste – le préambule et tous les articles, et la première partie du « Projet d'un contrat social », il s'agit de convaincre ses lecteurs par la raison, dans l'autre de les persuader par le *pathos*, l'émotion. En général, en effet, un projet de loi est proposé à la suite d'un discours, il est appuyé par l'éloquence.

Car l'écrit d'Olympe de Gouges est un écrit politique, qui contribue à la vie de la cité. L'écrit fixe le verbe politique, qui parlemente et débat : c'est l'écriture de la **démocratie en action.** La femme politique veut **emporter la conviction** des citoyens. Elle rend ces citoyens présents dans le texte à travers des impératifs et surtout l'emploi de la deuxième personne du pluriel : « quelles que soient les barrières que l'on *vous* oppose », « *vous* n'avez qu'à le vouloir[1] ». Les lectrices sont invitées à agir, puis à contempler dans le miroir du texte l'image de ce qu'elles sont en tant que groupe de femmes ; et il s'agit d'une véritable mise en accusation : « Passons maintenant à l'effroyable tableau de ce que *vous avez été* dans la société ». L'adjectif « effroyable », nettement péjoratif,

1. Olympe de Gouges, *Déclaration des droits de la femme et de la citoyenne*, p. 40. Nous soulignons.

invite la lectrice à se laisser émouvoir, se laisser effrayer, par un miroir qu'on lui tend, qui est celui de ses vices : « contrainte », « dissimulation », « cupidité », « ambition[1] ». Cependant cette dénonciation des vices individuels ne se sépare pas de la dénonciation des vices de la société.

Mettant en parallèle deux situations, dans son postambule[2], Olympe de Gouges met en valeur l'injustice faite aux mères non mariées : « la femme mariée peut impunément donner des bâtards à son mari, et la fortune qui ne leur appartient pas. Celle qui ne l'est pas, n'a qu'un faible droit : les lois anciennes et inhumaines lui refusaient ce droit. » Dans cette mise en parallèle, la femme non mariée est plainte, elle est victime de la loi donc de la société (« les lois » est le sujet de « refusaient ») ; celle qui est mariée mais se conduit mal est accusée.

On reconnaît là l'amertume de celle qui aurait dû recevoir en héritage l'éducation et le nom de Jean-Jacques Lefranc de Pompignan, son vrai père, mais qui dut s'élever seule : du coup, l'écriture de la *Déclaration des droits* est aussi écriture du moi, mise sur le papier d'une intériorité qui veut s'exprimer dans la cité en tant que femme. Pour se rendre digne de le faire, elle crée un *ethos* de l'écrivain, se montre elle-même comme une femme avertie de l'actualité, capable de prendre de la hauteur de vue, d'adopter un point de vue historique – « dans les siècles de corruption vous n'avez régné que sur la faiblesse des hommes », « la contrainte et la dissimulation ont été leur partage[3] » – mais aussi d'être proche des gens, de créer de l'empathie avec eux à travers des tableaux précis de leurs misères (« que devient cette infortunée ? Le jouet du mépris ; les portes même de la bienfaisance lui sont fermées ; elle est pauvre et vieille, dit-on[4] »), et même de proposer des solutions concrètes (le « partage des fortunes entre les hommes et les femmes, et [...] l'administration publique[5] »). Le « je » sujet de verbes affirmatifs dénotant une forte volonté individuelle, lui donne la posture d'une femme d'État : « Je propose », « j'en vais donner la preuve », « je voudrais encore une loi qui... », « j'offre un moyen invincible de[6]... ». Olympe de Gouges se révèle être là une véritable femme politique, montrant par ses écrits qu'elle en a « toute la capacité » bien qu'elle n'ait accès en tant que femme « à aucune fonction publique[7] ».

De fait, peut-être pour prendre une revanche sur son passé – elle aurait pu bénéficier d'une éducation noble qu'elle n'a pas reçue à cause des conventions sociales – il y a chez Olympe de Gouges, dès qu'elle commence sa vie parisienne, une envie de paraître : apparaître en société, paraître aussi cultivée que les autres, paraître dans les salons... C'est aussi un auteur de théâtre : prendre la parole en public, pendant que l'auditoire

1. *Ibid.*, p. 41.
2. *Ibid.*, p. 98.
3. *Ibid.*, p. 40.
4. *Ibid.*, p. 42.
5. *Ibid.*
6. *Ibid.*, p. 45.
7. *Ibid.*, p. 42.

se tait pour écouter, est son habitude. C'est ainsi également qu'on la voit **faire paraître** ses écrits, placardant elle-même ses affiches, peut-être au-dessus des autres. C'est le même geste que celui d'effacer un article de la *Déclaration des droits de l'homme* pour en remplacer certains termes. Au-delà encore du goût pour une certaine manière de s'imposer en société, on voit là l'expression d'une **liberté**, liberté de ne pas respecter les normes généralement admises, et on devine que l'égalité pour laquelle elle se bat va de pair avec cette liberté : sans liberté d'expression, réclamée, prise, quitte à parler au-dessus des autres, point de lutte pour l'égalité.

Ce n'est cependant pas une écriture anarchiste : c'est une écriture qui va vers un contrat social, qui se conclut par un tel contrat. De même que la *Déclaration des droits de l'homme* fonctionnait comme préambule à une constitution, de même la *Déclaration des droits de la femme* est immédiatement suivie de sa mise en application sous la forme d'une proposition de contrat social entre l'homme et la femme : la femme politique fait une proposition concrète pour régler le problème de l'inégalité dans le couple.

2.2.4 Quelle égalité homme-femme ?

Condorcet l'avait noté : « *Est-il une plus forte preuve du pouvoir de l'habitude, même sur les hommes éclairés, que de voir invoquer le principe de l'égalité des droits en faveur de trois ou quatre cents hommes qu'un préjugé absurde en avait privés, et l'oublier à l'égard de douze millions de femmes*[1] *?* »

La façon dont Olympe de Gouges envisage les inégalités hommes-femmes ne peut être dissociée de sa vie avec les différents hommes qui l'ont accompagnée : elle put se sentir abandonnée du premier, Pierre Gouze, qui n'était pas son vrai père et qui mourut peu de temps après sa naissance. Son père véritable, pour diverses raisons, ne l'éduqua et ne la reconnut pas. Élevée par sa mère, elle fut ensuite mariée contre son gré à Louis-Yves Aubry dont elle eut un fils un an plus tard, Pierre Aubry : « On me maria à un homme que je n'aimais point et qui n'était ni riche, ni bien né. Je fus sacrifiée sans aucune raison qui puisse balancer la répugnance que j'avais pour cet homme[2]. » Louis-Yves Aubry mourut rapidement après leur mariage.

Les figures masculines ont donc manqué à Olympe de Gouges pendant toutes les années cruciales de l'enfance et de l'adolescence, où se cristallise un certain rapport au monde. Amenée à Paris par Jacques Biétrix de Rozières, elle eut la chance d'avoir assez de personnalité et de caractère pour faire fi de la situation particulière qui était la sienne, puisqu'elle vivait avec un homme sans être mariée avec lui. Son intelligence, son esprit et sa sensibilité firent le reste : elle ne transforma jamais en ressentiment

1. Nicolas Condorcet, *Sur l'admission des femmes au droit de cité*, 1790.
2. Olympe de Gouges, *Mémoires de Madame de Valmont*, 1788, cité par Sophie Mousset, *op. cit.*

envers les hommes les manques de son enfance, mais au contraire les transforma en force proprement féminine, tournée vers l'amour du monde, la compagnie acceptée mais jamais subie des hommes, et plus tard le souci de réparer les injustices.

Olympe de Gouges ne refuse pas l'état de dépendance – elle n'est probablement pas autonome financièrement – que ce soit aux hommes qu'elle fréquente ou à la société dans laquelle elle vit, ou à ses parents. Elle n'est pas la femme de la **séparation** symboliquement représentée par la guillotine, qui coupe les corps en deux. Elle accepte la **relation**, même si c'est une relation de confrontation, aussi bien avec le duc d'Orléans, qu'avec Robespierre qu'elle ne craint pas d'affronter. Elle se propose pour être l'avocate du roi, elle est capable d'échapper au ressentiment pour proposer de prendre du recul et de la distance par rapport à la situation : « Nous avons aboli la royauté. Peuple, trône, il a tout perdu. Soyons assez grands pour lui laisser la vie[1]. »

Elle ne prône donc pas la séparation hommes-femmes, mais bien une reconnaissance du rôle social de la femme. D'ailleurs, au début du préambule, l'assemblée des femmes est décrite par des mots qui désignent leurs relations avec des hommes : « les mères, les filles, les sœurs ». La nation est décrite dans l'article III comme « la réunion de la femme et de l'homme », métaphore amoureuse qui prélude à la signature du contrat de mariage, à la suite de la lecture des articles de loi. Bref, Olympe de Gouges veut faire de la femme une compagne égale et au niveau de l'homme en respectabilité, avec « une consistance honorable et juste[2] ».

Il faut bien voir en effet que la *Déclaration des droits de la femme* ne vise pas à ôter des droits aux hommes pour en donner aux femmes, mais d'élever la femme aux mêmes droits que les hommes. Olympe de Gouges va plus loin, en ne réclamant pas ces droits uniquement par appartenance à la nature humaine, donc parce que les femmes y auraient droit par nature, et qu'elles pourraient les réclamer sans aucune condition : elle exhorte de façon extrêmement vive les femmes à **mériter** la responsabilité d'être citoyennes. Le féminisme d'Olympe de Gouges est sans complaisance.

Elle le montre avec un sens certain du panache, terme tout trouvé pour désigner l'action d'une femme qui n'hésite pas à aller réclamer les droits des femmes à une assemblée d'hommes qui vient de les refuser.

Il faut le redire : le texte d'Olympe de Gouges est celui d'une grande femme politique. Dans le sens où il allie la force – force de s'opposer à un texte considéré comme des tables de la Loi laïque et de faire face à des hommes comme Robespierre –, le courage, la détermination, une langue à la fois raisonnée, directement efficace, compréhensible mais non froide et technocratique. Loin de rester dans les salons, elle manifeste, harangue et colle des affiches dans la rue, sans pour autant s'abaisser à une vulgarité qui la ferait détester des beaux esprits : elle est, encore aujourd'hui, **entendable** par

1. Olympe de Gouges, *Écrits politiques (1788-1791)*, t. 2, cité par Sophie Mousset, *op. cit.*
2. *Id.*, *Déclaration des droits de la femme et de la citoyenne*, p. 40.

tous, contrairement à des écrits d'un Louis Hébert, qui écrit par exemple au sujet du procès du roi « Tonnerre de Dieu, est-il donc si difficile de couper la tête d'un cocu[1] ? ». Néanmoins, sa grande qualité **politique** est qu'elle est **sincère** dans ce qu'elle écrit, notamment parce qu'elle y a mis toute sa vie : en effet, on imagine qu'il y a toujours un risque à déléguer son pouvoir à un représentant, si celui-ci s'avère défaillant ou peu honnête. L'acte d'Olympe de Gouges, d'une femme – donc non-citoyenne – qui s'implique dans l'élaboration d'un texte de loi, va à l'encontre de cette conception : « toutes les Citoyennes et tous les Citoyens doivent concourir personnellement, ou par leurs représentants, à sa formation[2] ». Son but est que les femmes participent pleinement à la fonction publique pour pouvoir changer les choses vers plus de justice. Elle ne réclame pas l'égalité pour elle-même, mais pour servir la vie sociale.

Cette égalité voulue par Olympe de Gouges a-t-elle été atteinte ? On pense à la phrase ironique de Françoise Giroud : « *La femme serait vraiment l'égale de l'homme le jour où, à un poste important, on désignerait une femme incompétente*[3] ».

Notons pour conclure qu'Olympe de Gouges ne fut pas une victime de son combat pour l'égalité des hommes et des femmes, mais de son combat pour la liberté d'expression : elle fut incarcérée pour avoir affiché le texte « Les Trois Urnes ». Elle est particulièrement remarquable par son courage et sa droiture : elle ne cède pas à la facilité d'une féminité se complaisant dans la faiblesse, et tient bon dans la lutte. Il faut noter enfin, bien que l'on s'éloigne d'une problématique purement littéraire, que régler le problème de l'inégalité entre la femme et l'homme grâce à la Loi, comporte un risque, celui de donner trop d'autorité à la Loi et donc à celui qui fait la Loi, « car l'État est parfaitement capable d'imposer l'égalité absolue des citoyens devant la Loi, jusqu'à leur prendre tout ce qui leur appartient, tout ce qui permet de les distinguer les uns des autres, mais qui défendra la Loi contre les usurpations de l'État[4] ? » On peut en effet imaginer que si la séparation des pouvoirs perd de sa netteté, trop de pouvoir laissé à l'État pourrait rendre caduc un combat pour l'égalité des femmes et des hommes : il faudrait déjà défendre les principes eux-mêmes qui fondent ce combat. La mort d'Olympe de Gouges est la preuve que ce risque existe.

Il est probable que les citoyens aient toujours besoin pour les défendre d'écrivains qui luttent pour l'égalité, la liberté et la fraternité.

1. Louis Hébert dans son journal *Le Père Duchesne* (n° 201, 1792).
2. Olympe de Gouges, *Déclaration des droits de la femme et de la citoyenne*, Article VI.
3. Françoise Giroud, *Le Monde*, 11 mars 1983.
4. Georges Bernanos, *La France contre les robots*, 1947.

3. L'œuvre à l'examen

3.1 EXPLICATION LINÉAIRE : DÉFENDRE L'ÉGALITÉ DES SEXES

Le Préambule et les articles I, II et III (p. 33-34).

Après une brève présentation, une lecture expressive, annoncer la problématique et le plan de l'analyse linéaire. Nous commenterons les changements faits par Olympe de Gouges par rapport au texte initial : pour faciliter ce travail, nous les présentons tous deux ci-dessous sous forme de tableau. Les changements par rapport au texte initial sont indiqués en italiques.

***Déclaration des droits de l'homme et du citoyen*, 1789**	***Déclaration des droits de la femme et de la citoyenne*, 1791**
PRÉAMBULE	PRÉAMBULE
Les représentants du peuple français, constitués en Assemblée Nationale, considérant que l'ignorance, l'oubli ou le mépris des droits de l'Homme sont les seules causes des malheurs publics et de la corruption des Gouvernements, ont résolu d'exposer, dans une Déclaration solennelle, les droits naturels, inaliénables et sacrés de l'Homme, afin que cette déclaration, constamment présente à tous les membres du corps social, leur rappelle sans cesse leurs droits et leurs devoirs ; afin que les actes du pouvoir législatif, et ceux du pouvoir exécutif, pouvant être à chaque instant comparés avec le but de toute institution politique, en soient plus respectés ; afin que les réclamations des citoyens, fondées désormais sur des principes simples et incontestables, tournent toujours au maintien de la Constitution et au bonheur de tous. En conséquence, l'Assemblée nationale reconnaît et déclare, en présence et sous les auspices de l'Être suprême, les droits suivants de l'homme et du citoyen.	*Les mères, les filles, les sœurs, représentantes de la nation, demandent d'être constituées en Assemblée nationale.* Considérant que l'ignorance, l'oubli ou le mépris des droits *de la femme* sont les seules causes des malheurs publics et de la corruption des gouvernements, [elles] ont résolu d'exposer dans une déclaration solennelle, les droits naturels, inaliénables et sacrés de *la femme*, afin que cette déclaration, constamment présente à tous les membres du corps social, leur rappelle sans cesse leurs droits et leurs devoirs, afin que les actes du pouvoir *des femmes*, et ceux du pouvoir *des hommes* pouvant être à chaque instant comparés avec le but de toute institution politique, en soient plus respectés, afin que les réclamations des *citoyennes*, fondées désormais sur des principes simples et incontestables, tournent toujours au maintien de la Constitution, des bonnes mœurs, et au bonheur de tous. En conséquence, *le sexe supérieur en beauté comme en courage dans les souffrances maternelles*, reconnaît et déclare, en présence et sous les auspices de l'Être suprême, les Droits suivants *de la femme et de la citoyenne*.
ARTICLE 1	ARTICLE 1
Les hommes naissent et demeurent libres et égaux en droits. Les distinctions sociales ne peuvent être fondées que sur l'utilité commune.	*La femme naît libre et demeure égale à l'homme en droits.* Les distinctions sociales ne peuvent être fondées que sur l'utilité commune.

***Déclaration des droits de l'homme et du citoyen*, 1789**	***Déclaration des droits de la femme et de la citoyenne*, 1791**
ARTICLE 2	ARTICLE 2
Le but de toute association politique est la conservation des droits naturels et imprescriptibles de l'homme. Ces droits sont la liberté, la propriété, la sûreté, et la résistance à l'oppression.	Le but de toute association politique est la conservation des droits naturels et imprescriptibles *de la femme* et de l'homme : ces droits sont la liberté, la propriété, la sûreté et *surtout* la résistance à l'oppression.
ARTICLE 3	ARTICLE 3
Le principe de toute Souveraineté réside essentiellement dans la nation. Nul corps, nul individu ne peut exercer d'autorité qui n'en émane expressément.	Le principe de toute souveraineté réside essentiellement dans la nation, *qui n'est que la réunion de la femme et de l'homme* : nul corps, nul individu ne peut exercer d'autorité qui n'en émane expressément.

■ Éléments d'introduction

- Comme son modèle, qui est la *Déclaration des droits de l'homme et du citoyen*, la *Déclaration des droits de la femme et de la citoyenne* se déploie en deux temps : un premier temps qui est une déclamation de grands principes inauguraux, rédigée dans un style plus éloquent et oratoire, un deuxième temps qui consiste en une série d'articles, sur le modèle d'un code juridique classique.
- Lorsqu'elle reprend la *Déclaration des droits de l'homme* pour en changer le genre grammatical, Olympe de Gouges peut paraître ne faire qu'un geste anodin, voire un exercice d'école. Il n'en est rien. En effet, elle « s'attaque » au texte le plus emblématique de la République française, celui qui pose les principes de la vie en société depuis lors. Elle crée donc un phénomène d'intertextualité[1], faisant résonner un texte en creux à l'intérieur du sien. Elle fait un geste totalement inédit, surprenant, à la fois par sa simplicité et son aspect radical. Elle ne fait rien moins que rappeler à la mémoire de la nation l'existence de personnes en son sein ne bénéficiant pas des droits pourtant affirmés dans la *Déclaration*. Ce faisant, elle montre les manques et les failles de cette dernière.

■ **Problématique** : Nous verrons comment la démarche d'Olympe de Gouges permet de mettre en évidence les manques, les lacunes de la *Déclaration des droits de l'homme et du citoyen*, pour mieux défendre l'égalité des sexes aux niveaux social, politique et juridique.

1. Présence d'un texte dans un autre texte, sous forme de citation, d'allusion, de pastiche, etc.

I. Imposer la présence politique des femmes

(Le préambule)

Comme son modèle, le préambule est composé de phrases amples, véritables périodes[1] où l'on reconnaît l'influence des grands orateurs de la Révolution. Dans le texte d'Olympe de Gouges, dès le départ l'auteur se fait porte-parole des « mères, [des] filles, [des] sœurs » : on note que les femmes sont nommées dans des termes qui rappellent leurs relations familiales, sans pour autant qu'on y trouve les épouses. Cela montre la femme dans ses relations intimes, utérines, par rapport aux hommes et aux autres femmes, créant un groupe uni, non par un contrat qu'on pourrait révoquer, mais par la vie elle-même. Olympe de Gouges rappelle aussi aux rédacteurs de la *Déclaration des droits de l'homme* qu'ils ont des mères, des filles et des sœurs qu'elle rappelle à leurs bons souvenirs.

En passant d'un seul sujet – « les représentants du peuple français » – à un sujet triple, Olympe de Gouges amène à l'existence civile et juridique non pas une femme théorique mais des femmes, multiples, considérées comme des êtres de relation, de lien. Donc essentielles à la société.

L'apposition « représentantes de la nation » fait exister ce groupe de femmes comme ayant un rôle politique, et appelle la définition de la nation qu'on trouvera à l'article III, « la réunion de la femme et de l'homme ». Le mot fait advenir la chose[2]. Dès le moment où l'esprit peut considérer que la femme est une « représentante de la nation » aussi bien que l'homme, la suite de la phrase vient logiquement : de « nation » on évolue vers le dérivé « nationale », et l'ensemble des femmes acquiert une existence politique sous la forme d'une « assemblée nationale ».

L'hypotexte – le texte de base, c'est-à-dire la *Déclaration des droits de l'homme et du citoyen* – entendait déclarer que les droits de l'homme, c'est-à-dire de tout individu – y compris les femmes –, sont naturels, constatés et imprescriptibles. Les mépriser, c'est mépriser la nature même et risquer, ainsi, le désordre, et le malheur. Mais l'inversion du genre donne une signification bien différente à la *Déclaration* : elle affirme que ce n'est pas le mépris de ce droit naturel qui est cause des malheurs publics, mais celui des femmes par les hommes. La modification se veut ainsi accusatrice, voire menaçante. L'emploi de l'adjectif exclusif « seules » épithète du substantif « causes » fait de l'inégalité homme/femme l'unique origine de tous les dérèglements sociaux et politiques. Jointe à un lexique fortement négatif – « malheurs, corruption » –, l'inégalité homme/femme apparaît comme un fléau décidé par des hommes qui endossent toute la responsabilité de telles conséquences.

1. Phrase composée de plusieurs propositions présentant un enchaînement et un rythme harmonieux. (Larousse).
2. Les sociologues diront plus tard que le langage est *performatif* parce qu'il crée une nouvelle réalité, dans le sens où il induit une nouvelle manière de penser le monde. Ainsi, créer une équivalence entre « les mères, les filles, les sœurs » et « représentantes de la nation », c'est faire advenir cette équivalence comme quelque chose de réel, alors même que ça n'existait pas dans la réalité politique de l'époque.

Cette première modification met en valeur la volonté d'Olympe de Gouges de dénoncer la domination des hommes sur les femmes. Le champ lexical du malheur et de l'altération pointe du doigt le despotisme masculin. Cependant, la phrase ne s'arrête pas sur cette constatation négative, mais se poursuit en une longue succession de propositions circonstancielles de but, pour finir sur la mention d'un avenir heureux, une fois que ces injustices seront réparées. C'est déjà ce que disait la *Déclaration des droits de l'homme*, mais ici le « pouvoir législatif » et le « pouvoir exécutif », entités abstraites, sont remplacés au cœur du texte par les « actes du pouvoir des femmes, et ceux du pouvoir des hommes » : Olympe de Gouges établit au cœur du texte de déclaration des droits une opposition homme/femme charnelle, concrète, là où auparavant il y avait des entités abstraites. Ainsi, elle met en lumière le fait que les pouvoirs de l'homme et de la femme ne sont pas égaux, que l'homme domine la femme, socialement, politiquement et économiquement, et tant que cette situation perdurera, le bonheur de tous demeurera impossible. Pour le dire autrement, elle met en valeur l'hypocrisie qui consiste à parler de droits de « l'homme » quand la femme en a moins que l'homme.

Dans la conclusion qu'elle en tire, elle a l'intelligence d'anticiper sur la contradiction qu'on risque de lui apporter, à savoir que la femme est le « sexe faible » et que c'est la nature qui l'a donc voulue inférieure. Elle use donc, pour parler de la femme, d'une périphrase : « l'Assemblée nationale » est remplacé par « le sexe supérieur en beauté comme en courage, dans les souffrances maternelles ». Les substantifs mélioratifs magnifient le sexe féminin, et rappellent le rôle naturel de génitrice des femmes. Ce faisant, l'auteur met au cœur de la polémique le paradoxe selon lequel, alors que la femme donne la vie, elle n'a pas la place qui lui revient de droit dans la société. La mention des « souffrances » peut surprendre. Cependant, elle doit être liée à celle du « courage », ici mentionné pour prouver que la femme n'est pas si « faible » qu'il n'y paraît. Olympe de Gouges reprend ici une théorie qui avait été développée par Mme d'Épinay (dans sa correspondance), en réponse à un philosophe qui avait déclaré dans un livre[1] que les femmes manquaient de courage et réagissaient aux événements de manière désordonnée. Mme d'Épinay utilisait précisément cet argument des souffrances de l'enfantement, pour argumenter en faveur du courage physique des femmes.

II. Imposer une présence juridique des femmes

(Les trois premiers articles)

Ces trois premiers articles sont à la fois la mise en forme juridique des principes posés dans le préambule, et une affirmation de grands principes qui seront précisés dans les articles suivants.

1. Antoine Léonard Thomas, *Essai sur le caractère, les mœurs et l'esprit des femmes dans les différents siècles*, 1772.

L'article 1 en réfère à la femme au singulier, considérée comme genre et non comme addition d'individus. On verra comment la différence de formulation, de « naissent et demeurent libres et égaux » à « naît libre et demeure égale » prouve que si la liberté est acquise, l'égalité est encore à instaurer, mais aussi que la réclamation de l'égalité découle de l'affirmation de la liberté.

Dans l'article 2, on commentera l'adverbe « surtout » qui met en valeur un des droits de l'homme et de la femme, « la résistance à l'oppression ». Cet adverbe est en effet la seule modification faite dans cet article : il signifie que la résistance à l'oppression est particulièrement importante pour Olympe de Gouges. On imagine sans peine que, dans son esprit, l'oppression en question est l'oppression de l'homme sur la femme.

Dans l'article 3, on verra comment Olympe de Gouges définit la nation comme une « réunion », et on comparera ce mot au contrat social qui suit notre texte. En effet, il est très significatif de l'engagement politique d'Olympe de Gouges, que ce mot d'« union » apparaisse sous sa plume. Elle ne cherche pas à diviser la société en deux partis, le masculin et le féminin, mais à les réunir, et souhaite dans cet article que la nation soit le lieu de cette union dans l'égalité. Il n'est donc pas anodin non plus que le premier texte qui suit la *Déclaration* soit un projet d'union civile, de contrat de mariage, sur le modèle du *Contrat social* de Rousseau : pour Olympe de Gouges, la nation doit se fonder sur l'union contractuelle entre un homme et une femme. Sa lutte pour l'égalité des droits vise à l'union et non à la division.

■ Éléments de conclusion

Notre texte fait advenir dans le droit ce qu'il souhaite faire advenir dans la société et ses mœurs. Après avoir fait advenir l'homme politique, impliqué dans la vie de la cité, la nation est invitée par Olympe de Gouges à faire advenir la femme citoyenne.

3.2 EXPLICATION LINÉAIRE : L'ÉGALITÉ DES DROITS

Le postambule : « Femme, réveille-toi ! » … « vous n'avez qu'à le vouloir. » (p. 39-40)

■ Éléments d'introduction

Noter le caractère unique du postambule, qui n'existe pas dans la *Déclaration des droits de l'homme*. À quoi sert-il ? Il fonctionne comme un contrepoint au pré-ambule – de *ambulare* = se promener avec quelqu'un, et *pré* = avant : il s'agit d'accompagner le lecteur avant l'entrée dans le texte. C'est un épilogue, qui résume et réunit tous les combats d'Olympe, pour conforter les femmes dans leur désir d'égalité, mais aussi pour récapituler tout ce qu'il faut combattre chez elles.

■ **Problématique** : Comment ce texte réclame-t-il dans un style passionné une égalité en droits que le préambule et les articles de loi réclamaient dans un style judiciaire ?

Proposition de trois mouvements et de leurs enjeux essentiels

I. Mobiliser les énergies par la parole

« Femme, réveille-toi » … « il est devenu injuste envers sa compagne »

- On étudiera ici comment Olympe de Gouges fait de ce postambule un véritable discours digne de l'Assemblée nationale. On pourra la comparer à Cicéron déclamant sur le forum sa première catilinaire[1]. On peut rappeler les différentes parties du discours selon les règles de la rhétorique classique : l'exorde, la proposition, la confirmation, la réfutation, la péroraison.
- Étudier ce premier mouvement comme une entrée en matière véhémente, étudier la brusquerie de l'exorde, liée à l'urgence de la situation.
- Étudier encore le mouvement allant de la victoire de la raison humaine, des Lumières, vers la libération de l'homme, puis un mouvement descendant vers la situation d'infériorité de la femme, mise en valeur dans la clausule.

II. Éveiller la raison et la sensibilité

« Ô femmes » … « Tout, auriez-vous à répondre. »

- On étudiera l'apostrophe, l'appel aux lectrices, le *pathos*.
- On commentera l'art rhétorique : la proposition qu'on va prouver est contenue dans la question « Quels sont les avantages que vous avez recueillis dans la Révolution ? », toute la suite de l'argumentation consistant à répondre « aucun » à cette question oratoire.
- Montrer qu'Olympe fait mine de s'opposer aux autres femmes dans un jeu de questions-réponses, appelé subjection, très utilisé dans l'art oratoire, et destiné à piéger le destinataire du discours afin qu'il n'arrive à aucune autre conclusion que celle que l'orateur lui désigne.
- Noter la référence à un ordre ancien – qu'il convient désormais de dépasser –, suggéré par la référence biblique aux noces de Cana[2], où Jésus apostrophe sa mère en lui disant, « femme, que me veux-tu ? » ici repris et modifié par Olympe sous la forme « femmes, qu'y a-t-il de commun entre vous et nous ? » Ce faisant, elle fait une lecture de la Bible qui lui est personnelle.

III. Pousser à l'action

« S'ils s'obstinaient » … « vous n'avez qu'à le vouloir »

- On verra ici comment Olympe de Gouges se fonde sur une conjecture, « s'ils s'obstinaient… », une hypothèse, qui est de l'ordre du fait social et de l'attitude plus que de l'argumentation.

1. Cicéron, *Catilinaires*, 63 av. J.-C.
2. Évangile selon saint Jean, chap. 2.

- Pour la réfuter, Olympe de Gouges fait donc appel à des images vives, aussi violentes que la réalité de l'oppression décrite. En montrer la vivacité : l'auteur appelle les femmes à *se secouer*, à briser leurs chaînes par la volonté – « le vouloir » en fin de phrase est mis en valeur derrière la locution restrictive « ne… que ».

Éléments de conclusion

Ce texte argumentatif peut paraître aride, trop sérieux; c'est le cas notamment des dix-sept articles qui forment le corps de la *Déclaration*. En revanche, l'ajout d'un postambule témoigne d'une volonté d'exprimer de manière littéraire des idées politiques.

3.3 L'ÉPREUVE ÉCRITE : SUJET DE DISSERTATION

> « *Le féminisme ne se résume pas à une revendication de justice, parfois rageuse, ni à telle ou telle manifestation scandaleuse; c'est aussi à la promesse, ou du moins l'espoir, d'un monde différent et qui pourrait être meilleur.* »

Benoîte Groult, *Ainsi soit-elle*, 1975

Problématique : Selon vous, ce propos est-il adapté à l'œuvre d'Olympe de Gouges, *Déclaration des Droits de la Femme et de la Citoyenne*?

I. Une œuvre revendicative

- Des situations de confrontation hommes-femmes.
- L'effacement du masculin, le surgissement du féminin.
- La véhémence du style et de l'appel à la révolte.

II. Une œuvre qui construit un monde meilleur

- Comment le mot fait advenir la chose : graver l'égalité dans le marbre de la Loi.
- Création d'un *pathos* de la femme privée de droits, et d'un *ethos* de la femme citoyenne.
- Proposition d'un contrat social : redéfinir les relations hommes-femmes sous l'égide de la nation.

III. L'œuvre d'une vie : le féminin-sacré

- La vie d'Olympe de Gouges scelle son engagement de son sang, elle a fait ce qu'elle exhorte à faire : cas unique de correspondance entre le texte fictionnel et la réalité.
- Le débordement de la parole féminine, dans le postambule et dans l'épisode du cocher, un verbe plein de vie.

- Le féminin, dans notre texte, est décrit dans son rapport à la vie, à la fécondation et à la relation : loin d'une opposition, l'œuvre va vers une réunion de deux pôles opposés, le masculin et le féminin, pour démultiplier la force de la nation nouvellement créée.

3.4 PARCOURS AUTOUR DE L'ŒUVRE : « ÉCRIRE ET COMBATTRE POUR L'ÉGALITÉ »

- **Lectures cursives**
  - George Sand, *Indiana*, 1832.
  - Abbé Prévost, *Manon Lescaut*, 1753. Ce roman peut être mis en lien avec l'œuvre au programme. En effet ces deux femmes, l'une réelle et l'autre romanesque, vécurent leur passion jusqu'à la mort. L'une, Manon, serait l'incarnation d'Aphrodite, l'autre, Olympe, d'Athéna. Deux faces d'une même médaille : la féminité.
- **Textes complémentaires**
  - La Bible : *Genèse*, récits de la création de l'homme et de la femme, et Lettre de saint Paul aux Galates, chap. 3.
  - Benoîte Groult, *Ainsi soit-elle*, 1975.
- **Histoire des arts**
  - Film français : *La Kermesse héroïque* de Jacques Feyder (1935) : les femmes s'avèrent bien plus « viriles » que les hommes face au danger…
  - Films américains : *Convoi de femmes* (W. Wellman, 1951), qui traite du courage « viril » des femmes, ou *Madame porte la culotte* (G. Cukor, 1949), qui évoque le féminisme et la guerre des sexes.
  - Opéra : *Dialogues des Carmélites* de Francis Poulenc, sur une résistance féminine à la Terreur, et le sacrifice de seize Carmélites, qui eut lieu un an après la mort d'Olympe de Gouges, pour la paix.

OBJET D'ÉTUDE 3

Le roman et le récit du Moyen Âge au XXIe siècle

ABBÉ PRÉVOST, *MANON LESCAUT*

Parcours : « Personnages en marge, plaisirs du romanesque »

Par Rémy Arcemisbéhère et Morgan Trouillet

BALZAC, *LA PEAU DE CHAGRIN*

Parcours : « Les romans de l'énergie : création et destruction »

Par Bertille Le Coz

COLETTE, *SIDO* SUIVI DE *LES VRILLES DE LA VIGNE*

Parcours : « La célébration du monde »

Par Amélie Goutaudier

Abbé Prévost, *Manon Lescaut*

“ *Le bonheur n'est que dans ce qui agite, et il n'y a que le crime qui agite : la vertu, qui n'est qu'un état d'inaction et de repos, ne peut jamais conduire au bonheur.* ”

Sade, *La Nouvelle Justine*, chap. X, 1799

1. L'œuvre et ses contextes

1.1 ANTOINE-FRANÇOIS PRÉVOST D'EXILES, DIT ABBÉ PRÉVOST (1697-1763)

La vie d'Antoine-François Prévost ressemble à un roman : il a mené une vie aventureuse et libertine, marquée par une alternance de fortunes et d'infortunes. Sa biographie rappelle par certains aspects le destin de son personnage, le chevalier des Grieux. On se gardera néanmoins de surinterpréter ces coïncidences : *Manon Lescaut* n'est pas une autofiction mais bien un roman.

Sa vie	Son œuvre
1. Le jeune aventurier • **1697** : Naissance à Hesdin. • **1705-1712** : Son père le force à étudier chez les jésuites. • **1712** : Il s'engage volontairement dans l'armée. • **1720** : Il se brouille avec son père à cause d'un amour malheureux qui le conduit à s'engager dans l'ordre bénédictin. • **1728** : Il quitte l'habit de moine et s'enfuit. Son supérieur demande son arrestation. Il doit s'exiler en Angleterre où il devient précepteur. • **1730** : Il doit quitter Londres après avoir séduit la sœur de son élève. Il rejoint la Hollande.	• **1728** : Publication des deux premiers tomes des *Mémoires et aventures d'un Homme de qualité*.

2. Le romancier sulfureux • **Janvier 1733** : Prévost s'installe à Amsterdam et entretient une relation avec la courtisane Lenki Eckhardt. • **Décembre 1733** : Il est arrêté à Londres pour avoir émis un faux billet. • **1734** : Retour en France. Prévost demande et obtient l'indulgence du pape. • **1740** : À cours d'argent, il sollicite un prêt auprès de Voltaire, qui refuse de l'aider. • **1741** : Prévost quitte la France à la suite d'un scandale.	• **1731** : Publication à Londres de *Cleveland*. • **Mai 1731** : Publication à Amsterdam des tomes V, VI et VII des *Mémoires et aventures d'un Homme de qualité*. Le tome VII contient *Manon Lescaut*. • **1732** : Publication du roman en France. • **Juin 1733** : Le roman est interdit et condamné à être brûlé. Prévost lance un périodique, *Le Pour et le contre*. • **1735** : Publication du roman *Doyen de Killerine*. • **1740** : Publication de *L'Histoire d'une Grecque moderne*. • **1741** : Publication de *La Jeunesse du commandeur*. • **1746-1759** : Publication d'une longue étude, *Histoire générale des voyages* (20 volumes).
3. Une retraite paisible • **1754** : Le pape Benoît XIV pourvoit l'abbé Prévost d'un prieuré près de Mans. • **1763** : Il meurt d'une rupture d'anévrisme.	• **1751** : Traduction des *Lettres anglaises* de Richardson qui contribue à la diffusion de cet auteur en France. • **1753** : Édition définitive de *Manon Lescaut*.

1.2 LES CONTEXTES LITTÉRAIRES ET CULTURELS

1.2.1 Contexte politique

L'histoire de *Manon Lescaut* se déroule autour de la période de la Régence qui fait transition entre les règnes de Louis XIV et de Louis XV. En effet, ce dernier n'a que cinq ans à la mort de son grand-père en 1715 ; Philippe d'Orléans, neveu de Louis XIV, prend alors en main les affaires de l'État jusqu'en 1723. La Régence est une période de relâchement vis-à-vis de la fin de règne de Louis XIV : celle-ci avait été ressentie comme longue et très pesante ; le roi, devenu très dévot, avait manifesté son intransigeance religieuse en ordonnant entre 1709 et 1713 la destruction de l'abbaye de Port-Royal des Champs, haut-lieu du jansénisme[1] ; le pouvoir royal s'était raidi et les nombreuses guerres du roi affaiblirent les finances du royaume, pesant ainsi sur tous les sujets. Parce que l'ordre garanti par la figure du vieux monarque s'achève, la période de transition qui s'ouvre fait craindre un désordre dans le pays. Au contraire, la Régence fera plutôt souffler sur la France un vent de liberté : le gouvernement mis en place par le Régent

1. Le jansénisme est un mouvement théologique catholique. D'abord purement religieux, il est devenu progressivement un symbole de contestation de l'absolutisme royal.

est moins autoritaire, les mœurs sont plus légères (le Régent est un libertin notoire qui mène une vie de débauche, ses « petits soupers » sont restés célèbres pour leur caractère licencieux). Sur le plan économique, des expériences libérales sont tentées pour renflouer les caisses du royaume. L'une d'entre elles, le système de Law eut des conséquences désastreuses : elle introduisit en France le papier-monnaie ; la nouvelle spéculation fut à l'origine de très grandes fortunes mais entraîna la banqueroute du système. En outre de nombreux nobles furent ruinés ; le traumatisme fut grand car il affecta la notion même de valeur.

1.2.2 Contexte littéraire : le roman au XVIIIe siècle

Manon Lescaut est un roman, c'est-à-dire qu'il raconte une histoire fictionnelle. Or le siècle de Prévost a un rapport ambigu avec ce type de récit : ainsi, l'adjectif « romanesque » est encore largement connoté péjorativement, pour désigner des intrigues rocambolesques, alambiquées et surtout peu crédibles. On peut relever deux raisons principales pour expliquer ces critiques.

C'est d'abord une critique formelle, liée à une comparaison avec le théâtre. L'art dramatique jouit encore d'une grande réputation : c'est le genre littéraire dominant depuis le Grand Siècle et il fut largement commenté et théorisé, notamment par des intellectuels qui attachaient la plus grande importance aux idées d'Aristote (du moins selon leur lecture d'époque). C'est pourquoi la règle de vraisemblance influence encore les lecteurs, au-delà du théâtre. Plus un texte est jugé romanesque et plus durement il pourra être reçu car il n'est plus question de faire croire à l'histoire en la rendant crédible mais, au contraire, il est attendu du lecteur qu'il consente à suspendre son incrédulité, à s'émerveiller ou à s'effrayer des rebondissements inattendus, des coups du hasard que ménage le romancier.

C'est ensuite une critique morale, conséquence de la première. Le principe de fiction sur lequel repose le roman et qui l'éloigne de la vraisemblance sous-entend également qu'on cherche à divertir le lecteur, et donc potentiellement à l'éloigner de la vérité ou de la morale. Le théâtre a pu être présenté comme une « école de la vertu[1] » alors que le roman serait une école du vice, en reposant sur des péripéties qui mettent à mal l'héroïsme des protagonistes et qui flattent le plaisir coupable du lecteur. Par le truchement de la fiction, le romancier peut mettre en scène ce que le théâtre ne pouvait pas représenter par bienséance (violence, mort, sexualité). Les voix s'élèvent donc contre un genre qui met dans les mains de tout le monde des textes condamnables, qui pourraient influencer les esprits les plus faibles (et notamment ceux des femmes, selon l'idéologie de l'époque). Le philosophe des Lumières Jean-Jacques Rousseau considère par exemple que le succès du roman est le signe d'une corruption morale.

1. La formule est utilisée par Racine dans sa préface de *Phèdre*.

Pour se défendre de telles attaques, les romanciers témoignent d'une grande imagination pour mettre à distance leurs textes : les ressources de la narratologie leur offrent d'inépuisables formes littéraires pour signaler qu'ils ne cautionnent pas les agissements et pensées de leur personnage. Ainsi, dans de nombreuses préfaces, les écrivains affirment n'être que les éditeurs d'un document qu'ils auraient trouvé – un manuscrit dans *La Vie de Marianne* (Marivaux, 1731-1742), des lettres dans les *Lettres portugaises* (Guilleragues, 1669) et les *Lettres persanes* (Montesquieu, 1721). Les narrateurs multiples ou les récits enchâssés mettent à distance les romanciers de leurs écrits en transférant la charge morale de ceux-ci à un personnage devenu narrateur.

Enfin, alors que le dispositif a fait son temps et que les lecteurs n'en sont pas les dupes, les romanciers se mettent davantage à défendre l'immoralité de leur texte (péripéties violentes, protagonistes sans héroïsme, porteurs de discours choquants, vocabulaire moins soutenu que dans les genres hauts) grâce à l'argument de la morale : les agissements des personnages sont si mauvais qu'ils détourneraient les lecteurs de suivre leur exemple. Le principe est celui du contre-modèle. Pour défendre jusqu'au bout cette idée, les romanciers font punir les personnages (*Les Liaisons dangereuses*) : le dénouement terrible réservé à ceux-ci justifie à rebours leurs pires actions et cherche à dissuader le lecteur d'en faire des modèles à imiter. Ainsi on comprend mieux le titre de l'œuvre de Prévost (qui met en valeur l'« homme de qualité ») ainsi que ses choix narratifs (le dispositif à plusieurs narrateurs et la mort de Manon).

1.2.3 Contexte culturel : la sensibilité

Manon Lescaut s'inscrit dans une évolution générale de la conception de la sensibilité. Il y avait à l'époque classique une critique très tranchée du corps. Héritée de la philosophie platonicienne autant que du paradigme judéo-chrétien, cette critique repose sur le dualisme, l'idée que le corps et l'esprit sont deux entités séparées. Chez Descartes, le dualisme se double d'une hiérarchie entre corps et esprit, avec une préséance donnée à l'esprit. Néanmoins, le XVIIIe siècle revalorise le corps. Cela commence avec l'idée que l'intériorité ne se résume pas à l'esprit, lieu de connaissance, siège de la raison, mais qu'on y trouve également le cœur, cet organe sensible, qui propose une autre façon d'appréhender le monde, par les émotions et les sentiments. C'est ainsi qu'on aboutit à la philosophie appelée sensualisme, pour laquelle toutes les connaissances viennent des sensations et non de la raison, et même à la philosophie matérialiste, qui va jusqu'à refuser qu'il y ait autre chose que la matière (renversant donc la hiérarchie classique pour faire du corps la seule modalité de notre existence).

Les êtres du roman de Prévost sont des êtres sensibles. Dès leur présentation, au début du roman, c'est par leur physique que le narrateur distingue Manon (qu'il isole parmi les douze filles de joie) et des Grieux, dont l'apparence et l'état permettent à l'œil du narrateur de deviner le passé : « on distinguait au premier coup d'œil un homme qui a de la naissance et de l'éducation ». Le fait que les protagonistes sont d'abord vus comme des corps est donc significatif du rôle que va jouer la sensibilité dans le roman. Ce sont des êtres de passion, et c'est pourquoi ils sont parfois dominés par leur corps, c'est-à-dire leur désir. Le fait de ne pas avoir accès à la psychologie de Manon n'est donc pas une faiblesse romanesque mais un véritable choix littéraire pour traduire un être dont le mouvement traduit la vie, la vitalité, la jeunesse, et qui ne cesse d'avancer jusqu'à sa mort.

Il ne s'agit donc pas de condamner des êtres qui sont aveuglés par leur passion (pour l'amour, pour l'argent) mais au contraire de comprendre combien leur sensibilité est aussi une manière pour eux d'exister. Il est question de mettre en scène, par la langue, une nouvelle appréhension du monde, où le corps n'est pas faible, mais au contraire capable de dire le monde. Ainsi c'est toute la relation entre les êtres qui passe par le corps, comme en témoigne cette scène d'union par les larmes : « Elle ne me répondit point ; mais, lorsque je fus assis, elle se laissa tomber à genoux, et elle appuya sa tête sur les miens, en cachant son visage de mes mains. Je sentis en un instant qu'elle les mouillait de ses larmes. Dieux ! de quels mouvements n'étais-je point agité ! » Le passage commence par le silence : la relation ne sera donc point verbalisée. Puis les corps se rapprochent, avec la répétition du vocabulaire physique (« genoux », « tête », « visage », « main », « larmes »). Enfin, parce que des Grieux sent la larme, la trace physiologique d'une émotion sur son corps, c'est toute son âme qui est mise en « mouvements » : le terme physique permet de rappeler l'étymologie même de l'émotion, qui est d'abord transport physique avant d'être transport de l'âme. Le corps devient le langage même de l'émotion.

1.3 GENÈSE DE L'ŒUVRE

L'abbé Prévost publie le texte de ce qui deviendra le roman *Manon Lescaut* en 1731 à Amsterdam, après avoir fui l'Angleterre d'où il avait été chassé pour avoir séduit la fille de son protecteur. Quatre points sont à retenir de cette genèse pour comprendre la place qu'occupe ce texte dans l'œuvre de son auteur :

- le roman fut rédigé en quelques semaines durant le mois de février 1731 (néanmoins, cette célérité n'est pas isolée dans la carrière de l'écrivain) ;
- certains critiques ont fait l'hypothèse que l'abbé Prévost s'était inspiré de faits divers auxquels il aurait assisté, voire de sa propre vie (en particulier de sa relation tumultueuse avec Lenki Eckhardt). Faute de pouvoir l'affirmer avec certitude, on suivra la position du critique M. Goulemot qui nous conseille de ne pas réduire « la vérité romanesque à une recherche d'archives » tout en étant sensible à l'ancrage du roman dans « une réalité sociale parfaitement située » ;

- en février 1831, le roman est présenté comme le septième tome des *Mémoires et aventures d'un Homme de qualité.* Néanmoins, celles-ci devaient se terminer au tome VI (qui se conclut par le mot « Fin »). Il semble que, profitant du succès des précédents tomes, ses éditeurs demandèrent à l'abbé Prévost de transformer le roman pour l'adjoindre artificiellement à cet ensemble (qui constitue le récit-cadre de l'histoire de Manon). L'auteur signale ainsi dans son « Avis au lecteur » que cette matière n'a « point un rapport nécessaire » avec les *Mémoires d'un Homme de qualité* et que « le lecteur trouverait plus de satisfaction à les voir séparément ». Le texte est par la suite publié de façon autonome (mais conserve toujours son récit-cadre) ;
- l'abbé Prévost a probablement composé *Manon Lescaut* en parallèle de son autre grand roman *Cleveland* (1730) auquel il fait plusieurs échos : par exemple, l'épisode de la fuite des amants dans le désert apparaît dans les deux romans. L'héroïne de *Cleveland*, Fanny, manque d'y mourir d'épuisement mais survit à cette épreuve : l'abbé Prévost propose ainsi une variation plus intense autour de la même histoire en faisant mourir Manon en Amérique.

2. L'œuvre en examen

2.1 STRUCTURE DU ROMAN

2.1.1 Le récit cadre

Le roman *Manon Lescaut* est introduit par un récit-cadre dont le narrateur est Renoncour, l'Homme de qualité. Ce personnage raconte sa rencontre à Rouen avec le chevalier des Grieux, un jeune homme amoureux d'une jeune femme de mauvaise vie, Manon, qui est sur le point d'être déportée en Amérique. Deux années plus tard, il rencontre de nouveau le jeune homme à Calais, qui lui livre alors le long récit de son histoire (qui n'est interrompu qu'une fois, entre la première et la deuxième partie). Les événements sont donc présentés à travers deux filtres : le récit de Renoncour et celui de des Grieux (chacun en focalisation interne). *A contrario*, on ne connaît jamais les pensées du personnage éponyme, Manon. La temporalité du récit est également complexe : l'épisode de Rouen est donc raconté deux fois, la première fois par Renoncour dans le récit-cadre (prolepse) et une seconde fois par des Grieux dans son récit rétrospectif (analepse) : le lecteur ne découvrira la cause des infortunes des personnages qu'à la fin du roman.

2.1.2 Les épisodes du roman

L'*Histoire du chevalier des Grieux et de Manon Lescaut* est constituée d'une série de péripéties relativement autonomes entre elles. Celles-ci présentent toutes le même schéma :

- les amants se trouvent dans un état d'équilibre et peuvent jouir confortablement de leur passion ;
- cet équilibre est brisé par des circonstances extérieures ou à cause de l'action d'un des deux personnages ;
- les efforts de des Grieux conduisent à annuler les effets de la péripétie et permettent la réunion des amants.

Si les protagonistes sont toujours réunis à la fin de chacune de ces péripéties, ils ne réintègrent cependant jamais leur état initial : à chaque étape de leur histoire, leur situation se dégrade un peu plus. La structure du roman s'assimile donc à une longue chute au cours de laquelle le personnage se voit réduire à un état de plus en plus misérable : de jeune noble à l'avenir prometteur, des Grieux en vient à tricher, à escroquer, puis à mendier pour subsister.

- **La fuite** : Des Grieux est un jeune homme de dix-sept ans qui achève ses études de philosophie à Amiens et se destine à devenir chevalier. Dans une auberge d'Arras, il rencontre Manon Lescaut, une jeune femme pourvue d'un fort « penchant au plaisir » et doit être envoyée dans un couvent. Il tombe immédiatement sous son charme, s'enfuit avec elle contre l'avis de son ami Tiberge et s'installe à Paris dans un appartement meublé.
- **L'adultère** : Des Grieux découvre que Manon le trompe avec un riche fermier général, M. de B… Ce dernier fait avertir le père de des Grieux qui le fait ramener chez lui. D'abord abattu, le jeune homme reprend goût à la vie grâce à son ami Tiberge qui lui inspire une vocation religieuse. Il entre au séminaire, mais alors qu'il réalise une lecture à la Sorbonne, il aperçoit Manon avec qui il a une entrevue et à laquelle il pardonne les fautes passées. Des Grieux abandonne le séminaire et s'installe avec elle à Chaillot.
- **La ruine financière** : Les amants profitent de l'argent que Manon a soustrait à M. de B… mais Manon a le goût du luxe et des plaisirs. Des Grieux loue un appartement à Paris et doit supporter la charge financière du frère de Manon : Lescaut, un soldat rustre et débauché. Après l'incendie de leur maison de Chaillot, des Grieux doit trouver de l'argent : après avoir emprunté une somme importante à son fidèle ami Tiberge, il se fait introduire par Lescaut dans un cercle de jeu où il refait sa fortune en trichant.

- **La première escroquerie** : Les économies des amants sont volées par un domestique. Lescaut conseille à Manon de se faire entretenir par M. de G..., un vieux libertin. Elle se fait offrir des nombreux présents mais des Grieux est humilié par la situation. Avec Lescaut, les deux amants organisent un plan pour voler le vieil homme.
- **Le premier séjour en prison** : Dès le lendemain, M. de G... fait arrêter le couple : Manon est alors envoyée à l'hôpital de la Salpêtrière (où les prostituées étaient soumises à des travaux forcés) et des Grieux est conduit à la prison de Saint-Lazare (destinée aux jeunes nobles débauchés). Il joue l'hypocrite devant le père supérieur et organise son évasion grâce à la complicité de Tiberge et de Lescaut. Au cours de sa fuite, il tue accidentellement un garde. Des Grieux aide ensuite Manon à s'évader grâce à l'aide de Lescaut et d'un nouvel ami, M. de T... : celle-ci, déguisée en homme, est exfiltrée hors de l'hôpital. Le soir même, lors d'une altercation, Lescaut est tué par un homme dont il avait plus tôt causé la ruine. Miraculeusement, aucun de ces événements n'aura de conséquence grave et les deux personnages peuvent s'installer à l'auberge de Chaillot grâce à l'argent de Tiberge.
- **Le faux rival** : Des Grieux entretient confortablement Manon en trichant au jeu. Un prince italien tente de séduire cette dernière, mais elle le rejette violemment. Des Grieux ressort de cette péripétie à la fois humilié et rassuré.
- **Le véritable rival** : Le fils de M. de G... partage un repas avec le couple et tombe immédiatement amoureux de Manon. Les protagonistes tentent de l'escroquer afin de se venger de son père : Manon doit lui faire miroiter ses charmes mais se soustraire à lui en emportant ses présents pour retrouver des Grieux. Elle ne se présente pas au rendez-vous et fait parvenir à des Grieux une lettre de rupture qu'elle fait porter par une prostituée, chargée de la remplacer. Des Grieux, profondément abattu, fait enlever le fils de M. de G... et retrouve Manon qui tente de justifier sa conduite et réaffirme son amour à des Grieux qui lui pardonne une nouvelle fois.
- **Le second séjour en prison** : Un laquais apprend à M. de G... le sort de son fils : M. de G... fait alors de nouveau arrêter le couple qui est conduit à la prison du Châtelet. Des Grieux sollicite l'aide de son père qui parvient à le faire libérer mais obtient également de faire déporter Manon en Amérique afin de l'éloigner de son fils. Des Grieux tente de la faire libérer durant son transfert jusqu'au Havre mais, abandonné par ses compagnons, il échoue piteusement : il est réduit à négocier avec les gardes ses entrevues avec Manon. Sur le chemin, à Rouen, il rencontre pour la première fois Renoncour. Il obtient d'embarquer sur le même bateau que Manon.

- **La déportation** : Arrivés à la Nouvelle-Orléans, les deux amants se font passer pour un couple marié. Ils obtiennent le soutien du gouverneur : pendant plusieurs mois, ils vivent humblement et vertueusement. Ils décident de se marier religieusement et d'avouer leur mensonge au gouverneur. Ce dernier refuse d'autoriser ce mariage : il promet Manon à son neveu Synnelet qui était secrètement amoureux d'elle. Des Grieux provoque Synnelet en duel, le blesse et croit le tuer.
- **La mort de Manon** : Les amants s'enfuient dans le désert où Manon meurt d'épuisement. Des Grieux l'enterre et souhaite mourir auprès d'elle. Il est sauvé et ramené à la colonie. Il retrouve Tiberge à la Nouvelle-Orléans qui le raccompagne en France où il rencontre pour la deuxième fois Renoncour.

2.2 DES PERSONNAGES EN MARGE

Les personnages de *Manon Lescaut* s'inscrivent dans la tradition romanesque du picaresque. Le picaro (le « vaurien » en espagnol) s'oppose à l'hidalgo (le « chevalier ») : alors que le grand roman de chevalerie repose sur des hautes valeurs qu'incarne le héros, le roman picaresque repose au contraire sur un personnel romanesque de plus basse extraction, à qui il pourra arriver des péripéties de moindre importance. Si Manon Lescaut n'est pas à proprement parler un roman picaresque (qui vise surtout le comique, et se termine souvent bien), sa structure répétitive en est un écho et ses personnages sont très clairement issus de cette atmosphère.

2.2.1 Des Grieux, un héros dégradé

C'est le cas de des Grieux, qui est pourtant appelé « chevalier ». Difficile de ne pas voir ce titre comme ironique, comme un pied de nez à la tradition du roman de chevalerie. En effet, des Grieux ne vivra pas les exploits de ses glorieux ancêtres, et il n'est nulle question de devenir un héros, de posséder un titre et une terre. Seul subsiste la conquête de la dame, comme un affadissement de la quête légendaire. Chacune des carrières qu'il envisage (études en philosophie, séminaire) se solde sur un échec et témoigne de son incapacité à réussir ce qu'il entreprend. Il glisse de plus en plus bas moralement : d'abord il triche au jeu, puis finit par tuer un homme. Ainsi, il était bien né, il avait tout pour réussir, mais sa passion pour Manon le force à se mettre en marge de la société.

2.2.2 Le bon et le mauvais génie : Tiberge et Lescaut

Des Grieux est entouré par deux modèles : l'ami Tiberge et le frère Lescaut, le bon génie et le malin génie. Tiberge, « ami si généreux et si constant », est celui qui pardonne, donne de l'argent, va chercher des Grieux quand celui-ci se perd (s'éloigne physiquement, glisse moralement). À la fin du roman, il ramène littéralement des Grieux vers la France, vers l'ancien monde. En revanche, le frère Lescaut est un vil brigand qui passe son temps à trouver une nouvelle combine pour gagner plus d'argent. Entre les deux, des Grieux est, par l'attraction pour Manon, tiré du côté du frère de cette dernière, ce qui explique son éloignement progressif depuis le centre (la prison du Châtelet, symbole d'une marge au sein même du cœur de Paris), vers la périphérie, à savoir le nouveau monde, l'Amérique, puis enfin le désert, (symbole du fait que le personnage est tout à fait au ban de la société). Ce n'est qu'à la toute fin du roman que Tiberge peut enfin l'emporter, lorsque des Grieux lui déclare « que les semences de vertu qu'il avait jetées autrefois dans [s]on cœur commençaient à produire des fruits dont il allait être satisfait ».

2.2.3 Manon : la liberté dans la contrainte

Manon incarne donc, avec son frère, cette tendance, ce penchant, qui tire des Grieux vers la marge. C'est d'abord qu'elle est une femme, être éternellement mineur dans la société d'Ancien Régime, et qu'elle ne peut donc pas légalement être indépendante. Sa dépendance officielle à un homme (le frère, l'amant, le faux époux) est déjà le signe d'une infériorité sociale qu'elle ne pourra jamais dépasser. Face à cette inégalité, Manon fait le choix d'embrasser sa condition. Elle assume une féminité et une sexualité qu'elle transforme en force et non en faiblesse : c'est des Grieux qui finit dépendant de l'argent qu'on lui offre. On peut ainsi la prendre pour une prostituée (n'apparaît-elle pas au début parmi douze filles de joie ?) mais c'est elle qui envoie une prostituée à sa place au rendez-vous avec des Grieux, comme pour mieux dire ce qu'elle n'est pas, une femme soumise à l'argent des hommes et donc à sa propre féminité. Manon est à la marge parce que la société l'y a mise, mais elle est l'expression d'une liberté totale, qui la poussera toujours plus loin dans l'immoralité, et donc l'entraîne loin des cercles parisiens où sa beauté pouvait la voir triompher. Même en Amérique, elle refuse le mariage officiel avec un bon parti qu'on lui propose : cela signerait la mort de sa liberté (elle serait alors vraiment mariée, donc à nouveau soumise légalement à un homme). Elle n'est avec des Grieux que faussement mariée, donc en réalité libre, jouant uniquement le rôle de la soumission pour que la société la laisse tranquille. Face à la proposition d'un mariage officiel, il ne lui reste qu'à fuir et mourir. Elle meurt dans le désert, dans un lieu hostile à la vie, lieu hautement symbolique dans la religion (le lieu de l'exode dans l'Ancien Testament et de la tentation dans le Nouveau Testament). Elle meurt dans la marge la plus démunie qui soit, mais toujours libre.

2.3 UN ROMAN FÉMINISTE ?

En faisant mourir Manon, Prévost condamne officiellement les agissements d'une femme libre, à la sexualité débordante et consommée. Les romans qui mettent au centre de leur histoire une femme sont à l'époque nombreux : en choisissant un protagoniste féminin (donc inférieur socialement), les écrivains mettent en évidence ce qui fait leur force, leur individualité, leur liberté comme dans *La Vie de Marianne* de Marivaux (1731-1742) et *La Religieuse* de Diderot (1796, posthume). Néanmoins, en privant Manon de la parole, Prévost se distingue du glorieux modèle de *La Princesse de Clèves* écrit par Madame de Lafayette en 1678. Il n'est pas question de montrer la psychologie du personnage, la manière dont celui-ci pense le monde et ce faisant se pense soi-même ; il est au contraire question de montrer que la société refuse cette individualité aux femmes en ne leur donnant jamais voix au chapitre. Parce que nous n'avons accès qu'au point de vue de des Grieux, Manon reste souvent un mystère[1]. L'épisode du prince italien est exemplaire de ce mystère : des Grieux croit Manon infidèle, et celle-ci n'explique pas immédiatement son plan, plongeant longtemps des Grieux dans les affres de la jalousie. Le silence de Manon lors de cet épisode explique les doutes du personnage, et cela traduit ce qui se passe tout au long du roman.

Le silence de Manon est donc significatif du silence dans lequel les femmes de cette époque étaient enfermées. Sa mort tragique témoigne de la seule échappatoire qui reste aux femmes qui exprimeraient le désir d'une liberté : on retrouve une fin similaire chez Madame de Lafayette, car la princesse de Clèves fait le choix de s'extraire du monde, en se retirant au couvent ; il en est de même chez Montesquieu et chez Diderot, quand Roxane et Suzanne se suicident à la fin des *Lettres persanes* et de *La Religieuse* pour s'émanciper des lois injustes de la société qui les enferment dans leur soumission (ce que symbolisent le sérail et le couvent des deux romans des Lumières). Le féminisme du roman passe donc par l'expression d'une liberté paradoxale, qui coûte la vie à l'héroïne. Cette manière de procéder, qui n'est pas la mise en scène d'un triomphe mais celle d'un refus de se conformer à une société injuste et inégalitaire, aura une grande postérité dans les lettres françaises, par exemple dans *Nana* d'Émile Zola (1880), dans *Belle du Seigneur* d'Albert Cohen (1968) ou encore dans *Trois femmes puissantes* de Marie Ndiaye (2009).

1. Les paroles rapportées, souvent au discours indirect, sont à mettre sous le sceau du doute puisque le dispositif narratif nous fait comprendre qu'il s'agit de ce que la mémoire de des Grieux a bien voulu garder.

2.4 LE ROMAN D'UNE PASSION

Cette fin permet également d'inscrire le roman dans la tradition littéraire du roman sentimental qui reprend son dénouement à la tragédie, dans laquelle sont condamnées les amours illégales (Shakespeare, *Roméo et Juliette*, 1597) ou illégitimes (Racine, *Phèdre*, 1677). Parce que des Grieux n'écoute jamais sa raison mais se laisse guider aveuglément par sa passion, il est attendu que son amour connaisse une fin tragique, ce que lui rappelle le destin, qui lui refuse de s'installer dans le contentement : « J'ai remarqué dans toute ma vie que le ciel a toujours choisi, pour me frapper de ses plus rudes châtiments, le temps où ma fortune me semblait le mieux établie. » Ainsi s'explique que la fatalité poursuit inlassablement les deux amants. Le pacte que passe Manon avec lui, quand elle voit d'autres hommes qui lui permettent de gagner de l'argent, les lie pour toujours : « Cher amant ! toi que j'adore, reprit-elle d'un ton enchanteur, je te demande un moment de complaisance ; un moment, un seul moment ! je t'en aimerai mille fois plus, je t'en saurai gré toute ma vie. » L'antithèse entre le « moment » qu'elle doit passer avec un autre homme et « toute [s]a vie » montre que Manon promet bien plus que ce qu'elle propose aux autres hommes : elle s'engage à lier son destin à celui de Des Grieux. C'est ainsi que se noue la tragédie : les amants ne pourront vraiment jamais échapper l'un à l'autre. On peut trouver ironique la signature « votre fidèle amante » que Manon fait figurer dans la lettre où elle annonce sa décision de demeurer avec le fils de M. de G…, mais cette fidélité s'avérera sincère puisque c'est avec lui qu'elle fuit et c'est à ses côtés qu'elle meurt. À quoi cette fidélité paradoxale est-elle due ? Peut-être à ce que des Grieux est le seul qui l'aime vraiment, bien que sans argent il ne peut lui promettre la vie dont elle rêve.

Le roman se construit donc comme un long cheminement vers la mort, comme une chute morale illustrée par les compromissions successives des personnages. Presque rien n'échappe à des Grieux, ni le jeu, ni la tricherie, ni le mensonge, ni le meurtre : chaque péripétie fonctionne comme une station sur un long chemin de croix, où il ne s'agit plus de s'élever vers la rédemption et le salut mais au contraire de se rabaisser un peu plus moralement chaque fois. La passion de des Grieux l'entraînera à son tour au désert où il pourra enterrer, enfin, sa tentation. Ce n'est qu'après la mort de Manon qu'il entrevoit enfin le salut ; alors qu'il n'attend que la mort après avoir perdu la femme qu'il aime, il reçoit pourtant un signe venu d'en haut : « Mais le ciel, après m'avoir puni avec tant de rigueur, avait dessein de me rendre utiles mes malheurs et ses châtiments : il m'éclaira de ses lumières ».

3. L'œuvre à l'examen

3.1 EXPLICATION LINÉAIRE : LE PREMIER INTERNEMENT DE DES GRIEUX

Première partie, de « Cette connaissance fut le plus rude de tous mes châtiments » à « la honte est une de leurs plus violentes passions ».

- **Éléments de contextualisation**
  - *Manon Lescaut* est un roman constitué d'une succession d'événements qui entraînent progressivement la dégradation de la situation du chevalier des Grieux. Alors que la plupart de ses aventures avaient été durant tout le début du roman clandestines, le protagoniste est publiquement arrêté et enfermé dans la prison de Saint-Lazare (destinée aux jeunes nobles libertins). Sur place, le Père supérieur lui avoue qu'il a entière connaissance de sa situation. Cette révélation entraîne une violente prise de conscience du chevalier qui fait état dans ce texte de la honte qu'il ressentit alors.
  - Ce texte se présente comme un monologue intérieur : dans un premier temps, le narrateur décrit ses sentiments de manière rétrospective et sous le mode de l'hyperbole, puis dans un second temps il tente de déduire une loi générale de ses infortunes passées. Il explique ainsi la singularité des mouvements qui l'animent par son statut aristocratique. Parallèlement à cet effort d'autoanalyse (qui est en fait une autojustification), le narrateur expérimente un nouveau rapport à la société : alors qu'il appartenait à un groupe social privilégié (la noblesse), il se retrouve marginalisé, à la fois sur le plan social et affectif. Par un effort dialectique, il inverse ainsi cette exclusion en marque de distinction et découvre comment prendre plaisir à ce rejet.

■ **Problématique :** On peut se demander comment dans ce passage Prévost donne à voir les relations étroites qui unissent amour de soi et amour de l'autre.

I. La description hyperbolique de sentiments complexes

(du début à « la honte et la confusion »)

Dans ce paragraphe, l'Abbé Prévost donne à lire l'auto-analyse d'un personnage qui oppose son nouveau statut de prisonnier à son éthos aristocratique.

- « Le plus rude de tous mes châtiments » : hyperbole, passage du concret à l'abstrait → la souffrance la plus intense est de nature psychologique.
- « Un ruisseau de larmes », « affreux désespoir », « consoler », « le plus profond abattement » : métaphore et champ lexical de la tristesse qui inscrivent le texte dans l'univers de la sensibilité propre au XVIIIe siècle.

- « La fable de toutes les personnes de ma connaissance, et la honte de ma famille » ; « mon opprobre » : insistance sur les relations sociales grâce aux déterminants possessifs de la P1 → éthos aristocratique selon lequel la honte est une dégradation du statut social.
- « Rien entendre », « ni de m'occuper », « n'ajoutait rien », « n'y entrait moins » : importance des négations syntaxiques → Des Grieux apparaît comme un personnage exclusif chez qui un sentiment remplace l'autre.
- « Je passai ainsi huit jours dans le plus profond abattement » : hyperbole et sommaire.
- « Il n'y entrait, du moins, que comme un sentiment qui avait précédé cette nouvelle peine, la passion dominante de mon âme était la honte et la confusion » : univers carcéral et thème du châtiment, lexique moraliste → la condamnation morale apparaît comme une forme d'auto-flagellation.

II. Une loi aristocratique sur l'effet des passions

(de « Il y a peu de personnes » à la fin du texte)

Dans ce second paragraphe, le personnage se sert de son expérience pour en déduire une loi grâce à un raisonnement par induction. L'abbé Prévost dévoile que cette hiérarchie sociale des sentiments est en fait un discours d'autojustification.

- « Il y a peu de personnes qui connaissent » : forme de la maxime marquée par la tournure impersonnelle (qui rompt avec le passage précédent où la P1 était majoritaire) et renforcée par l'usage présent de vérité générale → effort d'abstraction qui permet de passer du cas particulier au cas général → le chevalier se singularise tant par son statut que par sa capacité à réfléchir sur ses sentiments.
- « Mouvements particuliers, « Le commun des hommes » : antithèse entre le cas particulier de des Grieux et le reste des hommes.
- « Le commun des hommes n'est sensible qu'à cinq ou six passions dans le cercle desquelles leur vie se passe et leurs agitations se réduisent » : la négation restrictive, l'utilisation d'indications chiffrées et la métaphore du cercle concourent à induire l'idée d'enfermement dans une vie médiocre → inversion de la situation de des Grieux + éthos aristocratique et présomption du personnage qui se place en position de supériorité.
- « Ôtez-leur l'amour et la haine, le plaisir et la douleur, l'espérance et la crainte, ils ne sentent plus rien » : négation lexicale + négation syntaxique → des Grieux place virtuellement les autres hommes dans un état de privation → Prévost démontre les ruses morales par lesquelles le personnage détourne sa condamnation vers les autres.
- « Mais » : conjonction de coordination qui opère un balancement et qui signale que le narrateur s'apprête à donner une nouvelle interprétation à son précédent propos. La suite mime le discours argumentatif (« Et comme », « de là »).

- « Un caractère plus noble », « plus de cinq sens » : comparatif de supériorité qui installe une hiérarchie (ce qui est renforcé par le passage de « cinq à six passions » à « mille façons différentes » → Prévost montre que des Grieux convertit sa supériorité aristocratique en supériorité psychologique.
- « Des sensations qui passent les bornes ordinaires », « un sentiment de cette grandeur qui les élève au-dessus du vulgaire » : métaphores qui donnent une image concrète de sentiments abstraits → confusion entre supériorité sociale et supériorité psychologique.
- « Les personnes d'un caractère plus noble » : périphrase pour désigner des Grieux → il dissimule mal que sa démonstration a pour fonction de l'absoudre lui.
- « Il n'y a rien dont elles soient plus jalouses » : paradoxe qui ferait que ceux victimes de passions complexes seraient jaloux de ceux affectés de sentiments simples → paradoxe de la marginalité qui isole en même temps qu'elle distingue.
- « La honte est une de leurs plus violentes passions » : hyperbole → le point de départ et le point d'aboutissement du texte sont les mêmes → discours d'autojustification.

Éléments de conclusion

Proust affirme que « là où la vie emmure, l'intelligence perce une issue ». Dans ce passage, des Grieux détourne les valeurs morales et fait de sa honte une forme de distinction qui le hisse au-dessus de la plupart des mortels (à la fois les masses populaires, limitées à des sentiments simples, et les autres nobles qui s'épargnent de tels troubles). Le lecteur comprend ainsi bien avant le père supérieur que la conversion morale du protagoniste est un leurre et commence à distinguer les raisons sociales et psychologiques qui ont fait que des Grieux, ce jeune homme qui avait « toutes les qualités dont se forme le plus brillant mérite » a préféré « par choix, une vie obscure et vagabonde ».

3.2 EXPLICATION LINÉAIRE : LA MORT DE MANON

Deuxième partie, de « Pardonnez si j'achève en peu de mots ce récit qui me tue » à « ce fatal et déplorable événement ».

- **Éléments de contextualisation**
  - L'ensemble du roman est tendu vers la mort de Manon : cet « exemple terrible de la force des passions » emprunte en effet son modèle à la tragédie à laquelle il reprend son dénouement fatal. Néanmoins, dans la deuxième partie du roman, les dernières péripéties en Amérique et la conversion morale et religieuse des amants avaient fait miroiter au lecteur l'espoir d'une fin heureuse. Le duel et la fuite dans le désert scellent l'impossibilité d'une

telle conclusion. Loin de fonctionner comme une condamnation morale, ce dénouement tragique offre au personnage la possibilité ultime d'une rédemption : en effet, Manon meurt comme une sainte.

- Le récit de la mort de Manon est encadré par deux passages de discours à travers lesquels des Grieux s'adresse à son interlocuteur, Renoncour. Ces deux précautions qui signalent l'impossibilité du narrateur à raconter fonctionnent comme des prétéritions. Le texte rejoue sur le plan de la narration la révélation de la mort de Manon : des Grieux, qui n'a pas su lire les signes de l'agonie de Manon, impose au lecteur de faire la même erreur, dissimulant ces mêmes signes dans son récit.

■ **Problématique** : Comment l'abbé Prévost fait-il de la mort de Manon un épisode édifiant en faisant de la narration le véritable moment où toutes les conversions – celle du personnage, celle du narrateur et celle du lecteur – s'achèvent?

I. Le refus de dire

(du début à « J'entreprends de l'exprimer »)

Le narrateur multiplie les circonvolutions langagières pour retarder le récit de la mort de Manon qu'il considère comme une nouvelle épreuve.

- « Pardonnez » : impératif à la P5 + énallage personnelle : des Grieux s'adresse à Renoncour. À travers lui, c'est l'auteur qui s'adresse à son lecteur.
- « Un malheur qui n'eut jamais d'exemple », « je le porte sans cesse dans ma mémoire » : hyperbole → donne à lire la violence du traumatisme du narrateur.
- « Peu de mots », « un récit », « je vous raconte », « l'exprimer » : champ lexical de la narration associé à un lexique de l'horreur (« me tue », « un malheur », « reculer d'horreur »). Le narrateur déporte sur le plan de la narration la répulsion liée à la mort → pour achever d'acquérir les leçons de cette mort, le narrateur doit encore la raconter.

II. La mort d'une sainte

(de « Nous avions passé » à « sa dernière heure »)

La mort de Manon intervient de façon inattendue dans le récit, comme un coup de théâtre. Le calme dans lequel elle s'éteint contraste avec les tumultes de sa vie et avec l'agitation de Des Grieux qui n'a pas, comme Manon atteint la paix intérieure.

- « Avions passé », « croyais », « n'osais » / « je m'aperçus », « elle sentit », « elle me dit » : passage de temps non bornés (imparfait, plus-que-parfait) à un temps borné (passé simple) → la mort arrive brutalement et s'inscrit de manière inattendue dans la temporalité de la fuite.

- « Une partie de la nuit », « jusqu'au point du jour » : indications temporelles → symboliquement, la mort de Manon est une traversée de la nuit. C'est une métonymie de l'ensemble du roman : Manon a traversé les douleurs de la vie et voit la lumière (dans un sens chrétien) lors de sa mort.
- « Tranquillement », « endormie » : champ lexical de la tranquillité → rupture dans la caractérisation de Manon : personnage épicurien, elle apparaît désormais stoïque face à la mort. Opposition à l'attitude du narrateur qui est troublé par ses émotions (« la crainte de troubler », « le croyais ») → à la différence de Manon qui acquiert sa rédemption dans sa mort édifiante, des Grieux n'a pas fini sa conversion, il devra la réaliser par son récit.
- « En touchant ses mains », « froides et tremblantes », « les échauffer », « elle sentit » : insistance sur les sensations physiques → le monde des sensations s'oppose à la conversion spirituelle qui se réalise → des Grieux (qui n'a pas achevé la sienne) n'interprète pas les signes de la mort à venir.
- « Elle sentit ce mouvement, et, faisant un effort pour saisir les miennes » : effet de réciprocité → Manon accepte l'amour de des Grieux, ce qu'elle avait refusé de faire dans le reste du roman.
- « Elle me dit, d'une voix faible, qu'elle se croyait à sa dernière heure » : discours indirect → motif des *ultima verba* → paroles de vérité de Manon qui s'opposent au « langage ordinaire » du chevalier. Ces paroles s'opposent aux symptômes physiques de la mort (« soupirs fréquents », « son silence », « le serrement de ses mains ») → Des Grieux ne parle encore que le langage du corps, pas encore celui de l'âme.
- « Je ne pris d'abord ce discours que », « je n'y répondis que » : double négation restrictive → le chevalier n'a pas été à la hauteur de cette mort. La périphrase euphémistique (« la fin de ses malheurs approchait ») qui désigne la mort montre que l'événement n'a pas encore été surmonté par le chevalier.

III. La répétition de la mort par l'écriture

(de « N'exigez point » à la fin)

Comme pour souligner que l'itinéraire spirituel de Des Grieux n'est pas achevé, la narration occulte dans un geste pudique le moment de la mort.

- « N'exigez point de moi que je vous décrive mes sentiments, ni que je vous rapporte ses dernières expressions. » → retour du récit-cadre + double négation → fausse pudeur qui rompt avec le caractère verbeux du narrateur dans le reste de son récit.
- « Je la perdis; je reçus d'elle des marques d'amour, au moment même qu'elle expirait. » : ellipse narrative → le moment critique de la mort est soustrait au lecteur.

- « Ce fatal et déplorable événement » : périphrase euphémistique pour désigner la mort → le narrateur signale le lien entre le caractère tragique de cet événement et le fait qu'il faut le déplorer, c'est-à-dire le raconter pour le faire se réaliser entièrement.

Éléments de conclusion

L'écrivain Marcel Proust écrit que « Notre amour de la vie n'est qu'une vieille liaison, dont nous ne savons pas nous débarrasser ». Dans ce texte, le personnage Des Grieux effectue lui aussi un double travail de deuil : sur le plan du récit, il met en scène la mort de son amante tandis que sur le plan de la narration, il revit et relit *a posteriori* ce traumatisme afin d'enterrer définitivement sa vie de libertin. En ce sens, ce texte apparaît doublement comme un récit de conversion car il montre comment ses deux personnages font le choix de la vertu.

3.3 L'ÉPREUVE ÉCRITE : DEUX SUJETS DE DISSERTATION

3.3.1 Sujet 1

Selon le critique Charles Mauron, *Manon Lescaut* est une « tragédie » qui « ressemble constamment à une comédie qui tourne mal[1] ».

En quoi ce jugement rend-il compte de votre lecture de l'abbé Prévost ?

Introduction rédigée

- L'*Histoire du chevalier des Grieux et de Manon Lescaut* fit scandale lors de sa publication en 1731 et fut condamnée à être brûlée. Si les mœurs représentées scandalisèrent une partie des censeurs, le choix de représenter les passions à travers cette forme romanesque était tout aussi audacieux pour l'époque. En effet, au XVIIe siècle, le roman est encore un genre mineur dans un champ littéraire français au sein duquel le théâtre – tragédie et comédie – occupe une place prépondérante.
- Lorsque Charles Mauron affirme que *Manon Lescaut* est une « tragédie » qui « ressemble constamment à une comédie qui tourne mal », il propose de relire le texte de l'abbé Prévost à l'aune de cette hiérarchie et d'appliquer à ce roman les codes du théâtre. Selon le critique, Prévost mélangerait des éléments propres à ces deux modèles importants : la tragédie et la comédie. Les personnages, la structure et la fonction de ces deux genres étaient alors bien définis : alors que la tragédie consistait en la représentation de la chute d'un personnage – toujours noble – accablé par la fatalité et dont l'exemple

1. Charles Mauron, « Manon Lescaut et le mélange des genres » dans *L'Abbé Prévost, Actes du Colloque d'Aix-en-Provence*, 1965, p. 113.

devait servir à l'instruction morale du spectateur, la comédie représentait plus largement la société et tâchait de corriger ses mœurs en faisant rire. En ayant recours aux registres tragiques et pathétiques tout en mettant en scène des personnages en marge de la société, le roman de l'abbé Prévost divertit son lecteur en faisant dialoguer deux visions du monde : il montre que les événements et le destin des personnages apparaîtront tantôt comiques, tantôt tragiques selon le point de vue utilisé.

- Il s'agira donc de se demander comment le travail de la narration permet d'associer les deux modèles de la tragédie et de la comédie afin de mettre en lumière leurs forces et leurs limites respectives, et de proposer une vision du monde marquée du sceau de l'ambivalence. On montrera ainsi que ce roman est composé à la manière d'une tragédie (I), mais que celle-ci serait avant tout une tragédie dégradée en comédie (II), puis on montrera que cette hybridation est source du plaisir romanesque (III).

■ **Problématique** : Comment le travail de la narration permet d'associer les deux modèles de la tragédie et de la comédie afin de mettre en lumière leurs forces et leurs limites respectives, et de proposer une vision du monde marquée du sceau de l'ambivalence ?

■ **Proposition de plan**

I. Un roman agencé à la manière d'une tragédie

- Une passion fatale : structure tragique du roman (la condition des deux amants se dégrade progressivement au cours du roman, jusqu'à la mort de sa protagoniste).
- Des procédés propres à la tragédie : intrigue resserrée autour d'un nombre limité de personnages, usage de monologues délibératifs.
- La fonction cathartique du roman : un « exemple terrible de la force des passions » qui doit « servir à l'instruction des mœurs » (Avis de l'auteur).

II. Une tragédie dégradée en comédie

- Des personnages en marge, propres à la comédie : ils sont caricaturaux et incarnent des types théâtraux : le brigand (Lescaut), le libertin (M. de G...), l'amoureux éconduit (le prince italien).
- Une représentation pittoresque de la société du XVIIIe siècle : le roman donne à voir les marges de la société (prostitution, jeu) et donne une grande importance au thème de l'argent.
- Une structure répétitive, voire comique : des épisodes tous organisés de la même façon, faisant alterner les moments de fortunes et d'infortunes.

III. Une ambivalence à la source du plaisir romanesque

- L'art de la narration : les procédés d'enchâssement et de focalisation troublent la représentation et occultent son cœur obscur, à savoir les motivations de Manon.
- Une structure romanesque : importance du hasard et de la contingence dans la succession des épisodes.
- Des personnages ambivalents : Manon et des Grieux sont des personnages complexes, mus par des forces parfois irrationnelles (« un caractère ambigu, un mélange de vertus et de vices », Avis de l'auteur).

Éléments de conclusion

Dans la pièce de théâtre *Comme il vous plaira* (1599), William Shakespeare affirme que « le monde entier est un théâtre ». L'abbé Prévost montre pareillement à travers son roman que la vie s'assimile aux formes et aux structures de modèles théâtraux comme la tragédie et la comédie. En mettant en scène des personnages en marge (comme la comédie) et en utilisant une intrigue et des procédés cathartiques (propres à la tragédie), *Manon Lescaut* fait l'hypothèse que la forme du roman est à même de les faire tenir ensemble : ainsi, l'abbé Prévost espère pouvoir mettre en pleine lumière les « bizarreries du cœur humain ».

3.3.2 Sujet 2

Un roman doit-il être nécessairement moral ?

Vous organiserez votre réflexion en prenant appui sur *Manon Lescaut* et son parcours associé « Personnages en marge, plaisirs du romanesque ».

Éléments d'introduction

– On lit des romans pour se divertir, pour s'identifier à des personnages qui vivent des aventures que nous n'avons pas loisir de vivre, pour ressentir la grandeur des uns, pour trembler devant la laideur morale des autres. Lorsque naît le roman moderne, on lui impose d'être un « bon roman », c'est-à-dire un roman qui défend et illustre le bien. La littérature se devait d'être morale, les lettres n'existeraient que pour soutenir les textes de philosophie ou les traités de vertu, en donnant des exemples à imiter, la fable illustrant la morale sous-jacente. Le divertissement lui-même nous éloignerait de la vérité et de la vertu. Si cette théorie n'a plus cours, la question n'est pas pour autant dépassée et de tels discours critiques ont pu être entendus depuis à propos de la bande dessinée, de la télévision, des jeux vidéo, voire des réseaux sociaux. Le divertissement est-il pour autant immoral ? On ne conçoit pas que l'art, et donc la littérature, ne puissent être que moralisateurs, mais on ne peut nier qu'il existe un lien entre la représentation et la réception et il est nécessaire d'interroger ce lien, de montrer comment il fonctionne pour expliquer ce qui unit esthétique et éthique. Un bon roman est-il nécessairement moral ? Si la structure d'un roman repose davantage sur le plaisir du romanesque (I), il est possible de défendre la morale par l'expérience de la lecture elle-même (II) ; le roman met surtout en scène la complexité morale du monde ce qui empêche de simplifier l'œuvre et de la réduire à un discours moral, ou pire moralisateur (III).

Problématique : Comment le roman articule-t-il l'éthique et l'esthétique ?

Pistes de réflexion

I. Le plaisir du romanesque l'emporte sur la moralité du roman

- Un bon roman donne du plaisir au lecteur. Or on prend autant plaisir à contempler des modèles de vertu qu'à observer des modèles de perversité. On trouve donc dans la littérature de nombreux personnages qui témoignent des nombreuses facettes de l'humanité : c'est tout l'enjeu de l'immense *Comédie humaine* de Balzac au XIXe siècle (Rastignac, Vautrin, Nucingen, Rubempré...). Dans *Manon Lescaut* on trouve aussi bien Tiberge que Lescaut, comme les deux faces d'une même pièce : Lescaut la prend, Tiberge la rend.
- Les choses se compliquent avec ce qui arrive aux personnages : ainsi, les personnages vertueux peuvent être récompensés ou punis ! La question n'est pas tant de désigner ce qui est moral ou non, il s'agit surtout de surprendre le lecteur, l'intéresser ou le choquer. Chez Sade, le lecteur de *Justine ou les malheurs de la vertu* (1791) éprouve du plaisir à assister à la déchéance du personnage éponyme. *A contrario*, *Pamela* de Richardson (1740) voit « la vertu récompensée » : qui ne prend plaisir à pleurer devant un si charmant spectacle ?
- Il en va de même avec les personnages immoraux qui procurent un plaisir certain chez le lecteur venu se délecter d'un mal dont il détesterait entendre parler dans le réel : ces personnages peuvent à leur tour être punis (ce qui rendrait le roman moral) ou célébrés (ce qui rendrait le roman immoral). Pour reprendre l'exemple de Sade, il est également l'auteur d'une *Juliette* où est mise en scène la « Prospérité du vice » (1797). Ainsi, Manon meurt et des Grieux est sauvé.

II. La lecture, une expérience morale

- Quelle que soit l'intrigue du roman, celui-ci peut aider le lecteur : c'est en comprenant le fonctionnement même de la morale, au sein d'un individu ou d'un groupe humain, que le bon roman aide le lecteur. Ainsi on y découvre comment résister à la tentation mais aussi comment les hommes peuvent « tomber » dans le mal. Lire la manière dont cela fonctionne chez quelqu'un peut aider à ne pas s'aveugler soi-même, c'est l'enjeu de *Madame Bovary* de Flaubert (1856), roman accusé d'immoralité, où le personnage éponyme s'aveugle à cause des formes du romanesque lui-même. Pourtant, la vie d'Emma Bovary ne sert ni de modèle ni de contre-modèle, ce récit est avant tout une étude psychologique.

- Il y a une véritable expérience cathartique à la lecture des horreurs : il est concevable que l'humain s'interroge sur le mal, se demande quel plaisir il procure (l'excitation du danger, les peurs de se faire prendre, les risques encourus) ; or, pour ne pas avoir à se laisser tenter, la littérature peut suffire, par procuration, à se purger, comme le Meursault de Camus dans *L'Étranger* (1942), qui a tué « comme ça, pour voir ».
- L'expérience de l'altérité est essentielle : la lecture d'un roman est aussi la plongée dans le fonctionnement d'une psychologie ; or, l'identification à un personnage qui n'est pas moi mais nécessairement autre, me permet de comprendre combien autrui est un autre moi, et cela peut aider à ce que, dans la vie de tous les jours, on fasse les bons choix, en reconnaissant la dignité des autres. C'est ce que met en scène *Mrs. Dalloway* de Virginia Woolf (1925), à la fois par le dispositif du flux de conscience, et par le détour par des personnages secondaires, en marge, dont les expériences se croisent à celles de l'héroïne.

III. Le roman ou la mise en scène de la complexité

- Le roman va plus loin encore, il met en scène la complexité du monde, en refusant le manichéisme d'autres formes de récit (épopée, chanson de geste et conte) : ainsi, certains personnages ne sont pas de simples représentants d'une instance morale, à la manière des caractères du XVIIe siècle ; leur profondeur psychologique fait même tout l'intérêt du roman, comme le Julien Sorel de Stendhal, *Le Rouge et le Noir* (1830) ayant pour but d'expliquer le geste criminel du jeune homme.
- L'évolution d'un même personnage rend d'autant plus impossible la simplification du roman en « bon roman » ou « mauvais roman » : ainsi un personnage qui commencerait l'intrigue du mauvais côté de la morale peut très bien se racheter, comme le Jean Valjean des *Misérables* (1862) ou le Raskolnikov de *Crime et Châtiment* (1866). Les romans de Hugo et de Dostoïevski racontent autant les crimes que la rédemption.
- Le romancier fait confiance à la capacité du lecteur à déterminer la part de la fiction et à distinguer le personnage de l'auteur (*Voyage au bout de la nuit* de Louis-Ferdinand Céline, rédigé en 1932, n'est pas une autobiographie) ainsi que le narrateur de l'auteur : ainsi Prévost n'est ni des Grieux… ni Renoncour ! Par un dispositif narratif complexe, le romancier met en scène la distance entre l'immoralité des personnages et la moralité de l'œuvre.

3.4 PARCOURS AUTOUR DE L'ŒUVRE : « PERSONNAGES EN MARGE, PLAISIRS DU ROMANESQUE »

■ **Problématique :** Pourquoi le roman provoque-t-il le plaisir de son lecteur en représentant des personnages en marge de la société ?

– **Lectures analytiques : Le personnage féminin, de l'ombre à la lumière**
  - Marivaux, *La Vie de Marianne*, 1731-1742 : la rencontre avec Valville (Deuxième partie, de « Parmi les jeunes gens dont j'attirais les regards » à « ce fut où il voulut qu'on me transportât »).
  - Denis Diderot, *La Religieuse*, 1796 : la scène du refus des vœux (de « On avait tout disposé dès la veille » à « on m'enferma sous la clef »).
  - Émile Zola, *Nana*, 1880 : le portrait de Nana (chapitre VII, de « Et, lâchant la chemise » à « avec le frémissement continu d'une almée dansant la danse du ventre »).
  - Marie Ndiaye, *Trois Femmes puissantes*, 2005 : excipit de la troisième histoire « Khady » (de « Ils s'ébranlèrent à la nuit, des dizaines » à « elle était cet oiseau et cet oiseau le savait »).

– **Textes et documents complémentaires**
  - Mise en perspective générique.
    - Henri Coulet, *Le Roman jusqu'à la Révolution* (1967-1968).
    - Mona Ozouf, *Les Aveux du Roman. Le XIXe siècle entre Ancien Régime et Révolution* (2001).
  - Roman et moralité.
    - Comparaison entre des extraits du *Dialogue des héros de roman* (Nicolas Boileau, 1668) et le *Traité de l'origine des romans* (Pierre-Daniel Huet, 1670).
    - Comparaison d'extraits de textes de Jean-Jacques Rousseau (*La Nouvelle Héloïse*, 1761 et *L'Émile ou De l'éducation*, 1762).
    - Denis Diderot, *Éloge de Richardson*, 1761.
    - Donatien Alphonse François de Sade, *Justine ou Les Malheurs de la vertu*, Préface, (1791).
    - Réquisitoire d'Ernest Pinard contre Gustave Flaubert lors du procès de *Madame Bovary* (1857).
  - Adapter *Manon Lescaut*.
    - Comparaison d'extraits de mises en scène des opéras *Manon Lescaut* (Puccini, 1893) et *Le Portrait de Manon Lescaut* (Massenet, 1884).

- Comparaison d'extraits de trois adaptations cinématographiques de *Manon Lescaut* :
  - Henri-Georges Clouzot, *Manon*, 1949.
  - Jean Aurel, *Manon 70*, 1968.
  - Gabriel Aghion, *Manon Lescaut*, 2013.

– **Lectures cursives : personnages marginaux ou antihéros ?**
  - Paul Scarron, *Le Roman comique* (1651-1657).
  - Piotr Dostoïevski, *Les Carnets du sous-sol* (1864).
  - Louis-Ferdinand Céline, *Voyage au bout de la nuit* (1932).

Balzac,
La Peau de chagrin

« Peut-on vivre longtemps en dévorant ainsi sa vie à toute heure ? »

Balzac, *Louis Lambert*, 1832

L'édition de référence pour notre étude est la suivante : Balzac, *La Peau de chagrin*, présentation par Nadine Satiat, GF Flammarion (2013).

1. L'œuvre et ses contextes

1.1 « LA VIE DE BALZAC ? UN PERMANENT FOYER DE CRÉATION, UN PERPÉTUEL, UN UNIVERSEL DÉSIR, UNE LUTTE EFFROYABLE[1] »

Enfance et formation : un génie ignoré, jamais encouragé	
20 mai 1799	Naissance à Tours de l'aîné des quatre enfants Balzac. Une grande complicité le liera à sa sœur Laure, qui publiera sa biographie en 1858.
1807-1816	Pensionnaire. Élève médiocre réputé paresseux, sans cesse puni ; il dévore en cachette une grande partie de la bibliothèque au collège de Vendôme. Le ***Traité de la Volonté***, sa première œuvre, est brûlé par un professeur.
1816-1819	Études de droit, leçons particulières et cours à la Sorbonne. En parallèle, travail comme clerc de notaire chez un avoué, amateur de littérature. Destiné au métier de notaire, il s'éprend de philosophie et affirme une vocation littéraire.
Les débuts difficiles d'un jeune auteur en quête de gloire et de fortune	
1819	Balzac expose à sa famille son **projet de gloire littéraire** et refuse une place de clerc de notaire. Sa famille lui accorde deux ans pour faire ses preuves à Paris. Doté d'une maigre pension, logé dans une **mansarde** meublée d'un lit, d'une table et de quelques chaises, il dit économiser pour acheter un piano. Il mange de la « vache enragée » et « meurt de faim[2] » ; il **travaille avec opiniâtreté** à lire les philosophes et à ébaucher romans, comédies, opéras-comiques, tragédies.

1. Mirbeau, *La Mort de Balzac*, 1989.
2. Balzac, *Correspondance*, Lettre à Laure de Surville d'octobre 1819.

Enfance et formation : un génie ignoré, jamais encouragé	
1821	Première déception avec sa tragédie *Cromwell*. On le dissuade de poursuivre en littérature, mais il s'oriente vers le roman, dans la veine de Walter Scott.
1822-1827	Romans alimentaires sous pseudonymes, « cochonneries littéraires » selon lui.
1825-1828	Son entreprise d'édition, d'imprimerie et de fonderie de caractères fait faillite. Balzac ne parviendra jamais à s'acquitter de ses immenses **dettes**, et tout le reste de sa vie est marqué par la quête désespérée d'une fortune. Obligé de fuir ses créanciers, il sera contraint de changer plusieurs fois de domicile, utilisant des noms d'emprunt et même des mots de passe, ce qui ne l'empêchera pas de vivre en dandy et de décorer avec faste ses différentes demeures.
Des premiers succès à *La Comédie humaine*	
1829	• ***Le Dernier Chouan*** : tournant dans sa carrière avec ce premier roman signé Balzac. • ***Physiologie du mariage*** (sous anonymat) : succès empreint de scandale. Cette nouvelle notoriété, sans résoudre ses problèmes financiers, fait de lui un homme à la mode, qui fréquente les salons.
1830	• Intense **activité journalistique**, jugée plus rentable : contributions de natures diverses, et insertion en prépublication de contes ou nouvelles. • Début de structuration de son œuvre avec l'édition des ***Scènes de la vie privée***.
1831	• ***La Peau de chagrin*** : premier grand et véritable succès. • La production de Balzac acquiert un rythme intensif : véritable **galérien littéraire**, il travaille parfois plus de quinze heures par jour, sur plusieurs livres à la fois, à grand renfort de café, dans sa fameuse robe de chambre.
1832	• Première lettre de « L'Étrangère », la Comtesse Hanska, admiratrice ukrainienne. • Début d'une longue correspondance.
1833	• ***Eugénie Grandet***. Rencontre de Mme Hanska, échange d'une promesse de mariage.
1834	• ***Le Père Goriot*** : naissance du monde balzacien avec le procédé des **personnages reparaissants**. Présentation du plan de ***La Comédie humaine***, qui évoluera au gré des retouches maniaques de l'auteur.
Production littéraire acharnée, nouveaux revers et épuisement	
1835	• Achat de la royaliste *Chronique de Paris* : succès au départ, mais liquidation en 1836.
1835-1837	• ***Le Lys dans la vallée***, ***Illusions perdues***, ***César Birotteau***.
1838	• Fondation avec Hugo, Dumas et George Sand de la **Société des Gens de Lettres**. • Échec du projet d'exploitation de mines d'argent en Sardaigne. • Achat du domaine des Jardies à Ville-d'Avray, nouveau gouffre financier.
1839	• Nouvelle entreprise journalistique avec *La Revue parisienne*, nouvelle faillite. • Nouvel essai pour le théâtre : refus de *L'École des ménages*.
1840	• *Vautrin*, joué à la Porte-Saint-Martin, interdit à la 3e représentation. • *Mercadet* ne sera jamais joué, Balzac refusant les corrections demandées.
1841	Contrat éditorial pour la première publication de ***La Comédie humaine***. 16 volumes publiés de 1842 à 1846, avec « **Avant-propos** » de l'auteur.

Enfance et formation : un génie ignoré, jamais encouragé	
1842	Mort du Comte Hanski. Le mariage devient une idée fixe chez Balzac, qui achète et aménage luxueusement une maison rue Fortunée ; Mme Hanska se montre plus réticente, avec de sérieuses objections sur la fidélité et l'endettement de Balzac.
1844-1847	***Splendeurs et misères des courtisanes. La Cousine Bette. Le Cousin Pons.***
1848	Balzac critique la révolution. Drame *La Marâtre*, éclipsé par la situation politique.
1850	**Mariage** avec la Comtesse Hanska. Balzac est alors très **malade** : il souffre d'insuffisance cardiaque, conséquence de son travail acharné et de ses excès de café. **Mort prématurée** à Paris le 18 août, à 51 ans. Enterrement au Père-Lachaise. Victor Hugo prononce une vibrante oraison funèbre.

1.2 LES CONTEXTES POLITIQUES ET LITTÉRAIRES

1.2.1 Le siècle des Révolutions

1789	**Révolution française**. Abolition des privilèges au nom de la liberté et de l'égalité.
1792	**Première République**, qui connaîtra deux années de **Terreur** (1793-1794).
1799	Coup d'état du 18 brumaire : **Napoléon Bonaparte** devient **premier consul**.
1804	**Napoléon Ier** empereur : un destin hors norme, incarnation de l'énergie et de la volonté.
1815	Défaite de Waterloo. **Restauration** : Louis XVIII puis Charles IX.
1830	Révolution des Trois Glorieuses et instauration de la **monarchie de Juillet**, monarchie constitutionnelle : Louis-Philippe d'Orléans succède aux Bourbons.
1848	Révolution et proclamation de la **deuxième République**.

La Révolution française, ouvrant la voie à de nouvelles expérimentations politiques, fait de la France un véritable laboratoire institutionnel où républicains, monarchistes et bonapartistes s'affrontent pour tenter d'imposer leur modèle. L'ordre social de l'Ancien Régime ayant été balayé, on assiste à l'essor de la bourgeoisie, dévorée d'ambitions, et à la montée de l'industrie et du capitalisme. Balzac, libéral à ses débuts, affirme sous la monarchie de Juillet des opinions légitimistes, appelant de ses vœux un régime stable et fort. Il dénonce le **règne de l'argent et de l'individualisme**, dressant une peinture impitoyable des **appétits bourgeois** ; il représente une **jeunesse désenchantée** au milieu de cette société jugée moribonde, construite sur les ruines de la Révolution et de l'Empire.

1.2.2 Balzac et la littérature de son temps

Balzac, auteur romantique ?

ROMANTISME	Mouvement culturel européen – première moitié du XIXe en France.
Il rejette :	• Les normes classiques et le modèle antique gréco-romain. • Le rationalisme des Lumières.
Thèmes majeurs	Le moi, les sensations, les sentiments, les passions, la solitude. La nature. L'imagination, le rêve, l'étrange. Le sublime, la démesure. La lutte, la révolte. Le mal du siècle, le désenchantement consécutif à l'échec de la Révolution.
Sources d'inspiration	Le médiéval (Scott), l'orientalisme, le fantastique (Lord Byron, Hoffmann).
Auteurs majeurs	Chateaubriand, Lamartine, Hugo, Vigny, Sand, Gautier, Musset, Dumas…

Balzac appartient à la **génération romantique**, et entretient des liens d'amitié avec plusieurs de ses représentants : Hugo, Gautier, George Sand… Comme Vigny, Lamartine et Hugo, il aspire à accéder au statut de « **penseur** ».

Il n'a néanmoins jamais été membre de l'école romantique, et ses rapports avec elle sont très ambigus. En 1830, il se montre très critique dans la presse envers le drame *Hernani* d'Hugo, qu'il accuse d'« invraisemblances ». De même, la préface de Félix Davin à ses *Études de mœurs au XIXe siècle* (1835) reproche à ses contemporains l'**exagération** et l'**idéalisme** d'un romantisme conventionnel. Dans la préface de *La Peau de chagrin* (1831), il prône ainsi un retour à la « littérature franche de nos ancêtres », tout en proposant une **œuvre romantique** par son fantastique oriental et par son personnage principal : Raphaël de Valentin, génie méconnu et mélancolique, amoureux désespéré prêt au suicide, s'adonnant aux excès de la débauche, menant une lutte acharnée et vaine contre l'amenuisement de sa peau de chagrin.

Balzac, précurseur du réalisme ?

RÉALISME	« Réalisme » : néologisme péjoratif inventé par la critique artistique et littéraire ; il s'impose au milieu du XIXe avec la polémique autour des peintures de Courbet jugées laides, triviales et ignobles. Mouvement théorisé dans un second temps. 1857 : Champfleury, *Le Réalisme.*
Objectif	Exprimer la réalité sans aucune forme d'idéalisation.
Sujets majeurs	La vie ordinaire, les milieux populaires, paysans et ouvriers.
Auteurs majeurs	Flaubert, frères Goncourt. Prolongement naturaliste : Zola, groupe de Médan.

Le mouvement réaliste se constitue juste après la mort de Balzac, qui est alors érigé avec Stendhal au statut de **pionnier**. Balzac fait en effet du « talent d'**observer** » l'une des deux composantes de l'art littéraire, avec l'expression – art de « donner une forme vivante à [ses] pensées[1] ». Procédant avec une approche sociologique, psychologique, historique voire anthropologique, attentif aux détails matériels et friand de descriptions, il se présente comme un simple « secrétaire » dressant un « inventaire[2] », un « **peintre exact des mœurs** [...] copiant son temps[3] ». Ses personnages semblent **de chair et d'os,** ils ont un physique précis, une manière propre de s'habiller, manger, marcher, dormir.

Pour autant, il ne s'agit pas pour Balzac de copier servilement la réalité. L'auteur de génie « est obligé d'avoir en lui je ne sais quel miroir concentrique où, suivant sa fantaisie, l'univers vient se réfléchir » ; c'est-à-dire une « sorte de seconde vue qui [...] permet de deviner la vérité dans toutes les situations possibles[4] » ; l'intuition peut donc suppléer à l'expérience vécue. On est loin des enquêtes documentaires d'un Zola ! Balzac sera ainsi décrit comme un « **voyant** » (Gautier), « un **visionnaire passionné** » (Baudelaire). L'objectif est la **vérité**, qui s'atteint non par la copie mais par la **création**.

1.3 UN ROMAN CHARNIÈRE DANS LA CARRIÈRE ET DANS L'ŒUVRE DE BALZAC

1.3.1 Le premier grand succès

En 1831, Honoré Balzac est déjà connu pour *Le Dernier Chouan* et *La Physiologie du mariage*. Son passage par le **journalisme** en 1830 l'a poussé à s'intéresser à l'actualité ; il abandonne alors son projet « walter-scotté » d'une histoire de France pour se concentrer sur la **période contemporaine**. Il utilise habilement la presse pour faire la **publicité** de son roman à venir. Deux extraits sortiront ainsi en prépublication dès mai 1831 : *Une Débauche* dans *La Revue des Deux Mondes*, puis *Le Suicide d'un poète* dans *La Revue de Paris*. Mme Récamier lui demande une lecture dans son salon. Lors de sa parution, *La Peau de chagrin* – signée Honoré *de* Balzac, avec ajout de la particule ! – remporte un **immense succès** auprès du public ; le roman connaîtra plusieurs rééditions.

1. Balzac, Préface de *La Peau de* chagrin, 1831.
2. Balzac, « Avant-propos » de *La Comédie humaine*, 1842.
3. Balzac, Préface d'*Une Ténébreuse Affaire*, 1843.
4. Balzac, Préface de *La Peau de chagrin*, 1831.

1.3.2 La première des *Études philosophiques*

Progressivement, Balzac structure son œuvre en un vaste projet englobant, qui deviendra ***La Comédie humaine*** : une immense fresque qui ambitionne de dresser « **l'histoire oubliée par tant d'historiens, celle des mœurs**[1] », avec 91 romans achevés – 50 autres resteront à l'état d'ébauche ou de projet – en moins de vingt ans. *La Comédie humaine* trouve son unité dans une structure d'ensemble en triptyque : d'abord ***Les Études de mœurs***, de loin les plus nombreuses, visant à peindre tous les aspects de la société française à travers des « types individualisés » dans divers milieux, puis ***Les Études philosophiques***, cherchant à expliquer les causes des comportements sociaux, et enfin ***Les Études analytiques***, exposant les principes. Cette unité extérieure est complétée par une **unité organique** : le va-et-vient des personnages (plus de 2000) d'un roman à l'autre crée en effet un véritable microcosme, une société miniature. Au sein de cet ensemble, ***La Peau de chagrin*** acquiert une place tout à fait particulière en ouvrant les *Études philosophiques,* ainsi reliées aux *Études de mœurs* « par l'anneau d'une fantaisie presque orientale où la Vie elle-même est peinte aux prises avec le **Désir, principe de toute Passion**[2]. »

2. L'œuvre en examen

2.1 TITRE, PROTAGONISTE ET STRUCTURE DU ROMAN

2.1.1 Le titre

Rendu célèbre par son passage dans la langue courante, le titre du roman peut néanmoins paraître énigmatique au premier abord. Il est expliqué par le naturaliste Lavrille (p. 332) : « chagrin » provient ici du turc *sagri*, qui désigne la croupe de l'onagre. Le titre fait de ce cuir oriental, auquel on attribue des propriétés magiques, un personnage central du roman. C'est grâce à la Peau que Raphaël prend conscience des répercussions du désir sur son espérance de vie, et agit en conséquence, avec radicalité.

La polysémie du mot « chagrin » permet par ailleurs d'annoncer les thèmes majeurs du désenchantement et de la souffrance, de même que la « peau » évoque la lutte menée par Raphaël pour sauver sa peau.

1. Balzac, « Avant-propos » de *La Comédie humaine*, 1842.
2. *Ibid.*

2.1.2 Un héros au nom programmatique

Balzac nous plonge *in medias res* dans le Paris contemporain, au côté d'un jeune homme anonyme, désespéré, incarnation de toute sa génération. Le lecteur est d'emblée saisi par une double interrogation : qui est-il, et qu'a-t-il vécu pour en arriver là ?

C'est au détour de la conversation qu'on découvre le nom du héros : Raphaël de Valentin. Comme le Raphaël biblique c'est un ange, mais « sans rayons » (p. 74) ; comme le peintre italien c'est un génie, mais qui ne parviendra pas à déployer son talent. Valentin annonce un cœur amoureux, mais aussi un homme voué au martyre.

2.1.3 Un roman tripartite

I. Le Talisman	II. La femme sans cœur	III. L'Agonie
• Le tripot et la flânerie du jeune suicidaire • Le magasin d'antiquités et le pacte • L'orgie chez Taillefer	• Une jeunesse bridée • Une réclusion studieuse • Raphaël amoureux de Fœdora • Raphaël viveur • L'héritage	• Le millionnaire reclus • Un bonheur fugace avec Pauline • La cure • L'issue fatale

S'ouvrant sur le désir de mort dans la première partie, le roman se referme sur la mort effective dans la troisième. La partie centrale introduit une variation dans la narration : Raphaël devient le narrateur d'un récit enchâssé à la première personne, dans lequel Balzac a mis beaucoup de lui-même. L'analepse et la focalisation interne permettent d'éclairer les raisons de son désespoir. S'ensuit en effet le récit d'échecs successifs : économique et familial, intellectuel et amoureux.

Paradoxalement, c'est en acquérant la capacité à réaliser tous ses désirs qu'il plonge dans le pire des cauchemars. La dernière partie offre ainsi une étonnante étude de caractère présentant un héros pas si héroïque, fort égoïste et prêt à renoncer à tout pour repousser l'heure de sa mort.

2.2 UN ROMAN PHILOSOPHIQUE POUR PENSER LA QUESTION DE L'ÉNERGIE VITALE

2.2.1 Le roman, outil de compréhension du monde

Balzac, dans la lignée de Walter Scott, fait du roman un outil de quête de vérité et de compréhension du monde, chargé d'une « **valeur philosophique**[1] ». Son ambition est colossale, encyclopédique : il s'agit de faire l'expérience de la complexité essentielle de l'humain, de percer les secrets de la nature, de dévoiler les rouages et le sens profond de la société, de rendre compte de la totalité du monde et de tous les possibles, afin d'en dégager l'unité. Loin d'être un simple « conteur », il se veut « **penseur** » de la vie sociale et déplore que certains lecteurs ne voient dans la *Peau de chagrin* qu'un divertissement, sans en comprendre la portée[2].

Le récit sert ainsi de support à la réflexion, qui remonte des effets aux causes. Dès l'incipit du roman, le lecteur est convié à prendre part à cette expérience, interpellé par le narrateur à propos du chapeau, réclamé à l'entrée du tripot (p. 67). Cette incursion du commentaire dans le récit permet déjà de présenter des thèmes majeurs du roman : le pacte diabolique, l'argent, la comédie sociale, la passion, la mort. Le lecteur est ainsi invité à analyser attentivement chaque détail, potentiellement porteur de sens, qu'il soit accompagné ou non d'une digression. Balzac va même jusqu'à mettre en scène son lecteur en utilisant la deuxième personne : le lecteur est invité à vivre de l'intérieur le récit, à se l'approprier pour en faire le lieu d'un **apprentissage**. La fiction est ainsi conçue comme un vaste **champ d'expérimentation**, où les personnages essaient pour nous une multiplicité de voies possibles.

Les *Études philosophiques*, variation autour du thème de l'énergie et de la pensée qui tue, en proposent de multiples facettes en jouant sur les paramètres qui font varier les situations. Cette démultiplication de l'expérience est à l'œuvre au sein même de *La Peau de chagrin* : le lecteur « se promène à l'intérieur du cerveau éprouvette de Raphaël[3] », et découvre la diversité des choix de vie opérés par les autres personnages. Raphaël lui-même fait cette expérience dans le magasin de curiosités, où il « se personnifi[e] » (p. 90) et s'empare « de toutes les formules d'existence » (p. 91) suggérées par les objets qui défilent sous ses yeux.

1. *Ibid.*
2. Balzac, *Correspondance*, Lettre à Mme Hanska du 20 janvier 1838 : « Il y a encore des gens qui s'obstinent à voir un roman dans *La Peau de chagrin*; mais chaque jour aussi les gens sérieux et les appréciateurs de cette composition gagnent du terrain. »
3. Brigitte Méra, « Le roman philosophique balzacien et la passion de l'absolu », *L'Année balzacienne*, 1, nº 7, 2006.

2.2.2 Supériorité du roman sur la science

Balzac prétend appliquer à l'humanité la **démarche scientifique** de Geoffroy Saint-Hilaire et de Cuvier[1] ; il se veut poète scientifique, de même que dans un vibrant éloge il fait de Cuvier un scientifique poète (p. 94-96). Dans *La Peau de chagrin*, dédiée à Félix Savary, mathématicien et astronome membre de l'Académie des sciences, la science est pourtant mise en échec à deux reprises. Lorsque Raphaël consulte les plus grands savants au sujet de la Peau, le zoologiste ne lui apprend rien, le physicien comme le chimiste échouent à la détendre comme à la détruire; et lorsqu'il s'en remet à la médecine, aucune des analyses discordantes des trois éminents docteurs, imbus de leurs théories, n'est pleinement satisfaisante. La **science est impuissante, lacunaire**, incapable de saisir la profondeur du concept d'énergie vitale incarné par la Peau, et donc d'expliquer le fonctionnement de la vie[2]. Le roman, avec son immense liberté, son pouvoir de captation et sa puissance de séduction, prétend surpasser la science par ses **capacités supérieures de révélation et d'intellection.**

2.2.3 Allégorie et magie au service du réalisme et de la réflexion

Balzac n'hésite pas à recourir à des procédés littéraires pour atteindre la vérité. Le récit est ainsi chargé d'une portée allégorique : Fœdora représente la société (p. 405), la Peau est l'**allégorie du capital d'énergie vitale** de Raphaël. Pour Balzac, « *La Peau de chagrin* devait formuler le siècle actuel, notre vie, notre égoïsme[3]. »

L'auteur convoque également le **registre fantastique**, à travers l'objet magique qu'est la Peau – talisman exauçant les désirs, tantôt souple tantôt rigide, indestructible mais qui se rétracte inexorablement – ou encore dans la description du magasin d'antiquités. Mais cette Peau extraordinaire contribue paradoxalement au **réalisme** de la peinture de l'homme ordinaire en mettant en lumière l'action destructrice du désir : elle agit comme un **miroir** plus qu'elle ne détermine le destin de Raphaël; on pourrait d'ailleurs considérer que ses désirs ne se réalisent que par le fait de simples coïncidences. Balzac joue avec les codes du genre, s'intéresse peu aux thèmes de la peur, du mystère ou du doute qui caractérisent le fantastique, mais les fait ressurgir dans la banalité de la vie quotidienne[4]. Le fantastique permet ainsi de tirer le lecteur hors du confort que procure la reconnaissance d'un monde familier et normal : en le déstabilisant, il le pousse à engager une réflexion sur les ambiguïtés et le sens profond

1. Balzac, « Avant-propos » de *La Comédie* humaine, 1842.
2. Cette insuffisance de la science pousse Balzac à s'intéresser à l'illuminisme (Swedenborg, Saint-Martin), qui associe science, métaphysique et mysticisme.
3. Balzac, *Correspondance*, Lettre à Mme La duchesse de Castries du 5 octobre 1831.
4. Par exemple lorsque Raphaël entend « avec surprise quelques pièces retentir d'une manière véritablement fantastique au fond de sa poche. » (p. 80).

de la société, de l'humanité. C'est la société parisienne elle-même qui se révèle alors monstrueuse et fantastique : une maison de jeu devient la sanglante place de Grève, une orgie se transforme en champ de bataille.

L'invraisemblable, l'imagination, tout en participant du plaisir de la lecture, sont donc légitimés au nom de la **vérité** : ils permettent à la raison d'accéder à l'invisible, à ce qui la dépasse. C'est ce qui permet à Philarète Chasles d'écrire : « ce livre a tout l'intérêt d'un conte arabe, où la féerie et le scepticisme se donnent la main, où des **observations réelles et pleines de finesse** sont enfermées dans un **cercle de magie**[1] » (p. 427).

2.3 QUAND L'ÉNERGIE NOUS DÉTRUIT : LA PENSÉE QUI TUE

2.3.1 L'énergie selon Balzac : cette force vitale qui se consume

La question de l'énergie est centrale dans l'œuvre et la pensée de Balzac, qui s'intéresse aux phénomènes du magnétisme, de l'électricité, de la thermodynamique, ainsi qu'à des théories telles que le mesmérisme et l'illuminisme. Par énergie, Balzac désigne la **force vitale** ; c'est pour lui un fluide matériel, comparable à la lumière, à l'électricité ou à la vapeur, qui se projette en mouvement : mouvement de la pensée et mouvement du corps.

Dans la *Physiologie du mariage*, il explique que : « l'homme a une somme donnée d'énergie. [...] Cette force est unique, et bien qu'elle se résolve en désirs, en passions, en labeurs d'intelligence ou en travaux corporels, elle accourt là où l'homme l'appelle. » Selon l'auteur, l'énergie vitale, donnée en **quantité limitée**, n'est pas renouvelable ; ce capital d'énergie, qui permet d'agir sur le monde et les êtres et que symbolise la Peau, s'appauvrit au fur et à mesure qu'on le consomme : ainsi « **la vie décroît en raison directe de la puissance des désirs ou de la dissipation des idées**[2] » et la mort survient lorsque toute l'énergie est épuisée ; aussi Raphaël meurt-il lorsque sa Peau est réduite à néant, conformément à l'avertissement de l'antiquaire au moment du pacte (p. 113). L'inscription inscrite dans le cuir, formant une pointe tournée vers le bas, imite l'inéluctable amenuisement de l'énergie, et l'inexorable approche de la mort.

Les images de la **consomption**, du **bouillonnement** et du **feu intérieur** sont récurrentes pour exprimer ce processus : Raphaël dit par exemple sentir « dans [sa] poitrine un foyer qui [le] brûle » (p. 348), et souffre d'après le médecin d'Aix d'une

---

1. Philarète Chasles, *op. cit.* Les multiples références aux « fées », au diable, les échos à divers contes (*Ali Baba et les quarante voleurs, Aladin ou la Lampe merveilleuse, Peau d'Âne, Cendrillon...*) sont autant d'éléments constitutifs de ce « cercle de magie ».
2. Félix Davin, Introduction aux *Études philosophiques*, 1835.

« combustion déjà trop rapide » (p. 370). La phtisie incarne cette progression de la mort à l'œuvre dans un corps rongé de l'intérieur. On remarquera que le seul souhait de Raphaël qui ne se réalise pas est celui de l'éternité : « Il désira vivre toujours » (p. 351).

2.3.2 Une énergie vivifiante et fatale

Selon Balzac, **l'humanité est faite de pensées, de passions et de désirs**[1], qui témoignent de la quête d'absolu des hommes. Ces manifestations de l'énergie vitale peuvent conférer à l'homme une puissance inégalée qui lui permet de **dépasser ses limites**, d'accomplir l'impossible; c'est ce que Raphaël explique à Fœdora quand il compare la volonté à la vapeur (p. 207). Mais la pensée est aussi une **puissance désorganisatrice et ravageuse** : une idée peut traverser une « âme comme l'acier d'un poignard perce une poitrine » (p. 321); le père de Raphaël, par exemple, meurt d'une idée : celle d'avoir ruiné son fils adoré (p. 176). Les génies balzaciens, ces personnages débordant d'énergie, sont généralement voués à l'échec, à la folie et à la mort. Raphaël ne fait pas exception : incapable de canaliser son énergie et d'utiliser avec sagesse sa Peau, Raphaël passe d'un excès de dépense à un excès d'économie; il succombe dans un ultime élan de désir, foudroyé comme sous l'action de « terribles poisons » (p. 94). Balzac lui-même, véritable forçat littéraire, se condamne à une mort prématurée par son mode de vie excessif[2].

2.3.3 « Tous les excès sont frères » (p. 269)

Le jeu (p. 67-73)	
Plaisir	• « Bouillonnants plaisirs de la vie des joueurs » (p. 68). • « Une des plus terribles joies de ma vie » (p. 170).
Souffrance	« Angoisses inexprimables », « condamné [marchant] au supplice » (p. 171-172).
Le tripot, lieu de mort (p. 67-73)	• **Enfer** gardé par un « triste Cerbère », peuplé de « démons humains ». • **Morts-vivants** : « visages de plâtre, impassibles », « cœurs qui depuis longtemps avaient désappris de palpiter »; « teint olivâtre »; « cœurs glacés » • Lieu de **mise à mort** : place de Grève; « arène » qui procure le « plaisir de voir couler le sang à flots sans que les pieds du parterre risquent d'y glisser. »

1. « La vie est dans la passion » (*Physiologie du mariage*, 1829); « la passion est toute l'humanité » (« Avant-propos » de *La Comédie Humaine*, 1842).
2. Il écrit dans une lettre de mai 1834 : « Ma vie gagne le cerveau, la forme s'épaissit par l'inactivité du corps. Le siège principal de la combustion est en haut. La sobriété, l'abstinence des vrais moines maintient encore l'équilibre, mais le moindre excès le détruirait. [...] Ce sera curieux de voir mourir jeune l'auteur de *La Peau de chagrin*. »

Le « système dissipationnel » : débauche et orgie	
Plaisir	• **Hédonisme** : « faire de mon existence une longue partie de plaisir » (Euphrasie, p. 159) ; « tourbillon de plaisirs creux et réels tout à la fois » (Raphaël, p. 267). • Libération du corps qui « s'abandonne aux joies délirantes de la liberté. » (p. 149). • Références à **Rabelais**, qui célèbre le corps et la joie de vivre : « joyeuse vie à la Panurge » (p. 119), « fameux *tronçon de chiere lie* » (p. 128), « *Trinc* » (p. 148). • Exemple du **festin de Taillefer** : luxe éclatant, mets raffinés, plaisir des sens (vue, goût, odorat, sexe) ; « jouissances excessives du festin », sérail offrant des « séductions pour tous les yeux, des voluptés pour tous les caprices » (p. 150).
Magie	« Féerie digne d'un conte oriental » (p. 146) ; « fantasmagories » de l'ivresse, « torpeurs enchanteresses », « sphère où tout est merveilleux » (p. 270-271).
Intensité	• « Nous vivons plus en un jour qu'une bonne bourgeoise en dix ans » (p. 159). • Raphaël : « J'aurai du moins épuisé, connu, dévoré mille existences » (p. 128) ; « perpétuelle étreinte de toute la vie » (p. 270) ; « l'existence bouillonne et fuit comme un torrent. » (p. 271).
Fécondité	« Vous avez des heures ravissantes comme les caprices d'une jeune fille, des causeries délicieuses avec des amis, des mots qui peignent toute une vie, des joies franches et sans arrière-pensée, des voyages sans fatigue, des poèmes déroulés en quelques phrases. » (p. 271).
Un art pour l'homme d'exception	• **Art** réservé aux âmes fortes : « besoin d'opposer de violentes distractions à [une] existence si fort en dehors de la vie commune. » (p. 269). • **Lutte** contre un « monstre admirable », « duel » (p. 270).
Dépense et excès	• **Rejet de toute épargne** : « Donnez-moi des millions, je les mangerai ; je ne voudrais pas garder un centime pour l'année prochaine. » (Euphrasie, p. 158) ; « vie d'un homme occupé à manger sa fortune » (Rastignac, p. 201). Endettement de Raphaël. • **Excès usants** : « excès du plaisir » (p. 268) ; « user l'existence par le plaisir » (p. 263).
Brièveté	• « Autant rester libres, aimer ceux qui nous plaisent et mourir jeunes. » (p. 159). • « Je mettais de l'amour-propre à me tuer promptement » (p. 268).
La belle mort ?	• Rastignac : « L'intempérance, mon cher ! est la reine de toutes les morts » : mieux vaut l'apoplexie que le pistolet, l'orgie que l'opium, l'ivresse que la noyade (p. 263). • Euphrasie : « J'aime mieux mourir de plaisir que de maladie. » (p. 158).
Avilissement	• **Corps malmené** : « Ils ne peuvent pas seulement se mettre debout » ; nausées et vomissement : « prends garde à ton habit, ton voisin pâlit » (p. 144). • **Régression intellectuelle et morale** : caricature du discours philosophique, moral, religieux et politique ; interruptions intempestives, insultes, provocations, grossièreté (p. 132-145). • **Vice**, notamment incarné par Aquilina et Euphrasie. • **Bestialité** : « Les ressemblances animales inscrites sur les figures humaines [...] reparaissaient vaguement dans les gestes, dans les habitudes du corps » (p. 146) ; « brutale satisfaction de la bête » (p. 271).

La mort dans toute sa laideur ?	• Perspective d'avenir : l'hôpital (Aquilina p. 157). • Débauche qui apparaît à Raphaël « dans toute la majesté de son horreur » (p. 268) ; « hideux spectacle » du réveil (p. 282). • **Guerre et dévastation** : « image d'un champ de bataille » (p. 160) ; « débris de tous les trésors intellectuels », « si cruel pillage » (p. 162) ; « tout avait été dévasté, ravagé par le feu des passions » (p. 283). • **Maladie** et **mort** : « jonchés de morts et de mourants » (p. 160) ; visages cadavériques des convives au réveil, « squelette du mal » (p. 282). Allégorie de « la Mort souriant au milieu d'une famille pestiférée », « miasmes d'une orgie » (p. 283). • **Enfer** : « teinte infernale » (p. 160) ; « scène infernale », « rire satanique » de Taillefer (p. 283).
Désir et passion amoureuse	
Raphaël, être de désir	• Cœur « gonflé de désirs » (p. 169) : ambition, quête de l'amour, de la fortune et de la gloire. Importance du rêve et des fantasmes. • Fœdora : « symbole de tous [ses] désirs », « thème de [sa] vie » (p. 202).
Force	« Énergie qui ne s'effrayait ni des sacrifices, ni des tortures » (p. 178).
Intensité	« Pendant la nuit je ne dormis pas, je devins son amant, je fis tenir en peu d'heures une vie entière, une vie d'amour » (p. 203).
Désordre	• « Il suffit à un jeune homme de rencontrer une femme qui ne l'aime pas, ou une femme qui l'aime trop, pour que toute sa vie soit dérangée. » (p. 264). • Métaphores de l'incendie (p. 192), de l'orage : « ouragans » (p. 77), « océan qui battait tempétueusement dans mon cœur » (p. 179). • Agressivité qui se substitue à la fraternité (p. 216).
Souffrance	• **Inquiétudes** très prosaïques : chapeau déformé par la pluie, éclaboussures, habits mouillés ou tachés, bottes crottées… « Ma passion s'était augmentée de tous ces petits supplices inconnus, immenses chez un homme irritable. » (p. 221). • **Frustration** et **castration** dues aux obstacles à la réalisation du désir : inexpérience, autorité paternelle, résistance de Fœdora. • **Aliénation** : « ma passion grandit, je ne fus plus maître de moi » (p. 212). • **Torture** : « souffrances inouïes » (p. 103), « tortures que je souffrais » (p. 245).
Destruction et mort	• La mise en échec du désir, facteur d'**autodestruction** : « impuissante énergie qui se dévorait elle-même » ; alternative « Fœdora ou la mort ! » (p. 211). • **Désir mortifère** : « lutte affreuse » (p. 238), « passion fatale qui me tuera » (p. 245) ; « Fœdora me tue, je veux mourir. La vie m'est insupportable. » (p. 261).

2.4 ÉCONOMISER SON ÉNERGIE : LA VOIE DE LA SAGESSE ?

2.4.1 L'antiquaire, un modèle problématique[1]

Ne pas gaspiller ses forces en excès pour ménager sa longévité, tel est le programme que s'est fixé l'antiquaire, directement inspiré du propre père de Balzac, Bernard-François, esprit original obnubilé par la santé et « l'équilibre des forces vitales[2] ».

La doctrine de l'antiquaire (p. 109-111)	
Les trois facultés[3]	• **Vouloir** : désir et passions ; associé au **cœur**. • **Pouvoir** : mouvement, moyen de réaliser ses désirs, jouissance des **sens**. • **Savoir**, associé au **cerveau**.
Le constat	• « Deux causes de mort » : « **Vouloir nous brûle et Pouvoir nous détruit** ». • Fragilité du cœur et des sens, infaillibilité du cerveau.
La solution	• **Sacrifice du Vouloir** : tout dédaigner, tout attendre, seule ambition : voir. • **Sacrifice du Pouvoir** : rejet de l'excès, limitation au « jeu naturel [des] organes ». • **Au profit du Savoir** : contemplation, mémoire, rêverie, imagination.
Bénéfices énoncés par l'antiquaire	• **Ataraxie** : « perpétuel état de calme ». • **Longévité** : robuste vieillard de cent deux ans, santé physique et mentale. • **Bonheur** : « jouissances intellectuelles », « mille voluptés idéales dépouillées de souillures terrestres », « plaisir de tout embrasser, de tout voir ». • **Liberté** : savant affranchi vis-à-vis du temps et de l'espace.
Un modèle remis en question	
Le prix à payer (p. 100)	• **Solitude** et **absence de plaisir** (selon le narrateur) : « ce vieux génie habitait une sphère étrangère au monde où il vivait seul, sans jouissances, parce qu'il n'avait plus d'illusion, sans douleur, parce qu'il ne connaissait plus de plaisirs. »
Un portrait inquiétant qui pousse à la méfiance (p. 98-100)	• **Corps ascétique** qui dit le renoncement au plaisir : « petit vieillard sec et maigre », « visage étroit et pâle », « bras décharné », « large front ridé », « joues blêmes et creuses ». • **Mort-vivant** : « espèce de fantôme » semblant « être sorti d'un sarcophage voisin », robe comparée à un « vaste linceul », « face froide ». • **Ambivalence** : Dieu ou diable ? Figure du sage et du tentateur. C'est l'image seule de Méphistophélès qui ressurgit dans « L'Agonie ».
Le reniement (p. 309)	• **Aveu de son erreur** : « Je suis maintenant heureux comme un jeune homme. J'avais pris l'existence au rebours. Il y a toute une vie dans une heure d'amour. » • Revirement **sérieux** ou **victime** du pouvoir de la Peau ? Nouveau *credo* peu convaincant : oxymore « poupée pleine de vie », ridicule qui suscite la raillerie.

1. Cf. Analyse linéaire détaillée du discours de l'antiquaire en 3.1.1.
2. Laure de Surville, *Balzac, sa vie et ses œuvres d'après sa correspondance*, 1858.
3. Cette triade évoque la tripartition de l'âme énoncée par Platon dans *La République* (443 d).

2.4.2 La tentative de Raphaël de se consacrer au Savoir

	Une expérience proche de celle proposée par l'antiquaire
Ascèse	• Retraite, « vie monastique » (p. 237), « pauvre et solitaire » (p. 193). • Réduction de « l'existence à ses vrais besoins, au strict nécessaire » (p. 184) ; « je diogénisais » (p. 193).
Savoir	• « Exercice de la pensée », « recherche des idées », « contemplations tranquilles de la science » (p. 189) ; « j'ai observé, appris, écrit, lu sans relâche » (p. 192). • « Vie tranquille et studieuse » (p. 200).
Plaisir, bonheur	« L'étude est si maternellement bonne », avec les « pures et douces joies dont elle nourrit ses enfants » (p. 186) ; « tant de plaisir », « je ne sais quoi de doux, d'enivrant comme l'amour », « ineffables délices », « bonheur », « joie supérieure aux autres joies terrestres », « divin plaisir » (p. 189-190).
Activité créatrice	• **Éveil du regard** : « l'étude prête une sorte de magie à tout ce qui nous environne » (p. 190) ; « merveilleux effets produits par la diète sur l'imagination » (p. 185) ; Raphaël découvre la dimension poétique du paysage urbain avec ses « singulières beautés » (p. 186). Élévation dans les « hauteurs célestes » (p. 187). • Deux **œuvres** : une comédie et une *Théorie de la volonté.*
	Les failles
Excès destructeur	• Travail acharné : « travaillant nuit et jour sans relâche » (p. 189). • Conséquences sur la santé : « ravages de la science », « traces de nuits passées à la lueur de la lampe studieuse » (p. 74), risque de « mourir pour vivre » (p. 184).
Omniprésence du désir	• **Motivations** : quête de la gloire et de l'amour, « excessive ambition » (p. 177), « immense amour-propre » (p. 182). • **Fantasmes** érotiques, « visions dévorantes » (p. 193). • **Passion parasite** : opposition du « savant et de l'amoureux » ; la pensée de Fœdora « abattait ma plume, elle effarouchait la Science et l'Étude, qui s'enfuyaient désolées » (p. 214-215).
	L'échec
Déception et condamnation	• **Échec de l'écrivain** : comédie jugée « véritable niaiserie d'enfant », traité passé inaperçu si ce n'est d'Émile (p. 191). • **Déception** : « superfluité de [ses] fervents travaux » dans une telle société (p. 186) ; l'étude et la pensée « ne m'ont même pas nourri » (p. 112). • **Mensonge risible** : « ma vie a été une cruelle antithèse, un perpétuel mensonge » (p. 192) ; « Aujourd'hui je ris de moi » (p. 185). • **Métaphores** : « prison » (p. 187), « sépulcre aérien » (p. 189) : contrainte, mode de vie contraire à la nature de Raphaël, absence de vie.
Un regret pourtant	« la mansarde où j'avais mené la chaste vie d'un savant, une vie qui peut-être aurait été honorable, longue, et que je n'aurais pas dû quitter pour la vie passionnée qui m'entraînait dans un gouffre. » (p. 264).

2.4.3 Les autres figures de l'économie

	Vivre à l'écart de la société
Le sauvage (p. 90)	Vie primitive de la « jeune fille d'Otaïti » : « vie simple de la nature », satisfaction des besoins primaires, calme, oisiveté, « délices de la paresse » (p. 90).
La vie rustique (p. 381-387)	• « Laisser-aller primordial », « routine de bonheur » des Auvergnats. • Santé et longévité : vieillard de cent deux ans (comme l'antiquaire), qui se contente de « dormir, boire et manger. » • Travail et ignorance.
La vie monacale (p. 90)	• Étude, science et contemplation. • « Grasse vie des moines exempte de chagrins, exempte de plaisirs. »
	Vivre en marge au cœur de la société
M. de Valentin, une vie laborieuse (p. 168-176)	• Auvergnat qui impose « une règle monacale » et despotique à son fils. • Physique d'ascète qui rappelle l'antiquaire : « grand homme sec et mince, le visage en lame de couteau, le teint pâle. » • Défaite du travail et du sacrifice face au chagrin et à la mort.
Pauline et Mme Gaudin, une vie modeste (p. 223-224)	• « Nature modeste », « humble misère », « vie simplifiée ». • « Paisible intérieur », « indéfinissable harmonie ». • Courage, abnégation et générosité : « bon naturel », « travaux continus et gaiement supportés », « résignation religieuse pleine de sentiments élevés ».
	Se préserver dans la société
Fœdora, ou la mort (p. 202-262)	• Femme fatale : beauté coquette, attitudes voluptueuses qui attisent le désir et suscitent des passions mortelles : « Fœdora me tue, je veux mourir. » • « Réserve constante », « modestie extraordinaire ». • Égoïsme, indifférence, « froide insouciance » et « innocente cruauté ». • Mort du naturel, de l'humain en elle, avec refus du sentiment : « anomalie psychologique », « phénomène » « si contraire aux lois de la nature ». • Femme artificielle. Motifs du masque et de la statue de marbre ou de bronze. • Constamment associée au froid, à la glace et à la sécheresse. • Matérialisme qui met l'argent et le bien-être avant l'humain : « avec de l'or nous pouvons toujours créer autour de nous les sentiments qui sont nécessaires à notre bien-être. » • Vanité de cette vie. Aveu : « l'existence est bien vide » ; Raphaël lui prédit une « vieillesse déserte, vide et triste. »

Parmi ces exemples, deux sont clairement des contre-modèles : le père de Raphaël pour la frustration qu'il a occasionnée et pour son échec dramatique, Fœdora pour son inhumanité. Quant aux autres, ils impliquent d'importants renoncements, notamment le sacrifice des ambitions de gloire, de richesse et de conquête amoureuse si chères à Raphaël.

2.4.4 Vivre ou survivre à tout prix : préserver son énergie pour sauver sa peau

La brutale prise de conscience de la fugacité, de la précarité de sa vie au lendemain de l'orgie produit chez Raphaël un renversement total. Dans un repli égoïste sur lui-même, le jeune malade enchaîne dans la troisième partie plusieurs tentatives extrêmes pour retarder l'échéance de sa mort. Sa stratégie : l'**isolement**, pour se couper des **influences pathogènes de la société moderne**, et la **régression**, au prix d'une **déshu manisation.** À l'inverse du héros tragique, il ne sort pas grandi de sa vaine lutte contre le destin.

Des modèles d'existence instinctive pour n'avoir rien à désirer : le rejet de l'humain	
Le nourrisson	« Jonathas, tu auras soin de moi comme d'un enfant au maillot » (p. 296).
Le végétal	• « Il veut vivre comme une vergétation, en vergétant » (p. 296). • Raphaël se veut « tulipe » : « Voilà ma vie. Je vergète. » (p. 297), mais ne ressemble qu'à une « fleur étiolée » (p. 298). • Recherche au Mont-Dore d'une « vie végétative », « tranquille, spontanée, frugiforme comme celle d'une plante » (p. 380-381). Il reste « des journées entières comme une plante au soleil » (p. 388).
La machine	« Sorte d'automate » (p. 299), menant « la vie d'une machine à vapeur » (p. 300), s'adonnant à des « rêveries machinales » (p. 363).
Le minéral	« Semblable à ces rochers insensibles » (p. 365).
L'animal	• « Devenir une des huîtres de ce rocher, sauver son écaille pour quelques jours de plus » (p. 387), passer sa journée « comme un lièvre au gîte » (p. 388). • Effets de l'opium : « cet homme d'imagination si puissamment active s'abaissa jusqu'à la hauteur de ces animaux paresseux qui croupissent au sein des forêts, sous la forme d'une dépouille végétale » (p. 397).
Une vie dégradée	
Renoncement et impuissance	• **Abdication** de sa volonté, de son génie, de son indépendance : « Il soumettait sa volonté, son intelligence, au grossier bon sens d'un vieux paysan à peine civilisé » (p. 299). « Il abdiquait la vie pour vivre, et dépouillait son âme de toutes les poésies du désir » (p. 299). • **Impuissance paradoxale** : « Prométhée enchaîné », « Napoléon déchu » (p. 299), « Raphaël avait pu tout faire, il n'avait rien fait. » (p. 380). • **Castration** : « chaste à la manière d'Origène, en châtrant son imagination » (p. 299). • **Regret** : « Oh ! ma vie ! ma belle vie ! dit-il. Plus de bienfaisantes pensées ! plus d'amour ! plus rien ! » (p. 303).

Exacerbation de défauts	• **Égoïste** : aucune empathie pour son professeur, abandon de Pauline, aucun souci des autres au point de se montrer indélicat et de manquer de savoir-vivre à Aix. • **Irascible** : insulte Porriquet et Jonathas, condamne la joyeuse fête de village. • **Avare** de sa vie. • **Misanthrope** : haine et dégoût de la société.
Déchéance physique	• Progrès de la **maladie** malgré les cures • **Vieillesse prématurée** : Raphaël avec « son masque de vieillard » entre en comparaison avec l'antiquaire (p. 306), puis est associé à Jonathas : « deux vieillards également détruits » (p. 377). • **Mort-vivant** : « jeune cadavre » (p. 300).

2.5 DÉPENSER, GASPILLER, CANALISER SON ÉNERGIE : QUELLES LEÇONS PEUT-ON TIRER DE *LA PEAU DE CHAGRIN* ?

2.5.1 Que faire de son capital d'énergie ? Une quête aporétique

La Peau de chagrin pose la question du « **Comment vivre ?** ». Une vie faite d'excès et de jouissances sera brève car grande consommatrice d'énergie, tandis qu'une vie calme et sans passions assure la longévité, au risque de s'avérer monotone et insipide. Vaut-il donc mieux **vivre plus longtemps ou plus intensément** ?

L'antiquaire adopte au début du roman la posture du vieux sage afin d'apporter sa réponse à cette problématique, mais le lecteur est invité, par un « **incessant balancement du pour et du contre**[1] », à s'interroger aussi bien sur la valeur de cette position que sur celle des points de vue opposés. Aucun mode de vie n'apparaît alors pleinement satisfaisant, entre « tuer les sentiments pour vivre vieux, ou mourir jeune en acceptant le martyre des passions » (p. 162).

Le roman reste ambigu, marqué par une **esthétique de l'oxymore et de l'antithèse**[2]. Raphaël incarne dès sa première apparition cette ambivalence : « les ténèbres et la lumière, le néant et l'existence s'y combattaient en produisant tout à la fois de la grâce et de l'horreur » (p. 74) ; autre exemple, Émile oppose la « sagesse insensée » à la « folle sagesse » (p. 162).

Balzac ne tranche pas et semble nous laisser dans une impasse. Faut-il alors sombrer dans le **relativisme** et le **scepticisme**, et déclarer avec Raphaël : « Que nous vivions avec les sages ou que nous périssions avec les fous, le résultat n'est-il pas tôt ou tard le même ? » (p. 163).

1. Régine Borderie, « Le corps de la philosophie : *La Peau de chagrin* », *L'Année balzacienne*, 2, n° 1, 2001.
2. José-Louis Diaz, « Esthétique balzacienne : l'économie, la dépense et l'oxymore », *Balzac et La Peau de chagrin*, SEDES, 1979.

Les premières éditions du roman se clôturaient sur une « Moralité » citant Rabelais : « “*les Thélémites estre graznds mesnagiers de leur peau et sobres de chagrins.*” Admirable maxime ! – Insouciante ! – Égoïste ! – Morale éternelle ! ». Balzac semblait ainsi conclure sur la supériorité de la modération, mais fallait-il le prendre au sérieux ? N’était-ce qu’une plaisanterie, autour du titre de son roman ? Pourquoi la supprimer en 1833 ?

L’**absence d’un apprentissage** clair invite le lecteur à poursuivre l’enquête, en partant à la découverte d’autres modèles proposés par *La Comédie humaine.*

2.5.2 La société, coupable d’un gaspillage énergétique dévastateur

La Peau de chagrin est porteuse d’une sévère critique contre la société de la monarchie de Juillet, règne de la médiocrité, de l’individualisme, et de l’égoïsme, la « lèpre actuelle » (p. 139) qui conformément à la prédiction d’Émile gagnera Raphaël devenu riche[1]. Les effets d’une telle société sur l’individu sont dévastateurs : les « irritations mondaines [...] rapetissent la plus belle âme et la réduisent à l’état de guenille » (p. 180).

Paris, véritable chaudron en ébullition, « succursale de l’Enfer » (*Melmoth réconcilié*), est le lieu du déchaînement de toutes les passions d’une société surexcitée, asservie par le désir de paraître, de faire fortune, d’arriver, de consommer.

Raphaël, symbole de la jeune génération dans cette monarchie gouvernée par des gérontocrates bourgeois, est un « véritable zéro social, inutile à l’État, qui n’en [a] aucun souci » (p. 80). La société, où l’argent a remplacé les valeurs morales et spirituelles, valorise les cyniques, les « intrigants riches de mots et dépourvus d’idées » (p. 186), voire les criminels (le banquier Taillefer), bien plus que le talent et l’énergie des génies, là où un autre Raphaël, l’artiste italien, bénéficiait du soutien d’un mécène pour créer. Raphaël, pauvre, se heurte à la **solitude** et à l’**indifférence** du monde, illustrées par les motifs du désert et de la froideur (p. 77, p. 367) réunis en Fœdora. Il se retrouve exposé à des **séductions révoltantes**, sources de frustrations et de douleurs, car il est impuissant à canaliser les désirs immenses suscités en lui. Vaincu par le **désenchantement** et le **désespoir**, son **énergie reste inféconde** et il finit par renoncer à sa carrière de penseur et de poète, poussé à l’**autodestruction** par la débauche ou au **suicide**.

2.5.3 La religion, solution pour résoudre cette vaine débauche d’énergie ?

Dans le magasin d’antiquités, il existe un pendant à la Peau de chagrin : le portrait du Christ par le peintre Raphaël (p. 101-102). Ce tableau témoigne des **bienfaits de la religion**, dont les vertus de douceur, de pardon, de simplicité et de charité s’opposent directement aux maux d’une société égoïste. Cette « parole de vie » se dresse face au

1. « Je ne te donne pas deux mois pour devenir fangeusement égoïste » (p. 289).

chemin de mort dans lequel est engagé Raphaël, faute de n'avoir su rester dans sa chambre[1] ! Pour Balzac, la religion est la seule à pouvoir **canaliser l'énergie**, **réguler la pensée** et **éviter le débordement des passions** : « Le christianisme, et surtout le catholicisme, étant un système complet de répression des tendances dépravées de l'homme, est le plus grand élément de l'ordre social[2]. » Mais dans une société où la croyance s'est effondrée, supplantée par le journalisme, religion moderne (p. 122), la religion est reléguée au rang des « souvenirs », et le portrait n'échappe pas au mercantilisme froid de l'antiquaire, qui ne voit que sa valeur marchande.

Le christianisme serait-il le moyen de **redonner du sens** à une vie qui paraît bien vaine ? Comme le visiteur du magasin de curiosités, qui après avoir traversé « trois salles gorgées de civilisation, de cultes, de divinités, de chefs-d'œuvre, de royautés, de débauches, de raison et de folie » entassés sous la poussière de la boutique (p. 86), le lecteur peut se demander, devant « tant d'univers en ruines, à quoi bon nos gloires, nos haines, nos amours » (p. 96). **À quoi bon ce gaspillage d'énergie ?** Faut-il voir dans *La Peau de chagrin*, qui dénonce la vanité de la société, une étape pédagogique dans un **cheminement** qui devrait conduire à une **conversion ?**

2.5.4 Le don de soi, une belle dépense d'énergie ?

Le personnage de Pauline offre une sorte de synthèse entre la **modeste économie** et l'**intensité de la passion**. Habituée à une vie sobre par la misère, elle reste étrangère au tourbillon de la société une fois devenue riche. Souvent présentée comme une « enfant », elle se range du côté du naturel, de la simplicité et de la pureté. Elle ne nie pas le désir, s'ouvrant ainsi pleinement à la vie et au « bonheur d'aimer », auquel elle parvient – certes provisoirement – à associer Raphaël (p. 322). Le « cœur à cœur » de ce « joli ménage de contrebande », vivant comme dans une bulle, leur permet d'atteindre un bonheur idéal, la « volupté [...] des anges ».

Pauline valorise la dépense de soi dans un amour vrai et altruiste, qui accepte les sacrifices. En choisissant la vie, humainement riche et intense, plutôt que la survie, elle accepte aussi la mort : « La mort ne m'effraie pas [...]. Qu'importe le nombre de jours, si, dans une nuit, dans une heure, nous avons épuisé toute une vie de paix et d'amour ? » (p. 349) ; « Je ne désire pas vivre vieille [...]. Mourons jeunes tous deux, et allons dans le ciel les mains pleines de fleurs » (p. 352).

Cependant une fois encore Balzac laisse planer l'**ambiguïté**. Pauline s'effraie lorsqu'elle perçoit en Raphaël « le hideux squelette de la MORT » (p. 353) ; cette réalité concrète de la mort à l'œuvre chez le malade la bouleverse, au point de recommander aussitôt à Raphaël de cesser leurs « folies ». D'ange protecteur elle est devenue le

1. Pascal, *Pensées* (1670) : « Tout le malheur des hommes vient d'une seule chose, qui est de ne savoir demeurer en repos dans une chambre. »
2. Balzac, « Avant-propos » de *La Comédie humaine*, 1842.

« bourreau » (p. 326), et tue Raphaël bien malgré elle[1]. Dans l'épilogue enfin, elle devient un être idéal, esprit de feu, créature fluide insaisissable, « phénomène fugitif » qui s'évanouit, alors que sa rivale Fœdora, au contraire, est « partout » (p. 403-405).

Le sens ultime de l'œuvre reste comme Pauline insaisissable : *La Peau de chagrin*, peinture des **ravages de la pensée** chez l'individu ? Ou, au contraire, **glorification du désir**, qui fait de l'homme un être pleinement humain ?

3. L'œuvre à l'examen

3.1 EXPLICATION LINÉAIRE : LE SAVOIR CONTRE LES EFFETS DÉVASTATEURS DU VOULOIR ET DU POUVOIR

(de « La pensée n'est-elle pas la clef » à « en saisissant la Peau de chagrin », p. 110-111)

Éléments d'introduction

L'étrange antiquaire propose à Raphaël la Peau de chagrin, mais l'avertit aussitôt des dangers d'un tel pacte. Il entreprend de lui expliquer le secret de son bonheur et de sa longévité : « Vouloir nous brûle et Pouvoir nous détruit ; mais SAVOIR laisse notre faible organisation dans un perpétuel état de calme. » (p. 109).

Problématique : Comment l'antiquaire justifie-t-il la supériorité de son mode de vie, qui s'oppose à la violence des désirs et des plaisirs qu'offre la société ?

I. Éloge des bienfaits de la pensée

1. La solution pour jouir de la vie en préservant son énergie (de « La pensée » à « qui m'appartenait. »)

- Métaphore de la « clef » : voie d'accès à la richesse et au plaisir (champs lexicaux). Posséder par la pensée procure calme et liberté par rapport à l'inquiétude qui ronge « l'avare ». But recherché : l'ataraxie, qui permet le bonheur et la longévité.
- Posture aérienne, intellectuelle. Importance du voir, associé précédemment au savoir. La vision permet d'englober le monde entier (accumulation) sans s'épuiser (chiasme : « tout vu […] sans fatigue » / « rien désiré »… « tout attendu »). Apparition en creux du mode de vie dévorant du commun des mortels, plein de « soucis ».
- Voir et savoir équivalent à avoir : « l'univers » devient son « jardin ».

1. *Cf.* Analyse linéaire détaillée de l'épilogue en 3.1.2.

2. Une méthode efficace (de « Ce que les hommes » à « vrais millions. »)

- Mise à distance, extériorisation des passions humaines (accumulation). Forte singularité : parallélisme de construction « au lieu de… je… » avec une 1re personne insistante.
- Conséquences : parfaite santé physique et mentale du vieillard centenaire, et jouissance d'un trésor immatériel. Supériorité accordée à l'intellectuel sur le matériel.

II. Un bonheur incomparable

1. La puissance du Savoir (de « Je passe des journées » à « que je n'ai pas eues. »)

- Le passé nourrit le présent avec volupté ; l'évocation, la vision mentale se substitue à la vue. Accumulation qui fait écho à la première. C'est non seulement l'expérience vécue, mais toute l'histoire qui peut être évoquée.
- L'imaginaire supplée à l'impossible possession charnelle. « Je possède » / « que je n'ai pas eues » : les oppositions présent/passé, affirmative/négative sonnent comme une revanche.

2. Un fervent plaidoyer (de « Je revois souvent » à « écouter Dieu ! »)

- Regard critique qui condamne les violences du monde. Répétition du « vos » accusateur.
- Minimisation des plaisirs charnels : doublement de l'épithète (« de fébriles, de légères admirations »), quantitatif « quelque », répétition de « plus ou moins ». Futilité, vanité qui engendre des « désastres ».
- Double exclamative avec anaphore de « comment préférer » : envolée lyrique pleine d'emphase pour souligner l'absolue supériorité de ce mode de vie intellectuel.
- Affranchi des contraintes humaines du temps et de l'espace, doué d'un regard englobant, situé en surplomb par rapport à la société, le savant semble égaler Dieu.

III. La Peau de chagrin, antithèse de la Sagesse

1. Une Peau symbolique d'une vie de démesure (de « Ceci » à « la volupté ? »)

- Dramatisation : désignation théâtrale de la Peau, qui par sa faculté de réaliser les désirs associe en effet le Pouvoir et le Vouloir, mais sans le Savoir, qui manquera à Raphaël[1].
- Association de la Peau aux excès auxquels se livre la société : accumulation, antithèses et oxymore « violent plaisir ». Mise en avant de la proximité entre la volupté et le mal, le nuisible.

1. « La possession du pouvoir, quelque immense qu'il pût être, ne donnait pas la science de s'en servir. » (p. 380).

2. Une alternative favorable au Savoir (de « Les plus vives lumières » à la fin)

- Successions de questions rhétoriques avec fortes antithèses : « lumières » / « ténèbres », « idéal » / « physique », « caressent » / « blessent », « Sagesse » / « folie ».
- Discours qui prétend révéler une vérité : présent de vérité générale, adverbe « toujours ».
- Tout semble favorable au choix du Savoir, pourtant Raphaël semble renforcé dans son choix d'une vie d'excès, et unit aussitôt le geste à la parole en saisissant la Peau.

Éléments de conclusion

- Discours argumentatif qui mêle les genres délibératif et épidictique.
- À la question « Comment vivre ? », l'antiquaire répond par une économie de l'énergie vitale grâce à la pensée, créatrice de tout un univers idéal ; permettant de maîtriser un désir dévorant, elle permet une jouissance intellectuelle supérieure aux jouissances des sens, excessives et destructrices.
- Le discours s'avère inapte à convaincre Raphaël. La forte ambivalence du personnage de l'antiquaire, et surtout le reniement ultérieur de sa propre théorie, tendent également à discréditer un tel mode de vie. Balzac nous laisse dans la perplexité.

3.2 EXPLICATION LINÉAIRE : DÉSIR FATAL, DÉNOUEMENT TRAGIQUE

(de « Raphaël tira » à la fin, p. 400-401)

Éléments d'introduction

Après sa tentative de retraite en Auvergne, Raphaël malade rentre à Paris. Pauline, qu'il a abandonnée sans explications, et dont il a brûlé les lettres trouvées à son retour, réapparaît telle un ange en pleine nuit, sur son lit. Croyant en un amour plus fort que la mort[1], elle sera cependant impuissante à protéger Raphaël du désir qui consume sa vie.

Problématique : En quoi ce dénouement brutal et tragique peint-il « la Vie elle-même [...] aux prises avec le Désir, principe de toute Passion » ? (« Avant-Propos » *de La Comédie humaine*, 1842)

I. De l'adieu laconique au terrifiant réveil du désir

1. Une ultime tentative pour épargner sa vie (de « Raphaël tira » à « je vais mourir... »)

- Présentation de la Peau, avec insistance sur sa fragilité et sa petitesse (comparaison).

1. « Mourir, mais je t'aime ! » (p. 399).

- Raphaël transforme ces retrouvailles en simple adieu. On aurait pu s'attendre à plus de sentiments de sa part !
- Surprise de Pauline compréhensible. Réduite à une « belle image », elle est niée dans son humanité et refoulée par l'égoïsme de Raphaël, qui la désigne déjà comme responsable de sa mort à venir (« si *tu* me regardes »).

2. Le réveil redouté de la passion (de « La jeune fille » à « foyer mal éteint »)

- Lumière « vacillante » métaphorique : vie vacillante de Raphaël ; basculement de Pauline, confiante en l'amour et en la vie, dans le désespoir ; basculement de Raphaël léthargique dans la passion.
- Beauté sublimée de Pauline, qui provoque la perte de contrôle de Raphaël, en réveillant la mémoire charnelle (« caressantes ») et spirituelle (« joies délirantes »).
- Retour de la « passion », associée à la puissance (« triomphèrent ») et au feu (comparaison). Thème du réveil, sorte de détournement tragique de *La Belle au bois dormant*.

3. Une réalité horrible (de « Pauline, viens ! » à « ferma la porte »)

- Nouveau paradoxe : enfin Raphaël appelle à lui Pauline au lieu de la refouler, mais alors il provoque sa fuite. Elle ne s'enorgueillit pas cette fois de ce « désir furieux », qui suggère à la fois la violence et la dépossession de soi (sens étymologique de *furor*).
- Métamorphose effrayante de Pauline frappée d'effroi (compléments circonstanciels de manière), causée par le constat du mouvement contradictoire de la Peau qui s'amenuise quand le désir s'accroît. Fantastique qui dévoile la réalité : le désir tue Raphaël.

II. Violence du désir, violence du désespoir

1. L'énergie de la passion (de « Pauline ! Pauline ! » à « sur un canapé »)

- Nouvel appel redoublé de Raphaël. Déclaration d'amour teintée d'égoïsme, qui tranche avec l'amour pur de Pauline : anaphore du « je », insistance sur le désir de possession charnelle (« je te veux ! »), menace…
- La force de son désir lui permet de mobiliser une énergie, une vitalité « singulière » pour un « moribond ». Mais il sait que son désir conduit à la mort : « Je veux mourir à toi ! »

2. Le conflit de la vie et de la mort (de « Pauline avait tenté » à « dans ses bras »)

- Pauline, habitée par l'énergie de la passion renforcée par le désespoir, cherche à se sacrifier pour sauver Raphaël. Ultime don de soi qui s'oppose au désir prédateur de Raphaël (comparaison).

- Non seulement le suicide échoue, mais il hâte la mort de Raphaël en offrant le spectacle d'un érotisme exacerbé qui excite encore son désir et réveille ses fantasmes[1].

3. L'inévitable mort (de « Le moribond » à la fin)

- Forces consumées, dévorées (personnification) par le désir. Aggravation du mal.
- Morsure au sein : attitude prédatrice de Raphaël, ou désir de fusion du nourrisson, aphasique et tétant[2]. C'est dans la mort que le désir se trouve enfin en adéquation avec son objet.
- Pauline, ange salvateur responsable de la mort de Raphaël. Héroïne tragique qui n'a pu se soustraire à sa propre prophétie[3].

Éléments de conclusion

- Dénouement brutal avec la mort de Raphaël, foudroyé par le désir qui a épuisé ses dernières forces, « tué par un excès d'amour », comme son homonyme Raphaël d'Urbin (p. 272). Réalisation de son souhait : « je voudrais mourir dans ses bras » (p. 348).
- Caractère inéluctable de la mort : lutte pour la vie tragiquement vouée à l'échec.
- Un dénouement sans solution pour le lecteur : comment vivre (ou mourir) avec le désir ?

3.3 L'ÉPREUVE ÉCRITE : SUJET DE DISSERTATION

« *La pensée est plus puissante que ne l'est le corps, elle le mange, l'absorbe et le détruit; la pensée est le plus violent de tous les agents de destruction, elle est le véritable ange exterminateur de l'humanité, qu'elle tue et vivifie, car elle vivifie et tue.* [...] *Les passions, les vices, les occupations extrêmes, les douleurs, les plaisirs sont des torrents de pensées.* »

Balzac, *Les Martyrs ignorés*, 1837

Problématique : En quoi *La Peau de chagrin* est-elle révélatrice de la puissance et de la terrible ambivalence de la pensée, qui fait aussi bien la misère que la grandeur de l'homme ?

1. Raphaël avait dit à Émile : « J'aime à froisser sous mes désirs de pimpantes toilettes, à briser des fleurs, à porter une main dévastatrice dans les élégants édifices d'une coiffure embaumée » (p. 197).
2. L'amour de Raphaël pour Pauline est teinté d'inceste, Pauline apparaissant dans le roman tantôt comme la sœur, tantôt comme la mère nourricière.
3. « La femme que vous aimerez vous tuera » (p. 244).

I. La pensée, puissant agent de destruction

1. La Peau de chagrin, un symbole éloquent.

2. Un mal qui consume l'homme de l'intérieur : combustion et maladie.

3. L'omniprésence de la mort : au tripot, après l'orgie, dans la passion amoureuse, dans le dénouement.

II. La pensée qui sauve ?

1. La pensée, refuge de l'antiquaire.

2. La pensée pour sublimer son désir : Raphaël dans sa mansarde.

3. Une pensée mise en échec : reniement de l'antiquaire et renoncement de Raphaël.

III. La pensée qui vivifie et tue

1. Rejet de la pensée, rejet de l'humain : froideur de Fœdora, régression de Raphaël.

2. Une vie profondément humaine, intense et féconde : plaisir, jouissance, plénitude.

3. Pauline, incarnation de l'ange exterminateur.

3.4 PARCOURS AUTOUR DE L'ŒUVRE : « LES ROMANS DE L'ÉNERGIE : CRÉATION ET DESTRUCTION »

- **L'énergie, une puissance positive ou néfaste ?**
  - Corpus
    - Dumas, *Le Comte de Monte*-Cristo, 1844 : I, 16 « Un savant italien ».
    - Hugo, *Les Travailleurs de la* mer, 1866 : II, III, 7 « Le Combat ».
    - Zola, *La Bête humaine*, 1890 : XII, épilogue, le train fou.
    - Kessel, *Fortune carrée*, 1932 : II, 2 « L'oasis de l'aventure ».
  - Textes complémentaires
    - Poe, *Nouvelles histoires extraordinaires*, 1842 : « Le Portrait ovale ».
    - Goethe, *Faust*, 1808.
    - Balzac, *La Recherche de* l'Absolu, 1834 : de « L'idée de l'Absolu avait passé partout » à « les Rois ».
    - Camus, *La Peste*, 1947 : l'énergie de la révolte face à l'absurde.

- Prolongements artistiques et culturels
  - Blanchet, *Alexandre au tombeau d'Achille* (c. 1650), huile sur toile, Louvre, Paris.
  - Gérôme, *Pygmalion et Galatée* (1890), huile sur toile, Metropolitan Museum, New York.
  - Edgar P. Jacobs, *La Marque Jaune* (1954).

– **Lectures cursives**
- Rabelais, *Gargantua*, 1534 : célébration du corps et joie de vivre.
- Abbé Prévost, *Manon Lescaut*, 1731 : une passion dévorante et dévastatrice.
- Molière, *Le Malade imaginaire*, 1673 : le personnage malade, la critique de la médecine.
- La Bruyère, *Les Caractères*, 1688 : un regard critique sur le pouvoir et la société.

Colette,
Sido, suivi de *Les Vrilles de la vigne*

> “ *Maison et jardin vivent encore, je le sais, mais qu'importe si la magie les a quittés, si le secret est perdu qui ouvrait – lumières, odeurs, harmonie d'arbres et d'oiseaux, murmure de voix humaines qu'a déjà suspendu la mort – un monde dont j'ai cessé d'être digne ?...* ”
>
> Colette, *La Maison de Claudine*, 1922

L'édition de référence pour notre étude est celle du Livre de Poche, n° 373, préfacée par Alain Brunet.

1. L'œuvre et ses contextes

1.1 SIDONIE GABRIELLE COLETTE (1873-1954)

Éléments biographiques	Résonance et production littéraire
Le royaume d'une enfance campagnarde • **1873** : Sidonie Gabrielle Colette naît le 28 janvier à Saint-Sauveur-en-Puysaye, dans l'Yonne. Sa mère, Sidonie, avait déjà d'un premier mariage deux enfants, Juliette et Achille, lorsqu'elle se remarie avec le capitaine Colette, amputé d'une jambe suite à une blessure à Magenta en 1859 et percepteur à Saint-Sauveur depuis 1860. De cette union naissent Léopold, puis Gabrielle six ans après. Grâce à sa mère, Gabrielle apprend à « écouter » la nature; grâce à son père, elle découvre les grands auteurs rassemblés dans la grande bibliothèque de la maison familiale. • **1885 :** Néanmoins, cette vie d'insouciance est assombrie par les conflits familiaux qui éclatent lorsque Juliette et son mari, le docteur Roché, demandent des comptes sur la gestion de l'héritage paternel. • **1891** : La famille Colette, en proie à des difficultés financières, part s'installer à Châtillon-sur-Loing, près d'Achille qui vient d'y installer son cabinet de médecin.	• Le thème de l'enfance deviendra un matériau privilégié et sans cesse convoqué dans l'œuvre de Colette qui célébrera la vie simple et campagnarde au sein d'une famille unie, quoique singulière, au centre de laquelle s'impose la figure maternelle. • Non seulement Colette immortalisera sa mère surnommée Sido par son mari, mais elle consacrera un chapitre à son père et un autre à ses frères, les « sauvages ». • Dans *Claudine à l'école*, elle se souviendra, sous les traits un peu caricaturés de Mlle Sergent, de l'institutrice de la petite école laïque de Saint-Sauveur, Olympe Terrain. • La nostalgie de l'enfance irriguera l'œuvre de Colette, sans pour autant sombrer dans l'attendrissement naïf et sans recul.

Débuts littéraires et naissance de l'écrivain • **1893** : Gabrielle épouse Henry Gauthier-Villars, journaliste parisien de réputation, connu sous le pseudonyme Willy et qui l'introduit dans les salons littéraires et musicaux représentatifs de la Belle Époque. Elle y rencontre, entre autres, Anatole France, Marcel Proust, Robert de Montesquiou, Gabriel Fauré, Claude Debussy, Sacha Guitry. Son mari la pousse à écrire ses souvenirs d'enfance qu'il signera de son propre pseudonyme. • Gabrielle découvre le milieu du music-hall, se lance dans la pantomime et se produit sur scène. Elle commence en 1905 une longue carrière journalistique qu'elle poursuivra pendant plus de quarante ans. • **1906** : Le couple se sépare ; Gabrielle se réfugie auprès de son amie Mathilde de Morny, la marquise de Belbeuf, surnommée « Missy ».	• **1900-1903 : Série des *Claudine*** (romans signés par Willy), dont le caractère licencieux provoque un succès de scandale : *Claudine à l'école* (1900), *Claudine à Paris* (1901), *Claudine en ménage* (1902), *Claudine s'en va* (1903). Colette jugera sévèrement ses premiers récits qui correspondent surtout à « ce qu'on attendait d'elle », dans *Mes Apprentissages* (1936). • **1904** : *Dialogues de bêtes*, sous le nom de Colette Willy (qu'elle gardera jusqu'en 1913). • **1907** : *La Retraite sentimentale* • **1908** : *Les Vrilles de la vigne*
Vie intense et dispersée d'une femme libre • La vie professionnelle de Colette se partage entre la pantomime, les publications successives de ses récits et les chroniques, articles de presse ou reportages. • **1912** : Elle épouse Henry de Jouvenel, rédacteur en chef au journal *Le Matin*. De leur union naît une fille, Colette, surnommée dans les romans de sa mère « Bel-Gazou ». • **1919** : Gabrielle Colette devient directrice littéraire au *Matin* et s'adonne à des critiques dramatiques. • **1924** : Le couple se sépare et Colette cesse de travailler pour le journal *Le Matin*.	• **1910** : *La Vagabonde* • **1913** : *L'Envers du music-hall* • **1916** : *La Paix chez les bêtes* • **1920** : *Chéri* • **1922** : *La Maison de Claudine* • **1923** : *Le Blé en herbe*

Maturité littéraire et célébrité • **1925** : Colette rencontre Maurice Goudeket qu'elle épousera en 1935.	S'ensuit une période apaisée et propice à une fécondité littéraire, d'inspiration très diverse et mêlant récits de souvenirs, peintures et méditations poétiques. • **1928** : *La Naissance du jour* • **1930** : *Sido*
• **1932** : Colette ouvre un institut de produits de beauté à Paris, rue de Miromesnil – qui fera faillite un an plus tard.	• **1932** : *Prisons et Paradis* • **1933** : *La Chatte* • **1934** : *Duo*
• **1935** : Colette est élue membre de l'Académie royale de langue et littérature françaises de Belgique (elle y succède à Anna de Noailles).	
• **1936** : Elle devient commandeur de la Légion d'honneur.	• **1936** : *Mes Apprentissages*
• **1939** : Les premiers symptômes de l'arthrite de la hanche se manifestent et finissent par l'immobiliser.	• **1942** : *Paris de ma fenêtre* • **1944** : *Gigi*
• **1945** : Elle est élue à l'unanimité à l'Académie Goncourt, dont elle devient présidente en 1949.	• **1946** : *L'Étoile Vesper* • **1948** : *Pour un herbier* • **1949** : *Le Fanal bleu* • **1950** : *En pays connu*
• **1954** : Colette meurt le 3 août. Après des funérailles nationales dans la cour du Palais-Royal, son corps est inhumé au cimetière du Père-Lachaise.	Publications posthumes : • **1955** : *Belles Saisons* • **1958** : *Paysages et Portraits*

1.2 GENÈSE, PUBLICATION ET RÉCEPTION DES *VRILLES DE LA VIGNE* ET DE *SIDO*

Les deux recueils, qui relèvent de l'autofiction, mêlant souvenirs et reconfiguration romanesque, ont été composés à une vingtaine d'années d'intervalle : entre 1905 et 1908 pour *Les Vrilles*, entre 1929 et 1930 pour *Sido*. *Les Vrilles* sont l'œuvre de la jeunesse – « Colette Willy », pseudonyme du moment, a trente-cinq ans –, tandis que *Sido* est l'œuvre de la maturité – « Colette », pseudonyme définitif, a cinquante-sept ans. De surcroît, *Sido* renvoie à la période de l'enfance de Colette, alors que *Les Vrilles* renvoient à celle de l'adulte. S'ils peuvent se lire indépendamment l'un de l'autre, les deux recueils témoignent néanmoins d'une **commune célébration du monde**, Colette portant sur la nature un regard avide et enthousiaste, quoique nostalgique.

1.2.1 *Les Vrilles de la vigne*[1]

Le recueil, dont certains textes ont déjà été publiés dans *Le Mercure musical* entre le 15 mai 1905 et le 1er janvier 1906, ainsi que dans *La Vie parisienne* à partir d'avril 1907, paraît en 1908 aux éditions de *La Vie parisienne*. Ce « dernier-né fait de pièces et de morceaux », comme le nomme Colette elle-même, est plusieurs fois remanié, amputé de pièces qu'elle trouve surannées, ou au contraire enrichi de textes supplémentaires. Les éditions successives de 1923, 1930, 1934, 1950 sont l'occasion pour Colette de travailler le caractère fragmentaire du recueil tout en exploitant l'harmonie d'ensemble, chacun des textes étant « construit selon une logique musicale ou poétique de "phrases" ou "morceaux" juxtaposés, repris, modulés sans que ce **texte-arlequin** suive une logique narrative précise[2] » selon Julia Kristeva. Cultivant l'art de la condensation, du non-dit, Colette s'affranchit de l'exubérance fantaisiste des *Claudine* et acquiert les faveurs de la critique littéraire grâce à une prose lyrique, entremêlée de scènes dialoguées, et empreinte de sensualisme.

En dépit de sa notoriété entachée de scandale[3], son talent d'écrivain est salué dans la presse, quoique discrètement, dès la première publication des *Vrilles*, en novembre 1908. Le *Figaro* du 20 novembre 1908 commente le « charme véritable » de ce « fort curieux volume » ; quelques jours plus tard, André du Fresnoy manifeste son enthousiasme dans *La Phalange* : « Je trouve en elle un curieux mélange de raffinement et de sauvagerie : on croyait écouter les confidences d'une petite fille, et on lit des pages d'un admirable écrivain. » Gaston de Pawlowski, dans son article paru dans *Comoedia* le 3 janvier 1909, célèbre quant à lui le talent artistique de Colette : « combien, parmi nos écrivains actuels, en est-il qui vaillent Colette Willy en tant qu'artistes véritables de Lettres ? »

---

1. L'édition au programme rassemble les dix-huit textes de l'édition de 1908 et, en annexe, cinq morceaux ajoutés dans l'édition de 1934.
2. Julia Kristeva, « Colette : *Les Vrilles de la vigne* », *La Littérature et l'expérience des limites. La révolte intime : Colette* (séminaire doctoral), 2012.
3. En 1906, Colette se sépare de son mari, « Willy », qui l'avait introduite dans les milieux mondains de la Belle Époque et l'avait engagée à écrire ses souvenirs d'enfance – la série des *Claudine*, publiée sous le pseudonyme de l'époux. Menant une vie libre, bravant les préjugés et revendiquant son anticonformisme, Colette se produit sur les scènes de théâtre et de music-hall, allant jusqu'à provoquer le scandale au Moulin Rouge en 1907, embrassant sur scène son amante, l'ex-marquise de Belbeuf, surnommée Missy.

1.2.2 *Sido*, troisième volet de la trilogie maternelle

Après une longue omission de la figure maternelle, cette dernière hante l'œuvre de la fille à partir de 1922. Suivant *La Maison de Claudine* (1922) et *La Naissance du jour* (1928), *Sido ou les points cardinaux* paraît une première fois en 1929[1], puis le récit est augmenté de deux sections lors de sa publication définitive en 1930 sous le diminutif du protagoniste principal, *Sido*. Même si le titre consacre en premier lieu la figure maternelle, le récit d'enfance ressuscite à son tour le capitaine, dont les traits avaient déjà été esquissés dans « Un zouave », texte publié dans *Le Matin* en deux temps, les 27 mai et 10 juin 1915, et la fratrie. Dans *Sido*, Colette clame donc son attachement au pays natal et à la famille, décimée au moment de la composition[2] mais reconstituée précisément grâce à l'écriture.

Dès sa publication, le recueil est salué par la critique. Albéric Cahuet est sensible à l'émotion engendrée par l'écriture : « Sous la plume de Colette, tout vit et vibre : la pierre et le brin d'herbe, le seuil et le toit et, chez les êtres, le trait, la manie, l'expression et le souvenir[3] ». Plus tard, en juillet 1934, Robert Brasillach soulignera « la magie d'un art incomparable » qui interpelle le lecteur dans le sens où « ces souvenirs deviennent les nôtres ». En effet, par un subtil effet d'universalisation, les souvenirs de Colette débordent du passé déterminé, de sorte que chaque page devient un espace de l'intemporel dans lequel chaque lecteur trouve pleinement sa place. Nicole Bourdonnais fait dans ce sens l'éloge d'une écriture « luxueuse » : « Colette se soucie, à la manière proustienne, d'extraire l'essence intemporelle de cette expérience ancrée dans l'éphémère et le quotidien. Elle veut suspendre le temps, transmuter le transitoire en éternel[4]. »

1. Rédigé début 1929, le récit paraît dans *La Revue hebdomadaire* en juin, puis aux éditions Kra en juillet.
2. Entre 1905 et 1913, une série de deuils vient décimer la famille : mort du père en 1905, de Juliette en 1908, de la mère en 1912, d'Achille en 1913 (Léopold mourra en 1940).
3. Albéric Cahuet, *L'Illustration*, 25 octobre 1930.
4. Nicole Bourbonnais, « Colette et la liberté d'écrire. Une luxueuse intertextualité », *Études littéraires*, vol. 26, n° 1, 1993.

2. L'œuvre en examen

2.1 L'APOLOGIE DES ÊTRES CHERS

2.1.1 « Je la chante, de mon mieux » (p. 47) : la mère et le culte de la beauté de la création

Les premières pages consacrées à la mère en font une provinciale maniant le verbe avec humour et ironie : la parole de Sido, applaudie par son mari, se fait volontiers cinglante et son sens critique se mue régulièrement en un plaisir un peu facile de tancer le physique des Parisiennes (p. 32), l'inconvenance des jeunes mariés ou la mode des Parisiennes (p. 34). Fière de sa progéniture (p. 39, p. 53, p. 83) et mère possessive, voire jalouse (p. 54), elle sait se montrer impitoyable envers ses enfants (p. 51, p. 79, p. 97) ; amoureuse sincère, la tendresse de l'épouse se dissimule sous une apparence d'indifférence ou de suspicion (p. 68, p. 72, p. 76).

Pourtant, ces traits caractéristiques de la commère ou de la mère un peu bourrue disparaissent quand Sido franchit le seuil de son jardin : la nature, véritable « antidote » (p. 35) semble alors absorber cette femme dont le portrait est mythifié. Actualisation du mythe d'Antée[1], **Sido vit en osmose avec la nature** et reprend vie au contact de la terre (p. 64). Femme-nature, arborant un « glorieux visage de jardin » (p. 40), la mère est aussi celle qui s'émerveille devant la nature (p. 47), protège les fleurs (p. 33, p. 42, p. 44, p. 47) et les animaux (p. 66), parle à la jument (p. 51) et initie sa fille aux trésors dont la nature est porteuse (p. 38). Comparée à l'hirondelle, à la hase ou à la chatte (p. 65), la mère devient pédagogue et donne à sa fille tantôt une leçon de botanique (p. 44), tantôt une leçon sur l'interprétation des postures du chat (p. 43). Conteuse avérée, elle fascine sa fille par des récits extravagants qui célèbrent la puissance des éléments (p. 49, p. 51) et réhabilitent les animaux tels que le sanglier, le loup ou le renard (p. 65).

Véritable pythonisse[2] (p. 33), « avertie par ses antennes » (p. 37), Sido communique avec la nature, fait pacte avec les éléments déchaînés qu'elle considère comme des ennemis (p. 38, p. 49), prédit la bourrasque d'Ouest (p. 37) et se montre vigilante envers tout autre avertissement du vent (p. 42). **Prêtresse du *cosmos***, elle consulte le ciel (p. 41, p. 52, p. 55) et fait des offrandes aux génies invisibles (p. 41).

1. Dans la mythologie, Antée est un géant, fils de Gaïa (la Terre) et de Poséidon, qui reprenait force chaque fois qu'il touchait la terre.
2. La Pythonisse, ou Pythie, était la prêtresse d'Apollon. Par analogie, le terme désigne une femme qui profère des oracles, prédit l'avenir.

La figure maternelle est donc ambivalente : mère et épouse despotique, elle n'en demeure pas moins la déesse protectrice de la nature et le génie tutélaire de l'enfance. L'apologie posthume de la mère oscille entre réalisme et reconfiguration mythique : Colette réinvente la figure maternelle en insistant sur l'héritage que cette dernière lui a légué : le culte de la beauté de la création.

2.1.2 Le père et la célébration d'un artiste

En dépit des phrases inaugurale et conclusive de la première séquence, aveu littéraire des lacunes de la fille à l'égard d'un père « mal connu, méconnu » (p. 61), Colette s'érige à nouveau en portraitiste accomplie, réhabilitant la figure paternelle dans une écriture qui procède par petites touches.

Contrairement à sa femme, le capitaine Colette est un homme « banni des éléments » (p. 67) : il ne comprend pas la nature qu'il considère seulement comme un décor agréable, cadre propice aux repas dominicaux (p. 64). Il connaît les bêtes grâce à un savoir livresque qui lui suffit, n'aime pas s'approcher des animaux (p. 66) et ne sait pas consulter le ciel pour juger de la pluie, ce qui lui vaut le mépris amusé de sa femme (p. 68).

Cependant, les pages magnifient **la bravoure du héros de guerre**, l'écrivain compensant le handicap de l'amputé en insistant sur sa musculature virile (p. 60), en exhibant son panache (p. 62) et en rappelant son passé de beau saint-cyrien (p. 67). Tantôt animé d'une souffrance indicible, celle des amputés, tantôt mû par une colère de méridional (p. 60), refusant la pitié des autres (p. 61), l'intensité du personnage est perceptible dans son regard extraordinaire et fascinant, qui hante l'écrivain d'un bout à l'autre du portrait et qui sidère la voyante (p. 74).

Au même titre que la célébration de la figure maternelle, la célébration de la figure paternelle imprègne le recueil : décrit avant tout comme un artiste construisant des objets à l'enfant et collectionnant des crayons de couleur (p. 57), **le père stimule les talents littéraires de sa fille**, bien qu'ils ne partagent pas la même conception du lyrisme (p. 58). Si le récit se montre économe en ce qui concerne la parole paternelle, Colette ressuscite le défunt en faisant entendre à plusieurs reprises sa fantaisie de musicien (p. 58), parsemant la narration de chants poétiques et amoureux (p. 61-62, p. 71), et en lui léguant *in fine* la parole par la retranscription de la dédicace (p. 77). Artiste méconnu et secret, confronté à la tragédie de la page blanche (p. 76), c'est le père, et non la mère, qui veille sur sa fille, par-delà la mort (p. 74).

L'apologie posthume est donc un moyen pour Colette de révéler l'héritage paternel : célébrant l'être cher, elle justifie non seulement son humeur impulsive, mais elle révèle surtout la face cachée de celui qui lui a transmis sa vocation d'écrivain, accomplissant dès lors le projet d'écriture du capitaine.

2.1.3 Les « sauvages » ou la célébration de l'enfance

Colette porte un regard ému, attendri et amusé sur la période de l'enfance – au sens large, englobant l'âge adolescent – qu'elle actualise en faisant entendre les dialogues fraternels, le discours direct occupant plus de la moitié de la troisième section. Le narrateur délègue ainsi la parole aux deux frères qui sont pourtant paradoxalement présentés par leur laconisme et leur aspiration au silence[1]. Sauvages et vagabonds, « sobres et vertueux » (p. 79) vivant volontiers en marge de l'humanité, en quête du « non-foulé » (p. 80), les sauvages deviennent les protagonistes de quelques épisodes singuliers qui suggèrent leur caractère atypique (les pruneaux p. 81, la cagnotte p. 89, le mariage de la sœur p. 98). Libres, rêveurs et poètes, les garçons sont à leur tour mythifiés, le cadet devenant même sous la plume de Colette un être surnaturel et aérien, tantôt peint sous les traits du sylphe[2] (p. 84), tantôt sous ceux d'Éole[3] (p. 91).

Mais le clan des sauvages, en dépit des réticences fraternelles (p. 90), s'ouvre à la benjamine : dans la section consacrée au capitaine, Colette intègre la fillette au clan des « sylvains aux pieds légers » (p. 64) et immortalise l'image – proche de la photographie – de sa mère assise au milieu de ses trois enfants sauvages (p. 65). L'objet du récit n'est donc pas tant de célébrer les frères que d'illustrer, à travers les épisodes mettant en scène les trois enfants, **les « us et coutumes de l'enfance – réserve, discrétion, liberté** » (p. 85). C'est l'insouciance à parcourir les bois, à cuire au soleil (p. 90), à rentrer écorchés et déguenillés (p. 66), qui caractérise cet âge d'or, époque chérie en tant qu'offrant un espace de liberté, à l'écart du monde humain (p. 170-171). C'est cette « ivresse du chercheur de trésor » (p. 45) qui pousse l'enfant silencieuse et « reine de la terre » (p. 171) à contempler les fleurs du printemps, à préférer les bouquets de fleurs aux jouets et à considérer l'école comme une prison (p. 115).

Grâce à l'esthétique du contraste, **le portait des enfants parisiens sert de faire-valoir à la vie sauvageonne célébrée**. Avant même de mentionner la fratrie, Colette, par le biais de Sido, présente Mimi Antonin et par extension tous les enfants de Paris qui portent des chaussettes en été et s'apparentent davantage à des forains (p. 34-35). L'opposition entre les sauvages provinciaux et les « petits Parigots » est accentuée dans le deuxième volet d' « En marge d'une page blanche », la narratrice usant de l'hyperbole pour esquisser les traits des vacanciers qu'elle présente comme des antinomies de l'enfant qu'elle était, jouant sur l'antithèse portant sur les mollets

1. À ce propos, Jean-Philippe Dupuy analyse le paradoxe de l'écriture : « le scripteur s'intéresse essentiellement, dans "Le Capitaine", à ce qu'a tu un père "qui parlait volontiers", il consacre "Les Sauvages" aux propos de deux frères qui n'aspiraient qu'au silence » (« Les temps et le temps du Verbe dans *Sido* », *Cahiers Colette*, 1995).
2. Dans la mythologie nordique et celte, le sylphe (« génie »), est un esprit de l'air, représenté sous une forme svelte et doté d'ailes transparentes.
3. Dans la mythologie grecque, Éole est le dieu régisseur des vents.

ou les joues (p. 178-179). Mais c'est surtout l'épisode de Mathieu M… qui fait de ce dernier un anti-sauvage, bien coiffé, bien habillé, ganté et cravaté, se promenant en tricycle, et annonçant la préciosité des dandies qui peupleront *Les Vrilles de la vigne.*

Ce que célèbre avant tout l'écrivain adulte, c'est la vie à l'état de nature des enfants, qui n'est pas sans rappeler **le mythe du bon sauvage**. Les garçons, « coiffés de jonc » (p. 93), absorbés par les bois (p. 66), courant, ivres de liberté, à travers les prés marécageux et les ronciers (p. 66), préfèrent rentrer chez eux à pied – et non dans la victoria. Colette enfant fait elle-même l'expérience de cette ivresse sauvage, allant explorer le monde à trois heures et demie du matin et devenant la spectatrice privilégiée de la naissance du jour et de l'éveil de la nature. Arpentant le monde endormi, l'enfant fait l'expérience de la traversée d'un monde originel enveloppé dans un brouillard personnifié et prend conscience de sa connivence avec le monde primitif, goûtant, exaltée, l'eau des sources perdues (p. 38-39).

Cependant, ce mythe du bon sauvage est nuancé dans certaines pages, les enfants, tenant de leur mère leur sauvagerie peu charitable (p. 53), **n'étant pas dénués d'une certaine férocité**, méprisant le passant (p. 91) ou leur camarade de classe (p. 93). Si les jeux enfantins peuvent être innocents – cuire au soleil (p. 90), collectionner les papillons, construire un jet d'eau (p. 92) –, ils peuvent révéler une certaine « perversité » (p. 93), ce qu'illustre l'épisode mystérieux dans lequel Mathieu M… devient la victime des sauvages, ces derniers se complaisant dans leur rôle de bourreau que leur concède la narratrice, le cadet étant comparé à Lorenzaccio (p. 96). Gabrielle n'échappe pas non plus à cette férocité qui caractérise les sauvages, ne cachant pas sa déception à l'issue du récit lacunaire dont elle attendait tant, à propos du sort réservé à la victime de ses frères (p. 95), ou bien lorsqu'elle fouille la terre, bravant l'interdit maternel et devenant, selon le verdict sévère de Sido, la « petite meurtrière » de la chrysalide (p. 44-45).

Quoi qu'il en soit, la célébration de la vie sauvage se lit en creux dans *Les Vrilles*, la narratrice revendiquant à plusieurs reprises son désir de danser nue et écrivant un hymne à la liberté dans « Toby-Chien parle », aspirant à retrouver le pays sauvage et odorant de l'enfance (p. 140) et voulant fuir le monde d'artifices et de faux-semblants (« De quoi est-ce qu'on a l'air ? »).

2.1.4 Les animaux de Colette ou la célébration d'une « sérénité divine » (p. 128)

Colette hérite de sa mère l'amour des animaux et célèbre la complicité qui la lie à ces derniers. De la même manière que le chat répondait à Sido (p. 41), le chien Moffino répond à l'ordre de la fillette (p. 67) ; de la même manière que Sido parlait à sa jument (p. 51), « Elle », double de Colette, se confie à sa chatte (« Dialogue de bêtes », p. 139) ; de la même manière que Sido contemplait le merle déguster les cerises (p. 47), Colette s'émerveille devant la guêpe qui savoure la gelée de groseilles (« Belles-de-jour », p. 145).

La narratrice, vivant entre un chien, une chatte et un livre, selon le témoignage de Valentine (p. 146), célèbre **les animaux dont elle partage le destin et auxquels elle s'identifie volontiers**. Colette se compare, en tant qu'écrivain, aux animaux ailés et à leur soif de liberté : le rossignol (« Les Vrilles de la vigne ») ou la mouette (« Jour gris » p. 110). De façon plus discrète, elle se rapproche, en tant que femme, de Nonoche, la chatte rêveuse, passionnée et mélancolique, qui ne peut résister à l'appel du matou sauvage (« Nonoche »), ou de la chatte bohémienne à l'âme vindicative et délicate (« De quoi est-ce qu'on a l'air ? », p. 155). En tant qu'actrice immergée dans l'univers du music-hall, elle est assimilée à une abeille dans sa ruche (« Dialogue de bêtes », p. 136) et rêve devant le papillon, le comparant à une danseuse virtuose (« En marge d'une page blanche II », p. 181).

Aux femmes dont elle récuse le mode de vie (« Belles-de-jour », « De quoi est-ce qu'on a l'air ? », « La Guérison »), à l'humanité angoissée et souffrante (« Printemps de la Riviera »), **la narratrice préfère la compagnie de sa chatte** qui partage ses repas, son goût de la solitude (« La Guérison », p. 161-162) ou ses promenades au crépuscule (« Amours », p. 214). Dans l'hiver parisien, elle contemple la neige et court en compagnie de sa bull et de sa bergère flamande : l'empathie est telle que la narratrice dit galoper et aboyer comme ses compagnes (« Rêverie de nouvel an », p. 203). Si la narratrice clame son amour pour ses animaux, ces derniers le lui rendent bien, revenant la voir durant son sommeil (« Un rêve ») et se montrant émus par son sort (« Toby-Chien parle », « Dialogue de bêtes »). Cependant, elle refuse de devenir l'objet de leur pitié : elle accorde certes à Toby-Chien, dans une structure de discours enchâssés – le discours du chien faisant entendre celui d' « Elle » qui n'est autre que celui de Colette –, le rôle de révéler la soif de liberté qui l'anime, mais elle lui reproche ses excès de compassion (« Toby-Chien parle », p. 133) et son incapacité à saisir sa blessure cachée, contrairement à Kiki-la-Doucette (« Toby-Chien parle », p. 134 ; « Dialogue de bêtes », p. 139-140).

À plusieurs reprises, **les animaux, par leur sagesse, semblent supérieurs aux humains** : non seulement ils réconfortent le maître et l'apaisent en répondant à son besoin de reconnaissance, mais ils l'enrichissent par leur aptitude à lui donner une leçon de maîtrise de soi (« Amours », p. 215). Malgré le ton plaintif de la chienne reprochant à la maîtresse son ingratitude, la pièce finale, « Un rêve », parachève la célébration des animaux familiers caractérisés par leur dévotion fidèle, que ce soit Nell, Lola ou la chienne qui demeure anonyme, le recueil se concluant sur la supériorité de l'âme animale, gardienne pérenne de la mémoire.

2.2 L'HYMNE À LA NATURE

Colette, éduquée de façon très rousseauiste à observer et écouter la nature (p. 42), devient le chantre d'un univers marqué par le **cycle des saisons** (p. 37, p. 111-112, p. 205) et consacre certaines pages au printemps (p. 108, p. 115), à l'été (p. 38), ou à l'hiver (p. 203). Ses descriptions convoquent tour à tour les **quatre éléments naturels**, l'eau des sources, de la mer ou de la Somme (p. 39, p. 182), l'air et les vents (p. 37), la terre et les fleurs, le feu (p. 117). Dans cet univers naturel, Colette n'oublie ni le **règne animal** (les oiseaux des marais p. 174, les libellules p. 120, les papillons p. 108, p. 112, p. 181, p. 208, etc.), ni le **règne végétal** (avec l'omniprésence des fleurs ou des arbres), ni le **règne minéral** (représenté par le sable p. 177). La nature célébrée est une nature dynamique, sensorielle et harmonieuse, paradis terrestre dans lequel s'épanouissent l'enfant et l'adulte.

2.2.1 Le jardin de Sido, une nature « antidote » (p. 35)

Le jardin de Sido est un **univers clos**, entouré de vieux murs hauts, protégé par des arbres (p. 36) et circonscrit par les points cardinaux (p. 36). Dès que la mère en franchit le seuil, dès qu'elle se trouve au contact de la terre et de ses fleurs, elle retrouve apaisement et sérénité (p. 35). Colette insiste sur la paix qui règne dans ce jardin, univers marqué par l'harmonie et devenant propice au dialogue paisible et courtois entre les bêtes et les humains (p. 36-37). Usant à loisir d'hyponymes[1], Colette fait de sa description un parterre fleuri et coloré (p. 38), et de la leçon de botanique une véritable page d'horticulture (p. 44).

Au sein de cet univers, **les éléments végétaux sont humanisés** : Sido soigne de façon très maternelle le géranium, provoquant la jalousie de sa fille (p. 33) ; elle coiffe tantôt sa fille, tantôt les fleurs (p. 42), ou déshabille l'oignon, comptant ses différentes robes (p. 43). Elle accuse sa fille d'être la « petite meurtrière » de la chrysalide (p. 45) et refuse de participer à l' « hécatombe » des fleurs disposées sur un cercueil (p. 45) même si, de façon paradoxale, elle applaudit au saccage de la rose perpétré par le petit enfant d'une voisine (p. 46). Il n'est donc pas étonnant d'entendre Colette s'adresser, dans des apostrophes lyriques, aux géraniums, aux digitales (p. 38) ou aux violettes (p. 115).

1. Hyponyme : mot dont le sens est inclus dans celui d'un autre plus générique (s'oppose à hyperonyme). Les roses, les hortensias, le muguet, les bégonias, les crocus, etc. sont les hyponymes du mot « fleur ».

2.2.2 La nature, royaume sensoriel

Colette, chantre de la nature, nous offre une lecture polyphonique du monde : en effet, les deux recueils **nous donnent à lire tous les sens en représentation**, nous permettant dès lors de faire la découverte physique, charnelle, musicale, vocale du monde, véritable démarche expérimentale pour une nouvelle appréhension du monde dans sa totalité, par les sens.

Si les notations sensorielles sont omniprésentes, Colette fait des perceptions un véritable outil de connaissance du milieu dans lequel elle est plongée, enfant et adulte. **Les notations visuelles** ont bien évidemment la première place, l'écrivain offrant toute une palette de couleurs – rouge, rose, violet – lorsqu'elle décrit les fleurs du jardin (p. 38) ou les différentes nuances du bleu des violettes (p. 115). La narratrice se montre également sensible à l'intensité variable de la lumière qui modifie profondément le décor qu'elle a sous les yeux, comme dans « Partie de pêche », la Baie de Somme étant décrite au coucher du soleil (p. 182-183) et aux différentes heures de la journée. Mais parfois, la vue ne suffit pas à dire le monde, à l'appréhender : il faut alors être attentif **au bruit du monde**, qui peut être incongru, ou bien ténu, voire imperceptible. Ainsi, l'enfant écoute le faible et lointain ronflement de la mer (p. 37), le sanglot de la source (p. 39) ou le bruit de la pluie (p. 42). Plus tard, l'adulte est attentive au bruit du feu dans l'âtre (p. 117), au chant des frelons (p. 112), donne à entendre le bruit des vagues grâce à l'onomatopée (« flac-flac », p. 183) et le compare à celui de la queue d'une chienne. Elle écoute aussi l'écho de la forêt de Crécy (p. 180) ; en Baie de Somme, elle est sensible au bruit du vol de l'oiseau, comparé au frottement de la soie (p. 183) ou, à Nice, au chant limpide et harmonieux du merle (p. 199). Le sujet au contact de la nature doit être à l'écoute du monde, mais doit pouvoir aussi le sentir, le goûter : c'est pourquoi **les notations olfactives et gustatives** sont importantes – Colette n'écrit-elle pas que ses oreilles et ses narines sont ses organes les plus sensibles (p. 39) ? Les fragrances naturelles abondent, parfum des fleurs, des fruits et des bois (p. 111, p. 115, p. 180, etc.), parfum de la terre (p. 199), arômes du pays natal, « un pays de merveilles, où la saveur de l'air enivre » (p. 113). Par ailleurs, lors de la promenade à l'aube, l'écrivain décrit précisément le goût des deux sources par des comparaisons aux éléments végétaux – la feuille de chêne, la tige de jacinthe – ou minéraux – le fer – (p. 39). Enfin, Colette tente de retranscrire **ses sensations tactiles** par des images puissantes, comme lors de l'épisode du bain de soleil (« En marge d'une page blanche II »), dans lequel l'écrivain use de comparaisons et de métaphores propres à nous transmettre la sensation d'une femme couchée sur le sable. Dans cette description, le sable est comparé à de la cendre brûlante que fouillent les orteils de la femme, ou à de la poudre légère qui se répand sur le corps étendu et chatouille les pieds (p. 178).

Parfois même, toutes les notations sensorielles fusionnent dans une **synesthésie poétique**, comme lors de la promenade printanière propice à l'exaltation des sens (p. 108), ou lors de la virée dans la forêt de Crécy où la fraise, puis les champignons, sont décrits grâce aux différents sens. Le regard poétique se focalise en effet sur l'apparence de la fraise dont la rondeur est celle d'une perle, puis sur sa couleur changeante, et son odeur singulière (mise en valeur par l'oxymore « suave pourriture »). Les champignons quant à eux sont décrits grâce au sens de la vue (la couleur blanche étant comparée, de façon atypique, à celle d'un gant), auquel se superposent les sens du toucher (la moiteur étant mise en relief grâce à la comparaison au museau de l'agneau) et de l'odorat (dont l'intensité est suggérée par la comparaison à la tubéreuse, fleur exotique et très parfumée, p. 180).

Il s'agit dès lors pour Colette de **dire le monde avec le luxe des sens**, lesquels attestent de la singularité d'un monde quotidien, parfois banal, ou **ambivalent**. Ainsi, contrairement au jardin de Sido, la forêt de Crécy et la Baie de Somme sont des espaces ouverts et ambivalents, qui menacent l'être humain et lui révèlent sa propre finitude (p. 181, p. 187), l'enfermant dans une pénombre inquiétante et anxiogène (p. 180) ou au contraire le projetant dans un désert aveuglant (p. 187), espace mortifère au sein duquel le soleil s'attaque à l'homme (p. 186). Dans ces pages, les sens sont traduits dans leurs aspects de grâce ou de dégoût, comme le révèle l'oxymore de la « suave pourriture » des fraises, mais comme l'explicite surtout l'odeur nauséabonde des poissons (p. 187-188). Pourtant, il ne s'agit pas tant pour Colette de dénigrer ces espaces que d'en saisir la complexité et l'ambivalence, l'écrivain mêlant adroitement le sublime et le trivial pour décrire par exemple la vague qui « danse en moires glauques, en bagues dorées, en colliers rompus » (p. 186).

2.2.3 Monde originel et paradis terrestre

Avec l' « ivresse du chercheur de trésor » (p. 45), Colette enfant, **nouvelle Ève** (p. 98), aime « dénude[r] et hisse[r] au jour ce que l'œil humain n'a pas, avant le [s]ien, touché… » (p. 45). L'hymne à la nature se fait dès lors exaltation lorsque la fillette devient la spectatrice d'un monde pur et primitif, qui permet à l'enfant d'appréhender le monde dans son harmonie originelle. Ce constat est particulièrement frappant dans les pages consacrées à la promenade à l'aube : l'enfant, immergée dans un monde primitif, peut établir un contact avec ce qui fait l'essence du monde. S'ensuit un état de grâce relevant de l'ineffable, l'enfant ayant conscience de sa supériorité en ce qu'elle prend possession de la virginité du monde, devenant le témoin privilégié du premier souffle de l'air ou du premier oiseau. La promenade retrace un itinéraire sensoriel qui reconstruit la beauté du monde dans toute sa plénitude, l'enfant ayant même le privilège de goûter l'eau de jouvence des « sources perdues » (p. 39). Ce **monde primitif, endormi, humide** et enveloppé de brouillard hante la narratrice qui s'en souvient avec nostalgie dans

« Jour gris » et dans « Le Dernier Feu », décrivant son pays natal comme un paradis situé aux confins du monde : l'émotion est telle que sa description est fréquemment suspendue par l'aposiopèse (p. 112, p. 116). On comprend donc la fascination de la nature chez Colette puisqu'elle révèle l'être humain à lui-même et qu'elle le ramène à ses origines. La description de la Baie de Somme n'échappe pas à cette tentative de retrouver, malgré les perturbations engendrées par la « tribu papoue », la beauté primitive du monde originel représenté par le désert de sable (p. 182), monde sauvage, dépourvu de flore – excepté le chardon –, enveloppé de brouillard (p. 183) et marqué par la nudité (p. 185).

Cette nature originelle, sorte d'Éden dans lequel le serpent n'est jamais loin (p. 39, p. 112, p. 183, p. 186, p. 208), n'est pas un décor, comme la conçoit le capitaine, mais une force agissante. Le monde est régi par des forces naturelles dont la personnification tend à souligner la **dimension mythique** de la nature. Ainsi, l'éclair et la foudre sont enfantés par l'Ouest et Février (p. 37) ; l'Ouest est doté d'une « haleine » de « monstre amical » et la forêt est une divinité titanesque (p. 180) et chevelue (p. 111), dont l'haleine fait tressaillir la promeneuse (p. 180). Dans cette même appréhension d'une nature personnifiée, la mer ronfle (p. 37), le vent court et profère un cri belliqueux (p. 110), le sable marche et vole (p. 116, p. 176), et le corps du brouillard est presque palpable (p. 39). Génies malfaisants, l'Ouest se rue sur le jardin de Sido, l'Est s'adonne à des plaisirs criminels (p. 38) et le soleil s'attaque à la peau des vacanciers (p. 186). Pourtant, ces mêmes forces cosmiques peuvent au contraire s'avérer bienfaisantes : le vent peut devenir une présence amicale, voire même amoureuse (p. 140), s'asseyant sur la dune et ordonnant l'univers, tel un démiurge (p. 111), tout comme le sable (p. 177) ; le feu quant à lui est une divinité qui apporte sérénité et réconfort (p. 117). Dans certaines pages, **le culte de la nature est empreint de paganisme**, la fillette vénérant les sources (p. 39), la mère vouant ses offrandes aux génies invisibles de la terre (p. 41) et l'adulte se souvenant avec nostalgie de son petit paradis peuplé de dieux, de nymphes ou de satyres (p. 205). Indépendamment de tout culte religieux, la nature est bénie : telle est la leçon de Sido (p. 46) dont se souvient la fille, multipliant dans son écriture les références au culte païen.

2.3 UNE POÉTIQUE DE LA CÉLÉBRATION : LYRISME ET NOSTALGIE

2.3.1 Le lyrisme colettien

La première décennie du XXe siècle est marquée par l'émergence du **courant fantaisiste**[1] qui rassemble des poètes « fatigués des vieux clichés et de l'hermétisme prétentieux du symbolisme », condamnant l'esprit décadent de la fin du XIXe et rêvant « de rendre à la poésie un plus clair et plus sain visage[2]. » Cette école, à laquelle adhère le premier époux de Colette, Henry Gauthier-Villars, plus connu sous son pseudonyme Willy, prend par ailleurs ses distances avec le romantisme et son lyrisme exacerbé, comme l'analyse Michel Decaudin : « Les fantaisistes, eux, se défient d'abord des épanchements, des élans du cœur, de tout ce qui risque de faire basculer la poésie dans la pure sensibilité, comme aussi de toutes les exagérations verbales ou rhétoriques[3]. » C'est dans ce milieu lettré de la Belle Époque que Colette fit ses premiers pas d'écrivain, apprenant à se méfier d'un style grandiloquent, stéréotypé, et privilégiant, à l'instar des fantaisistes, la forme brève et l'écriture concise, comme le souligne Germaine Beaumont qui salue la limpidité de son écriture : « La concision est le propre du chef-d'œuvre, ainsi que la clarté. Colette use d'un vocabulaire exact, jamais obscur[4]. »

L'œuvre de Colette manifeste son **refus d'un lyrisme exacerbé**, l'écrivain dédaignant les accents du « mauvais poète déchaîné » : « Si je n'exerçais sur ma prose un contrôle sans merci, je sais bien qu'au lieu d'un prosateur anxieux et appliqué, je ne serais autre chose qu'un mauvais poète déchaîné, et aussi heureux dans son univers métronomique, qu'un ténor dont toute la vie ne serait qu'un pur et interminable *si* bémol[5] ! » C'est précisément ce que la fillette reproche à son père dans « Le Capitaine », dénigrant la prose oratoire nourrie d'adjectifs, ou les vers « sonores comme un orage de montagne » (p. 58). Elle souligne, dans « La dame qui chante » l'écart qui existe entre l'extase lyrique et la réalité prosaïque : le cri extatique qui jaillit de la gorge de la cantatrice fascine le spectateur qui entre à son tour en extase, Colette inscrivant en creux la figure d'Orphée[6] dont le chant parvint à émouvoir les animaux sauvages et

1. Pierre Tranchesse, « Une singulière école : l'école fantaisiste », *L'Avant siècle 3, Jean Pellerin et l'école fantaisiste*, textes réunis par Jean Burgos, 1984. Au sujet de la fantaisie chez Colette, on pourra se référer à la thèse de doctorat de Véronique Gigleux, *Aspects et enjeux de la Pastorale dans l'œuvre de Colette*, 2011.
2. Pierre Olivier Walzer, *Paul-Jean Toulet*, 1954.
3. Michel Decaudin, « Modernité de Jean Pellerin », *L'Avant siècle 3*, *op. cit.*
4. Germaine Beaumont, *Colette par elle-même*, 1964.
5. Colette, « La poésie que j'aime », *Conferencia*, 15 novembre 1938.
6. Dans la mythologie grecque, Orphée, poète à la lyre, est le patron de la poésie lyrique. Descendu aux Enfers pour retrouver sa jeune épouse Eurydice, il parvient à émouvoir les dieux infernaux en chantant son amour perdu et obtient la faveur de ramener Eurydice à condition de ne pas se retourner pour la regarder. Ayant échoué, il perd Eurydice une seconde fois ; ses chants sont si désespérés qu'ils émeuvent animaux sauvages et rochers.

les rochers. Ici, c'est le spectateur qui est profondément ébranlé en écoutant la cantatrice, éprouvant la fulgurance du désir sensuel. Le charme est néanmoins rompu de façon brutale par le retour à la réalité prosaïque, l'onomatopée « ouao-ouao » mettant en exergue l'écart entre les deux univers, écart que vient confirmer l'absence de délicatesse et la vulgarité de la cantatrice abordée par l'admirateur. Ce dernier, dont la frénésie est comparée à celle des rescapés de l'incendie du Bazar de la Charité en 1897, devient le prototype du mondain passif, en quête d'un lyrisme dont l'écrivain se méfie en ce qu'il demeure éphémère et éloigné du réel. Mais les limites du lyrisme exacerbé sont surtout analysées dans la pièce intitulée « Toby-Chien et la musique », le chien devenant la caricature du poète lyrique. En effet, les thèmes et les procédés lyriques – musique, nature, grottes ; personnifications, allitérations, hyperboles, etc. – abondent dans la parole de l'animal interrompu par une interlocutrice ironique, double de Colette. Revêtant les caractéristiques du chantre d'un lyrisme outrancier, l'animal s'apparente au « mauvais poète déchaîné » et provoque l'hilarité d'Armande de Polignac, hilarité qui le pousse à achever son autoportrait de poète maudit, éternel incompris, inconsolable et condamné aux railleries humaines (p. 141-144). Dans ces trois extraits, Colette souligne les excès d'un lyrisme grandiloquent, ce qui est une manière oblique de justifier le lyrisme épuré qu'elle revendique.

Dans sa préface des *Îles de lumière* de Renée Hamon[1], Colette dévoile les ingrédients de l'esthétique qui lui est chère : « Ne peins que ce que tu as vu. Regarde longuement ce qui te fait plaisir, plus longuement encore ce qui te fait de la peine. Tâche d'être fidèle à ton impression première. Ne te fatigue pas à mentir. » L'art poétique que revendique Colette est fondé sur une modernité d'écriture qui allie lyrisme, concision et souci d'exactitude. La technique descriptive de l'écrivain s'apparente dès lors à la **peinture impressionniste** propre à susciter une impression de spontanéité. Se comparant à l'artiste dotée d'un « pinceau ému » (p. 207), Colette fait sien le précepte d'Horace, « *Ut pictura poesis*[2] » et se fait peintre du réel, réel dépourvu néanmoins de la brutalité du réalisme. Travaillant la langue et la nourrissant d'une sensibilité poétique, Colette crée une prose poétique marquée par l'exigence de concision et de brièveté. Son écriture, qui procède par petites touches, aboutit à une poétisation du réel, Colette puisant ses images, non dans les clichés romantiques, mais dans les livres de botanique. Ainsi, les évocations successives du jardin de Sido (p. 38, p. 44), des fleurs printanières (p. 108) ou des violettes de l'enfance (p. 115) multiplient les taches de couleur, assurant le caractère pictural de la description et nourrissant la poétisation du réel qui s'anime délicatement. Les tableaux qui résultent de ce travail sur la langue offrent une palette de couleurs vives (p. 38) ou de pastels plus délicats pour décrire la montagne ou le ciel (p. 112, p. 116).

1. Renée Hamon, *Aux îles de lumière*, 1939.
2. « Il en est de la poésie comme de la peinture » (Horace, *Art poétique*, v. 361, env. 19 av. J.-C., traduction de Leconte de Lisle.

Par ailleurs, si la poétique de la célébration se débarrasse du style grandiloquent de la déclamation, la prose poétique de Colette, écrivain qui « chante » sa mère (p. 27) et qui se compare au rossignol, « ce chanteur éperdu, enivré et haletant » (p. 104), n'en demeure pas moins une prose lyrique. On y retrouve en effet les **procédés usuels de l'incantation lyrique**, avec de multiples apostrophes aux géraniums, digitales ou violettes (p. 38, p. 115), à la chatte (p. 191), aux saisons (p. 206), au feu (p. 117), avec l'utilisation du « Ô » vocatif, procédé emphatique. De plus, la ponctuation affective est omniprésente, avec la surenchère des points de suspension et d'exclamation. Créant un climat d'intimité, **le lyrisme se fait volontiers dialogique** lorsque la narratrice fait de la nature son allocutaire ou s'adresse à l'être aimé (« Nuit blanche », « Jour gris », « Le Dernier Feu », « Chanson de la danseuse »). La rhétorique de l'éloge et de l'amplification, avec les effets de liste – voire même la saturation de l'espace dans certains passages descriptifs –, sont les supports du lyrisme colettien, qui exploite, particulièrement dans *Les Vrilles*, la musicalité de l'écriture, créant de véritables textes incantatoires (« Chanson de la danseuse »). Certaines pièces des *Vrilles* – « Rêverie de nouvel an », « Jour gris », « Le Dernier Feu » –, sont des « fragments lyriques de rêverie éveillée, au ton fiévreux[1] », selon Véronique Gigleux, au sein desquels le lecteur assiste à l'irruption du passé. Ainsi l'écriture de Colette est à la fois sobre et poétique : grâce à sa prose poétique, Colette devient le chantre du monde sensible et de la volupté du moment.

Enfin, à l'instar des fantaisistes, Colette complexifie le réel par un **recours récurrent au paradoxe**, comme l'analyse Danielle Deltel[2]. L'alliance des contraires, l'oxymore ou l'antithèse fondent en effet l'un des aspects singuliers de son lyrisme. Ainsi, l'enfant amoureuse des violettes éprouve une joie chagrine et mystérieuse (p. 115) ; plus tard, le sujet lyrique qui se promène dans la forêt de Crécy est saisi d'une « triste allégresse » (p. 180). L'écriture du paradoxe peut être appréhendée comme un **paravent au sentimentalisme convenu** et stéréotypé, coupant court à la tentation de l'exaltation lyrique. Dans cette perspective, les différents sens sont malmenés par l'oxymore, l'antithèse ou le paradoxisme[3] qui créent des alliances inattendues : la fraise des bois dégage un parfum de « suave pourriture » (p. 180), les livres de la bibliothèque laissent échapper une odeur de « moisissures embaumées » (p. 76), le bruit de la neige est comparé au « crissement caressant du taffetas » (p. 203) et l'ombre du tamaris dessine un « délicat squelette » (p. 114). Ce défaut de sentimentalisme convenu participe à traduire la dualité des caractères qu'il s'agit pour l'écrivain de **célébrer dans leur ambivalence** : aucun membre de la famille n'est épargné, chacun devenant, à l'instar de Juliette, un

1. Véronique Gigleux, *Aspects et enjeux de la Pastorale dans l'œuvre de Colette*, 2011.
2. Danielle Deltel, « Le Paradoxe dans l'écriture de Colette », *Colette, Nouvelles Approches Critiques*, 1986.
3. Pierre Fontanier définit le paradoxisme comme une « alliance de mots, un artifice de langage par lequel des idées et des mots, ordinairement opposés et contradictoires entre eux, se trouvent rapprochés et combinés de manière [qu'] ils frappent l'intelligence par le plus étonnant accord, et produisent le sens le plus vrai […] et le plus énergique » (*Les Figures du discours*, 1821-1830).

« agréable lai[d] » (p. 97). Célébrer l'être aimé ne revient pas à l'idéaliser : telle est la conviction de Colette, qui décrit l'être cher à la manière de la nature, dans ses failles et ses contradictions[1].

2.3.2 Nostalgie du pays natal : « Mon souhait vorace crée ce qui lui manque et s'en repaît » (p. 116)

« J'appartiens à un pays que j'ai quitté » (p. 111) : si le regret du passé a un goût amer[2], il existe chez Colette un lien inextricable entre le désenchantement – *lamento* de la perte – et la réminiscence enchantée. En effet, les anamnèses lyriques font jaillir un **chant nostalgique qui, ranimant l'espace du passé, célèbre le pays natal**. Chez Colette, ce chant, qui s'élève dans des instants de rêverie méditative (« Jour gris », « Le Dernier Feu », « Printemps de la Riviera »), célèbre l'*oikos* dans un sens qui englobe la maison familiale, la terre et la nature primitive, voire même le lieu originel et mythique de l'Éden (p. 39). La nostalgie conduit l'écrivain à élaborer toute une poétique de l'espace, espace certes réel mais qui, en raison de l'affect nostalgique, est reconstruit, idéalisé, voire même transfiguré. En effet, la célébration de l'*oikos* est intimement liée à une recréation littéraire, un « faire littéraire », ce *poiein* qu'interroge toute poétique. Cette réinvention permet également de questionner la **porosité des frontières qui relient l'espace réel et l'utopie**. Reconstruisant le passé, l'écriture nostalgique manipule le souvenir et crée tout un système de combinaisons et de superpositions, projetant le sujet dans des lieux exemplaires qui s'enracinent dans une idéalisation du passé. Ainsi, le jardin de Sido est un espace préservé et idyllique, microcosme qui s'ouvre au macrocosme (p. 36-42) ; le pays natal est décrit comme un royaume sensoriel semblable au paradis terrestre (p. 111-112, p. 199). Mais ce royaume, présenté comme inaccessible et hors du monde (p. 116), existe-t-il vraiment ? La malade de « Jour gris » recommande à son interlocutrice de ne pas chercher ce pays natal magnifié par les couleurs de l'imaginaire, qui est le fruit de la conscience nostalgique (p. 113). C'est donc bien l'utopie qui tend à fonder l'imaginaire colettien, utopie mise en valeur par le contraste saisissant de l'univers spectral (p. 132) propre au présent de la narratrice, univers dystopique dans lequel règnent l'agitation et l'artifice (« Toby-Chien parle », « Belles-de-jour », « De quoi est-ce qu'on a l'air ? »).

1. Cf. 2.1. L'apologie des êtres chers.
2. Dans *Sido* et *Les Vrilles de la vigne*, plusieurs personnages souffrent de nostalgie, cette émotion liée au *pathos* d'exil : Léo (p. 85-88) ; « Elle », double de Colette, dont la blessure profonde et insupportable est révélée par Kiki-la-Doucette (p. 134) ; la narratrice malade de « Jour gris ».

3. L'œuvre à l'examen

Nous proposons des plans détaillés, qui doivent être nécessairement complétés par des références précises au texte.

3.1 EXPLICATION LINÉAIRE : LA PROMENADE À L'AUBE (« SIDO »)

« Étés réverbérés [...] son éclosion... » (p. 38-39)

- **Éléments de contextualisation**

  Premier volet de la trilogie familiale, « Sido » participe du « roman d'une enfance » tel qu'il est souhaité par Colette en 1910 : « Ressusciter ce que je fus !... Quelle femme n'a espéré le miracle ? Revivre tout ce qu'il y a dans un cœur d'enfant, savourer à nouveau ce qu'il a contenu de sagesse, de pudeur, de diplomatie, de méfiance [...] Le roman d'une enfance... je voudrais l'écrire, et je crains, en l'essayant, d'échouer. » (*Paysages et portraits*, « Le passé », 1958). Si les premières pages cristallisent la figure maternelle, souveraine de son foyer et de son jardin, la promenade à l'aube constitue un épisode autonome au sein duquel l'adulte « ressuscite » l'enfant d'autrefois, dans son exploration du monde, à la naissance du jour.

- **Lecture expressive du passage**

■ **Problématique :** Il s'agira d'analyser en quoi cet épisode, oscillant entre autobiographie, conte et mythe, célèbre le monde de l'enfance dans sa connivence avec la nature.

- **Annonce des mouvements de l'extrait**

I. Du récit autobiographique au conte initiatique : l'échappée dans la nature (1er §)

1. Inscription de l'épisode dans la veine onirique (1re phrase)

- Décor intemporel et mystérieux, temps archaïque et sans âge, à l'intersection du monde ordinaire et du merveilleux.
- Atmosphère onirique : pluriels emphatiques, absence de pittoresque, enfant présente par métonymie.
- Restitution de l'émotion d'antan, éblouissement optique, sensation tactile de chaleur et impression d'appartenir à l'éternité.
- Prose lyrique et rythme incantatoire du texte : anaphore, phrase averbale, ponctuation expressive et suspensive.

2. Le prestige de l'aube, moment charnière (2e phrase)

- Commentaire de la narratrice qui explique sa fascination pour l'aube.
- Schéma actantiel : la mère est l'instigatrice de l'exploration du monde, la fille en est la bénéficiaire.
- Métaphore qui fait de l'aube un cadeau palpable, offert par Sido, divinité bienfaisante.

3. L'expédition de la néophyte (3e phrase)

- Caractère atypique d'une éducation hors norme (précision temporelle et imparfait d'habitude).
- Néophyte partant à la découverte du monde (image des paniers vides et gradation rythmique).
- Connivence avec une nature personnifiée.

II. Du conte au mythe : la découverte d'un monde originel et primitif (2e §)

1. Un monde fœtal et endormi (4e phrase)

- Univers antérieur à la naissance du jour, dans lequel règnent l'humidité et la confusion.
- Impression d'osmose entre l'enfant et la nature : mouvement vertical du brouillard qui atteint successivement les différentes parties du corps de l'enfant.
- Convocation des différents organes sensibles. La découverte du monde est indissociable d'une approche sensorielle de la nature.

2. L'enfant, l'élue arpentant un monde ambivalent (5e phrase)

- Démarche volontariste de l'enfant (verbe de mouvement).
- Menace latente de la campagne, aussitôt démentie grâce au paradoxisme[1].
- Insouciance sereine et placide de la mère et de la fille.

3. Un moment épiphanique (6e phrase)

- Récompense accordée mise en valeur par les formules clivées : la promenade à l'aube répond au besoin de reconnaissance de l'enfant.
- L'enfant, nouvelle Ève, assiste à l'éveil du monde : l'adjectif numéral ordinal répété et l'image de la naissance de l'astre renforcent son sentiment d'appartenir à un monde primitif.

1. Pierre Fontanier définit le paradoxisme comme une « alliance de mots, un artifice de langage par lequel des idées et des mots, ordinairement opposés et contradictoires entre eux, se trouvent rapprochés et combinés de manière [qu'] ils frappent l'intelligence par le plus étonnant accord, et produisent le sens le plus vrai […] et le plus énergique » (*Les Figures du discours*, 1821-1830).

- Moment de révélation intense et émotion intraduisible : prose lyrique et suspensive.
- Connivence avec le *cosmos* : instant d'extase durant lequel l'enfant semble vibrer au rythme même du souffle du monde.

Conclusion

La promenade à l'aube est donc un moment d'exception dans lequel l'enfant fait l'expérience sensible d'un monde originel et accède à sa splendeur native. Si le passage adopte la forme d'un récit autobiographique avec l'emploi de la première personne, la transcription du souvenir y mêle volontiers les ingrédients du conte et du mythe. C'est ainsi que Colette célèbre ses retrouvailles avec l'enfant d'autrefois, portant un regard ému sur un âge d'or, habitacle de « l'impérieuse, la sauvage et secrète tendresse qui [la] liait à la terre et à tout ce qui jaillit de son sein » (*Paysages et portraits*, « Le passé », 1958). Célébrant l'enfance, la prose lyrique de Colette s'ouvre sur un hymne à la nature, l'écrivain se faisant, tel le rossignol des *Vrilles de la vigne*, un « chanteur éperdu, enivré et haletant » (p. 104).

3.2 EXPLICATION LINÉAIRE : LA CÉLÉBRATION DU PAYS NATAL (« PRINTEMPS DE LA RIVIERA »)

« Enfin, Midi menteur […] bonheur printanier… » (p. 199)

- **Éléments de contextualisation**

  Les Vrilles de la vigne sont un espace poétique dans lequel jaillissent de nombreuses anamnèses lyriques qui célèbrent le pays natal. En effet, dans « Jour gris », « Le Dernier Feu » ou « En marge d'une page blanche II », l'appel du passé se fait prégnant, Colette clamant haut et fort son appartenance à la terre natale : « J'appartiens à un pays que j'ai quitté » (p. 111). Mais si les violettes (p. 115), les roses (p. 140) ou les fraises des bois (p. 180) du présent de la narratrice renvoient à celles du passé, actualisant dès lors le souvenir de façon immédiate, ce sont surtout les défauts de la terre du Midi, dans « Printemps de la Riviera », qui attisent le désir et fondent la singularité de la célébration du pays natal, les images se succédant, non plus selon le système d'analogies, mais selon celui d'antithèses.
- **Lecture expressive du passage**

Problématique : Il s'agira d'analyser en quoi l'antagonisme entre deux pays rivaux fonde la célébration de la terre natale.

- **Annonce des mouvements de l'extrait**

I. Entre complainte et ode lyrique sous-jacente : l'invocation au Midi porte en creux la célébration du pays natal (1er §)

1. Une attaque lyrique : le Midi, rival du pays natal (1re phrase)

- Apostrophe lyrique, personnification du Midi.
- Jugement péremptoire et dépréciation de la terre niçoise, caractérisée par l'absence d'odeurs (antithèse et détournement des clichés).

2. Difficulté de la réminiscence sensorielle : aveu d'une impuissance ? (2e phrase)

- Anamnèse rendue difficile en raison du défaut de fragrances naturelles.
- Réseau d'antithèses qui établit la rivalité prégnante entre les deux univers.
- Célébration nostalgique de la terre natale : prose lyrique (rythme ternaire, ponctuation suspensive).
- Le pays natal, une terre authentique et nourricière (accumulation finale et image utérine).

3. Mise à mal de la synesthésie poétique (3e phrase)

- Amertume quant à l'impossibilité d'une connivence avec la nature.
- Sens malmenés, voire inexistants : la négation restrictive condamne la rugosité et la sécheresse d'un pays sans couleurs et sans vie.
- Poétique de la nostalgie et esthétique du contraste : la sécheresse de l'univers minéral, métonymie du Midi, s'oppose à l'humidité de l'univers végétal, métonymie du pays natal.
- La silhouette de la femme amoureuse de la nature rappelle incontestablement celle de Sido.

II. De la complainte à l'envoûtement : une invitation au voyage (2e §)

1. L'affirmation d'une appartenance au pays natal (4e phrase)

- Confrontation des deux univers rivaux et antithétiques : pays niçois caractérisé par sa chaleur et sa luminosité; pays natal convoqué grâce aux images du froid et du brouillard. Jeu sur les déterminants (démonstratifs/possessif).
- Émotion palpable : périphrase poétique, ponctuation expressive et suspensive, gradation rythmique suspendue brièvement par l'adverbe – rupture qui traduit aisément le trop-plein émotionnel.

2. La nostalgie du *locus amoenus* (5e phrase)

- Dernière apostrophe au Midi, pays de la superficialité et de la surenchère (épithète postposé et anaphore).
- Ode qui réinvestit les *topoï* du *locus amoenus*, lieu idyllique, ombragé, dans lequel on recherche la fraîcheur et la sérénité.

- Rhétorique de la célébration : ralentissement du rythme et gradation rythmique finale qui s'étouffe dans un soupir.
- Suggestion d'atmosphère : l'univers chéri se dévoile progressivement, dans une vision kaléidoscopique.

3. Le pays natal, royaume des sens (6e phrase)

- Convocation dynamique du royaume des sens : Colette, au terme du recueil, habite oniriquement son pays natal.
- Le chant du merle : singularité du son (paradoxisme : verbe prosaïque dérivé de l'onomatopée et adverbe poétique) ; métaphore qui fait de la note une larme qui coule, nous invitant à établir le rapprochement entre l'oiseau et l'écrivain.
- L'odeur de la terre natale : paradoxisme associant les fragrances naturelles du sol à l'odeur de pourriture. Refus d'un lyrisme convenu.
- Nostalgie dont l'ambivalence fonde la saveur aigre-douce de la prose colettienne.

Conclusion

Le pays natal sort donc victorieux de la confrontation entre les deux univers. La terre natale est une rivale invincible, en dépit des images convenues qui célèbrent le Midi de façon ostentatoire dans l'imaginaire collectif. Sensible à la beauté séduisante du Midi, Colette regrette néanmoins le défaut d'authenticité du pays sans odeurs, qui suscite le désir et le manque : « Plus on est loin du pays natal, plus on souffre de la nostalgie de ses odeurs », pourrait ainsi conclure Gaston Bachelard (*La Poétique de la rêverie*, 1960). Malgré l'amertume du sujet confronté à l'opacité d'un monde avare de sensualité, le souvenir du pays natal s'empare progressivement de la narratrice : l'ode qui s'ensuit est une invitation au voyage dans un royaume sensoriel, marquant définitivement le recueil du sceau de la nostalgie. Mais comme le précisera la pièce suivante, placée en annexe et intitulée « Rêverie de nouvel an », la nostalgie n'est pas régressive, enfermant le sujet dans un temps archaïque : au contraire, le détour par le passé est une étape nécessaire dans la conquête apaisée du présent.

3.3 L'ÉPREUVE ÉCRITE : SUJET DE DISSERTATION

« La rêverie sacralise son objet. Du familier aimé au sacré personnel il n'y a qu'un pas. »

Gaston Bachelard, *La Poétique de la rêverie*, 1960

■ **Problématique** : Dans quelle mesure la célébration du monde relève-t-elle de la rêverie poétique telle qu'elle est définie par Gaston Bachelard ? Vous répondrez en prenant appui sur votre lecture de *Sido* et des *Vrilles de la vigne*. Votre réflexion pourra également s'ouvrir à d'autres œuvres que vous avez découvertes dans le cadre du parcours « La célébration du monde ».

- **Analyse du sujet**

  « Il faut embellir pour restituer » : dans son chapitre consacré aux « Rêveries vers l'enfance » (*La Poétique de la rêverie*, 1960), Gaston Bachelard souligne le contraste entre la perception du réel et l'imagination créatrice. L'écriture du souvenir résulterait de la tension permanente entre le désir de restituer le réel et la tentation, plus ou moins consciente, de le reconfigurer, l'écriture étant soumise au regard poétique émerveillé. C'est d'ailleurs cette dialectique qui semble fonder l'écriture de Colette, laquelle énonce, dans ce qui peut constituer un véritable pacte de lecture : « Je la chante, de mon mieux ». En effet, dans ses deux recueils composés à une vingtaine d'années d'intervalle, *Les Vrilles de la vigne* (entre 1905 et 1908) et *Sido* (entre 1929 et 1930), Colette « chante, de [s]on mieux » la famille, la terre natale, les êtres chers. Ainsi, célébrant l'univers familier, l'écrivain est semblable au rossignol décrit dans « Les Vrilles de la vigne » et devient « ce chanteur éperdu, enivré et haletant », submergé par une émotion qui l'autorise à « sacralise[r] son objet ».

- **Problématisation**

  Mais n'est-ce pas réducteur que d'apprécier la prose colettienne comme une rêverie poétique qui, embellissant le souvenir, participe à la transfiguration d'un réel auréolé ? La poétique du sensible, au cœur du projet d'écriture, ne fait-elle pas de l'écrivain le scripteur du réel ? Le réel tel qu'il est célébré n'est-il pas protéiforme, absorbant le monde dans ses failles et ses contradictions ? Ce questionnement nous invite à analyser dans quelle mesure la célébration du monde relève de la rêverie poétique, laquelle tend à sublimer le réel.

Proposition de plan

Se reporter à l'analyse thématique pour compléter ce plan et donner des exemples précis.

I. La célébration du monde soumis au filtre du regard poétique tend à sacraliser l'univers familier

1. L'univers familier est volontiers mythifié.

   Cf. *2.1. L'apologie des êtres chers.*

2. L'embellissement de la réalité cristallise la porosité des frontières entre l'espace réel et l'utopie.

   Cf. *2.3.2. Nostalgie du pays natal.*

II. Cependant, l'écriture manifeste la volonté de saisir le réel dans toute son authenticité : l'écrivain célébrant le monde n'est pas tant un rêveur qu'un scripteur du réel

1. Le scripteur du réel refuse l'exaltation d'un lyrisme exacerbé et se méfie du style grandiloquent inapte à saisir l'authenticité du monde.

   Cf. *2.3.1. Le lyrisme colettien.*

2. C'est dans la perspective de rendre compte de l'authenticité du réel que l'écrivain élabore toute une poétique du sensible.

   Cf. *2.2.2. La nature, royaume sensoriel.*

III. Se distille dès lors le projet ambitieux de l'écrivain, qui ne désire pas tant sacraliser le réel, que de le célébrer dans toute son ambivalence

1. Si les êtres chers sont volontiers mythifiés, ils ne sont pas pour autant auréolés, mais sont esquissés dans toute leur complexité, de sorte que chacun devient, à l'instar de Juliette, un « agréable lai[d] » (« Les sauvages »).

   Cf. *2.1. L'apologie des êtres chers : les failles de la mère ; les blessures du capitaine ; la cruauté des frères. Sensible à leur souffrance, Colette rend hommage à des êtres que la vie n'a pas épargnés.*

2. Célébration d'un monde dont l'ambivalence est sans cesse suggérée par l'alliance récurrente des contraires, la présence de l'oxymore et du paradoxisme.

   Cf. *2.3.1. Le lyrisme colettien.*

3.4 PARCOURS AUTOUR DE L'ŒUVRE : « LA CÉLÉBRATION DU MONDE »

- **Lecture cursive : George Sand, *La Mare au diable* (1846)**
  - Axes de lecture
    - « Elle possède le secret du bonheur » (chap. II) : la nature berrichonne.
    - Célébration des cœurs purs : Germain, Marie, Petit-Pierre.
    - La « dignité des mœurs de la campagne » (chap. XIII).
- **Contempler et exalter**
  - Corpus 1 : jardin idyllique et *locus amoenus*
    - Bernardin de Saint-Pierre, *Paul et Virginie*, 1788 : le « Repos de Virginie »
    - Colette, *Les Vrilles de la vigne*, « Nuit blanche », 1908, p. 107-108 : le « jardin d'été éblouissant ».
    - *Cantique des cantiques* (Cant. II, 10-17), trad. Jean-Baptiste Glaire, 1902 : le jardin des amants.
  - Corpus 2 : plénitude et euphorie
    - Colette, *Les Vrilles de la vigne*, « En marge d'une page blanche II », 1908, p. 177-178 : le bain de soleil.
    - Saint Exupéry, *Terre des hommes*, « L'Avion et la planète » (IV, 4), 1939 : la nuit dans le désert.
    - Delteil, *À la belle étoile*, « Mathématique de la sensation », 1944 : une « euphorie rayonnante ».
    - Bouvier, *L'Usage du monde*, « Afghanistan », 1963 : le Khyber Pass.

OBJET D'ÉTUDE 4

Le théâtre du XVIIe au XXIe siècle

PIERRE CORNEILLE, *LE MENTEUR* (1644)

Parcours : « Mensonge et comédie »
Par Marie Krebs

ALFRED DE MUSSET, *ON NE BADINE PAS AVEC L'AMOUR* (1834)

Parcours : « Les jeux du cœur et de la parole »
Par Jeanne Perreau

NATHALIE SARRAUTE, *POUR UN OUI OU POUR UN NON* (1986)

Parcours : « Théâtre et dispute »
Par Lunorsola Raffalli-Grenat

Pierre Corneille,
Le Menteur (1644)

> “ *Quand on fait un mensonge, il faut le soigner* [...]. *Et ainsi, c'est un hommage que l'on rend à la personne que l'on trompe.* ”
>
> Sacha Guitry, *Faisons un rêve*, 1936

1. L'œuvre et ses contextes

1.1 CORNEILLE, VIE ET ŒUVRE

1.1.1 Repères biographiques

Pierre Corneille naît en 1606 à Rouen dans une famille de robins, assimilés à la noblesse de robe. Doué pour les études, il se forme chez les Jésuites et devient par la suite avocat. Mais attiré par le théâtre, il décide de s'y consacrer et laisse de côté les plaidoiries. Remarqué pour son talent, son éclectisme et sa force de travail, il intégrera en 1635 la Société des cinq auteurs (avec Rotrou, Colletet, Boisrobert et L'Estoile) créée et encadrée par Richelieu. Corneille, se montrant rapidement indépendant face aux règles strictes qui émergent, sera peu à l'aise au sein de ce groupe trop assujetti aux volontés du cardinal. Les grands succès s'enchaînent, d'abord avec ses comédies et tragi-comédies. *L'Illusion comique* (1636) et *Le Cid* (1637) remportent l'adhésion du public face aux doctes. Ses grandes tragédies, *Horace* (1640), *Cinna* (1641) et *Polyeucte* (1642) lui valent le surnom de « Sophocle français ».

Se jugeant mauvais orateur, il fuira les mondanités mais cherchera la reconnaissance par le labeur et l'écriture. Il sera élu à l'Académie française en 1647. Dès les années 1660, le déclin arrive progressivement. On reproche à ses dernières pièces d'être des simulacres de ses premiers succès. Parallèlement, le jeune Jean Racine illumine le monde du théâtre. En 1670, les deux dramaturges se confrontent dans l'écriture d'une tragédie sur un même thème et le *Bérénice* de Racine l'emporte largement sur le *Titus et Bérénice* d'un Corneille vieillissant. Rongé par des soucis de santé et une forte amertume, il se fait de plus en plus discret, ne se présente que peu à l'Académie et meurt en octobre 1684. Après un premier silence, son éloge funèbre sera prononcé par Racine.

1.1.2 La dramaturgie cornélienne au XVIIe siècle

L'image de Corneille construite par la postérité repose sur de nombreux ressorts et thèmes propres à son théâtre comme l'honneur, le devoir, l'admiration et la raison. Ses principes sont au cœur du dilemme (communément nommé dilemme cornélien) qui alimente ses œuvres. Ce conflit intérieur entre le cœur et la raison est pour le dramaturge une confrontation entre deux choses sublimes.

En outre, bien avant les règles fixées par les doctes classiques, Corneille s'est attelé à une réflexion sur son art. Il se fait théoricien à travers ses *Discours* et propose une vision plus souple et faite de bon sens sur les principes théâtraux qu'il estime parfois trop rigides et liberticides.

1.2 CONTEXTE HISTORIQUE, POLITIQUE ET LITTÉRAIRE

1.2.1 Repères historiques

Le XVIIe siècle, surnommé le Grand Siècle par la tradition, recouvre en réalité une longue période de confusions, mutations, succès et échecs conduisant à de profondes réflexions sur l'État, remis en cause avant de devenir l'image de l'absolutisme royal.

La vie artistique et littéraire s'est forgée au cœur de ces tumultes et changements avec le concours des divers pouvoirs. En effet, les politiques culturelles – projets ou mécénats – ont été fortes et ont contribué à l'épanouissement d'une culture littéraire particulièrement riche.

- 1610 est la première date majeure puisqu'Henri IV est assassiné par Ravaillac.
- 1610-1643 : le règne de Louis XIII.

À la mort d'Henri IV, le pays est gouverné par la Régente Marie de Médicis mais l'ordre n'est pas encore suffisamment rétabli pour que la vie politique soit pérenne. L'avènement de Louis XIII se fait de concert avec le cardinal de Richelieu, pair de France et principal ministre du roi. Les desseins des deux hommes sont clairs : créer un état fort par un renforcement du pouvoir royal, lutter contre le protestantisme (cf. le siège de La Rochelle), et affaiblir la noblesse en réduisant ses privilèges et son indépendance.

Richelieu, fin lettré ayant une haute idée de la France, a conscience que la grandeur d'une langue et sa littérature peuvent assurer le rayonnement d'un pays. L'enjeu artistique rejoint dès lors l'enjeu politique. Grand mécène, il fonde en 1635 l'Académie française et propose une politique culturelle forte. Par ailleurs, il subventionne deux troupes majeures dans le monde théâtral : l'Hôtel de Bourgogne et le Théâtre du Marais, lieux artistiques publics.

1643-1661 : la Régence

À la mort de Louis XIII, son fils est âgé de cinq ans et l'État est tenu par sa mère Anne d'Autriche qui règne avec Mazarin, lui-même formé et conseillé par Richelieu dont il poursuit la logique politique. Cette période est marquée par les Frondes qui sèment le trouble et remettent en question le pouvoir royal entre 1648 et 1653. Menées par les parlementaires et les nobles, elles reposent sur la peur de la **perte des privilèges** que conduit la logique absolutiste.

Focus sur la guerre de Trente Ans (1618-1648)

La guerre de Trente Ans est un long conflit qui a opposé les puissances européennes sur fond religieux. Les Habsbourg d'Espagne et ceux du Saint Empire romain germanique s'opposent aux états allemands protestants soutenus par la Suède, les Provinces Unies et la France. Plusieurs enjeux sont présents :

- conflit entre catholiques et protestants;
- conflit de territoire : la France refuse par exemple l'expansion des Habsbourg;
- évolution des régimes politiques : la féodalité disparaît au profit de l'absolutisme naissant, signant la naissance des états modernes.

Le Traité de Westphalie clôt le conflit et inaugure une nouvelle géographie de l'Europe, composée d'états modernes où l'absolutisme peut s'épanouir.

1661-1715 : le règne de Louis XIV

L'avènement de Louis XIV est marqué par un retour à l'ordre. Il éteint la Fronde et par là même l'ambition des Grands jugés trop orgueilleux et menaçants. Mécène et amateur d'art, il propose une politique culturelle vigoureuse. Le classicisme naissant est à ce titre un mouvement aussi politique qu'esthétique où se croisent les grands noms de la littérature.

1.2.2 Contexte littéraire et culturel

Un nouveau public galant et raffiné

Les bouleversements sociaux de la première partie du siècle transforment en profondeur la société qui, en plus de questionner sa structure, plante les fondements de nouveaux codes. C'est dans ce cadre que ce que nous appelons la *galanterie à la française* émerge, produisant un nouveau public courtois et raffiné. Dans son ouvrage *La France galante*, Alain Viala définit ce monde **galant** par « un code de bonnes manières, une politesse surveillée, une éthique, mais aussi un amour de l'art et des spectacles[1]. »

Dans ce contexte, aller au théâtre est une activité dominante et son prestige social explique ce succès. C'est un lieu mondain et ritualisé où l'on se déplace à la fois pour voir et être vu. Le raffinement et la politesse dont se gargarise ce public galant deviennent dès lors recherchés au théâtre.

1. Alain Viala, *La France galante*, PUF, Paris, 2008, p. 10.

Le mouvement baroque

Le terme « baroque » vient du portugais – *barocco*, terme de joaillerie désignant une perle irrégulière. L'irrégularité est en effet le trait majeur de ce mouvement qui a jailli en Europe entre la fin du XVIe siècle et le début du XVIIe. Le baroque français se situe ainsi entre la fin de la Renaissance dont les idéaux s'effondrent après les guerres de Religion et l'âge classique.

Cette période esthétique est le fruit de l'**instabilité** du monde, d'un sentiment de fragilité dû à une perte des valeurs politiques et religieuses. Face au vide et à une transcendance qui ne répond plus aux questionnements existentiels de l'Homme, l'art se réfugie dans une esthétique de l'irrégularité et de l'instabilité.

En littérature, les thèmes récurrents sont : **l'artifice, la métamorphose, l'illusion**, les paradoxes, la dialectique de l'être et du paraître, **l'exagération**. De fait, les figures de style telles que la métaphore, l'allégorie, l'hyperbole ou encore l'antithèse sont légion.

Dans la pièce, les marques de l'esthétique baroque sont :

- l'intrigue complexe faite de mensonges et de quiproquos ;
- le mensonge en tant que thème, vecteur d'artifice nécessitant de nombreuses hyperboles ;
- Dorante marqué par la duplicité et maître des faux-semblants.

La Préciosité

Ce mouvement initialement féminin se développe dès l'époque baroque et trouve son apogée lors de l'avènement du classicisme. Ce mouvement désigne un courant littéraire, un état d'esprit et des codes esthétiques qui bannissent la vulgarité au profit du raffinement et de **l'élégance**. Fondée par des aristocrates lettrées, dont les plus célèbres sont Catherine de Rambouillet et Madeleine de Scudéry, la Préciosité a pour habitude de réunir la fine fleur intellectuelle dans des salons, lieux d'échange et de courtoisie.

Selon l'idéal esthétique précieux, le **raffinement** est un enjeu des relations amoureuses autant que du langage, souvent châtié. Toute une littérature galante se développe, dans laquelle les sentiments féminins guident le parcours amoureux.

Dans la pièce, les marques de la préciosité sont :

- la présence de personnages élégants dépourvus de vulgarité ;
- l'emploi d'un langage amoureux raffiné et courtois.

L'avènement du classicisme

Le classicisme est traditionnellement perçu comme le mouvement ultime du XVIIe siècle, âge d'or littéraire où le sublime s'allie avec la morale, l'ordre et la perfection.

Les mots d'ordre de la doctrine classique sont *placere et docere* (plaire et instruire). Tout doit être beau, plaisant et à la fois éthique afin d'ériger l'édification morale du lecteur. Des règles strictes, qui émanent des doctes antiques comme Aristote ou Horace, construisent progressivement cet édifice esthétique.

Ces préceptes sont particulièrement appliqués à la sphère théâtrale, et notamment à la tragédie classique considérée comme l'acmé du sublime littéraire. Les trois unités (temps, lieu, action), le respect des bienséances ou encore la vraisemblance sont primordiales. Concernant la tragédie, le but ultime est la catharsis (purgation des âmes qu'il faut libérer des passions en suscitant la terreur et la pitié).

Il est important néanmoins de rappeler que les choses ne sont pas aussi figées. Si le classicisme se forme en opposition au baroque par un retour à l'ordre, il se crée aussi dans sa continuité car il ne nie pas ce que le baroque a mis en lumière : l'hypocrisie, les faux-semblants, les tourments de la passion et la douleur de l'incertitude des êtres. *Le Menteur* est à ce titre au croisement du baroque et du classicisme.

1.2.3 La comédie au XVIIe siècle : de la disgrâce au salut

Désamour et regain : vers une nouvelle esthétique comique

La comédie a été longtemps discréditée aux yeux du public et de l'intelligentsia dès l'Antiquité. Aristote, argument d'autorité des classiques, ne voyait dans la comédie que bassesse et laideur, réveillant la part grossière du public. La dimension populaire et la banalité des situations ont également alimenté le manque d'estime du genre.

Les choses changent dès la fin de la Renaissance et surtout au début du Grand Siècle. La comédie va se dégager de la farce et de sa trivialité. Des pièces plus raffinées sont proposées et vont de pair avec le nouveau public galant que l'on cherche à conquérir. Le changement de public entraîne donc un changement esthétique et vice-versa. Les œuvres sont plus élitistes et ne cherchent pas le rire facile.

1.3 LA PLACE DE L'ŒUVRE

La place de la comédie et du *Menteur* au sein de la carrière de Corneille

- Corneille fait représenter en 1629 *Mélite*, une comédie de mœurs dont le succès est immédiat. La pièce propose un comique plus raffiné qui rompt avec la vieille tradition farcesque et bouffonne.
- Plusieurs comédies d'intrigues, dites également « comédies de l'honnête homme parisien » vont suivre : *La Veuve* (1632), *La Galerie du palais* (1633) *La Suivante* (1634), *La Place royale* (1634). Dans ces comédies, il met en scène des quiproquos amoureux, à Paris, au sein d'une intrigue assez superficielle.

Ainsi, Corneille anoblit avec ces pièces le genre comique. Par le cadre réel, il permet plus de vraisemblance et de crédibilité et retire des intrigues les personnages triviaux des farces pour ne laisser la place qu'à la bonne société.

- 1635 : *Médée* paraît, pure tragédie qui met l'accent sur un personnage moralement discutable.
- 1636 : énorme succès de *L'Illusion comique*, pièce baroque par excellence construite sur le procédé de mise en abyme et d'illusion théâtrale. Véritable hommage au théâtre, cette comédie est une prouesse du dramaturge qui offre des personnages hauts en couleur comme Matamore et joue avec virtuosité sur l'ambiguïté entre les genres et registres, entre le réel et la fiction.
- 1637 : Corneille représente *Le Cid*, succès incontestable qui conduira néanmoins à une célèbre Querelle.
- Le temps est ensuite à la tragédie, dont les sources sont soit antiques avec *Horace* (1640) et *Cinna* (1641), soit chrétiennes avec *Polyeucte* (1642).
- **1644 : *Le Menteur*. Corneille opère donc un retour vers la comédie lorsqu'il crée cette œuvre. Pièce légère et galante, son manque de moralité lui sera reproché,** entraînant l'écriture de *La Suite du Menteur* (1645).
- Retour à la tragédie avec *Rodogune* en 1647, succès public considérable.
- La suite de son œuvre est marquée par un déclin progressif. Les tragédies sont nombreuses et mises en concurrence avec l'avènement de nouveaux auteurs tragiques, dont Racine.

La Suite du Menteur (1645)

Dans l'épître qui introduit *La Suite du Menteur*, Corneille concède les défauts de Dorante en admettant « violer une autre maxime qu'on veut tenir pour indubitable, touchant la récompense des bonnes actions et la punition des mauvaises. » [...] « Il est certain que les actions de Dorante ne sont pas bonnes moralement. »

Le ton est plus romanesque que comique dans cette suite. Honnête homme, Dorante a fait amende honorable et ne ment plus, si ce n'est pas nécessité ou par galanterie.

Est présent en outre dans cette pièce un jeu de connivence très amusant avec le public puisque de nombreuses références à la pièce initiale sont présentes, brouillant les pistes entre fiction et réalité et créant une véritable illusion. Selon Cliton, les mensonges de Dorante étaient si connus qu'un auteur en a fait une pièce :

> Oui, dans Paris, en langage commun,
> Dorante et le menteur à présent ce n'est qu'un,
> Et vous y possédez ce haut degré de gloire
> Qu'en une comédie on a mis votre histoire. (Acte I, scène 3)

L'ascendance de la comédie espagnole

Dès les années 1630-1640, une mode de la comédie espagnole se développe en France. Le caractère exotique et l'exaltation du romanesque plaisent au nouveau public galant. La véritable source du *Menteur* est *La Verdad Sospechosa* (« la vérité suspecte », 1624) de Juan d'Alarcón.

La pièce est une véritable adaptation pour la dramaturgie française. Dans le texte d'Alarcón, le héros est plus sobre et l'ensemble plus sarcastique. Corneille transforme la pièce, l'épure, retire la violence. Aucun exotisme ibérique n'est présent, les lieux sont déplacés à Paris afin de créer des points de repère pour le public. Les Platerias (place madrilène) deviennent les Tuileries et la promenade d'Atocha la Place Royale (actuelle Place des Vosges). Il maintient en revanche dans l'intrigue le caractère rebondissant et ludique ainsi que le jeu des turpitudes amoureuses.

2. L'œuvre en examen

2.1 RÉSUMÉ ET PRÉSENTATION DES PERSONNAGES

2.1.1 Résumé de l'intrigue

Actes	Résumé de l'intrigue	Quiproquos, Mensonges et Vérités
I	Après avoir abandonné ses études de droit à Poitiers, le jeune Dorante rentre à Paris avec la ferme intention de se divertir. Il confie ses envies légères à son valet Cliton, homme de bon sens attaché aux valeurs morales traditionnelles. Il rencontre par la suite deux jeunes femmes, Clarice et Lucrèce, et cherche à séduire la première en se présentant par un mensonge. Il prétend sans vergogne avoir servi lors de la guerre de Trente Ans, ce qui permet à Cliton de réaliser que son maître est un menteur entraîné. Dorante ignore par ailleurs le prénom des deux femmes et pense, à la suite d'un quiproquo, que celle séduite est Lucrèce alors qu'il s'agit en réalité de Clarice. En effet, le cocher de Lucrèce ayant évoqué la beauté de sa maîtresse, le jugement esthétique posé sur la femme séduite pousse Dorante à croire que c'était elle. Par la suite, Dorante croise ses deux amis Philiste et Alcippe. Véritable amant de Clarice, ce dernier fait part de sa jalousie quant à une fête galante à laquelle aurait participé sa bien-aimée, entraînant le second mensonge de Dorante qui s'amuse à se faire passer pour l'organisateur fictif de ce moment de plaisir. Laissant Alcippe rongé par la jalousie, il explique à un Cliton dubitatif les bienfaits et l'amusement que lui procure l'affabulation.	Quiproquos : 1. Dorante croit séduire Lucrèce alors qu'il s'agit de Clarice, elle-même amante de son ami Alcippe. 2. Par son mensonge, Dorante fait croire à Alcippe que Clarice le trompe. Dorante ignore toujours par ailleurs que Clarice (qu'il croit être Lucrèce), entretient une relation avec son ami. Mensonges de Dorante : • Se fait passer pour un vétéran valeureux revenu des combats ; • Se fait passer pour l'organisateur d'une soirée romantique.

Actes	Résumé de l'intrigue	Quiproquos, Mensonges et Vérités
II	Géronte, le père de Dorante, souhaite que son fils épouse Clarice. Cette dernière est surprise et quelque peu désorientée : promise à Alcippe qui ne fait que retarder leur union, elle a été séduite par Dorante en ignorant toujours son identité. Elle élabore une stratégie avec Géronte : pouvoir observer son fils avec l'aide de Lucrèce pour lui laisser une chance de se faire connaître. Par ailleurs, Alcippe jaloux décide de provoquer Dorante en duel bien que son amante lui assure ne l'avoir jamais trompé. De son côté, Géronte dit à son fils qu'il désire l'unir à Clarice, ce que Dorante ne souhaite pas puisqu'il pense être épris d'une autre femme. Il se lance alors dans un nouveau mensonge, disant qu'il a épousé une femme à Poitiers afin de sauver l'honneur de cette dernière. Bien que déçu, Géronte accepte l'idée, persuadé que son fils a répondu à un code d'honneur. À la fin de l'acte, Dorante reçoit deux billets : un de Lucrèce qui souhaite le rencontrer (qui se fait passer pour Clarice selon une stratégie établie entre elles) et un d'Alcippe pour le duel.	Quiproquos : 1. Clarice ignore que le potentiel époux est Dorante, qui lui a plu. 2. Géronte abandonne l'idée d'une union pensant son fils marié. Mensonge : Son mariage fictif à Poitiers pour des raisons morales. Vérité : Clarice pense réellement n'avoir jamais rencontré Dorante.
III	Le duel n'a pas lieu puisque Dorante et Alcippe se réconcilient, le premier ayant fait croire au deuxième que le repas était pour une femme mariée qui ne pouvait être Clarice. Par son ami Philiste, Alcippe apprend par ailleurs que Dorante est un menteur invétéré. En ayant entendu la conversation entre Géronte et Dorante, Clarice comprend qui est l'homme qui l'a séduite et qu'elle croit donc marié à Poitiers. Avec Lucrèce, elles tendent un piège à Dorante pour le confondre lors d'un rendez-vous. Il séduit Clarice qu'il pense être Lucrèce, sans la voir puisque les deux femmes sont cachées. Persuadées que le menteur connaît leurs identités, elles pensent que le fourbe tente de les séduire en même temps. Clarice finit donc par l'éconduire. À la fin de l'acte, Cliton tente de faire comprendre à son maître les dangers du mensonge en lui rappelant que ses rares moments de sincérité ne seront jamais crus.	Quiproquos : 1. Dorante fait la cour à Lucrèce, pensant que c'est Clarice. 2. Les deux jeunes femmes pensent que Dorante se jouent d'elles en les séduisant toutes les deux, or il est sincère envers Clarice (qu'il pense être Lucrèce). Mensonges : • Le mariage ; • La soi-disant fête organisée pour une femme mariée. Vérités : • Lorsque Dorante dit ne pas être marié ; • Les sentiments de Dorante semblent être sincères.

Actes	Résumé de l'intrigue	Quiproquos, Mensonges et Vérités
IV	Dorante fait croire à Cliton qu'il a tué Alcippe en duel mais celui-ci arrive et lui dit que son père intervient enfin pour que son mariage avec Clarice ait lieu. Cliton enrage face aux mensonges de son maître et se montre de moins en moins dupe. Arrive ensuite Géronte qui souhaite rencontrer la prétendue épouse de Dorante qui se lance dans un mensonge : sa femme ne peut quitter Poitiers car elle est enceinte. Il se perd dans ses mensonges en confondant les prénoms de son prétendu beau-père. Dorante passe ensuite par Sabine, la servante de Lucrèce, pour lui transmettre un billet doux. Lucrèce n'est pas insensible aux mots de Dorante mais reste prudente. Son amie Clarice se rend compte de cet amour naissant bien que son amie s'en défende.	Quiproquo : 1. Lucrèce ignore toujours que Dorante ne connaît pas sa véritable identité. Mensonges : • La mort d'Alcippe en duel ; • La grossesse de l'épouse fictive. Vérité : Les sentiments de Lucrèce pour Dorante.
V	Géronte apprend par Philiste que son fils lui a menti sur son mariage et qu'il est pris par le vice du mensonge. Géronte est désespéré et confronte son fils sur les questions d'honneur et de vertu. Dorante se tire de cette conversation en prétendant avoir fait tout cela par amour pour Lucrèce, dont le père s'avère être un ami de Géronte. Dorante est enfin face aux deux jeunes femmes et après un long quiproquo, réalise l'identité de chacune. Il tente habilement de leur faire croire qu'il avait saisi la supercherie et tentait de les éprouver. Dans la scène finale, deux mariages arrangés par les pères sont annoncés : celui d'Alcippe et Clarice et celui de Lucrèce et Dorante. Un retour à l'ordre s'opère dans la mesure où les ultimes choix sont faits par les familles. Cliton, admiratif du succès de son maître, solde la pièce par un éloge paradoxal du mensonge.	Quiproquo : Face aux jeunes femmes, Dorante tente maladroitement de séduire Clarice pensant qu'elle est Lucrèce. Mensonges : • Dorante fait croire à son père que ses mensonges étaient le fruit de l'amour ; • Il fait croire à Clarice et Lucrèce qu'il s'est joué d'elles. Vérité : Les sentiments de Lucrèce.

Présentation des personnages principaux

■ Dorante

C'est un jeune homme qui arrive à Paris après avoir abandonné ses études de droit à Poitiers. Il est caractérisé par son extrême habileté à mentir, soit pour se sortir de situations auxquelles il veut échapper, soit pour s'imposer dans une vie parisienne qui l'impressionne, soit par jeu et réflexe. Il semble dès le début volage et léger, occasionnant le désespoir de son père.

Il symbolise le **mondain galant** qui cherche à séduire à tout prix tout en gardant quelque chose du personnage héroïque : il suscite l'**admiration** par son intelligence, sa ruse, sa **manipulation rhétorique** et son imagination débordante.

C'est de fait un **personnage très théâtral puisqu'il est à la fois acteur, auteur et metteur en scène**. Créateur d'illusions qui s'amuse et embellit le réel, il attire la sympathie du public et s'en vante ainsi auprès de Cliton :

> J'aime à braver ainsi les conteurs de Nouvelles,
> Et sitôt que j'en vois quelqu'un s'imaginer
> Que ce qu'il veut m'apprendre a de quoi m'étonner,
> Je le sers aussitôt d'un conte imaginaire
> Qui l'étonne lui-même, et le force à se taire. (Acte I, scène 6)

Dorante est en outre un exemple de personnage baroque par son ambivalence et sa duplicité. Ses mensonges ont également une part de sincérité et dans son jeu s'articule la dialectique du vrai et du faux. Il finit par épouser une femme dont il s'est épris à l'issue de la pièce (Lucrèce).

Cliton

Il est le valet de Dorante et tient une place importante dans la pièce. Il remplit la fonction traditionnelle du domestique en étant à la fois confident et complice (contre son gré au début). Par les questions posées à Dorante et les réponses de ce dernier, les spectateurs ont accès à certaines informations telles que les motivations de l'affabulateur.

Son rôle dramaturgique est important dans la logique de l'intrigue : il est spectateur des mensonges de Dorante qu'il ne comprend pas immédiatement. Les questions qu'il semble poser pour rétablir la vérité créent un fort ressort comique.

Bien qu'initialement il ne veuille pas être complice de Dorante, il est un spectateur admiratif de son maître.

Il incarne une morale traditionnelle et la bonne sagesse populaire. Bon nombre de ses propos sont de l'ordre de la sentence, marqués par le présent de vérité générale : « La façon de donner vaut mieux que ce qu'on donne. » (Acte I scène 1).

C'est Cliton qui aura le mot de la fin, en soldant la pièce par une sentence relevant davantage de la contre-morale et qui met en avant son admiration : « Par un si rare exemple, apprenez à mentir. » (Acte V, scène 7).

Clarice et Lucrèce

Les deux jeunes femmes jouent un rôle important dans l'intrigue. Si la première prend beaucoup de place face à son amie très effacée, elles œuvrent de concert pour ne pas se sentir dupées. Ignorant que Dorante ne connaît pas la véritable identité de chacune, leur stratagème alimente le quiproquo amoureux.

Géronte

Son nom, qui vient du grec *-gerontos* (le vieillard) est traditionnellement donné aux pères dans les comédies. Homme de valeur et de devoir, son unique but est de marier son fils, ce qui provoque de la part de Dorante mensonge et quiproquo sur son prétendu mariage à Poitiers, accepté par Géronte qui pense son fils valeureux.

Il est le seul à sanctionner par la parole le vice de Dorante et amène un ton dramatique à la pièce par son extrême sens du devoir.

2.2 VARIATIONS SUR LA COMÉDIE

La comédie

La question du rire apparaît spontanément lorsque la comédie est évoquée mais ce terme recouvre bien d'autres acceptions :

- une comédie peut être une pièce de théâtre générale, peu importe le genre ou le registre. En ce sens, un comédien n'est autre qu'un acteur et peut jouer divers rôles ;
- une comédie peut également être le lieu de la représentation ou une troupe assimilée à ce lieu (comme la Comédie-Française) ;
- l'expression « jouer la comédie », synonyme de mentir, est commune et renvoie à l'idée de fausseté, de feinte et de simulation associées à la comédie. C'est une expression souvent péjorative. De la même manière, le fait de se donner en spectacle est rattaché à des caprices ou une attitude puérile. Si cette idée peut être agaçante ou amusante, elle peut aussi avoir une connotation plus sérieuse comme son emploi dans le titre *La Comédie humaine* qui renferme l'ensemble de l'œuvre de Balzac. Le monde y est présenté comme une énorme feinte ;
- une comédie est aussi une pièce de théâtre qui provoque le rire et est donc caractérisée par le registre comique. Cette acception rappelle son étymologie grecque, - *comoedia*, qui signifie poème satirique. Née dans l'Antiquité, sa fonction serait de faire rire, mais aussi de faire réfléchir en provoquant.

Les types de comédies sont nombreux et le sens global donné au XVIIe siècle est celui d'une pièce dans laquelle des personnages communs (non nobles) ont des soucis quotidiens, familiaux, domestiques relativement prosaïques.

Le Menteur est une pièce qui joue sur plusieurs de ces éléments, en étant une pièce qui tend à faire rire (ou du moins sourire) en intégrant l'idée, dans son intrigue, de jouer la comédie.

Classer *Le Menteur* : quel type de comédie ?

Ce texte relève à la fois de la comédie galante et de la comédie d'intrigue. Il a déjà été évoqué qu'il échappe au genre de la comédie de caractère puisque le vice du mensonge n'est ni condamné, ni ridiculisé. En un sens, il en détourne les codes par la valorisation de Dorante.

Le Menteur s'inscrit donc dans le type de la **comédie galante**. Les personnages sont issus d'un milieu élégant dont ils portent les marques. Leur langage est délicat, leur attitude avenante et leur rapport à la séduction courtois. Les personnages masculins sont l'incarnation de l'honnête homme : agréables et distingués, ils savent se mettre en avant et s'inscrire dans une sphère sociale aux codes clairement maîtrisés. En outre, l'intrigue reste joviale, le ton enjoué manipule finement la raillerie, ce qui permet de divertir un public raffiné.

La pièce peut également être perçue comme une **comédie d'intrigue** puisque toute sa structure repose sur les imbroglios liés aux mensonges, aux quiproquos et aux diverses péripéties. À bien des égards, la pièce repose davantage sur l'énergie et le plaisir que sur le vice de Dorante. Le mensonge n'est intéressant que parce qu'il crée des rebondissements et de l'illusion. Le vice, par jeu, transporte voire émerveille. Ce qui peut à ce titre sembler complexe est de l'ordre du ludique pour le public lettré qui apprécie ces rebondissements.

Le comique

Le Menteur n'est pas une pièce éminemment comique dans la mesure où elle provoque le sourire bien plus que le rire franc. Néanmoins, certains ressorts issus des comiques traditionnels y trouvent leur place. Seul le comique de geste n'est que peu présent.

Le **comique de langage** est disséminé dans toute la pièce à travers les prouesses de Dorante. Le spectateur sourit de ces mensonges, de l'art de la manipulation de la langue et des effets produits sur les autres personnages dupés. Par exemple, Alcippe est ridiculisé par son extrême jalousie. Le ton employé pour la manifester est risible et décalé. Il emploie un lexique propre au héros tragique, hyperbolique, pour afficher sa peur de la rivalité amoureuse :

> Adieu, suis ton Dorante, et l'aime désormais,
> Laisse en repos Alcippe, et n'y pense jamais. (Acte II, scène 3)

Le **comique de situation** est le plus important et le plus visible puisque les mensonges créent des situations amusantes. Il y a un réel décalage entre le jeu du mensonge et l'ampleur qu'il prend. L'exemple de la jalousie d'Alcippe est à nouveau assez efficace puisque l'écart est énorme entre le mensonge improvisé de Dorante sur la fausse fête et la volonté du jaloux de le provoquer en duel. Autre exemple de comique de situation amusant et attendu : celui créé par Dorante qui s'embrouille. Puisque mentir requiert de l'imagination et de la mémoire, le spectateur s'attend à des confusions lorsque l'une des deux est défaillante et jubile de voir comment va s'en sortir le menteur. Lors d'une rencontre avec Géronte, Dorante se trompe de nom en parlant du père de sa prétendue épouse (Acte IV, scène 4). Il avait précédemment donné le nom fictif d'Armédon devenu Pyrandre par mégarde.

> GÉRONTE. — Il s'appelle ?
> DORANTE. — Pyrandre.
> GÉRONTE. — Pyrandre ! tu m'as dit tantôt un autre nom :
> C'était, je m'en souviens, oui, c'était Armédon.
> (Acte IV, scène 4)

Un texte plaisant…

À bien des égards, *Le Menteur* est à considérer comme un pur divertissement dépourvu de réflexion trop conséquente ou d'un trop-plein de sérieux.

Il y a tout d'abord la volonté de Corneille de plaire à un public galant qui se délecte tout simplement des imbroglios de l'intrigue. Le ton global reste relativement léger. Dorante est un mondain qui cherche à séduire, tant les autres personnages que le public. Il tient ses derniers en haleine par ses mensonges qui galvanisent l'intrigue. Sa manipulation du langage rappelle le pouvoir des mots et donne le sentiment que tout est possible. En ce sens, il s'attire la sympathie du public. La présence de sentiments amoureux et la dimension romanesque de l'œuvre renforcent le caractère agréable de l'ensemble. Finalement, Dorante fait cela par amour…

De fait, la pièce n'est pas considérée comme une comédie de caractère puisque le menteur n'est pas moralement condamné (ce qui a provoqué une suite les quelques controverses déjà évoquées), si ce n'est par son père. Il est présenté et perçu positivement par le public qui lui pardonne son défaut et pose sur lui le même regard qu'il pourrait poser sur un héros tragique dans la mesure où il ment (en partie) pour une cause noble : l'amour d'une femme. Au sein même de la pièce, Isabelle le défend auprès de Clarice qui le sait menteur en utilisant ses sentiments pour justifier ses affabulations. Le spectateur le regarde avec complaisance, comme un homme volage et amusant.

En rendant un vice séduisant et léger et en mettant en scène un menteur sympathique qui se meut dans les quiproquos de ses fictions, la pièce offre un moment plaisant à son public.

...mais qui porte une empreinte sérieuse du monde cornélien

En effet, quelques éléments du *Menteur* montrent qu'elle n'est pas qu'une pièce récréative puisqu'elle renferme pléthore de codes propres à la dramaturgie cornélienne employés avec sérieux ou détournés. Il ne faut pas oublier que l'œuvre est écrite à une époque qui exalte des valeurs telles que l'honneur, la gloire et l'idéal aristocratique, représentées par une grande partie du public galant de la pièce. Aussi retrouve-t-on dans cette comédie :

- le thème de l'admiration, bien que présenté sous une autre forme. On admire ici une prouesse de manipulation, un art du langage et de la ruse ;
- le devoir, présent mais détourné par Dorante qui l'utilise comme arme argumentative lors du mensonge envers son père (le faux mariage à Poitiers) ;
- le fait de prendre un défaut comme sujet, ce qui renvoie à une vision cornélienne de la vraisemblance défendue plus tard par le dramaturge qui s'oppose à l'idéal aristotélicien de la représentation absolue des bonnes mœurs ;
- l'honneur familial et social incarné pleinement par la figure de Géronte.

2.3 LE MENSONGE : UN RESSORT THÉÂTRAL

Le mensonge

Le mensonge est une affirmation contraire à la vérité. Il implique l'intention du locuteur qui cherche à mentir et est lié à une sorte de manipulation. C'est un vice communément condamné par la doxa (qui pousse à se méfier des menteurs) mais c'est en réalité un vice relativement acceptable. Tout dépend des causes qui poussent à mentir (comme celle de l'amour de Dorante).

Ce thème du mensonge dans cette œuvre de Corneille doit se lire à la lumière du contexte qu'est la vie culturelle et sociale au XVIIe siècle qui implique l'art de la feinte dans le jeu social ou le système de cour. C'est un défaut acceptable chez l'honnête homme du Grand Siècle pour deux raisons. La première est la conscience de ce jeu social qui pousse au mensonge et à la dissimulation. La seconde est l'admiration produite face à celui qui possède les qualités intellectuelles requises pour être un bon menteur : éloquence, mémoire, art de l'improvisation, finesse psychologique pour s'adapter aux interlocuteurs.

Dès lors, cela rend intéressant le rapport à la mauvaise foi qui est ambigu et davantage de l'ordre de la complaisance. L'honnête homme, bien que parfois sincère, se met en avant, lisse les traits, se valorise pour répondre aux attentes de son monde. Cela étant su, la feinte devient un code.

Prouesses de l'éloquence et du mensonge

Mentir nécessite une forte imagination, une excellente mémoire mais aussi un réel talent oratoire, autant de qualités que possède Dorante. Ce talent est perceptible par la variété des tonalités dans ses affabulations. L'ensemble produit dans la pièce une véritable **esthétique de la variété**.

Les exemples sont nombreux

- Le registre épique est présent lorsqu'il cherche à se vanter auprès de Clarice d'avoir participé activement à la Guerre de Trente ans encore en vigueur. Le spectateur assiste à une véritable scène de forfanterie puisque ce n'est pas le cas. La maîtrise du récit épique se voit par la présence de verbes d'action, du rythme vif, du lexique de la guerre et de la grandiloquence de l'héroïsme capables de susciter l'admiration :

  Et durant ces quatre ans
  Il ne s'est fait combats, ni sièges importants,
  Nos armes n'ont jamais remporté de victoire,
  Où cette main n'ait eu bonne part à la gloire. (Acte I, scène 3)

  Dans son élan, il va jusqu'à déplacer le lexique militaire au champ affectif afin de développer une métaphore filée de la conquête amoureuse, trait rhétorique commun aux séducteurs. L'expression « rendre les armes » est alors métaphorique et nourrit un mensonge supplémentaire : il aurait abandonné le combat pour suivre celui de l'amour. Il se place à nouveau dans une posture courtoise où il se fait chevalier servant de la dame :

  Attaqué par vos yeux, je leur rendis les armes ;
  Je me fis prisonnier de tant d'aimables charmes ;
  Je leur livrai mon âme ; et ce cœur généreux
  Dès ce premier moment oublia tout pour eux.
  Vaincre dans les combats, commander dans l'armée,
  De mille exploits fameux enfler ma renommée,
  Et tous ces nobles soins qui m'avaient su ravir,
  Cédèrent aussitôt à ceux de vous servir. (Acte I, scène 3)

- Un registre élégiaque est enfin exploité dans les passages plus lyriques. Dans sa description fictive de la fête donnée, il manipule les termes propres à l'univers précieux et au poncif du *locus amoenus* (description littéraire d'un lieu idyllique). Les majuscules employées ne sont pas sans rappeler les allégories de la littérature galante. Une synesthésie rend ce cadre parfait : l'ouïe est agrémentée par la musique, l'odorat par les parfums de fleurs et de fruits, le goût par ces derniers.

Les quatre contenaient quatre chœurs de Musique
Capables de charmer le plus mélancolique;
Au premier, violons; en l'autre, luths et voix;
Des flûtes, au troisième; au dernier, des hautbois,
Qui tour à tour dans l'Air poussaient des harmonies
Dont on pouvait nommer les douceurs infinies. [...]
Dont chaque extrémité portait un doux mélange
De bouquets de Jasmin, de Grenade et d'Orange. (Acte I, scène 5)

Le cadre spatio-temporel : Paris, lieu et source du mensonge

Réalisme du cadre

De nombreuses références réelles sont glissées dans la pièce, dont l'intrigue se déroule à Paris lors de la guerre de Trente Ans encore en vigueur (elle ne prend fin qu'en 1648). C'est donc une époque qui est contemporaine de l'écriture et que reconnaissent les spectateurs. L'époque se voit par la référence au conflit dans le premier mensonge qui semble réaliste de Dorante : « Depuis que j'ai quitté les Guerres d'Allemagne » (Acte I, scène 3).

Les lieux parisiens sont évoqués avec un certain souci du détail, rendant ainsi l'ensemble plus crédible et vraisemblable. Le lieu (les Tuileries) est ainsi indiqué dès la première réplique de Dorante : « Mais puisque nous voici dedans les Tuileries » (Acte I, scène 1).

Un peu plus loin, la Place Royale (actuellement Place des Vosges) est présentée comme l'endroit où demeure Clarice. Ces lieux ont la particularité au XVIIe siècle d'être des lieux de promenade et de rencontres très prisés par la noblesse.

Paris, lieu du *theatrum mundi*

En outre, Paris n'est pas toujours présentée positivement. La ville est perçue comme un lieu de l'illusion, du paraître, de la superficialité où les hypocrites peuvent évoluer.

Le début de l'intrigue repose sur un poncif : l'arrivée du provincial à Paris, qui réalise les enjeux humains qui s'y développent. Cliton aide Dorante à réaliser cela en faisant une description morale de cette ville-théâtre où se jouent les faux-semblants. Cette définition fait partie des causes qui poussent Dorante au mensonge.

CLITON. — Connaissez mieux Paris, puisque vous en parlez.
Paris est un grand lieu plein de marchands mêlés;
L'effet n'y répond pas toujours à l'apparence :
On s'y laisse duper autant qu'en lieu de France [...].
(Acte I, scène 1)

Le mensonge : un art du libertin

Bien que Corneille ne soit pas un libertin, il a conscience de cette réalité intellectuelle liée à un milieu précis. En effet, une partie de l'aristocratie s'enorgueillit d'un certain détachement des contraintes morales et préfère mettre en avant son désir individuel. À cela s'ajoute un esprit critique qui se voit dans les libertés prises vis-à-vis de sujets très sérieux, dans l'inconséquence et la distance qui permet de se détacher de certains carcans. L'orgueil des Grands étant mis à mal, il se déploie dans d'autres domaines.

L'esprit de Dorante incarne bien cette suffisance et cette soif de liberté. D'ailleurs, il se sait si bon menteur qu'il ne semble jamais affecté par les périls potentiels qu'il encourt à mentir ainsi, ce qui montre une insouciance que sa haute opinion de lui-même lui permet. Son orgueil lui permet de mentir avec aisance et de répondre à son désir de jouir de son art. Il se sent l'esprit libre en début de pièce pour être volage et détaché des contraintes affectives. Même s'il répond à la fin à l'injonction collective, ses mensonges lui auront donné la liberté, ou l'impression que celle-ci peut exister.

La place de l'amour : entre mensonge et vérité

Il y a dans *Le Menteur* une place accordée au romanesque cher à Corneille. Les sentiments sont de véritables enjeux de l'intrigue et la question de l'amour est soit de l'ordre du jeu soit de l'ordre des réalités formelles de l'époque.

L'influence de la littérature galante et de la pastorale est perceptible dans les scènes de séduction. L'attitude de Dorante lorsqu'il rencontre Clarice est courtoise et respectueuse comme l'exigent les bienséances envers une femme. Dorante tire profit de ces règles dès le départ pour prendre la main de Clarice tout en l'aidant :

> CLARICE, *faisant un faux pas, et comme se laissant choir.* — Ay !
> DORANTE, *lui donnant la main.* — Ce malheur me rend un favorable office,
> Puisqu'il me donne lieu de ce petit service ;
> Et c'est pour moi, Madame, un bonheur souverain
> Que cette occasion de vous donner la main. (Acte I, scène 2)

La jalousie, et notamment celle d'Alcippe, fait partie du jeu amoureux. Ce sentiment très commun est bien sûr lié à la peur de la perte de l'autre mais reflète aussi un enjeu social puisqu'il y va du prestige d'un gentilhomme de maintenir sa relation avec une amante. Socialement, la mise en scène d'un engagement amoureux permet de rendre visibles les codes courtois acquis.

D'un point de vue plus formel, le thème du mariage est placé dans la pièce. Il permet l'établissement d'un statut social et régularise les relations. Le mariage est d'une haute importance pour Géronte qui veut unir son fils à Clarice et y voit l'accomplissement d'un gentilhomme. La pièce montre les réalités de ces unions : les parents choisissent pour leurs enfants et ce qui justifie leur choix est d'ordre social, moral et esthétique. Le sentiment n'est pas convoqué, à l'image de ce qu'impose Géronte :

> Je t'ai voulu choisir moi-même une maîtresse,
> Honnête, belle, riche. (Acte II, scène 5)

■ Le style naïf : vers la vérité ?

Dans son épître, Corneille qualifie son style de « naïf ». Il ne faut pas entendre l'adjectif au sens d'une simple crédulité, mais de simplicité naturelle. Le dramaturge propose une langue qui se détache de la grandiloquence parfois pompeuse de son siècle. Il justifie ce type de discours et profite de la comédie pour le mettre en œuvre. Par le choix de mots simples, il cherche un lien plus naturel avec les personnages, un accès à leurs émotions et à leur intériorité. En les rendant ainsi plus humains, il accentue le réalisme, voire la vraisemblance de ses comédies.

2.4 COMÉDIE ET MENSONGE

Mensonge et comédie sont intrinsèquement liés, *a fortiori* dans l'univers théâtral. Ils fonctionnent ensemble et forment l'essence même du théâtre.

Mentir au théâtre est un pléonasme puisque la parole théâtrale est forcément mensongère au sein d'une fiction. Cette parole crée l'illusion de la vérité de ce qui est représenté. Mentir est un acte créateur sensiblement similaire à l'art dramaturgique. Le mensonge, dans le théâtre, s'insère partout.

Dans *Le Menteur* s'ajoute l'acte de mentir au sein de l'intrigue, ce qui produit une mise en abyme du ressort dramaturgique (théâtre dans le théâtre). Il y a donc un double effet d'illusion.

Ce procédé bouscule la perception du vrai et du faux, du réel et de l'irréel, voire du bien et du mal qui ne se perçoivent que selon l'intention du menteur / créateur. Cela peut déstabiliser le public ou le stimuler.

De fait, *Le Menteur* peut être lu comme une comédie sur le mensonge et sur le théâtre.

■ Une esthétique de l'illusion et de la mise en abyme qui permet le lien entre comédie et mensonge

Si *Le Menteur* n'est pas *L'Illusion comique* dans son hommage absolu au genre théâtral, c'est néanmoins une œuvre qui joue avec les codes du genre pour divertir et créer un effet **d'illusion**. Corneille joue sur l'effet de **mise en abyme** (théâtre dans le théâtre) puisque les mensonges sont de véritables scènes théâtrales dans la pièce. Par le principe de double-énonciation, il s'adresse à tous les autres personnages et au public mais ce principe est accentué par la mise en abyme. Le menteur-acteur a un double public : les spectateurs et les personnages conscients de ses mensonges qui deviennent malgré eux spectateurs.

Deux passages sont à ce titre de très belles prouesses théâtrales :

- **Acte I, scène 5** : la rencontre avec Alcippe et Philiste qui évoquent une soirée à laquelle aurait participé Clarice. Dorante entre dans la conversation, pose des questions pour recueillir de nombreuses informations et improvise un mensonge au sein d'une longue tirade qui décrit la fête galante qu'il aurait organisée. Alcippe et Philiste sont des spectateurs naïfs de cette fable alors que Cliton est conscient de la supercherie. Spectateur contre son gré, il est néanmoins complice en se taisant : « J'enrage de me taire et d'entendre mentir ».

  En outre, il cherche à acquérir un statut de gentilhomme par ses mensonges dans une société elle-même conditionnée par des codes jugés artificiels (paraître). Lorsqu'il improvise ce mensonge, il joue sur les idéaux attendus lors de ce type de réception : grandeur, abondance de la nourriture et des distractions, plaisirs artistiques par la qualité des musiciens et leur nombre… Tout ceci nécessiterait bien entendu de la richesse qui est ici manifestée en filigrane. Par une totale maîtrise des enjeux (puisque l'élégance exige qu'on ne parle pas ouvertement d'argent), Dorante réduit les prétendues dépenses à une simple « bagatelle », métaphore faussement modeste qui permet à la fois de ne pas être ostentatoire tout en faisant comprendre son aisance matérielle.
- **Acte II, scène 5** : le dialogue entre Dorante (accompagné de Cliton) et son père Géronte qui souhaite marier son fils. Ce dernier, voulant échapper à l'injonction paternelle, se lance dans le récit d'un mariage qu'il aurait contracté à Poitiers afin de sauver l'honneur d'une jeune fille (qu'il prénomme Orphise). Géronte et Cliton se font manipuler ; le dernier, d'habitude complice, a réellement cru à ce récit de mariage. Le jeu d'acteur de Dorante est ici parfait : il joue sur les codes d'honneur de son père pour lui faire renoncer à son projet d'union avec Clarice. Il endosse le rôle du héros tragique salvateur en utilisant un lexique de la vertu et du pathétique digne des grandes tragédies :

DORANTE. —Les siens m'avoient trouvé de nuit seul avec elle ;
Ils étaient les plus forts, elle me semblait belle,
Le scandale était grand, son honneur se perdait ;
À ne le faire pas ma tête en répondait ;
Ses grands efforts pour moi, son péril, et ses larmes,
À mon cœur amoureux étaient de nouveaux charmes […]

3. L'œuvre à l'examen

3.1 EXPLICATION LINÉAIRE : ACTE I, SCÈNE 3

“ CLITON, *le tirant par la basque.* — [...] Adieu. ”

– **Introduction**

Le texte étudié est extrait de la scène 3 de l'Acte I du *Menteur* de Pierre Corneille, pièce écrite en 1644 et jouée par la troupe du Marais. Les premières représentations rencontrèrent un franc succès auprès d'un public galant qui cherche à se divertir. Pièce baroque appartenant aux genres de la comédie galante et de la comédie d'intrigue, l'œuvre met en scène le personnage de Dorante, menteur ingénieux et éloquent qui cherche à séduire la jeune Clarice et à se faire une place à Paris. Toute l'intrigue repose sur les quiproquos et rebondissements créés par ses affabulations. Chaque mensonge est une prouesse qui donne lieu à une vraie scène théâtrale, produisant fréquemment un effet de mise en abyme. Ce moment de séduction dans l'acte d'exposition ne déroge pas à la règle.

■ **Problématique** : En quoi cette scène est-elle une illustration amusante du mensonge ?

– **Plan détaillé**

I. Un couple maître-valet amusant (v. 1 à 7)

1. Un rapport hiérarchique marqué

- Première réplique de Cliton marquée par une didascalie physique (lui tire la partie basse d'un élégant manteau) : il veut lui faire cesser ses mensonges.
- Tournure interrogative très polie du valet avec l'euphémisme courtois « extravaguez » pour assouplir la réalité : le mensonge.
- Rapport hiérarchique entre maître et valet prononcé. Différences de ton : Cliton s'exprime avec déférence (inversion sujet-verbe, euphémisme pour ne pas froisser) alors que Dorante emploie un ton sec et injonctif. Son seul souhait est que Cliton se taise = polyptote autour du verbe pronominal « se taire » employé à trois reprises, dont deux sous forme impérative « Tais-toi. » (v. 2).
- Emploi d'injures de la part de Dorante : « maraud ».
- Répliques sous forme de stichomythies, les vers 2 à 4 forment un seul alexandrin. Rythme vif de ce début de dispute qui amène un effet comique.

2. La vaine entreprise de Cliton pour accéder à la vérité

- Opposition morale des deux personnages : Dorante réprimande pour pouvoir mentir sans vergogne alors que Cliton tente au début de rétablir la vérité. Emploi du présent descriptif (v. 5) pour rappeler la provenance provinciale et le passé simple (v. 6) pour préciser une vérité temporelle. Emploi de l'expression populaire « je me donne au diable » en guise de bonne foi.
- Didascalie marquant l'aparté pour obtenir le silence du valet (v. 7). Jeu de feinte avec le public, complice amusé.
- Cliton devient néanmoins un spectateur conscient des mensonges, se tait et remplit son rôle traditionnel de valet, adjuvant et complice. Le jeu du mensonge peut pleinement commencer.

II. Forfanterie héroïque et amoureuse (v. 8 à 20)

1. Un récit fictif d'une rencontre amoureuse comme arme de séduction

- Adresse à Clarice, début de la séduction qui démarre par une mise en avant de Dorante lui-même. Changement de discours et de longueur : après les injonctions brèves, place à la logorrhée amoureuse.
- Création improvisée d'un récit de la rencontre avec emploi des temps du récit. L'imparfait « était que l'autre hiver » (v. 11) pose le cadre fictif et le passé simple « Je vous vis » (v. 12) pose l'action centrale de ce coup de foudre.
- Mise en abyme, effet de théâtre dans le théâtre. Performance dans le mensonge qui crée une véritable illusion.

2. L'art de la conquête et du combat amoureux

- Métaphore de la conquête amoureuse par un détournement du lexique guerrier appliqué au champ des sentiments. Métaphore militaire au service de la séduction : « Attaqué par vos yeux, je leur rendis les armes » (v. 13). Le lexique de l'amour s'ajoute à celui du combat : « cour, amour, charmes, cœur généreux, ravir, servir ».
- Parallélisme avec verbes d'action (v. 17) qui renforce la dimension hyperbolique.
- Mensonge improvisé pour la séduire, scène de forfanterie dans laquelle il se vante d'exploits militaires jamais accomplis. Emploi du lexique épique : « succès, exercices, armes, combats, armées » et de l'hyperbole « mille exploits fameux » (v. 18).

III. Fin de la séduction et de la fable (v. 21 à 23)

1. Un retour à l'ordre moral et social…

- Interruption d'Isabelle, la servante de Clarice avec un aparté destiné à sa maîtresse pour lui signaler l'arrivée de son amant. Isabelle remplit sa fonction de servante : pleine de bon sens, complice et capable d'une légère injonction (par le choix du futur) pour rétablir les choses. Propos clair et prosaïque qui tranche avec le discours de Dorante.
- Aparté important et efficace : il accentue le jeu entre l'être et le paraître, le mensonge et la vérité. En se laissant séduire, Clarice ment par omission (puisqu'elle a un amant) et joue. L'insistance « tout bas » dans la didascalie renvoie à une forme de chuchotement dans le jeu d'acteur : on masque et on paraît.
- Métaphore de « l'ombrage » (v. 21) d'Alcippe : rappel de l'importance de la réputation d'un gentilhomme dans la sphère sociale et dans le jeu des rapports humains.

2. …qui n'efface pas le plaisir de la séduction

- Moment clôturé par Clarice de manière élégante avec l'emploi du futur qui laisse entrevoir la possibilité d'une suite : « Nous en saurons » (v. 22) ; « Adieu » (v. 23).
- Double-plaisir : celui du personnage qui se laisse séduire et franchit une forme d'interdit et celui du spectateur qui s'amuse d'être complice de tous ces jeux.

■ **Éléments de conclusion**

- Scène amusante par le jeu du couple maître-valet. Plaisir du spectateur complice aux côtés de Cliton.
- Réflexion sur le mensonge, le vrai et le faux lors d'une entreprise de séduction : séduire n'implique-t-il pas toujours une petite part de mensonge ?

3.2 EXPLICATION LINÉAIRE : ACTE II, SCÈNE 5

“ Désarmé, je recule […] qu'on ne peut trop chérir. ”

– **Introduction**

Le texte étudié est un extrait de la scène 5 de l'Acte II du *Menteur* de Corneille, pièce écrite en 1644 et jouée par la troupe du Marais. La pièce appartient davantage au genre de la comédie galante que de la comédie de caractère, le but étant de plaire et non de blâmer un vice, ici le mensonge. Les premières représentations furent de réels succès pour le nouveau public raffiné de cette époque baroque mais quelques doctes provoquèrent une petite querelle pour des raisons morales. En effet, l'œuvre met en scène le personnage de Dorante, menteur ingénieux et éloquent qui cherche à séduire la jeune Clarice et à se faire une place à Paris. Toute l'intrigue repose sur les quiproquos et rebondissements crées par ses affabulations qui sont par ailleurs de réelles prouesses théâtrales. Dans cette scène, Dorante est confronté à son père Géronte qui souhaite ardemment le marier. Géronte, personnage très cornélien, incarne la figure patriarcale et les valeurs morales de sa classe. Face à cela, Dorante invente un mensonge pour échapper à cette union imposée : il se serait marié à Poitiers pour sauver l'honneur d'une certaine Orphise, passant pour un héros valeureux et chevaleresque aux yeux de son père. L'extrait étudié est la fin de la longue tirade mensongère du récit des circonstances de cette union.

Problématique : Comment Dorante rend-il son mensonge crédible en jouant sur les valeurs héroïques ?

– **Plan détaillé**

I. Le récit fictif d'une barricade amoureuse et ses conséquences (v. 1 à 12)

1. Quand un moment amoureux devient un combat

- Moment où l'extrait débute : Dorante est en plein récit.
- Récit très vif et rythmé par le présent de narration : « je recule, et rentre » (v. 1). Crédibilité du récit.
- Lexique de l'épique qui se mêle à celui du tragique pour amplifier le sentiment d'embuscade et la lutte pour ne pas être pris par la famille d'Orphise : « frayeur » et « effroi » (sentiments nobles), « défenses », « barricadons », « rempart ». Adverbe « soudain » (v. 5) qui accentue le rythme et l'adrénaline du moment.
- Accumulation d'objets qui aident à la lutte (v. 6).
- Exagération par des descriptions hyperboliques : « d'une chambre voisine on perce la muraille » (v. 10).

2. Prouesses du mensonge et ses conséquences

- Annonce de la conséquence au v. 11, temps fort marqué par le passé simple « il fallut composer ». Syllepse de sens autour de ce mot à double-emploi. « Composer » désigne d'une part la décision à prendre dans ce moment et d'autre part la composition du mensonge, la création de la suite de cette fiction improvisée.
- Didascalie qui indique la présence aux fenêtres de Clarice et Lucrèce, spectatrices de ce mensonge. Effet de mise en abyme totale, de théâtre dans le théâtre puisque Dorante joue devant un public (double avec les spectateurs réels).
- Réplique de Géronte qui traduit le terme « composer » par « épouser » = comique de langage. Place le père dans ses fonctions de régulation du fils et à travers sa marotte (le mariage). Désir de clarté face à l'ampleur du discours et de son caractère hyperbolique.

II. La mise en scène de l'héroïsme de Dorante (v. 13 à 24)

1. Le menteur joue sur des valeurs nobles

- Poursuite du récit dans lequel Dorante se fait passer pour un héros valeureux en manipulant les codes moraux de son père pour le convaincre.
- Peint au v. 13 la posture très explicite qui serait motif de déshonneur pour une jeune femme « de nuit seul avec elle ».
- Parallélisme (v. 14) pour accentuer les causes de son choix d'union.
- Lexique propre à l'héroïsme tragique : « scandale, honneur, efforts, péril, larmes ». Rythme ternaire (v. 17) qui renforce l'ampleur de la situation morale où se trouve Orphise.
- Insistance sur la 3e personne du singulier pour désigner le malheur de la dame : « son péril », « ses larmes » = Dorante parvient à se placer comme un héros répondant aux codes courtois et chevaleresques.
- « Donc », adverbe pour marquer la conséquence.

2. La virtuosité d'un mensonge qui touche aux sentiments

- Ajout du sentiment amoureux comme argument persuasif. À ce titre, « honneur » rime avec « bonheur » (v. 20).
- Métaphore maritime qui permet au menteur de se mettre en avant avec vigueur et orgueil : il est celui qui calme les tempêtes morales.
- Argument de la norme qui sonne comme un argument d'autorité (v. 22) : il se place dans le cadre de valeurs qui auraient été suivies par tout gentilhomme digne.
- Propos soldé dans un dilemme qui débute par l'impératif « Choisissez » (v. 23). Cette injonction très exagérée faite au père est une fausse alternative.

Éléments de conclusion

- Performance de Dorante qui parvient à se mettre en avant, intelligence dans la manipulation des valeurs qui pousse à l'admiration.
- Procédé de mise en abyme réussi, illusion théâtrale bien menée (Cliton lui-même est dupé). Dorante est à la fois auteur, acteur, metteur en scène et bénéficie de la présence d'un public. Les deux femmes étant spectatrices, cela provoquera un quiproquo puisque Clarice pense que Dorante est marié. Le mensonge n'a que trop bien fonctionné.

3.3 L'ÉPREUVE ÉCRITE : SUJET DE DISSERTATION N° 1

■ **Problématique** : Le plaisir du texte ne réside-t-il que dans le mensonge du héros ?

– **Analyse des mots-clefs du sujet**
  - Plaisir : renvoie à une des fonctions du théâtre, divertir. Caractère récréatif et amusant d'une pièce, en l'occurrence d'une comédie.
  - Mensonge : acte conscient qui consiste à ne pas dire la vérité ou la changer. Art de la feinte avec une véritable intention du locuteur.
  - Héros : personnage principal de la pièce, ici Dorante. Caractérisé par son art du mensonge, il crée les situations qui nourrissent l'intrigue.

– **Introduction rédigée**

Le valet Cliton clôt la comédie *Le Menteur* par une savoureuse contre-morale : « Par un si rare exemple apprenez à mentir. » Cette fin quelque peu inattendue pour une pièce de Corneille en démontre néanmoins toute l'originalité. Écrite et jouée par la troupe du Marais en 1644, cette œuvre intègre son répertoire après quelques grandes tragédies. Texte baroque, à la fois comédie d'intrigue et galante, il correspond aux attentes d'un nouveau public raffiné qui, évoluant dans des temps troubles et angoissants, est en quête de plaisir et de délectation. Cette intrigue d'inspiration espagnole met en scène Dorante, un menteur éloquent, orgueilleux et amusant qui cherche à séduire une belle tout en trouvant sa place dans la sphère mondaine parisienne. L'intrigue, qui semble ne se construire qu'autour de ses affabulations, conduit à se demander si le plaisir du texte ne réside que dans le mensonge. L'idée de plaisir rappelle ici une fonction précise attendue au théâtre : celle d'un moment divertissant et récréatif (qui sous-entend « dénué de lourdeur »). Le mensonge, acte volontaire de la feinte allant à l'encontre de la vérité, caractérise Dorante, personnage principal. Aussi, les mensonges de Dorante sont-ils les seuls ressorts dramaturgiques capables de distraire et d'amuser ? Pour ce faire, nous verrons tout d'abord que les affabulations du héros construisent la dynamique agréable de l'ensemble avant de considérer les autres thèmes et ressorts qui amplifient l'intrigue et le plaisir. Enfin, il sera intéressant de montrer que le plaisir ne réside pas uniquement dans l'amusement mais dans les questionnements engendrés par l'œuvre rappelant son contexte.

– **Plan détaillé (plan dialectique)**

I. Les mensonges de Dorante construisent toute la dynamique agréable de l'ensemble

1. Les affabulations au service de la construction d'une intrigue galvanisante et rebondissante

- Genre : comédie galante et d'intrigue/quiproquos/imbroglios.

  Ex : Acte II, scène 5 « il fallut composer » (Dorante compositeur et créateur).

2. L'esthétique de la variété proposée par Dorante

- Admiration face aux prouesses verbales, variations des registres au fil des mensonges.

  Ex : Acte I, scène 3 (épique et lyrique) / Acte II, scène 5 (héroïsme) / Acte III scène 5 (courtoisie précieuse).

3. Le mensonge créateur d'illusion

- Plaisir de l'illusion et mise en abyme. Lien intrinsèque entre parole théâtrale et mensonge.

  Ex : Acte II, scène 5.

II. Pour autant, l'intrigue se construit par différents thèmes et ressorts qui amènent consistance et plaisir

1. Les situations construites par d'autres personnages

- Importance de Géronte, de Lucrèce et de Clarice.

  Ex : Acte III, scène 5 (stratagème des filles qui accentue le quiproquo).

2. La dimension romanesque et sentimentale de l'intrigue

- Séduction et sincérité, style naïf.

  Ex : Acte III, scène 5. // Acte IV, scène 9.

3. Un cadre réel et contemporain

- Plaisir de l'identification immédiate des spectateurs.

  Ex : Acte I, scènes 1 et 3.

III. Le plaisir de la profondeur et de la réflexion

1. Plaisir immoral et réflexion sur le vice

– Vice non condamné, délectation, libertinage.

Ex : Acte I, scène 6 (éloge paradoxal du mensonge).

2. Une vision morale de Paris, *theatrum mundi*

– Description, réflexion sur l'être et le paraître.

Ex : Acte I, scène 1.

3. Une pièce baroque qui comble le vide par le trop-plein et l'illusion

– Le mensonge comme artifice et illusion de la liberté, libertinage du menteur comme effet de classe. Ex : Acte I, scène 1.

3.4 L'ÉPREUVE ÉCRITE : SUJET DE DISSERTATION N° 2

Problématique : Dans son introduction de *L'Anthologie de la poésie baroque française*, Jean Rousset dit de Corneille qu'il est le « poète de l'ostentation, de la volonté de paraître autre et plus grand qu'on est, le créateur de tant de personnages acharnés à se déguiser et à se donner en représentation à eux-mêmes et à autrui[1]. » En quoi ce propos reflète-t-il votre lecture du *Menteur* de Corneille ?

– **Analyse du sujet**
  - « Poète » : terme qui renvoie à la dimension créatrice (poésie vient du grec *-poien* = créer, fabriquer). Le poète, l'auteur, est celui qui crée du sens en façonnant les mots.
  - Corneille crée des êtres fictifs eux-mêmes parfois symboles des faux-semblants. Effet de mise en abyme.
  - « Ostentation, plus grand » : caractère hyperbolique des personnages, notamment de Dorante ou des situations.
  - « Paraître, déguiser, donner en représentation » : vocabulaire théâtral. Les personnages sont très théâtraux et peuvent jouer des rôles à l'intérieur mêmes de leurs intrigues. Mise en abyme, illusion théâtrale.
  - Lien au parcours « Comédie et Mensonge ».

– **Problématiques**
  - En quoi *Le Menteur* peut-il être lu comme une œuvre de la création pure et de l'illusion théâtrale ?
  - En quoi *Le Menteur* symbolise-t-il l'alliance entre comédie et mensonge ?

1. Jean Rousset, *Anthologie de la poésie baroque française*, Paris, José Corti, 1961.

– **Plan détaillé (plan analytique)**

I. *Le Menteur* met en relief la création poétique

1. Une langue travaillée et savoureuse

- Ex : alexandrin, lexique galant dénué de vulgarité, variété des tons, répliques rythmées.

2. La création d'un personnage créateur : Dorante

- Ex : Acte II, scène 5, « il fallut composer » (art de la prouesse, de l'éloquence, de l'improvisation).

II. Une œuvre baroque

1. Hyperboles et opulence au service du paraître

- Ex : Acte I, scène 3 (forfanterie et séduction par l'exagération).

  L'hyperbole est une figure importante de l'esthétique baroque. Idée de remplir et d'exagérer pour combler un vide.

2. Paris, *theatrum mundi*

- Ex : Acte I, scène 1 (portrait moral de Paris établi par Cliton).

  Tout entraîne la métaphore théâtrale. Le monde superficiel dans lequel évoluent les personnages les pousse à porter un masque et jouer un rôle.

III. Des personnages qui renvoient au lien intrinsèque entre comédie et mensonge, essence même du théâtre

1. Le mensonge : un jeu théâtral qui permet la mise en abyme

- Ex : Acte II, scène 5 (Dorante acteur, auteur, metteur en scène avec un public dupe et un public averti).

2. La magie de l'illusion théâtrale entre vérité et mensonge

- Ex : Acte III, scène 5 (séduction et stratégie des jeunes femmes) / Acte IV, scène 9 (discours naïf et sincérité, Lucrèce aime un menteur).

3. Quand le mensonge suscite l'admiration : de l'éloge paradoxal du vice à l'éloge sincère du théâtre

- Ex : Acte I, scène 6 (éloge paradoxal du mensonge).

  Plaisir du personnage et des spectateurs face au sentiment de liberté et d'ouverture du champ des possibles permis par l'illusion.

3.5 PARCOURS AUTOUR DE L'ŒUVRE : « MENSONGE ET COMÉDIE »

– **L'éloge paradoxal et le plaisir du vice**

Corpus

- Molière, *Dom Juan*, Acte I, scène 2 (extrait), 1665.
- Alfred de Musset, *Lorenzaccio*, Acte I, scène 1 (extrait), 1834.
- Georges Feydeau, *Feu la mère de Madame*, scène 4, 1908.

– **Proposition d'œuvres cursives**

- Corneille, *L'Illusion comique* (1635).
- Molière, *Tartuffe* (1669) ; *Dom Juan* (1665).
- Marivaux, *Les Fausses Confidences* (1738).
- Feydeau, *Le Système Ribadier* (1892) ; *Feu la mère de Madame* (1908).
- Sacha Guitry, *Faisons un rêve* (1936) ; *L'École du mensonge* (1940).

Alfred de Musset, *On ne badine pas avec l'amour* (1834)

" *Qu'importe de quoi parlent les lèvres, lorsqu'on écoute les cœurs se répondre.* "

Alfred de Musset, *La Confession d'un enfant du siècle* (1836)

1. L'œuvre et ses contextes

1.1 ALFRED DE MUSSET (1810-1857)

Éléments biographiques	Production littéraire
1810 : Naissance à Paris. Il étudie au lycée Henri IV puis se dirige vers les études littéraires.	
1828 : Alfred de Musset découvre le Cénacle romantique et participe à des soirées littéraires chez Nodier.	Les premières influences littéraires d'Alfred de Musset émanent des cercles romantiques parisiens.
1830 : Contrairement à ses contemporains comme Lamartine, Hugo et Vigny, Musset se détourne de la vie politique et refuse l'action et la poésie sociale.	**1829** : *Contes d'Espagne et d'Italie* (Poésie) **1830** : *La Nuit vénitienne* (Théâtre) Échec de la représentation, désormais Musset écrit ses pièces de théâtre pour qu'elles soient lues et non jouées.
1832 : Mort du père de Musset du choléra; l'auteur décide de vivre de sa plume.	*Un spectacle dans un fauteuil* (Théâtre) *La Coupe et les Lèvres* (Théâtre) *À quoi rêvent les jeunes filles* (Théâtre)
1833 : Alfred de Musset commence à collaborer à la *Revue des Deux Mondes*, et à une des soirées organisées par le chef de la revue, Buloz, il rencontre George Sand et devient son amant.	*Les Caprices de Marianne* (Théâtre) *Rolla* (Poésie) La relation que Musset entretient avec George Sand influencera énormément son écriture qui se teinte alors d'une gravité et d'une intensité douloureuse qu'il n'avait pas antérieurement.

Éléments biographiques	Production littéraire
1834 : Alfred de Musset et George Sand (de son vrai nom Aurore Dupin) partent en voyage à Venise. Alfred de Musset tombe gravement malade et son amante finit par le tromper avec le médecin qui vient le soigner, Pagello. Rupture des amants suivie d'une réconciliation.	*Fantasio* (Théâtre) *On ne badine pas avec l'amour* (Théâtre) *Lorenzaccio* (Théâtre)
1835 : Rupture définitive avec George Sand et liaison avec Mme Jaubert, épouse d'un magistrat.	*La Nuit de mai* (Poésie) Musset expose dans cette œuvre le rôle de la souffrance dans la création poétique et dans la vie.
1836 : Liaison avec une jeune actrice Louise Lebrun.	**1836** : *La Confession d'un enfant du siècle* (Roman) *Il ne faut jurer de rien* (Théâtre) *Lettres de Dupuis et Cotonet* : Dans ces lettres, Musset critique les poètes romantiques et leur clinquant artificiel.
1837 : Liaison avec Caroline Jaubert avec qui il entretient une large correspondance puis avec Aimée-Irène d'Alton.	**1837** : *Un caprice* (Théâtre) *Emmeline* (Nouvelle) *La Nuit d'octobre* (Poésie) *Les Deux Maîtresses* (Nouvelle)
1838 : Il est nommé conservateur à la bibliothèque du ministère de l'Intérieur.	
1840 : Musset tombe gravement malade et mène, après sa guérison, une existence triste.	*Une soirée perdue* (Poésie) *Tristesse* (Poésie)
1842 : Il essuie plusieurs échecs amoureux auprès de femmes différentes.	*Sur la paresse* (Poésie) *Histoire d'un merle blanc* (Nouvelle)
1843 : Musset se réconcilie avec Victor Hugo. Il reste très malade et boit beaucoup.	**1845** : *Il faut qu'une porte soit ouverte ou fermée* (Théâtre)
1847 : Représentation et succès de la pièce *Un Caprice*, à la Comédie-Française; Musset n'avait pas été joué sur scène depuis l'échec de *La Nuit vénitienne*.	
1852 : Élection à l'Académie française. Liaison avec Louise Colet, maîtresse de Flaubert.	**1853** : *La Mouche* (Nouvelle) **1855** : *L'Âne et le Ruisseau* (Théâtre)
1854 : Il n'écrit pratiquement plus et ne cesse de boire.	
1857 : Il meurt le 2 mai et est enterré au cimetière du Père-Lachaise.	

1.2 LES CONTEXTES LITTÉRAIRES, CULTURELS

Révolution et littérature

Au XIXe, la France se réveille douloureusement de la Révolution et peine à trouver un régime politique qui lui convienne. Ce ne sont pas moins de sept régimes différents que vont connaître les Français, de 1799 avec le début du Consulat, à 1870 avec l'apparition de la IIIe République. Durant cette période troublée, la France est déchirée entre les idéaux républicains, les retours successifs des héritiers royaux et les ambitions politiques de Bonaparte. En 1830, Charles X publie des ordonnances qui réduisent le pouvoir de la presse et enlèvent les commerçants du corps électoral ; le roi dissout également la Chambre qui vient d'être élue. À la suite de la publication de ces ordonnances, la France connaît trois jours de révolution qui aboutiront à l'intronisation de Louis-Philippe comme roi des Français. Cette **monarchie**, dite **de Juillet**, se veut plus libérale que la monarchie précédente[1].

Cette Révolution de 1830, comme celle de 1848 qui mettra fin à ce régime, **touche de près les artistes** de l'époque qui se sentent non seulement concernés par ces bouleversements historiques mais veulent de plus y jouer un rôle. Les écrivains se sentent investis d'un **rôle dans la société** car ils perçoivent leur talent littéraire comme une voix à mettre au service du bien commun. Si Stendhal se réjouit de la chute de la Restauration en 1830 sans prendre part physiquement aux évènements, Alexandre Dumas, lui, participe aux combats près du Pont des Arts. Victor Hugo est nommé à la chambre des pairs en 1845 et Alphonse de Lamartine est élu député en 1833. Quant à Alfred de Musset, il est nommé, grâce à son amitié avec Louis-Philippe, bibliothécaire du ministère de l'Intérieur. Son implication lors de la Révolution de Juillet lui vaudra d'être révoqué en 1848 de ses fonctions.

Les écrivains qui traversent ces bouleversements, comme Musset et Hugo, sont partagés entre un **idéal politique de liberté** qui se retrouve dans les mouvements populaires et une nostalgie de l'Empire et de Napoléon.

La question du régime politique et de la moralité des dirigeants se trouve au centre de nombreuses œuvres littéraires de l'époque mais les écrivains vont puiser leurs inspirations dans les époques antérieures. **L'histoire passée est pour eux une façon d'éclairer les événements contemporains.** Dans *Cromwell*, Victor Hugo explore l'échec de deux conspirations dans l'Angleterre du XVIe siècle, alors qu'Alfred de Musset se penche sur la question du pouvoir tyrannique en Italie, au XVIe siècle également, dans sa pièce *Lorenzaccio* en 1834.

1. Louis-Philippe, descendant de Philippe II, duc d'Orléans et frère de Louis XIV, tente de mettre en place une monarchie constitutionnelle. Il est le premier roi qui refuse de se faire sacrer pour montrer qu'il détient son pouvoir de Dieu mais également du peuple. Il abaissera également le sens, le seuil d'impôt qui détermine le droit de vote, le nombre d'électeurs passera ainsi de 110 000 au début de son règne à 250 000 en 1848.

De manière générale, le XIXe se passionne pour le fait historique. La naissance de l'archéologie avec la redécouverte du site de Pompéi[1] en est une illustration flagrante, ainsi que les restaurations entreprises par Viollet-le-Duc, comme celle du château de Pierrefonds qui débute en 1857.

Musset, un romantique ou un classique ?

« Je suis venu trop tard dans un monde trop vieux » reconnaît, dans *Rolla* par le biais du personnage éponyme, Musset qui résume ainsi sa situation ambivalente par rapport à la génération des romantiques. En effet, admirateur de la veine romantique dont sont empreints ses poèmes de jeunesse *Contes d'Espagne et d'Italie*, Musset prend cependant de la distance avec ce mouvement dès ses premières œuvres en adoptant un ton souvent ironique qui s'accentuera au fil du temps. Ses personnages ne sont pas de l'étoffe des grands héros romantiques, ils sont souvent plus jeunes, presque adolescents et les motifs de leurs actions sont moins grandioses que ceux de grands auteurs comme Hugo ou Dumas. *La Nuit vénitienne* illustre bien cette distance ironique : le personnage de l'amant, Razetta, envisage de tuer le futur promis de celle qu'il aime, promet de se suicider si elle accepte le mariage arrangé puis finit par aller souper gaiement avec ses amis pendant que sa fiancée se perd dans les bras de son futur. Musset ne sera jamais d'ailleurs reconnu par les romantiques comme l'un des leurs. Alphonse de Lamartine ne prendra pas même la peine de répondre à sa *Lettre à M. de Lamartine* en 1836 où Musset lui rendait hommage en se voulant son disciple.

Cette influence romantique reste donc toujours marquée par une certaine **distance** et se mêle à celle des auteurs classiques : « Le classicisme de Musset est un classicisme au sens large, un classicisme qui embrasse les deux siècles où la langue française atteint une sorte d'universalité [...] [c]'est aussi bien celui du siècle des Lumières que du Grand Siècle[2]. » Si des accents tragiques raciniens peuvent se faire entendre dans certaines de ses pièces (*Faustine*, 1888 ; *Les Marrons du feu*, 1863) **l'ironie voltairienne** est également présente, notamment dans ses critiques envers la religion et le clergé (*Fantasio*, 1833). Musset est également influencé dans sa production littéraire par ses

1. Le site de la ville antique de Pompéi est connu depuis 1592 mais les fouilles archéologiques prennent un nouvel élan avec la direction de Giuseppe Fiorelli (1860-1875). Son travail va entraîner un véritable engouement du public pour les recherches archéologiques et historiques.
2. Frank Lestringant, Sylvain Ledda, Sophie Mentzel, « Un romantique né classique ? », Entretien avec Frank Lestringant, dans « Musset, un romantique né classique », *Littératures*, 61, 2009.

relations sociales : il est à la fois le fils du premier biographe de Rousseau[1] et l'amant de la tragédienne cornélienne Rachel[2]. De son père, il reçoit ainsi l'esprit critique des Lumières et de son amante les accents des **tragédies classiques.**

Cependant ses premiers modèles littéraires ne sont pas uniquement français et par là même ne se résument pas aux mouvements du romantisme et du classicisme français ; dans une lettre qu'il écrit encore adolescent à son camarade Paul Foucher, il dit « vouloir être Shakespeare ou Schiller[3] ». On retrouve en effet le ton shakespearien sur un mode plus léger dans *À quoi rêvent les jeunes filles* (1832) et celui de l'auteur des *Brigands* dans *La Coupe et les Lèvres* (1833).

Au carrefour de toutes ces influences, aucune pièce de Musset ne peut se réduire à un modèle ou à un style unique. Se joue dans son œuvre un dialogue entre tous ses pères littéraires qui constituent pour lui à la fois des exemples et des contre-exemples.

Le théâtre au XIXe

Marqués par les tragédies du XVIIe, les auteurs du XVIIIe s'en détournent peu à peu afin de trouver leur voie propre et de présenter au public un spectacle nouveau. C'est ainsi que naît le **drame bourgeois**[4] au XVIIIe dont Diderot et Beaumarchais sont les plus illustres représentants. Loin des héros issus de l'histoire antique, Beaumarchais prône un spectacle d'actualité : « Que me font à moi, sujet paisible d'un État monarchique du XVIIIe siècle, les révolutions d'Athènes et de Rome ? Quel véritable intérêt puis-je prendre à la mort d'un tyran du Péloponnèse[5] ? » Le théâtre au XIXe siècle hérite de ce goût pour des héros contemporains. C'est le cas par exemple des personnages d'*On ne badine pas avec l'amour.* Cependant ce goût pour les **personnages contemporains** n'est pas exclusif. Musset met également en scène des personnages historiques, comme dans *Lorenzaccio* où le personnage éponyme est inspiré d'un personnage historique ayant réellement existé : Lorenzo de Médicis (1514-1548). Mais Musset voit au-delà de la réalité historique et l'auteur crée des liens entre l'époque à laquelle se passe la pièce et sa propre époque : de nombreuses allusions permettent de transposer la situation de

1. Victor de Musset, père d'Alfred de Musset, publie plusieurs ouvrages critiques sur l'œuvre de Jean-Jacques Rousseau dont une biographie intitulée *Histoire de la vie et des ouvrages de J.-J. Rousseau*, en 1821.
2. Rachel Félix (1821-1858) est une grande actrice tragédienne qui joua principalement des pièces de Racine et de Corneille et qui fut un modèle pour Sarah Bernhardt.
3. Musset, Lettre à Paul Foucher, *Correspondance I*, lettre 27-1.
4. Le drame bourgeois est un genre théâtral qui s'apparente à la comédie par la peinture des milieux bourgeois, et à la tragédie par le sérieux du ton et la gravité des malheurs qui menacent les héros (cf. Diderot, *Le Fils naturel*, 1757 ; Diderot, *Le Père de Famille*, 1758 ; Beaumarchais, *La Mère coupable*, 1792).
5. Beaumarchais, *Essai sur le genre dramatique sérieux*, 1767.

Florence avec celle de la France de 1834 : ainsi l'élection de Côme comme « gouverneur de la République » à titre provisoire évoque clairement l'arrivée au pouvoir de Louis-Philippe en 1830 comme « lieutenant général du royaume ».

Né au XIXe siècle, le **drame romantique**[1], défini pour une grande partie dans la préface de *Cromwell* de Victor Hugo, est polymorphe par essence puisqu'il se construit sur l'absence de canons : « Il n'y a d'autres règles que celle de la nature », affirme l'auteur des *Contemplations*. Les personnages du drame romantique s'extraient d'un certain manichéisme propre aux tragédies classiques ; ils sont complexes, doubles et souffrent de leurs contradictions. Pour autant, Victor Hugo ne revendique pas l'invention d'un genre totalement nouveau, il rend à Shakespeare la paternité du mélange des genres au sein d'une même pièce : le drame « qui fond sous un même souffle le grotesque et le sublime, le terrible et le bouffon, la tragédie et la comédie[2] ».

L'engouement pour le théâtre dépasse à cette époque le cadre strict des salles de théâtre et envahit les salons au point que le genre du **proverbe**, qui se prête particulièrement à une lecture sans mise en scène connaît un véritable succès. Héritier des jeux mondains du XVIIIe siècle, le proverbe se veut un exercice littéraire où l'auteur illustre un proverbe ou un dicton populaire par une **saynète improvisée.** Carmontelle excellera dans ce genre et publiera en 1768 les *Proverbes dramatiques* qui rassemblent en un volume ces improvisations mises par écrit. De nombreux auteurs du XIXe siècle comme Alfred de Vigny ou même George Sand s'essaient à ce genre mais c'est de loin Alfred de Musset qui reprend avec le plus de succès ce genre, jusque-là mineur, en le transformant en véritable drame.

1.3 GENÈSE, PLACE DE L'ŒUVRE ET RÉCEPTION

Musset, l'enfant terrible du romantisme

Les débuts en littérature d'Alfred de Musset sont marqués par la sortie retentissante des *Contes d'Espagne et d'Italie* en 1829 ; les critiques sont partagés : certains crient au génie, d'autres sont offusqués du ton ironique qui s'en dégage. Cette parution lui procure une certaine notoriété. Sa première pièce de théâtre *La Nuit vénitienne* fait un four[3]. Il décide désormais de n'écrire ses pièces que pour la **lecture en salon** et non pour la représentation. C'est dans cette finalité, celle d'une lecture, qu'*On ne badine pas avec l'amour* a été écrit en 1834. Publiée dans la *Revue des Deux Mondes* pour

1. Le drame romantique se développe au XIXe siècle et se conçoit comme une révolution par rapport aux précédents genres théâtraux. Les auteurs se détachent des règles des trois unités pour se rapprocher au mieux d'une certaine vraisemblance.
2. Victor Hugo, Préface de *Cromwell*, 1827.
3. Faire un four est une expression datant du XVII et qui signifie qu'une pièce de théâtre a été un échec tant peu de gens sont venus y assister.

compléter *Un spectacle dans un fauteuil*[1], la pièce n'est jouée qu'en 1861 à la Comédie française après la mort de Musset, amputée de quelques passages jugés scandaleux pour l'époque, notamment les critiques de Perdican sur la religion et l'état monastique[2]. Il faut attendre 1923 pour que la pièce soit jouée sur scène dans son intégralité.

Cette pièce est considérée par la critique et par Musset lui-même comme une œuvre mineure au moment de sa publication, tant par sa forme qu'au regard de ***Fantasio* et *Lorenzaccio*** publiés la même année et qui par leur dimension et leur portée éclipsent la publication d'*On ne badine pas avec l'amour.*

Une inspiration autobiographique ?

L'écriture d'*On ne badine pas avec l'amour* se fait en deux temps et encadre un évènement majeur dans la vie du dramaturge : sa première rupture avec **George Sand.** En effet, pour répondre à la commande de Buloz[3], Musset commence à composer la pièce en vers alors qu'il est en voyage à Venise[4] avec son amante. Le voyage qui se veut idyllique tourne mal : George Sand tombe malade et Alfred de Musset la trompe en visitant la ville et ses maisons closes. Mais à son tour, ce dernier est souffrant ; George Sand reste auprès de son chevet et appelle le médecin Pagello avec qui elle débute une liaison. Lorsque Musset s'en aperçoit, il rentre seul à Paris après avoir rompu et laisse sur place son **manuscrit inachevé** d'*On ne badine pas avec l'amour.* Sand finit par le renvoyer ; Musset reprend l'écriture de la pièce, réécrit le texte en prose et compose l'ensemble en deux mois. Si ce **drame amoureux** et personnel n'est pas à l'origine de la pièce, il est évident que l'écriture a subi les tourments de l'amant désabusé et « porte en quelques passages des traces de l'état moral où était l'auteur[5] ». Musset emprunte même à sa **correspondance écrite** avec George Sand une réplique de Perdican à la scène 5 de l'Acte II : « J'ai souffert souvent, je me suis trompé quelquefois ; mais j'ai aimé. C'est moi qui ai vécu, et non pas un être factice crée par mon orgueil et mon ennui[6]. »

1. *Un spectacle dans un fauteuil*, composé par Musset en 1832, est un recueil poétique qui réunit à la fois une dédicace, une tragédie (*La Coupe aux lèvres*), une comédie (*À quoi rêvent les jeunes filles*), et un poème (*Namouna*).
2. À travers la voix de Perdican, Musset critique l'état monastique. Selon lui, les religieuses sont rentrées au couvent par dépit amoureux et non par vocation : « Sais-tu quel nom elle murmurent quand les sanglots qui sortent de leurs lèvres font trembler l'hostie qu'elle leur présente ? » (II, 5). Mais l'auteur porte aussi un regard distancié sur les dogmes même de la religion en raillant la naïveté de ceux qui y adhèrent : « Si le curé de votre paroisse soufflait sur un verre d'eau, et vous disait que c'est un verre de vin, le boirez-vous comme tel ? » (II, 5).
3. François Buloz, directeur de la *Revue des Deux Mondes* de 1831 à 1877, commande régulièrement des pièces de théâtre, des nouvelles ou même des articles aux écrivains de l'époque (Mérimée, George Sand, Théophile Gautier, Alexandre Dumas…).
4. Le voyage à Venise de George Sand et Musset s'étend du 31 décembre 1833 au 13 mars 1834.
5. Paul de Musset, frère aîné d'Alfred de Musset écrivit une biographie sur son frère en 1877.
6. Lettre de George Sand à Alfred de Musset, 12 mai 1834.

Il faut cependant veiller à ne pas percevoir uniquement entre Perdican et Camille une sorte de réplique de l'histoire amoureuse de Musset et Sand. Buloz, ayant commandé la pièce, avait déjà versé une partie du paiement avant la rupture entre les deux écrivains. Si le début de la rédaction date, selon le frère d'Alfred de Musset[1], d'avant son départ à Venise, Musset complétera le texte après sa rupture :

> [Musset] venait de rentrer à Paris après s'être séparé de George Sand et s'était plaint d'être obligé d'écrire une comédie alors que son cœur était meurtri. **La comédie**, pour laquelle Musset avait déjà touché de l'argent, devint un **drame romantique** où le burlesque se mêle au tragique et constitue un reflet littéraire du cœur du poète et de ses échanges avec Sand. Si l'écrivain enrageait alors de devoir fournir de la copie à Buloz, il se sentait pourtant inspiré. La commande de la Revue nous vaut un chef-d'œuvre que Musset n'aurait peut-être pas alors mené à bout, tant il était tourmenté par sa passion[2].

2. L'œuvre en examen

2.1 STRUCTURE DE LA PIÈCE

Acte I

Scène 1 : Le chœur accueille Maître Blazius et Dame Pluche. Maître Blazius présente Perdican qui revient de ses études de médecine à Paris et Dame Pluche annonce la venue de Camille, sa protégée, qui revient du noviciat.

Scène 2 : Annonce par le baron, le père de Perdican, du projet de mariage avec Camille. Si Perdican se montre enthousiaste lors de cette première entrevue, Camille, elle se montre très sèche et froide.

Scène 3 : Laïus du chœur sur la concurrence entre Maître Bridaine et Maître Blazius pendant le dîner. Deuxième entrevue entre Camille et Perdican. Camille refuse tout contact avec Perdican et également une sortie en bateau. Le baron tente de convaincre Dame Pluche de faire céder Camille mais celle-ci apporte son soutien à sa protégée.

Scène 4 : Dialogue entre Perdican et le chœur sur l'enfance passée et les souvenirs communs. Première entrevue par hasard de Rosette avec Perdican.

Scène 5 : Maître Blazius tente de discréditer Maître Bridaine aux yeux du baron, sans réel succès. Ils aperçoivent par la fenêtre Perdican et Rosette sur la place du village.

1. Paul de Musset (1804-1880), frère aîné d'Alfred.
2. Ariane Charton, « Alfred de Musset et la *Revue des Deux Mondes* », *Revue des Deux Mondes*, décembre 2010.

Acte II

Scène 1 : À Maître Blazius, Perdican formule clairement son intention d'épouser Camille si elle le souhaite aussi de son côté. Troisième entrevue de Perdican et de Camille au cours de laquelle Camille formule son refus du mariage et son désir de quitter les lieux. De retour avec Dame Pluche, elle rédige finalement une lettre pour Perdican.

Scène 2 : Monologue de Maître Bridaine qui, vexé de ne pas avoir la place d'honneur au repas, décide de quitter la maison du baron.

Scène 3 : Perdican fait la cour à Rosette en badinant mais finit par pleurer sans en expliquer la raison.

Scène 4 : Maître Blazius rapporte au baron une scène qu'il a vue : Dame Pluche et Camille se disputant au sujet d'un message à faire porter à Perdican.

Scène 5 : Perdican lit le message qui lui a finalement été transmis et qui fixait le rendez-vous. Devant la fontaine, Camille expose à Perdican sa volonté de rentrer au couvent pour renoncer aux hommes. S'ensuit entre eux un débat sur la vie monastique, les véritables motivations des moniales et leurs blessures personnelles.

Acte III

Scène 1 : Maître Blazius est exclu du château par le baron. Perdican s'interroge sur ses sentiments envers Camille.

Scène 2 : Dialogue entre Maître Blazius et Maître Bridaine sur leur place au château. Maître Blazius pour récupérer du crédit auprès du baron tente de voler une lettre que Dame Pluche tient dans ses mains. À cause de leur dispute, Perdican prend la lettre et se met à la lire : elle est de Camille et est adressée à une sœur du couvent. Dans cette missive, elle dit avoir brisé le cœur de Perdican. Celui-ci, vexé dans son amour-propre désire se venger et part avec Rosette tout en ayant laissé un billet de rendez-vous à Camille.

Scène 3 : Autour de la fontaine, Perdican, sûr de la présence cachée de Camille déclare son amour à Rosette et lui promet le mariage afin de susciter la jalousie de Camille. Afin de prouver à Rosette qu'il n'aime plus Camille, il jette dans l'eau une bague que cette dernière lui avait donnée dans l'enfance.

Scène 4 : Camille décide de retarder son départ pour le couvent.

Scène 5 : Maître Bridaine rapporte au baron avoir vu Perdican offrir à Rosette une chaîne en or.

Scène 6 : Camille explique à Rosette que Perdican s'est joué d'elle. Une fois Rosette sortie, Camille rend à Perdican la bague qu'il avait jetée dans l'eau et lui reproche d'avoir joué avec Rosette en lui promettant un mariage qui ne peut avoir lieu. Il finit par avouer qu'il aime Camille mais Rosette, cachée, s'évanouit à cet aveu.

Scène 7 : Camille tente avec le baron de dissuader Perdican d'épouser Rosette mais celui-ci ne change pas sa décision. Le baron sorti, Camille essaye à nouveau de faire revenir Perdican à la raison mais elle échoue et Perdican s'en va au bras de Rosette pour la présenter officiellement à son père.

Scène 8 : Dans un oratoire, Camille se croyant seule finit par s'avouer qu'elle aime Perdican. Celui-ci caché pendant l'aveu vient la rejoindre et lui déclare à son tour sa flamme. Mais Rosette, qui était également présente et cachée durant toute la scène, meurt de chagrin. L'histoire d'amour de Camille et Perdican, entaché de ce deuil ne peut pas avoir lieu et se clôt sur un sobre adieu de Camille à Perdican.

2.2 D'ENTRÉE DE JEU…

Le parcours « le jeu du cœur et de la parole » nous invite à nous interroger sur la manière dont les personnages de la pièce utilisent le **langage et les masques**, à quelles fins et dans quelle mesure sont-ils maîtres de ce jeu.

Jeux d'enfants

« Puissions-nous retrouver l'enfant dans le cœur de l'homme ! » (I, 1). Cette exclamation est le premier vœu formulé par le chœur lorsqu'il aperçoit sur scène Perdican. Son retour ainsi que celui de Camille dans les lieux de l'enfance survient après une période d'étude pour chacun, et se dessine d'une manière différente pour les deux personnages. Si Camille dit avoir changé et grandi – « Je ne suis ni assez jeune pour m'amuser de mes poupées, ni assez vieille pour aimer mes poupées » (I, 3) –, Perdican lui, revient avec délice dans le monde de son enfance. Son **attitude enfantine** se retrouve dans son dialogue avec le chœur où il s'étonne du changement effectué par le temps : « Je me suis élevé de quelques pieds vers le ciel, et vous vous êtes élevés de quelques pouces vers le tombeau. » (I, 4).

Les deux personnages principaux, en passe d'être adultes, restent très puérils dans leur comportement, comme le souligne Esther Pinon : « *On ne badine pas avec l'amour* est l'une des pièces qui accordent le plus d'attention au délicat moment de basculement qui sépare l'enfance de l'âge adulte[1]. »

Camille reproche d'ailleurs à Perdican de jouer avec la bague jetée dans l'eau ; suite à l'attitude désinvolte de Perdican à son égard, elle désigne cet objet comme un « petit hochet d'enfant » (III, 6). Au-delà de l'objet symbolique de l'anneau, c'est avec le **sentiment amoureux** lui-même que les personnages jouent. Perdican reconnaît à la fin de la pièce avoir joué avec leurs sentiments : « et nous, comme des enfants

1. Voir Esther Pinon, « Perdican et "la fleur nommée héliotrope" : ridicule et sacré du classicisme au romantisme », dans « Musset, un romantique né classique », *op. cit.*, p. 75-86.

gâtés que nous sommes, nous en avons fait un jouet. » (III, 8). L'attitude joueuse et enfantine de ces deux personnages est donc **ambivalente** : elle est l'illustration de leur innocence et de leur jeunesse mais parce qu'ils sont adultes, elle est irresponsable et cause la mort de Rosette : « nous sommes deux enfants insensés et nous avons joué avec la vie et la mort », explique Perdican à Camille après avoir aperçu le corps sans vie de Rosette (III, 8). C'était pourtant avec humour que Camille parlait du mariage éventuel avec Rosette et le désignait comme une « plaisanterie » (III, 7). Il lui semble en effet impossible de prendre au sérieux une union si inconcevable en raison du statut social des deux protagonistes. Le spectateur est donc partagé entre l'attendrissement envers deux enfants et la condamnation d'une attitude légère mettant en danger les sentiments et la vie d'une tierce personne.

Ni tout à fait enfants, ni tout à fait adultes, Camille et Perdican naviguent entre deux âges et ne savent quelle attitude adopter en face du sentiment amoureux. Il serait cependant faux de penser que cette peinture de l'enfance condamne la **frivolité** qui lui est attachée. Les personnages adultes, qu'ils soient masculins comme Maître Bridaine, Maître Blazius et le baron, ou féminin comme Dame Pluche ne sont pas des personnages exemplaires. Ils ne jouent pas mais sont cependant ridicules dans ce sérieux qu'ils affectent et qui ne les fait pas paraître plus matures ou sérieux que les jeunes personnages.

Les adultes hors-jeu !

En marge du jeu tragique qui se joue dans le trio amoureux formé par Rosette, Camille et Perdican, Musset s'amuse des personnages secondaires. La pièce n'étant pas destinée à être jouée, mais à être lue, c'est naturellement sur le **comique de mots** lié au **comique de caractère** que repose l'essentiel du ton comique de la pièce. Maître Blazius, Maître Bridaine, le baron et Dame Pluche ne sont pas des personnages à part entière : ils manquent d'épaisseur, de consistance et ne sont nullement indispensables à l'intrigue. Ils interagissent d'ailleurs davantage entre eux qu'avec les personnages principaux. Ces **fantoches** représentent cependant une formidable source de comique pour Musset qui va se jouer d'eux et les tourner en ridicule.

En reprenant les codes de la comédie classique et donc antique, Musset réécrit des personnages types dont il peut se moquer. Maître Blazius, gouverneur et Maître Bridaine, curé, sont des reprises du personnage du ***servus***[1]. Ils partagent avec ce

1. Le *servus* dans la comédie latine est cependant le plus souvent *callidus* c'est-à-dire rusé, puisque c'est lui qui va permettre aux jeunes amoureux de se rejoindre malgré les obstacles. On retrouve dans les pièces de Molière les traits de ce personnage : chez Scapin dans *Les Fourberies de Scapin* (1671) ou bien chez Toinette dans *Le Malade imaginaire* (1673).

personnage[1] une appétence pour le **vin** obsessionnelle et une gloutonnerie presque animale. Leur seul objectif est de trouver grâce aux yeux du baron afin d'avoir accès à sa table. Le parallélisme des scènes où chacun accuse l'autre d'être un ivrogne permet le comique de répétition (I, 5 et II, 4). Le burlesque[2] atteint son comble quand ces deux personnages pleurent ensemble sur leur éviction commune de la table du baron (III, 2).

Le jeu sur les mots se fait à l'insu de ces personnages qui pensent maîtriser les codes du langage. Ce sont cette méprise et cette **pédanterie** que Musset raille et dont il se joue; il est fort possible d'y voir une peinture des défauts de ses contemporains. Maître Blazius est l'illustration de la pédanterie : il pense savoir parler et maîtriser l'art de la conversation mais son langage apparaît vide et ridicule. Comme son homologue Maître Bridaine, il ponctue ses remarques de citations latines sans pour autant réussir à cacher son ignorance. La **pédanterie** des personnages est illustrée par le même procédé comique dans *Le Médecin malgré lui* de Molière (1666) où les docteurs maquillent leur ignorance en utilisant à tort et à travers des citations latines sans grand rapport avec leur propos[3]. Cet habillage de citations latines sert surtout à tourner le personnage qui l'utilise en **ridicule**; Maître Bridaine tente ainsi d'impressionner le baron en lui relatant ce qu'il a vu : « Voilà précisément le *hic*, Monsieur, *hic jacet lupus.* » (II, 4). Mais ce maquillage superficiel ne suffit pas à cacher l'amour immodéré du vin de Maître Bridaine et Maître Blazius. Le réseau sémantique de l'ivrognerie est omniprésent dans leurs répliques : « J'étais en train de boire un coup de vin pour passer le temps » (II, 4) annonce Maître Blazius pour planter le décor d'une scène qu'il raconte, lui qui selon le chœur ressemble à « une amphore antique » (I, 1). Ce même chœur décrit une scène à table avec ces deux personnages « également gros, également sots, ayant les mêmes vices et les mêmes passions ». Cette passion, c'est leur **ivrognerie,** héritée de l'Antiquité, et qu'on trouvait chez Molière[4]. Ce goût pour la boisson constitue ici un fil rouge : il est le principal vecteur de la veine comique de la pièce – qui se voulait au départ une comédie.

1. Le mot « personnage » vient du latin *persona* qui désigne avant tout le masque que l'acteur portait sur scène et qui représentait un personnage type. Par synecdoque, le terme a fini par désigner le personnage incarné par l'acteur.
2. Victor Hugo définit le burlesque comme étant « comique et bouffon ». Cette scène (III, 2) en est un exemple typique, la conversation des personnages illustre leur ivrognerie et leur égoïsme.
3. Contrairement aux personnages de Musset, les personnages de Molière pratiquent un latin macaronique, constitué de locutions latines et françaises mêlées : « Maladus dût-il crevare » s'entend par exemple dire Argan lors de scène finale du *Malade imaginaire* (1673).
4. Voir par exemple le personnage de Scapin, qui avoue : « Eh bien ! Monsieur, puisque vous le voulez, je vous confesse que j'ai bu, avec mes amis, ce quartaut de vin d'Espagne dont on vous fit présent il y a quelques jours; et que c'est moi qui fis une fente au tonneau, et répandis de l'eau autour, pour faire croire que le vin s'était échappé. » (*Les Fourberies de Scapin*, II, 3).

Le personnage du baron n'est pas épargné non plus par Musset. En effet, le père de Perdican, tout noble qu'il soit, se montre également incapable de maîtriser les mots et de jouer avec eux. **Le comique de répétition** fonctionne ici sans une once de tragique ou d'ironie : une grande partie de ses répliques consistent à reprendre et déformer ce qui lui a été dit auparavant. « Quelle raison pouvait avoir dame Pluche pour froisser un papier plié en quatre en faisant des soubresauts dans une luzerne ? » (II, 4). Le comique de répétition allié au comique de caractère permet à Musset de provoquer chez son lecteur un rire complice face au ridicule des personnages.

Trouble jeu

Les personnages, que ce soit par maladresse, orgueil ou simple jeu comme on le verra plus tard, cherchent à dissimuler leurs sentiments et sans cesse changent de discours et d'attitude. Il est parfois difficile de savoir quand ils sont sincères et de discerner s'ils ne se sont pas pris eux-mêmes à leur propre jeu. Prenons l'exemple de Camille qui au début de la pièce joue une sorte de double de Dame Pluche. Sèche dans les dialogues, dépourvue de tout humour, elle joue le personnage de la bigote au point de ne pas vouloir serrer la main de Perdican sous prétexte qu'elle n'aime pas les « attouchements » – le terme qui possède une connotation sexuelle illustre bien ici la **pudibonderie** du personnage. Si Camille ne joue pas, Musset lui s'amuse de son personnage, pour un temps ridicule dans sa pudeur excessive. Mais au fur et à mesure de la pièce, Camille semble changer de jeu et abandonner le rôle de la **dévote** pour celui de **l'ingénue** qui aime marivauder[1] et qui semble pouvoir se montrer beaucoup plus avenante : « j'aime la discussion » (III, 6) dit celle qui, à la scène 3 de l'Acte I, refusait toute conversation en ne répondant aux questions de Perdican que pour exprimer son refus de parler ou de partager un moment avec lui. Le personnage de Camille évolue sur ce point ; en effet elle refuse au départ le ton de la conversation badine que Perdican adopte. Or, un changement radical intervient dans l'attitude de Camille, dans la scène 6 de l'Acte III ; elle semble alors trouver (ou bien retrouver) le plaisir **du jeu de la conversation** et cette transformation est d'ailleurs soulignée par le changement de costume opéré à ce moment dans la pièce : « Je voudrais qu'on me fît la cour ; je ne sais si c'est que j'ai une robe neuve, mais j'ai envie de m'amuser. » (III, 6). À partir de ce moment-là, Camille joue dans la conversation et sait, elle aussi, faire preuve d'esprit ; elle s'amuse ainsi du prix de l'éducation de Perdican pour finir marié avec « une fille de rien » : « c'est trois mille écus de perdus. » (III, 7).

Perdican aussi change de langage et joue avec ses sentiments et ceux des autres. Il joue tour à tour **le Don Juan libertin**, notamment quand il refuse de s'excuser pour les nombreuses maîtresses conquises et qu'il affirme les avoir aimées « de tout son

1. Marivauder : le terme est formé à partir du nom de l'auteur Marivaux et signifie échanger des propos d'une galanterie délicate et recherchée, comme le font les personnages créés par cet écrivain.

cœur » (II, 5). Mais cette attitude désinvolte n'est peut-être qu'un jeu : cette légèreté de ton disparaît plus loin, quand il utilise des **métaphores lyriques** à propos de l'amour né entre lui et Camille, amour qu'il compare à « un inestimable joyau » et à « une perle céleste. » (III, 8) Le langage ainsi changeant crée le trouble dans les relations des personnages puisqu'il masque parfois les sentiments et les attentions. Perdican avoue lui-même mentir mais il joue sur cette **ambiguïté** de la parole et du cœur et ment en déclarant ne pas mentir quand il dit aimer Rosette. *A contrario*, il revient sur la déclaration d'amour formulée à Camille et sous-entend que c'était un mensonge : « tu as voulu me prouver que j'avais menti une fois dans ma vie ; cela est possible, mais je te trouve hardie de décider à quel instant. » (III, 7).

Si ce jeu est la marque de leur jeunesse, Perdican et Camille jouent comme des enfants avec un objet qui n'en est pas un : le cœur. C'est ce décalage entre l'attitude des personnages et l'objet de leur jeu qui provoque le tragique de l'histoire et transforme la comédie en tragédie. Le dicton « on ne badine pas avec l'amour » que la pièce se doit d'illustrer contient en lui-même **le paradoxe** dans l'antithèse entre le sérieux de l'amour et la légèreté du terme badiner. Ainsi donc le jeu de rôle mené par Camille et Perdican se termine-t-il mal. La plaisanterie de deux jeunes enfants éduqués et habitués aux masques et au jeu se solde par la mort de celle qui ne joue pas de toute la pièce, ni dans ses mots, ni dans ses attitudes.

2.3 LES MAÎTRES DU JEU

Camille sort le grand jeu

Camille justifie son goût pour le jeu et le masque par son appartenance à la gente féminine. Selon elle, jouer avec les masques est une nécessité pour les femmes qui doivent se cacher et ne pas se dévoiler entièrement : « Il nous faut souvent jouer un rôle, souvent mentir. » (III, 6). Elle légitime ainsi les mensonges en exposant à Perdican la violence à laquelle est confronté le sexe féminin : « Avez-vous bien réfléchi à la nature de cet être faible et violent, à la rigueur avec laquelle on le juge, aux principes qu'on lui impose ? » (III, 6). Camille est donc consciente du changement de son attitude et des différents masques qu'elle emprunte. Elle joue ainsi différents rôles tout au long de la pièce et passe du personnage de **la novice** à celui de la fiancée jalouse en un rien de temps. Ce jeu de rôle n'est pas seulement une nécessité, Camille avoue y « prendre du plaisir » (III, 6). Elle revient aussi sur le fait que la frontière entre le jeu et la réalité est presque impossible à définir. À quel point joue-t-elle un rôle et à quel point y adhère-t-elle ?

L'excuse de **la condition féminine** pour expliquer le jeu de Camille semble cependant être contredite par le personnage de Rosette qui lui ne joue pas. En réalité, l'exemple de Rosette est bien davantage une illustration éclatante de la thèse de Camille, puisque Rosette finit par être la victime d'un jeu auquel elle ne participe pas et dont elle ne sait pas se protéger. La différence entre les prénoms exprime à elle toute seule la différence de **milieu social** des deux jeunes filles entre lesquelles navigue Perdican. Le nom de « Rosette », qui renvoie à la rose – désignation féminine dans la tradition littéraire –, est encore adouci grâce au suffixe hypocoristique « ette » : ce nom féminin et affectueux illustre la pureté et la simplicité de ce personnage qui ne joue pas de toute la pièce. Parce qu'elle ne maîtrise pas les codes du **marivaudage** et de la conversation badine, Rosette est un personnage plein de bon sens qui ne joue ni avec les mots, ni avec ce qu'elle est. C'est justement cette absence de jeu qui la caractérise et qui l'empêche de tricher : « des mots sont des mots, et des baisers sont des baisers » (II, 4), dit-elle à Perdican pour lui reprocher son attitude. Cette incapacité à masquer ses sentiments et à jouer avec le langage lui confère une certaine immunité. Par souci de **vraisemblance**, Musset illustre la différence de classe sociale entre les personnages en adaptant leur niveau de langage. Rosette se trouve être la sœur de lait de Camille et s'exprime dans un langage, certes plus familier que le sien, mais non pour autant ridicule, puisque, selon Anne-Marie Perrin-Naffakh, « le parler de la jeune paysanne échappe aux vulgarismes et traits dialectaux que les écrivains ont volontiers accumulés dans la bouche de leurs personnages de ruraux, par souci de réalisme ou recherche d'effets comiques[1]. » Contrairement à Molière qui fait parler certains de ses personnages en patois pour jouer sur le comique de mots, la simplicité du langage de Rosette ne la met pas dans une posture ridicule mais illustre seulement sa simplicité et sa jeunesse. Rosette ne joue pas, et dans ce monde de masque et de dissimulation, c'est ce qui la perd : « Seule Rosette reste d'un bout à l'autre fidèle à son naturel et conserve intacts son amour et son esprit d'enfance ; elle seule sait ne pas toucher à ce qui est sacré[2]. » Rosette meurt d'amour et prend ainsi la place **de l'héroïne romantique** qu'aurait dû jouer Camille. Musset opère donc un glissement entre ses personnages féminins et le personnage secondaire prend la mort violente et amoureuse d'une héroïne romantique digne d'Atala[3].

Le jeu/je de Perdican en échec

Si Camille a pour elle de jouer avec ses sentiments et ceux des autres pour se protéger d'une certaine violence à l'encontre des femmes, dans quel but Perdican déploie-t-il le même jeu ? Nous l'avons dit, la jeunesse des personnages sur laquelle Musset insiste explique en partie l'attirance pour le jeu des personnages principaux. Mais à la fin de la pièce, Perdican désigne ce qui est, selon lui, le moteur de l'action humaine et particulièrement masculine : « **Orgueil**, le plus fatal des conseillers humains, qu'es-tu venu faire entre cette fille et moi ? » (III, 8). En effet, pourquoi le

1. Anne-Marie Perrin-Naffakh, « De la convention à l'émotion : Le dialogue de Perdican et Rosette », *L'Information grammaticale*, n° 49, 1991, p. 30-34.
2. Esther Pinon, *op. cit.*
3. *Atala* est un roman écrit par Chateaubriand en 1801 qui relate les amours malheureuses entre Atala et Chactas, deux indiens d'Amérique de la tribu des Natchez. Le roman se clôt sur la mort de l'héroïne.

personnage de Perdican feint-il de ne pas aimer Camille et s'amuse-t-il à la rendre jalouse en proposant le mariage à Rosette, si ce n'est essentiellement parce qu'il est blessé dans son orgueil ? L'épisode de la lettre est de ce point de vue décisif, car c'est après la lecture de la missive de Camille adressée à Sœur Louise que Perdican décide de jouer son rôle d'amoureux auprès de Rosette. C'est parce qu'il est blessé dans son **amour-propre** qu'il met tout en œuvre pour que Camille sache qu'il « en aime une autre. » (III, 2). À partir de la scène 3 de l'Acte II, Perdican ne s'adresse plus à Rosette de la même façon. La badinerie amoureuse laisse la place au mensonge et les propos amoureux se transforment en armes pour blesser celle à qui ils ne sont pas destinés.

2.4 JOUER AU THÉÂTRE

Souffler n'est pas jouer

Le jeu du masque et du langage peut être vu comme une façon de se protéger et aussi un moyen de cacher la sincérité de ses propos. Cependant, comme dans la règle du jeu de dames, souffler n'est pas jouer, c'est-à-dire que la dissimulation (fortuite ou voulue) d'un coup possible nuit au bon déroulement du jeu ; de façon similaire, la dissimulation des sentiments, dans la pièce, nuit à l'issue heureuse de l'histoire amoureuse. Le jeu dans **le langage** permet de déguiser sa pensée et le jeu du cœur permet de ne pas dévoiler des sentiments qui mettent les personnages en situation de **faiblesse.** Le jeu de rôle de Perdican, qui ne veut pas avouer ses sentiments à Camille, piqué dans son orgueil par la lettre trouvée, lui semble d'ailleurs fatigant. Le ton badin entretenu par Camille dans ce jeu de dupes finit par l'atteindre : « ne raillez pas », lui demande-t-il (III, 2). Mais les personnages sont pris à leur propre jeu : comment différencier le jeu et les véritables sentiments ? C'est la faute de Camille qui se perd elle-même dans ses rôles et le reconnaît. À la fin de la pièce, dans sa prière à l'oratoire, elle avoue s'être trompée sur l'authenticité de ses sentiments : « quand j'ai refusé de devenir l'épouse d'un autre que vous, j'ai cru parler sincèrement devant vous et ma conscience. » (III, 8). Le jeu de **la pierre jetée** dans l'eau par Perdican est l'image du cœur humain changeant et joueur. Perdican ne saisit pas plus la limite du jeu, que Camille elle-même : « Pourquoi changes-tu d'apparence et de couleur comme la pierre de cette bague au soleil ? » (III, 6). Cependant le personnage de Camille subit très clairement l'influence des religieuses « vieilles et désolées » (II, 5) qui lui imposent ce masque de vertu triste. Parce qu'elle est, selon ses propres mots « **un perroquet** » (II, 5), elle ne peut exprimer sa véritable joie de retrouver Perdican et le seul objet qui trouve grâce à ses yeux est un portrait d'une grande tante devant lequel elle s'extasie : « Comme ce costume religieux lui va bien ! » (I, 3). Musset s'exprime à travers la voix de Perdican en critiquant **les institutions religieuses**[1] et en faisant de Camille une

1. L'anticléricalisme de Musset se retrouve également dans la critique faite des deux personnages religieux que sont Maître Bridaine et Maître Blazius, ridicules et avinés.

victime du discours des religieuses qui l'ont élevée. Perdican oppose ainsi le penchant naturel de Camille et l'éducation reçue au couvent[1] : « Et le masque de plâtre que les nonnes t'ont plaqué sur les joues me refusait un baiser de frère ; mais ton cœur a battu, il a oublié sa leçon. » (II, 5).

Mais cette influence néfaste des nonnes n'exclut pas la duplicité de l'être humain qui est illustrée par Musset grâce à un jeu de mise en abyme. En effet, l'acteur joue un personnage, mais le personnage de Perdican, véritablement amoureux de Camille joue un Perdican faussement amoureux de Rosette. Sa déclaration d'amour auprès de cette dernière n'a de sens que parce qu'il y a invité Camille, témoin caché de cette scène. La présence d'une didascalie empêche le lecteur de prendre au sérieux la tirade amoureuse. Musset précise ainsi : « à voix haute, de manière que Camille l'entende. » La tirade de **déclaration d'amour** qui suit cette indication de jeu est donc prononcée avec un jeu d'acteur particulier puisque Perdican est plus préoccupé par le fait d'être entendu de Camille cachée, que de Rosette qui est en face de lui. Cette double énonciation est retournée de manière tragique dans la scène finale. C'est Rosette qui est le témoin caché de la déclaration d'amour entre Perdican et Camille.

J'ai fait un rêve…

Le jeu de rôles que les personnages adoptent les uns vis-à-vis des autres est perçu comme une sorte de double de la réalité, c'en est une **réplique faussée**. C'est cette confusion entre la réalité et le jeu mené par les personnages principaux qui précipite cette histoire légère dans la tragédie. Souvent les personnages sont perdus dans leurs jeux et parlent d'un rêve, preuve de leur confusion. Lors du rendez-vous donné à Perdican par Camille près de la fontaine, le jeune homme, surpris par le changement d'attitude de Camille, si froide auparavant, s'écrie : « Avais-je fait un rêve, ou en fais-je un autre en ce moment ? » (II, 5). Et c'est finalement la question posée par Perdican à la fin de la pièce : « Avons-nous fait un songe Camille ? » (III, 8). Le jeu du langage et du cœur a introduit un tel trouble dans leur relation que les personnages s'interrogent sur la réalité de ce qu'ils ont vécu. À bien des moments d'ailleurs, Perdican s'interroge sur ce qu'il ressent et tente d'analyser ses sentiments. Avant Camille, il s'interroge sur **la réalité du sentiment amoureux** qu'il croit ressentir : « Je voudrais bien savoir si je suis amoureux » (III, 2). Ce doute est aussi une touchante illustration de la jeunesse des personnages qui peinent à reconnaître leurs sentiments. C'est ensuite au tour de Camille de s'interroger : « Que se passe-t-il donc en moi ? » (III, 8). C'est précisément le décalage entre la réalité des sentiments et la prise de conscience de ceux-ci par les personnages principaux qui crée le drame de la pièce. Ainsi Perdican déclare-t-il son amour en termes **lyriques et hyperboliques** à Rosette en lui parlant de son sourire

1. L'antithèse développée ici entre une aspiration naturelle saine et une éducation contraire à la nature est influencée par la pensée rousseauiste.

qu'il respecte « plus que [sa] vie » (III, 4) puis finit par verser une larme car la peine d'avoir perdu Camille est trop forte. C'est d'ailleurs grâce au personnage de Rosette que le lecteur perçoit cette larme : « Que vous ai-je fait pour que vous pleuriez ? » (II, 4), demande-t-elle à Perdican. Cette réplique finale de la scène, question laissée sans réponse, permet à Musset de clore le dialogue sur une allusion implicite au chagrin de Perdican. Les personnages prennent conscience de leurs sentiments progressivement et à des rythmes différents ; ainsi les personnages se croisent sans jamais se trouver, excepté à la fin de la pièce quand il est trop tard. Seul le **chœur**, figure de la sagesse populaire, semble savoir discerner le vrai à travers les paroles des personnages qui se mentent parfois à eux-mêmes. Il incarne et permet ainsi un **point de vue omniscient** qu'il partage au lecteur et lui seul prend donc la mesure du danger que court Rosette dès les premières paroles séduisantes de Perdican : « Hélas ! la pauvre fille ne sait pas quel danger elle court, en écoutant les discours d'un jeune et galant seigneur. » (III, 4).

3. L'œuvre à l'examen

3.1 EXPLICATION LINÉAIRE : LE POUVOIR DE L'AMOUR

De « Adieu, Camille » à « Il Sort » (Acte II, scène 5).

- **Éléments de contextualisation**

  Camille a donné rendez-vous à Perdican près de la fontaine et lui dévoile son intention de rentrer au couvent. Elle lui demande son avis et lui dévoile le tableau noir que les religieuses lui ont fait de l'amour.

  Les personnages principaux d'*On ne badine pas avec l'amour* évoluent dans un perpétuel jeu de masques pour se protéger ou cacher leurs sentiments. Ici, pour la première fois dans la pièce, Perdican semble vouloir s'adresser à Camille avec sincérité et livre un plaidoyer vibrant de l'amour qui seul peut, à ses yeux, les sauver de la comédie humaine.

- **Lecture expressive du passage**

■ **Problématique** : En quoi Perdican démontre-t-il que le sentiment amoureux est un refuge salutaire où les masques de l'homme et de la femme tombent ?

- **Annonce des mouvements de l'extrait**

I. Annonce et présentation du discours

(« Adieu » … « je vais te dire »)

Toute la scène 5 de l'Acte II repose sur un dialogue entre Camille et Perdican au sujet du couvent et de la vie religieuse. En attente de réponses, Camille se laisse peu à peu dominer dans le dialogue par Perdican qui lui expose ses opinions sur le sujet et finit par la congédier en réfutant le discours des nonnes sur l'amour.

1. Perdican congédie Camille

- « Adieu, Camille » : l'apostrophe solennise le départ de Perdican qui domine ici le dialogue. La formule d'au revoir utilisée marque de façon emphatique le fossé qui sépare désormais Camille de Perdican.
- L'impératif utilisé par Perdican (« retourne ») exprime d'ailleurs une injonction forte : le départ de Camille n'a plus le même sens : il n'est plus un acte de rébellion face au dessein paternel mais une docile obéissance à un ordre donné par Perdican qui renverse ici le rapport de force.
- L'utilisation du pronom possessif de la 2e personne du singulier (« Ton couvent ») illustre le ton méprisant de Perdican qui ridiculise ainsi l'attachement démesuré de Camille à ce lieu et achève de l'infantiliser.

2. Réfutation du discours des nonnes

- L'adjectif péjoratif pris au sens figuré (« récits hideux ») dévalorise le récit qui a été fait à Camille de l'infidélité des hommes. Perdican résume par cette périphrase les différents discours donnés par les nonnes sur la souffrance, l'amour et l'infidélité masculine.
- La métaphore contenue dans le terme « empoisonné » établit un lien entre les effets d'un récit et le poison qui peut se révéler mortel. Il illustre donc la puissance de la parole et de ses effets sur les cœurs pour mieux accuser le poids mortifère d'un discours dénigrant l'amour.
- L'utilisation du champ lexical de la parole (« réponds », « dire ») permet d'annoncer le discours. Perdican charge Camille d'un message adressé aux religieuses. Mais il y a ici une double énonciation car il s'adresse en réalité à Camille et non aux religieuses comme il le prétend. C'est son adhésion qu'il va vouloir remporter par son argumentation et non celles des nonnes.

II. Peinture d'une humanité pécheresse

(« Tous les hommes » … « montagne de fange »)

L'originalité de la plaidoirie de l'amour prononcée par Perdican tient au fait qu'il semble tout d'abord accorder du crédit aux paroles des religieuses qui peignent une nature humaine faible. Hommes et femmes sont avant tout préoccupés de leur place dans le jeu social.

1. L'égalité homme/femme

Perdican se lance dans un réquisitoire contre les hommes et les femmes. S'il semble d'abord reprendre les arguments des nonnes sur l'infidélité des hommes, il n'épargne pas non plus les femmes et leur superficialité. La responsabilité de la laideur du monde incombe, selon lui, aux deux sexes.

- L'adjectif indéfini utilisé pour désigner les hommes (« tous les hommes ») permet une généralisation du propos. Perdican quitte le champ de l'histoire personnelle pour se lancer dans un propos globalisant sur la nature humaine. L'utilisation du présent de vérité générale (« sont ») alliée à celle du pluriel généralisant (« les hommes ») contribue à donner à ce discours une portée universelle.
- L'accumulation d'adjectifs (« menteurs, inconstants, faux, bavards, hypocrites, orgueilleux et lâches, méprisables et sensuels ») peut paraître surprenante car elle semble indiquer que Perdican fait sien le discours des religieuses qui accusent les hommes de tous les défauts. Le champ lexical dominant de ces défauts est celui du mensonge et permet à Perdican d'axer son réquisitoire sur le jeu coupable que jouent les hommes pour obtenir les faveurs des femmes.
- De la même façon les femmes sont accusées par une accumulation d'adjectifs (« toutes les femmes sont perfides, artificieuses, vaniteuses, curieuses et dépravées ») La généralisation de l'accusation des femmes est construite en parallélisme par rapport à celle des hommes et vient la compléter. Elle agit comme une sorte de miroir des défauts masculins mais complémentaire. Perdican insiste sur le défaut féminin de la superficialité et son goût pour le jeu social et le plaisir de plaire.

2. Un monde sali

- La métaphore filée permet à Musset de comparer le monde à un égout afin d'en illustrer la laideur : (« le monde n'est qu'un égout sans fond »). L'argumentation est jusqu'ici logique et rationnelle : le monde, essentiellement composé par ces hommes et ces femmes pervertis est forcément le réceptacle de leurs désirs les plus sales et devient cet égout.
- Cette vision du monde ne semble pas laisser de place à une pensée plus optimiste, la négation restrictive (« le monde n'est qu'un égout ») empêche toute tentative d'espoir.
- Pour compléter le tableau noir de la nature humaine, l'allitération en « f » (« Sans **f**ond, ou les **ph**oques les plus in**f**ormes ») imite le bruit lascif des animaux qui représentent ici les hommes et les femmes qui se traînent avec leurs défauts sur terre. L'animalisation des êtres humains comparés à des phoques achève le tableau d'une humanité avilie. Les deux verbes d'action (« rampent », « se tordent ») donnent l'image d'une certaine complaisance de l'homme dans le mal et renforcent cette animalisation en donnant à voir des êtres qui ne savent que suivre leurs pulsions primaires et se complaire dans leur boue.

III. L'amour comme seule voie de salut

(« Mais il y a au monde » … « et mon ennui »)

Le tableau effrayant de la nature humaine dressé par Perdican n'est qu'un moyen pour lui de parvenir au point d'acmé de son discours ; une seule chose peut paradoxalement sauver l'homme et la femme, c'est de s'aimer, c'est-à-dire de faire tomber les masques et de s'unir.

1. L'union comme rédemption

- La rupture avec le mouvement précédent est marquée par l'utilisation de la conjonction de coordination (« mais ») et annonce une opposition au tableau noir de la nature humaine dépeinte précédemment.
- Le verbe impersonnel crée un effet d'attente et dramatise l'élément qui peut contrebalancer à lui seul toute la peinture funeste qui a été faite des hommes et des femmes (« Il y a au monde une chose sainte et sublime »). L'utilisation du présentatif (« c'est ») complète cette présentation de « l'union » comme l'entrée d'un troisième personnage entre l'homme et la femme.
- Cette « union » est désignée par une périphrase (« cette chose si sainte et sublime »). L'opposition entre la perfection de cette union et l'imperfection des êtres qui la composent est soulignée par le parallélisme antithétique établi entre les adjectifs (« sainte et sublime ») qui caractérisent l'union et ceux (« si imparfaits et si affreux ») qui caractérisent les hommes et les femmes. La connotation religieuse des adjectifs (« sainte » et « sublime ») confirme le pouvoir d'élévation que confère l'amour.

2. L'amour comme refuge d'où est exclu le jeu

- Le parallélisme constitué d'un adverbe de fréquence et d'un participe passé (« Souvent trompé en amour, souvent blessé, souvent malheureux ») semble accorder du crédit au discours des religieuses sur les blessures amoureuses. Pour Perdican aussi, la souffrance est indissociable de l'histoire amoureuse. L'adverbe « souvent » insiste sur la récurrence de cette blessure et son caractère inéluctable.
- La phrase simple (« Mais on aime ») est coordonnée à la phrase précédente par la conjonction de coordination (« mais ») marquant ici une rupture. Ces deux phrases coordonnées s'opposent également par leur longueur. La multiplication des souffrances amoureuses s'illustre dans une phrase plus longue qui s'oppose à la simplicité de l'amour, exprimée par cette phrase courte. Perdican démontre ainsi la supériorité de la simplicité de l'amour sur la complexité des blessures infligées.
- Ces remarques qui présentent l'amour comme un remède à la superficialité de la nature humaine sont exprimées au présent de vérité générale et le pronom indéfini (« on ») est sujet de ces verbes. L'auteur partage ici une expérience personnelle qu'il pense et veut universelle.

- Le dernier argument de Perdican peut sembler surprenant. En effet Perdican s'imagine quelques années plus tard dans une sorte de prolepse exprimée par une subordonnée conjonctive circonstancielle de temps (« Quand on est sur le bord de sa tombe »). La vieillesse et la vision de la vie passée sont ici exprimées par des images concrètes (« le bord de la tombe ») et le verbe d'action (« se retourne »).
- L'antithèse entre le pronom personnel (« moi ») et la périphrase qui le désigne (« un être factice créé par mon orgueil et mon ennui ») marque une opposition entre le véritable Perdican et le masque qu'il présente à la société. L'origine de ce masque est donnée par les deux compléments d'agent qui représente les deux sources du jeu social que tout homme joue : (« l'orgueil »), et (« l'ennui ») ; l'amour-propre et le goût pour le divertissement sont donc à l'origine, selon Musset, de l'action humaine. Musset assure ainsi que l'être humain trouve dans l'amour une vérité qui vaut bien les souffrances amoureuses endurées.

Conclusion

La réplique de Perdican sonne à la fois comme un appel à l'humanité de Camille et un cri d'adieu. Il illustre par son attitude la vérité de ses propos. C'est parce qu'il aime Camille qu'il est capable de se dévoiler avec autant de sincérité, sans mettre son amour-propre comme fin et principe de ses actes. Cette scène peut donc finalement se lire comme une déclaration d'amour à celle qui peut le sauver en s'unissant à lui.

3.2 EXPLICATION LINÉAIRE : UNE DÉCLARATION TROP TARDIVE (ACTE III, SCÈNE 8)

- **Éléments de contextualisation**

  Cette scène est la dernière de la pièce. À la scène précédente, Perdican, blessé dans son orgueil, vient d'assurer à Camille qu'il se marierait bien avec Rosette. Camille est donc troublée et se rend compte que son malaise prend racine dans sa jalousie envers Rosette. Elle se rend à l'oratoire où elle rencontre par la suite Perdican.

  Parce qu'elle se croit seule dans l'oratoire, Camille cesse de jouer son rôle de future nonne et par effet de miroir provoque des aveux sincères de la part de Perdican qui lui aussi abandonne son rôle de fiancé de Rosette. L'abandon de leurs jeux marque le passage à l'âge adulte et la possibilité de vivre l'amour plutôt que de le singer.
- **Lecture expressive du passage**

Problématique : Comment la fin du jeu de masque et de séduction entre Camille et Perdican marque également la fin de la pièce ?

- **Annonce des mouvements de l'extrait**

I. Scène de reconnaissance de Camille et de Perdican

(« M'avez-vous abandonnée » … « plus prier »).

1. Monologue de Camille

Camille pense être seule et se livre donc à un monologue où elle dévoile ses sentiments. Mais ce monologue est en vérité un soliloque car Perdican l'écoute. Cette confusion sur la présence de Perdican permet à la vérité des cœurs d'éclater, car Camille ne se soucie plus du jeu et des apparences mais seulement de la réalité de ses sentiments.

- La didascalie qui indique le lieu de la dernière scène est capitale (« un oratoire »). Rappelons que la pièce est écrite dans l'intention d'être lue et non jouée. C'est la première fois que les personnages se trouvent dans ce lieu connoté religieusement. C'est exclusivement à cet endroit que l'amour humain entre Camille et Perdican va pouvoir, un court instant, être verbalisé et par là se réaliser. Cet amour se concrétise donc en harmonie avec l'amour divin puisque l'oratoire offre un refuge à ces cœurs fatigués de jouer.
- Camille débute sa prière par une apostrophe (« ô mon Dieu ») qui reprend la forme traditionnelle de l'adresse à Dieu avec le « ô » emphatique. Seule en scène, Camille offre l'apparence d'une femme sincère dans sa prière, c'est dans cette forme de langage qu'apparaît son véritable visage, débarrassé du « masque de plâtre » (II, 5) imposé par les nonnes, et dépourvu de la fausseté du jeu de masques entrepris avec Perdican.
- Les différents verbes sont conjugués au passé composé à la première personne (« j'ai refusé », « j'ai cru »). Camille revient sur ce qu'elle a dit plus tôt dans la pièce et assure n'avoir pas joué quand elle évoquait son désir de renter au couvent. Elle porte un regard qu'elle veut lucide sur sa conduite.
- « Pourquoi faites-vous mentir la vérité elle-même ? » La question rhétorique est construite sur une antithèse (« vérité » et « mentir »). L'accusation formulée par Camille à l'encontre de Dieu est la conséquence de sa confusion sur la réalité de ses sentiments : elle-même ne sait plus ce qu'elle ressent et finit par imputer la faute à Dieu qui est défini comme la Vérité.
- Cette confusion est également appuyée par l'utilisation de la négation partielle (« Je ne puis plus prier ») qui acte la séparation entre l'homme et Dieu. Finalement, l'homme qui se ment et qui joue, ment également à Dieu.

2. Monologue de Perdican

En réponse et comme miroir à celui de Camille, le soliloque de Perdican se lit comme une réplique (aux sens de « réplique théâtrale » et « duplicata »).

- L'apostrophe et la personnification (« Orgueil, le plus fatal des conseillers ») permet au lecteur de comprendre d'emblée que le personnage est dans la même démarche de sincérité que Camille. Cependant Perdican ne s'adresse pas ici à Dieu mais au vice qui est pour lui la cause de l'échec de leur histoire d'amour.

- La description faite de Camille faite par Perdican (« La voilà pâle et effrayée, qui presse sur les dalles insensibles son cœur et son visage. ») achève la transformation de Camille en héroïne romantique dont la détresse psychologique rejaillit sur son état physique. Cette vision est propre à susciter la compassion du lecteur.
- La détresse commune aux personnages est illustrée par l'antithèse entre « les mains » et « les lèvres » (« Qu'es-tu venu faire sur nos lèvres, orgueil, lorsque nos mains allaient se joindre ? ») Si Camille semblait perdue et incapable de raisonner, Perdican lui, analyse la situation et impute l'échec à l'opposition entre le désir des corps (illustré par les mains) contredits par les paroles mensongères (imagées ici par les lèvres.)
- À la fin de ce premier mouvement, Camille entre dans un véritable dialogue avec Perdican dont elle vient d'apercevoir la présence. Les trois interrogatives indirectes (« Qui m'a suivie ? Qui parle sous cette voûte ? Est-ce toi Perdican ? ») permettent à Camille d'entrer dans un véritable dialogue avec Perdican alors qu'elle vient juste de s'apercevoir de sa présence. Ces interrogatives expriment à la fois son trouble mais aussi ses attentes.

II. Perdican comme partie et juge de l'histoire

(« Orgueil » … « encore y mêler les nôtres »).

Perdican et Camille, enfin réunis sans masque, vont alors jeter un regard lucide sur leurs comportements et s'unir dans une plainte finale.

1. Regard rétrospectif de Perdican sur l'ensemble de la pièce

- La phrase exclamative : (« Insensés que nous sommes ! ») ouvre cette réplique qui ne répond pas à la question de Camille posée précédemment. Perdican porte un jugement sur leur attitude avec l'utilisation de l'adjectif péjoratif « insensés ». Le personnage ne rejette pas la faute uniquement sur Camille, mais par l'utilisation de la première personne du pluriel (« que nous sommes »), porte un regard réprobateur sur le nouveau couple qu'il forme.
- Perdican poursuit son discours par le constat d'une réalité simple exprimée par une phrase simple (« Nous nous aimons »). Le présent d'énonciation appuie l'affirmation d'une réalité enfin dévoilée.
- Les questions rhétoriques (« Quelles vaines paroles ? Quelles misérables folies ? ») construites sur un parallélisme d'adjectifs péjoratifs viennent achever la dévalorisation du jeu mené pendant toute la pièce. Cette scène permet une révélation des artifices et des masques : c'est le premier dénouement de pièce.

2. Confession de Perdican

Jusqu'ici, Perdican s'adressait uniquement à l'orgueil personnifié et à Camille. À présent, la parole du personnage devient une prière lyrique qui s'apparente à une sorte de confession.

- Par le vocabulaire religieux utilisé et l'adresse à Dieu, Perdican finit par rejoindre Camille dans son langage et dans sa foi (« Ô mon Dieu, le bonheur est une perle si rare »). C'est paradoxalement en jouant sur une double énonciation (Perdican s'adresse à Camille autant qu'à Dieu) qu'il réussit à dévoiler enfin ses réels sentiments.
- Cette libération de la parole se fait pour Perdican dans une langue métaphorique (le « Pêcheur » représente Dieu ; la « perle » représente l'amour et « l'Océan » la vie.) Cette métaphore filée illustre le trésor que représente l'amour et qui seul donne de la dignité à la vie humaine (cf. II, 5).
- Face à ce don immense, la condamnation de ceux qui ont joué avec (« Comme des enfants gâtes, nous en avons fait un jouet. ») est d'autant plus grave. Cette deuxième métaphore filée (l'amour est un « jouet » et les personnages sont des « enfants gâtés ») accentue l'accusation que Perdican porte sur lui-même et Camille.
- Dans une troisième métaphore (« le vert sentier », « pente douce » « buissons fleuris » « rochers informes »), le héros développe l'image de l'amour non comme un bien à atteindre ou à posséder mais comme un chemin entre deux êtres, (« une route céleste »). Comme la métaphore de l'amour dans l'océan de la vie, c'est ici une image qui repose sur le champ lexical de la nature si chère aux romantiques.
- La personnification métaphorique des « rochers informes » jetés sur le chemin de l'amour par « la vanité, les bavardages et colère » permet à Perdican de justifier l'échec de leur histoire en se déresponsabilisant d'une partie des maux.
- Perdican conclut ici par une sorte de morale ou du moins un constat : « Il a bien fallu que nous nous nous fissions du mal car nous sommes des hommes. » Par le verbe impersonnel et l'utilisation de la 1re personne du pluriel, Perdican s'inscrit avec Camille dans une humanité qui est à la fois victime et bourreau : il illustre ainsi la contradiction générale de l'homme qui désire le bonheur mais ne pose pas les actes qui peut l'y mener.

Conclusion

La scène de dénouement fonctionne comme une scène de reconnaissance où la vérité éclate. Comme dans une comédie classique, les deux personnages amoureux, séparés par des obstacles intérieurs ou extérieurs, finissent par s'avouer leur amour et par envisager leur avenir commun. Cependant le ton lyrique employé prépare au tragique de la fin de la pièce. Ce premier dénouement heureux sera suivi d'un deuxième dénouement malheureux. Parce que les sentiments ont été avoués, Rosette mourra de chagrin et empêchera par sa mort l'union du couple.

3.3 L'ÉPREUVE ÉCRITE : SUJET DE DISSERTATION

« Nous sommes deux enfants insensés, et nous avons joué avec la vie et la mort », déclare Camille dans sa dernière réplique de la scène finale d'*On ne badine pas avec l'amour*. En quoi cette citation vous semble-t-elle éclairer la lecture de la pièce dont elle est tirée ?

Le plan ci-dessous est une proposition non exhaustive de réponse à ce sujet et doit être complété par des références précises à la pièce.

I. De jeunes personnages principaux

Les personnages principaux se définissent eux-mêmes comme des enfants et semblent justifier leurs erreurs par leur extrême jeunesse.

1. Des retrouvailles sur le lieu de l'enfance

Les deux personnages Camille et Perdican se retrouvent dans le lieu de leur enfance. On apprend en effet au tout début de la pièce (I, 1) que Camille revient du couvent et que Perdican a fini brillamment ses études de médecine à Paris. Le fait de revenir dans les lieux où ils se sont connus jeunes les replonge dans leur enfance, époque d'insouciance. L'atmosphère des lieux de l'enfance semble imprégner Perdican qui, lorsqu'on lui demande de disserter sur une fleur pour prouver le savoir accumulé à la ville, répond naïvement : « Je trouve qu'elle sent bon voilà tout. » (I, 2).

Le baron qui organise le mariage compte d'ailleurs sur le fait qu'ils n'aient pas changé depuis leur départ et nous apprenons des informations sur leur enfance : « Ces enfants s'aimaient d'ailleurs fort tendrement dès le berceau. » (I, 2). Camille seule semble avoir grandi ou du moins changé. Pour cette raison, les retrouvailles des amis d'enfance ne se passent pas comme prévu.

2. Des personnages joueurs

Malgré cette différence d'approche, les personnages finissent par se retrouver autour de la fontaine qui est le lieu symbolique de leur enfance car les deux personnages y ont des souvenirs communs (I, 4). Autour de celle-ci, ils vont retrouver leur complicité mais en gardant la distance du jeu pour se cacher, se protéger ou par orgueil.

Ils vont donc prendre des masques et cacher leurs véritables sentiments en jouant à paraître autre chose que ce qu'ils sont. Perdican joue l'amoureux de Rosette et Camille joue la novice effarouchée.

II. Une responsabilité ambiguë

La jeunesse des personnages les excuse et les justifie sans pour autant les blanchir totalement. Musset explore donc également les responsabilités de chacun dans ce drame.

1. La fautes des personnages principaux

Ce jeu qui se termine de façon tragique est le résultat de l'attitude puérile des deux personnages « insensés ». Perdican reconnaît leur part de responsabilité. Ils n'ont pas joué pour le plaisir du jeu mais pour des motifs qui trouvent leur origine dans leur orgueil blessé.

2. La faute des personnages qui les entourent

Cependant les personnages principaux ont été influencés par les personnages adultes qui ne constituent en rien un modèle pour les enfants qu'ils sont. Perdican, et à travers lui Musset, critique le poids et l'influence des religieuses sur la vision de l'amour de Camille : « Et le masque de plâtre que les nonnes t'ont plaqué sur les joues me refusait un baiser de frère. ». L'auteur développe ici une critique de l'influence des institutions religieuses sur les jeunes esprits.

III. De graves conséquences

L'illustration du proverbe « on ne badine pas avec l'amour » permet à Musset de montrer la disproportion entre la légèreté de certains actes et les conséquences lourdes qui en découlent. Le jeu de Camille et de Perdican aboutit à la mort de Rosette et condamnent les amants survivants à une vie malheureuse.

1. Mort de Rosette

La fin du jeu entre les personnages annonce une fin heureuse. Débarrassés de leurs masques, ils arrivent à verbaliser leur désir amoureux. Mais cette verbalisation se fait en présence de Rosette, qui a servi de faire valoir à Perdican pour rendre jalouse Camille. La mort de Rosette est donc intrinsèquement liée au jeu des deux protagonistes et vient brutalement interrompre la déclaration. À l'Acte III de la scène 6, Rosette s'était évanouie lors de la première déclaration d'amour de Perdican à Camille. Mais lors de la scène finale, Camille n'est pas au courant de la présence de sa sœur de lait et son évanouissement est cette fois-ci mortel.

2. Vie et malheur des protagonistes

Le jeu auquel les personnages se sont prêtés a finalement des conséquences disproportionnées au vu des circonstances atténuantes dont disposent les personnages : leur jeunesse, les influences extérieures, leur amour-propre. La mort du personnage innocent et attachant de Rosette entrave à tout jamais la vie heureuse de Camille et Perdican qui venaient de s'avouer leur amour. Parce qu'ils se savent responsables conjointement de la mort de Rosette et parce qu'ils ont joué avec leurs sentiments, ils ne pourront désormais plus vivre heureux. L'« adieu » prononcé par Camille marque la fin de la pièce et enterre toute possibilité de vie amoureuse après ce drame.

3.4 PARCOURS AUTOUR DE L'ŒUVRE : « LES JEUX DU CŒUR ET DE LA PAROLE »

– **La mise en abyme au théâtre**

Corpus

- Corneille, *L'Illusion comique* (1635) : Acte V, scène 5.
- Marivaux, *Les Acteurs de bonne foi* (1748) : scène 2.
- Jean Genet, *Les Bonnes* (1978) : de « par moi, par moi seule » à « Je vous hais ».

– **Textes complémentaires**

- Molière, *Dom Juan* (1665) : Don Juan et Charlotte la paysanne (Acte II, scène 2).
- Beaumarchais, *Le Mariage de Figaro* (1784) : Monologue de Figaro sur la femme et son jeu de séduction (Acte V, scène 3).
- Edmond Rostand, *Cyrano de Bergerac* (1897) : Scène du baiser (Acte III, scène 10).

– **Prolongements artistiques et culturels**

- Mise en scène d'*On ne badine pas avec l'amour* de Jean-Pierre Vincent aux Amandiers de Nanterre, en 1993 avec Emmanuelle Béart dans le rôle de Camille.
- *La Communion d'Atala,* Pierre-Jérôme Lordon, 1808 : le peintre illustre la mort d'une héroïne romantique et évoque l'importance de la spiritualité de ces personnages féminins.

– **Lectures cursives en lien avec le parcours**

XVIIe

- Molière, *Les Précieuses ridicules,* 1659.
- Molière, *Le Bourgeois gentilhomme,* 1670.
- Corneille, *L'Illusion comique,* 1635.

XVIIIe

- Marivaux, *Le Jeu de l'amour et du hasard,* 1730.
- Beaumarchais, *Le Mariage de Figaro,* 1778.

XIXe

- Feydeau, *Un fil à la patte,* 1894.
- Rostand, *Cyrano de Bergerac,* 1897.

XXe

- Genet, *Les Bonnes,* 1947.

Nathalie Sarraute, *Pour un oui ou pour un non* (1986)

> “ *Il faut aller au théâtre comme on va à un match de football, de boxe, de tennis. Le match nous donne en effet l'idée de ce qu'est le théâtre à l'état pur : antagonismes en présence, oppositions dynamiques, heurts sans raison de volontés contraires.* ”
>
> Eugène Ionesco, *Notes et contre-notes* (1962)

Nous travaillerons sur l'édition de l'œuvre présentée par Arnaud Rykner : Nathalie Sarraute, *Pour un oui ou pour un non*, Paris, Édition Folio Théâtre, 1999.

1. L'œuvre et ses contextes

1.1 NATHALIE SARRAUTE (1900-1999)

Premières années entre la Russie et la France

Née le 18 juillet 1900, à Ivanovo-Voznessensk, près de Moscou, Nathalie – Natacha ou Natalia[1] – Tcherniak est la fille d'un brillant chimiste, Ilya Tcherniak, dirigeant d'une fabrique de colorants et de Pauline Chatounowski, autrice qui fréquente les milieux littéraires russes.

À partir de 1902, année où survint le divorce de ses parents, Nathalie est contrainte à une vie de partage, ballottée entre Paris, où sa mère s'installe avec son nouvel époux, et les diverses résidences de son père qui loge tantôt à Ivanovo tantôt en Suisse.

En 1906, à l'âge de sept ans, elle retourne avec sa mère à Saint-Pétersbourg. Son instruction se fait en français et en russe. En 1907 c'est au tour de son père de quitter Ivanovo pour s'installer à Paris. Jusqu'en 1909 Nathalie Sarraute voit peu Ilya Tcherniak. Cependant sa mère se montre de plus en plus distante. Un jour, elle la confie à un ami et l'envoie à Paris chez son père. Nathalie ne la reverra qu'à l'âge de onze ans. Cette rupture sera d'autant plus douloureuse que son père s'est remarié entre-temps avec une femme plus jeune que lui, Vera.

---

1. Pour plus de cohérence nous garderons le prénom que nous lui connaissons : Nathalie.

Années d'études et lectures décisives

En 1912, Nathalie Sarraute entre au lycée Fénelon. Quand la guerre éclate son père l'envoie à Montpellier en espérant la protéger de la guerre. En 1918 elle obtient son bac et commence alors pour elle la période des études. Elle passe une licence d'anglais à la Sorbonne. Quadrilingue – en plus du français et du russe elle parle aussi l'anglais et l'allemand – elle s'inscrit à Oxford où elle prépare un Bachelor en Histoire. Puis, elle entreprend à Berlin des études de Sociologie et d'Histoire.

En 1922, elle rentre à Paris où elle s'inscrit à la faculté de droit, bien que cette matière l'ait beaucoup ennuyée[1]. C'est à cette époque qu'elle est, selon ses propres termes, « bouleversée » par la lecture de Marcel Proust. Elle obtiendra sa licence en 1925. Ces années passées en faculté de droit lui permettent néanmoins de rencontrer celui qui deviendra son époux et le père de ses trois filles : Raymond Sarraute. Ils se marient en 1925, date à laquelle Nathalie Sarraute travaille dans une étude d'avoué et s'inscrit au barreau.

En 1926 elle lit *Ulysse* (1922) de James Joyce et *Mrs Dalloway* (1925) de Virginia Woolf. Ces lectures eurent sans doute un impact majeur sur son travail d'écrivain.

La guerre et les premiers écrits

De 1932 à 1937 Nathalie Sarraute rédige son premier livre, *Tropismes*. Elle observe dans ce livre ce qu'elle nomme des « tropismes », ces mouvements imperceptibles relevant de l'inconscient et de la sous-conversation qui constitueront toute la matière de son œuvre. Refusé par de nombreux éditeurs, l'ouvrage sera finalement publié en février 1939, chez Denoël. Mais en 1939, cette vision novatrice de l'écriture, plus intéressée par la forme que par le sujet, déroute et Nathalie Sarraute ne rencontre pas son public. Cependant, la publication de *Tropismes* survient au cours d'une période historiquement sombre. En effet, lorsque éclate la Seconde Guerre mondiale, Nathalie Sarraute est victime de la dictature nazie, du gouvernement collaborateur installé à Vichy et des lois anti-juives qui l'obligent à ne plus plaider au barreau puisqu'elle est née dans une famille d'origine juive.

1.2 CONTEXTES LITTÉRAIRES ET CULTURELS

Le Nouveau Roman

En 1948 elle publie *Portrait d'un inconnu* préfacé par Jean-Paul Sartre. Elle peine toujours à trouver des éditeurs et le succès n'est pas immédiat. Toutefois, en 1956 la parution de l'*Ère du soupçon* éveille l'intérêt de la critique. *Tropismes* est alors réédité aux Éditions de Minuit. Nathalie Sarraute va devenir une figure de proue de cette

1. Arnaud Rykner, *Nathalie Sarraute*, Paris, Seuil, coll. « Les contemporains », 1991, p. 162.

nouvelle impulsion romanesque que l'écrivain et critique littéraire Émile Henriot nomme de façon tout à fait péjorative « Nouveau Roman » et qui tente de déconstruire les règles du genre préétablies en refusant tout ce qui faisait la cohérence du récit : une intrigue évidente et une description détaillée de personnages identifiés. Ainsi, son nom fut systématiquement rattaché à ceux d'Alain Robbe-Grillet, de Michel Butor ou de Robert Pinget pour ne citer qu'eux. Sa voix ne semblait alors faire qu'une avec celle de ces auteurs, inventeurs d'un « Nouveau Roman », d'une révolution romanesque et littéraire. On l'a même considérée, à tort bien entendu, comme la théoricienne de ce « pseudo-mouvement[1] ».

L'ascension

En 1964, elle obtient le Prix international de littérature pour *Les Fruits d'or* et elle rédige sa première pièce de théâtre, *Le Silence.* C'est une pièce radiophonique écrite pour la Süddeustcher Rundfunk sur la demande de Werner Spies. Cinq autres pièces suivront. Entre sa production romanesque, les colloques qu'elle anime, les voyages aux quatre coins du globe, les prix littéraires et les hommages rendus – elle est docteur *honoris causa* des universités de Dublin (1976), de Canterburry (1980) et d'Oxford (1991) –, Nathalie Sarraute prend toujours du temps et du plaisir à l'écriture théâtrale. Sa dernière pièce, *Pour un oui ou pour un non*, parue en 1982, montrera, non sans humour, que le théâtre peut être le lieu des affrontements les plus inattendus.

1.3 PLACE DE LA PIÈCE DANS L'ŒUVRE DE L'AUTEUR

Les tropismes du roman au théâtre

Lors d'un entretien datant du 15 mai 1957 Nathalie Sarraute explique que ces tropismes, qui sont la matière même de son œuvre, sont des mouvements qui passent si rapidement, si furtivement dans la conscience, qu'ils s'avèrent être insaisissables. Dans tous ses livres, elle tentera de les retenir, de les observer à la loupe et de les livrer au lecteur comme s'il s'agissait d'un compte rendu à la fois scientifique et poétique. Néanmoins, si l'observation de ces tropismes convient parfaitement au genre romanesque, elle implique un renouvellement des formes classiques du genre théâtral. Ainsi, lorsque Werner Spies lui demande d'écrire une pièce radiophonique, Nathalie Sarraute refuse, certaine que la mise en scène des tropismes relève de l'impossibilité. Elle dira elle-même, dans un entretien donné au *Monde* le 18 janvier 1967[2], que ces

1. Voir le chapitre d'Armand Rykner, « Nathalie Sarraute et le nouveau roman », dans *Nathalie Sarraute*, *op. cit.*, p. 191 : « L'appellation "Nouveau Roman" a toujours posé plus de problèmes qu'elle n'en a résolu. Pour être exact, le Nouveau Roman n'existe probablement pas et n'a probablement jamais existé. »
2. Entretien avec Nathalie Sarraute paru dans *Le Monde*, le 18 janvier 1967, reproduit dans Nathalie Sarraute, *Le Silence* [1967], Paris, éd. Folio Théâtre, 1998, p. 72.

voix dont elle préparait longuement le chemin dans ses livres ne pourraient jamais « s'incarner » dans un dialogue aussi naturel que celui du théâtre. Finalement, cédant aux exhortations de Spies, elle se lance dans cette aventure à laquelle elle prend goût. Elle avouera qu'il lui aura fallu, pour le théâtre, créer avec des mots pourtant familiers, « un langage irréel » afin d'exprimer l'inexprimable[1].

L'œuvre dramatique de Nathalie Sarraute

En 1999, durant les derniers mois de sa vie, Nathalie Sarraute disait encore « qu'elle écrivait pour le théâtre[2] », comme si ce genre auquel elle était parvenue par hasard était désormais devenu une partie d'elle-même. Il y aura ainsi, entre 1964 et 1982, six pièces de théâtre. La première, *Le Silence,* donne lieu à un « Nouveau Théâtre » où six personnages sont contraints de suspendre le dialogue à cause du silence d'un septième. Ils n'ont pas de nom, juste une lettre pour désigner leur sexe – H. ou F. – et un numéro afin de les dissocier. Seul celui qui ne parle pas, Jean-Pierre, est nommé. Deux ans plus tard, en 1966, paraît *Le Mensonge*, pièce également radiophonique. C'est toujours le langage qui est au cœur de la pièce car un mensonge insignifiant, qui pourrait en vérité passer inaperçu, peut être cause d'une rupture de l'équilibre apparent et mener au conflit. Le public est séduit et Nathalie Sarraute est désormais persuadée que le théâtre lui permettra d'aller plus loin dans ses observations. Grâce à ce médium, elle va pouvoir animer ces mouvements imperceptibles de l'âme humaine. Elle dira qu'ils deviennent alors plus « nets », plus « amples », plus « subtils[3] ». Elle a enfin trouvé, à l'intérieur d'une « forme ancienne », LA « forme », celle qui permet d'exprimer pleinement une « pensée neuve », une pensée qui soit « de son temps[4] ».

Pour un oui ou pour un non : réception et postérité de l'œuvre

« C'est biiien... ça... » ! Si H. 1, quand il a prononcé cette phrase, dans un passé antérieur au début de la pièce, n'avait pas étiré, mis un accent sur le « bien », s'il n'avait pas laissé planer un suspens avant de prononcer le « ça », la dispute n'aurait pas eu lieu. Mais à cause de cette malheureuse intonation dont H. 1 n'a même pas fait cas, à cause de la façon dont H. 2 l'a perçue, à cause de ce rien, de ce « fracassant » non-dit, le dialogue vire à la dispute et une amitié s'écroule. *Pour un oui ou pour non* pousse donc au paroxysme l'observation sarrautienne du mouvement imperceptible qui provoque l'explosion, l'amplifie puis détériore les rapports humains.

1. *Ibid.*, p. 73.
2. Armelle Héliot, « Théâtre. "Ce qui s'appelle rien" », *Littérature*, n° 118, 2000, p. 59-70.
3. Entretien avec Nathalie Sarraute paru dans *Le Monde*, le 18 janvier 1967, *op. cit.*, p. 72.
4. Simone Benmussa, *Entretiens avec Nathalie Sarraute,* La Renaissance du livre, coll. « Signatures », 1999, p. 9.

La pièce fut présentée au public en 1982 sous la forme d'un fin livret sur lequel était précisée la mention « pièce » et qui parut chez NRF/Gallimard. Elle demeure à ce jour la pièce de Nathalie Sarraute la plus jouée, comptabilisant plus de six cents[1] représentations orchestrées par des compagnies de théâtre professionnelles.

L'histoire commence à New York, le 29 mai 1985, au Manhattan Theatre Club où Simone Benmussa monte la pièce en anglais, sous le titre de *For no good reason*. C'est également elle qui en assure la création française au théâtre du Rond-Point, le 17 février 1986[2]. Elle est jouée jusqu'en mars puis montée à nouveau de novembre à janvier 1987, date où commence une tournée qui mène les comédiens jusqu'à Londres. Forte de ce succès, Simone Benmussa décide de monter la pièce en catalan. En 1988, Jean-Jacques Dulon, au théâtre du Lucernaire, choisit de proposer la pièce dans un huis clos qui ressemble au film réalisé cette année-là par Jacques Doillon. Dans ce film, Jean-Louis Trintignant jouait le rôle de H. 1 tandis que celui de H. 2 était dévolu à André Dussolier. Enfin, en 1993, Elisabeth Chailloux propose une mise en scène très originale où H. 1 et H. 2 étaient des clowns. Cette version, jouée au Théâtre des Quartiers d'Ivry, fut très appréciée par Nathalie Sarraute.

2. L'œuvre en examen

2.1 LA DISPUTE AU CENTRE DE LA PIÈCE

Le théâtre de Sarraute doit être, à l'instar de sa production romanesque, considéré pour le caractère expérimental de son écriture. La mise en scène du langage implique une pièce de théâtre relativement courte faisant une économie d'actes et de scènes qui donne à l'ensemble une tonalité épurée, concentrée sur les mots qui ne peuvent être interrompus. Enfin, il y a les points de suspension qui permettent d'exprimer l'intonation, l'oralité et donc le sens du propos. Sarraute parsème ses textes de ces suspens, qui donnent au langage un caractère infini, voire indéfini, comme si l'avant et l'après des points de suspension pouvaient toujours être en mouvement, instables, changeants et que seule la certitude du vide était une évidence du texte.

Si la pièce est présentée sans les interruptions imposées par les scènes et les actes, elle peut néanmoins être découpée en mouvements qui suivent le déroulement du conflit opposant les deux amis et ressemblent, d'une certaine façon, au schéma narratif des contes merveilleux : situation initiale, élément perturbateur, péripéties, élément de

1. Voir le dossier d'Arnaud Rykner dans Nathalie Sarraute, *Pour un oui ou pour un non*, *op. cit.*, p. 67.
2. La première distribution française sera la suivante : Jean-François Balmer (H. 1), Sami Frey (H. 2), Dominique Ehlinger (H. 3), Christiane Desbois (F.).

résolution, situation finale. Nous voyons alors très clairement que la pièce opère une fluctuation qui suit le rythme de la dispute, donnant l'avantage à l'un puis à l'autre des protagonistes, jusqu'à les condamner tous les deux, tout comme leur amitié.

Une dispute théâtrale sous forme de conte

Mais observons cette architecture de plus près et voyons comment elle s'empare des motifs du conte pour mettre en scène la dispute.

Situation initiale

Selon Bruno Bettelheim un conte n'existe que s'il y a une menace. Or c'est précisément ce qu'éprouvent les personnages au début de la pièce. H. 1 pressent qu'un danger l'éloigne de H. 2. Quant à H. 2, on l'apprendra très vite, il se sent moralement menacé par H. 1. Toutefois, ses griefs envers H. 1 ne se manifestent pas comme débuterait un procès mais renvoient justement à l'enfance et à l'univers du conte : deux amis, dont l'amitié remonte à des temps immémoriaux, se retrouvent séparés par quelque chose d'innommé et d'innommable. L'un d'eux, H. 2, boude comme un enfant et apparemment pour un rien. L'autre, H. 1, en appelle au souvenir de sa mère pour tenter de l'attendrir[1], il l'adjure, le supplie au nom de leurs parents, de rompre le silence[2]. Ce silence a valeur d'interdit féérique. Comme dans les contes, il ne peut être rompu car cette transgression serait cause de tous les maux. H. 2 en a pleine conscience et il met en garde celui qui est encore son ami :

> En parler seulement, évoquer ça… ça peut vous entraîner […] personne ne l'ose… on n'en entend jamais parler[3].

La formulation même du problème relève de l'indicible, de l'imprononçable. Le dire serait jeter un sort terrible sur une amitié car cela déclencherait une dispute sur laquelle on ne pourrait revenir. En somme, la situation initiale annonce déjà la fin.

La révélation ou l'élément perturbateur

Pourtant l'interdit est rompu lorsque H. 2 cède aux objurgations de H. 1 et révèle l'origine du mal. Tandis que H. 2 faisait part à H. 1 d'une réussite, ce dernier aurait eu l'indélicatesse d'oser le commentaire suivant « C'est biiien… ça » avec un étirement sur le « bien » et un suspens avant que le « ça » ne soit prononcé. H. 1 reste éberlué par cette révélation. Elle relève de la fantasmagorie. Il s'étonne : « Ce n'est pas vrai. Ça ne peut pas être ça… ce n'est pas possible[4]… ».

1. Nathalie Sarraute, *Pour un oui ou pour un non*, *op. cit.*, p. 24.
2. *Ibid.*, p. 25.
3. *Ibid.*
4. *Ibid.*, p. 26.

La triple négation qui accompagne tour à tour l'évocation du vrai, de l'existant, du possible, renforce l'extravagance du propos, renvoyant la raison de la dispute dans un monde imaginaire. Quoi qu'il en soit, H. 2 ne s'était pas trompé : l'interdit à peine rompu, la dispute éclate, libérant telle une boîte de Pandore, tous les mots (et tous les maux) qui étaient alors contenus dans le subconscient. Le caractère surnaturel de la raison accentuera finalement l'intensité du conflit. Le tropisme, élément perturbateur, se pare d'une dimension originelle quasi mythique. Répété tout au long de la pièce, il devient le fléau qui mettra fin à un monde confortable où la paix et l'amitié régnaient en maîtres.

Les péripéties

Il s'agit ici du cœur de la pièce. Peu à peu, le conflit s'enlise et les coups portés fusent. L'arrivée des voisins, parangons de vertu et d'intégrité, apparaît comme une possibilité de salut. Les voisins appartiennent à cette catégorie de ces gens parfaits que l'on tient en modèles pour leur bon sens. Ils régissent le monde et en cela, ils ressemblent aux fées des contes. Leur rôle d'adjuvants et de conseillers fait d'eux les garants de la paix sociale mais aussi les juges suprêmes. Ils ont une fonction probatrice – H. 2 explique à H. 1 qu'il n'a pu rompre avec lui[1] car il n'avait pas obtenu l'autorisation des personnes de bon sens. Puis, en convoquant les voisins, H. 2 espère que le conflit disparaisse par un simple coup de baguette magique. Cependant, les fées sont aussi sorcières, et la dispute redouble d'ampleur après le passage des voisins. Finalement, la métaphore du conte de Grimm, *Blanche-Neige et les sept nains*, qui apparaît au cœur même de la dispute, atteste pleinement du lien existant entre la pièce et le conte merveilleux. Comparant H. 1 à la méchante reine qui ne peut souffrir l'idée qu'au fond de la forêt se cache une princesse plus belle qu'elle[2], H. 2, malgré les railleries de son « ami » qui le tient pour fou, montre que l'imaginaire n'est rien de plus qu'une distorsion du réel. Au moment où le tropisme fait sourdre la violence contenue, il n'y a plus de frontière entre la raison et le monde irréel. Le déferlement des forces obscures entraîne les protagonistes vers le déchirement et l'affrontement.

Élément de résolution et situation finale

Les personnages semblent trouver un terrain d'entente le temps de quelques lignes. H. 1 et H. 2 emploient le pronom personnel « on[3] » marquant ainsi un nouveau lien entre eux. Ils s'unissent pour trouver une solution et ouvrir un procès que les « gens normaux » leur refusent. Mais la dispute recommence au moment de finir. La pièce de Nathalie Sarraute rompt alors avec le schéma narratif du conte puisqu'au moment

1. *Ibid.*, p. 27.
2. *Ibid.*, p. 38 et p. 46.
3. *Ibid.*, p. 49.

où les personnages s'accordent et que la résolution s'esquisse, la dispute recommence. Ainsi, un mot suffit à revenir à la situation initiale qui devient alors situation finale, montrant ainsi que la dispute est sans fin et sans issue possible. Le langage n'a donc pas permis de résoudre le problème qu'il a lui-même fait émerger.

2.2 LA DISPUTE MISE EN SCÈNE

Le tropisme : « c'est bien ça »

Projeté *in medias res*, dans les premiers balbutiements d'une dispute qui semble couver depuis longtemps, le lecteur/spectateur ignore tout de la vie passée des personnages, de leur identité ou même des événements préalables à la situation initiale. Seule la certitude d'une amitié de longue date peut être établie si l'on se réfère aux répliques évoquant l'attendrissement qu'elle provoquait chez la mère de H. 2. Donc rien n'est révélé dans les premières répliques jusqu'à ce que le spectateur soit frappé par la raison de la discorde.

A priori, cette cause, énoncée par H. 2[1], est le fruit d'une discussion antérieure au commencement de la pièce et au cours de laquelle aucun mot malveillant n'aurait été échangé. Pourtant ce simple échange auquel personne n'a assisté aurait instillé dans le cœur de H. 2 une certaine rancœur et réveillé en lui bien d'autres maux. La dispute est donc initiée par une simple expression « C'est bien… ça… », prononcée avec « ce suspens… cet accent[2]… ». Suite à cette révélation, la surprise de H. 1 est totale : ce qui avait été à ses yeux une simple discussion, avait provoqué en H. 2 un sentiment d'amertume capable d'ébranler leur amitié.

En plaçant le tropisme, déclencheur de la dispute, hors du cadre de la pièce, Nathalie Sarraute brouille ainsi la perception du spectateur. Il ne peut se porter témoin ni même construire sa propre opinion ou même prendre parti pour l'un des deux amis. L'antériorité de la situation le plonge dans un état d'ignorance qui l'oblige à ne se fier qu'à ce que Nathalie Sarraute veut bien lui montrer.

Du différend à la différence

Dès les premières répliques de la pièce il apparaît clairement que le différend – le tropisme – est le fruit d'une différence entre les deux parties. Dans une interview donnée par Armelle Héliot le 24 mars 1986 pour l'émission télévisée *Tous en Scène*[3], Nathalie Sarraute confie que ces deux personnages sont en totale contradiction. Ce n'est pas la haine qui est à l'origine de leur dispute mais des tendances opposées. Elle ajoute que

1. *Ibid.*, p. 26.
2. *Ibid.*
3. Document INA, *Tous en Scène*, émission réalisée par Jean Claude Guidicelli, présentée par Armelle Héliot et produite par Pierre Laville pour France Régions 3, 1986.

cette lutte pourrait même être éprouvée par une seule et unique personne qui porte en elle – comme nous le portons tous – des contradictions. Afin d'extérioriser le conflit et de mettre en scène la dispute, il était donc nécessaire que deux personnages soient en opposition. On peut alors affirmer que le « c'est biiien... ça... » mentionné par H. 2 n'est pas la cause réelle de la dispute mais le révélateur d'une opposition, d'une contradiction antérieure qui a perduré. Plus précisément, le tropisme est le détonateur que H. 1 place sans le vouloir entre les mains de H. 2 et sur lequel ce dernier appuie sans même s'en rendre compte, pour extérioriser des tensions trop longtemps étouffées.

Le théâtre amplifie la dispute

La dispute qui éclate est alors semblable à un tsunami, un déferlement si puissant que l'intrigue est quasiment inexistante. Seule est mise en scène la dispute qui enfle, s'empare de la scène, déborde des personnages et dont l'issue est attendue sans jamais paraître.

Nathalie Sarraute parle sans cesse de grossissement, de loupe qu'elle promène sur les tropismes. Elle utilise pour qualifier son théâtre la métaphore du « gant retourné ». Ce qui dans le roman est implicite va être, dans une pièce, surdimensionné. Au départ, Nathalie Sarraute le dit elle-même : « il n'y a pas de quoi en faire toute une histoire » mais ensuite « on regarde au microscope, on découvre que c'est énorme et occupe la scène pendant une heure. Après, tout se referme, rien n'a existé[1]. »

Ainsi pendant une heure, le vernis va craquer, révéler les véritables raisons d'une dispute qui va s'avérer violente et saisir les personnages tels qu'ils sont réellement. Ce qui était au début un simple débat, une discussion thérapeutique, va devenir une bataille, une guerre sans merci. Les différences entre les deux personnages cachent un malaise et un conflit latent depuis des années. Ainsi, c'est de la condescendance[2] que H. 2 a perçue dans les mots prononcés par H. 1. Au départ, on pourrait ne pas y croire, tant la présence calme et protectrice de H. 1 paraît bienveillante. Comme H. 1, on pourrait penser que H. 2 est animé par un sentiment de jalousie[3], notamment lorsqu'il lui reproche la présence imposante d'un bonheur qu'il étale :

> C'est quelque chose qui se trouve être là, tout naturellement. Ça existe, c'est tout. Comme un lac. Comme une montagne. Ça s'impose avec la même évidence[4].

1. Extrait d'un article à propos du *Mensonge*, in *Cahiers Renaud-Barrault*, 1966.
2. *Pour un oui ou pour un non*, *op. cit.*, p. 30.
3. *Ibid.*, p. 37.
4. *Ibid.*, p. 36.

Face à ce bonheur, H. 2 se compare à « tous les pauvres bougres » qui contemplent les bonheurs des autres « le nez collé aux vitrines[1] ». Est-ce, comme le pense H. 1, de la jalousie ? Nathalie Sarraute nous invite à aller plus loin que la surface de cette conversation. La sensation éprouvée par H. 2 est celle d'un prisonnier. Le terme « souricière[2] » employé dans la réplique de H. 2 renforce non seulement l'impression de petitesse mais aussi l'idée de piège qui se referme. H. 2 reproche clairement à H. 1 de le mettre en cage[3]. Il l'accuse de souhaiter l'assigner à une place qu'il aurait définie pour lui[4]. Une fois de plus, les autres personnages, H. 1 et les voisins, s'étonnent d'une telle comparaison, mais elle permet d'éprouver la sensation en l'amplifiant. Il semble presque évident que H. 1, par son attitude protectrice et infantilisante, phagocyte son ami. Au moment même où il le qualifie d'écorché, de persécuté[5], il expose lui-même sa fragilité et l'oblige à se soumettre à un guide, une présence forte, rôle qu'il assumera parfaitement. Deux visions de l'existence se confrontent tandis que l'amitié se déchire. Celle de H. 1, lisse, conforme, parfaite, reçoit l'appui des voisins qui représentent la bonne société, les gens « normaux » et « de bon sens », juges implacables qui condamnent ceux qui ne se plient pas à leurs principes et fixent les règles de bienséance. À l'opposé, H. 2, bohème et marginal, n'entre pas dans le cadre imposé par ces prophètes de la bien-pensance. Cependant, et d'une certaine façon, il s'arroge la paternité des grands poètes[6]. Si aux yeux de H. 1 et des « gens bien », H. 2 est un « raté », à l'inverse, ne voit-il pas en H. 1 un béotien, un pauvre hère incapable de se laisser aller à la contemplation ? C'est au tour de H. 1 de condamner, de se sentir humilié, pris au piège dans un grossissement similaire : « C'est là que tu te tiens à l'abri de nos contacts salissants… sous la protection des plus grands… Verlaine[7]… ». Et c'est également là que la dispute prend un tournant définitif. H. 2 énonce clairement, qu'entre eux, la rupture est totale et on l'imagine mal revenir en arrière une fois ces mots prononcés : « Il n'y a pas de conciliation possible. Pas de rémission… c'est un combat sans merci. Une lutte à mort. Oui, pour la survie. Il n'y a pas le choix. C'est toi ou moi[8]. »

Dans un registre clairement agonistique la dispute atteint son apogée. Les phrases sont courtes, comme des coups de couteaux portés à l'adversaire. Le lexique du combat est employé de façon régulière. Ceux qui étaient jusqu'alors amis sont désormais des ennemis jurés, issus de deux camps adverses et il ne peut y avoir d'issue que dans la

1. *Ibid.*
2. *Ibid.*, p. 33.
3. *Ibid.*, p. 34.
4. *Ibid.*
5. *Ibid.*, p. 35.
6. *Ibid.*, p. 42.
7. *Ibid.*
8. *Ibid.*, p. 44-45.

fin[1]. On comprend que pour Nathalie Sarraute, le langage est une arme redoutable. Car enfin, cette sensation, ce ressenti ne sont-ils pas avant tout véhiculés par les mots et leur intonation ?

2.3 LES ENJEUX LITTÉRAIRES DE LA DISPUTE

Le langage, une arme redoutable

« Écoute » … tel est le premier mot de la pièce *Pour un oui ou pour un non*. Le verbe « écouter », conjugué ici au présent de l'impératif, nous en dit bien plus qu'il n'y paraît sur ce qui va se dérouler. Étymologiquement, le terme « dispute » provient du latin *disputare*, qui signifie discuter, débattre. Autrement dit, il s'agit d'écouter l'autre et de parler avec lui afin d'échanger des idées différentes, des opinions diverses, pour régler des problèmes par la parole. Une parole qui se doit donc d'être avant tout thérapeutique et ne peut que « faire du bien » si l'on reprend l'expression de H. 1[2]. Mais le théâtre de Nathalie Sarraute ne tarde pas à nous montrer que tout cela n'est qu'un leurre. Qui les personnages de la pièce écoutent-ils à part leur propre voix ? Avec qui débattent-ils si ce n'est qu'avec une partie d'eux-mêmes qui explose sous le poids de la rancœur et de la colère ? Or c'est à partir du moment où l'on n'entend plus l'autre, que la discussion devient dispute, que le sens du mot perd celui qui était étymologiquement le sien et que la pièce ne peut finir que sur une rupture consommée, une contradiction entre « Oui » et « Non[3] ! ».

Ainsi, du début à la fin, Nathalie Sarraute nous montre l'incapacité du langage à résoudre les conflits mais au contraire sa propension à les intensifier. Car à ses yeux la parole est une arme qui au quotidien s'avérera redoutable et criminelle. Si son écriture romanesque donne l'illusion du « non-dit », son théâtre, dans un souci d'amplification, est celui du « trop dit ». Dire et dire sans mesure. Les personnages s'effacent pour que le langage puisse prendre corps et s'affirmer, pour qu'il puisse être disséqué dans ses moindres intonations, ses moindres circonvolutions et se révéler enfin dans toute sa mesure, ou plutôt, dans toute sa démesure. Ce qu'Arnaud Rykner écrit dans la préface du *Silence*, pourrait aussi bien concerner la dernière pièce de Nathalie Sarraute, *Pour un oui ou pour un non* :

1. *Ibid.*, p. 45.
2. *Ibid.*, p. 29.
3. *Ibid.*, p. 50.

> Ses personnages ne sont que des lieux [...], des foyers, des carrefours. C'est à dire qu'ils n'existent que par ce qu'ils recueillent. Ils s'effacent derrière le verbe qui les traverse, emportant avec lui tout passé, tout futur, tout état civil. Ils sont de nulle part, ils parlent; ils ne vont nulle part, sinon là où les mènent leurs paroles[1].

Dans le déferlement de la dispute qui les oppose, les personnages principaux de *Pour un oui ou pour un non*, H. 1 et H. 2, n'ont plus de limites, ils sont hors de contrôle. Ils essaient parfois d'arrêter le langage. Ils en connaissent les dérives. Ils savent qu'il mène à la rupture, au cataclysme. Mais il leur est impossible de se taire, car toute la puissance du théâtre de Nathalie Sarraute est de montrer à quel point le langage, comme une eau vive et dévastatrice, un fleuve en crue, ne peut être contenu. Mais si le langage théâtral est celui de la dispute, c'est aussi parce que les mots ne sont pas uniquement porteurs d'un sens. Tout du moins, leur signification ne s'arrête pas au « dire » mais au « comment dire ».

L'intonation, principale raison de la dispute

Comme l'écrit si bien Simone Benmussa, le théâtre de Nathalie Sarraute est « un espace de paroles échangées qui poussent à la surface des sensations, les font éclater comme des balles[2] ». La dispute, dans le théâtre de Nathalie Sarraute, passe irrémédiablement de la discussion à une guerre sans merci parce qu'elle est alimentée par les sensations que procure le langage avec ses paroles insidieuses, ses intonations, son ironie souvent cruelle qui créent des situations à la fois tragiques et comiques. Ce qui compte, ce n'est pas le mot, mais la sensation qu'il procure. Lors d'une conférence prononcée en 1970 à l'université japonaise de Seinan-Gakin, Nathalie Sarraute résume en ces termes l'importance de la sensation :

> Les significations auxquelles le langage renvoie n'ont de valeur que dans la mesure où elles sont la source de sensations, où elles constituent le terreau sur lequel les sensations s'épanouissent[3].

Le langage perd de sa substance s'il est dépouillé de ce qui fait sa force, autrement dit, l'intonation. La parole la plus anodine voit son sens et sa valeur altérés par le fait même de tout ce qui constitue la prosodie : la prononciation, l'intonation, la musicalité, le rythme. « C'est bien ça » ! Cette expression n'est rien, elle ne signifie rien, disons plutôt qu'elle ne signifierait rien, si elle était extraite de son contexte, lavée de ce qui fait d'elle une arme de destruction massive : la façon dont H. 1 l'aurait prononcée. Tout le monde, H. 1, H. 3, F., les spectateurs ou les lecteurs, s'étonnent lorsque H. 2 évoque

1. Arnaud Rykner, Préface du *Silence, op. cit.*, p. 11-12.
2. Simone Benmussa, *Entretiens avec Nathalie Sarraute, op. cit.*, p. 27.
3. *Ibid.*, p. 199.

les raisons de son trouble. Mais il insiste lui-même sur un fait : H. 1 n'a pas dit « c'est bien ça » mais « c'est biiien… ça », avec un étirement sur le « bien » et un suspens avant le « ça ». Il le dit lui-même : « ce n'est pas sans importance[1] ». Derrière l'expression se cache de manière implicite une sensation qui lui donne sa signification. Ce mot est mentionné par H. 1 : « condescendant[2] ». Alors, ce qui n'était rien, par le truchement de l'intonation, se métamorphose en un violent sujet de dispute.

Mais parfois, l'intonation est déterminée par l'impression qu'éprouve un personnage en écoutant le discours prononcé par l'autre. Cette impression est celle de guillemets placés dans le cours même de la conversation. C'est ce que reproche H. 2 à H. 1 au moment où ce dernier parle de « poétique » et de « poésie[3] ». Pendant quelques tirades, les deux personnages débattent sur l'effet ressenti par l'utilisation de ces guillemets. Subséquemment, ceux qu'emploie H. 1 pour parler de poétique et de poésie, apparaissent au regard de H. 2 comme des marqueurs. Ils le désignent, le rangent, l'enferment au sens figuré dans une case comme ils enferment le mot – au sens propre du terme – entre les deux signes de ponctuation : H. 2 est une sorte de poète marginal et sans doute même, un raté. Porteurs de ce sens péjoratif, ils l'éloignent, le repoussent, le marginalisent comme ils mettent le mot à distance, l'enferment dans « la section des "poètes"… de ceux qu'on place entre guillemets… qu'on met aux fers[4]… ».

Mais tout cela – l'intonation, les guillemets – se révèle être si impalpable que l'on pourrait croire que ce n'est « rien ». C'est ainsi que dans l'œuvre de Sarraute, et c'est d'autant plus le cas dans *Pour un oui ou pour un non*, le « rien » revêt une importance considérable et se trouve être au cœur même de la dispute. H. 2 emploie le premier ce terme pour qualifier la cause de son éloignement et nommer la raison même de la dispute : « C'est plutôt que ce n'est rien… ce qui s'appelle rien… ce qu'on appelle ainsi[5]… »

En conséquence, aux yeux des autres, les deux amis n'ont « rien » à se reprocher. C'est ainsi que dans l'avant-dernier mouvement de la pièce, ils se trouvent tous les deux liés par ce marasme qui les submerge, face aux autres, aux juges, aux gens de bon sens. Ils cherchent désespérément une raison pour justifier cette invraisemblable dispute qui a conduit à la rupture d'une amitié de longue date. Bien évidemment, ils ne trouvent rien de tangible, du moins rien de présentable à l'opinion publique, d'où l'échec de la dernière partie qui réactive leur opposition. Et c'est là un autre enjeu de cette pièce comme de toute l'œuvre de Nathalie Sarraute : montrer que ce qui n'est rien pour les autres peut être « tout » pour celui qui l'éprouve. Le théâtre de Nathalie Sarraute met en scène un tropisme qui socialement n'est rien mais qui personnellement est tout.

1. Nathalie Sarraute, *Pour un oui ou pour un non*, *op. cit.*, p. 27.
2. *Ibid.*, p. 30.
3. *Ibid.*, p. 42.
4. *Ibid.*, p. 43.
5. *Ibid.*, p. 25.

La dispute théâtrale, du rire à la cruauté

Selon Arlaud Rykner, l'œuvre de Nathalie Sarraute est un affrontement permanent entre « "ceux qui peuvent" et "ceux qui ne peuvent pas", ceux qui cèdent aux tropismes et ceux qui leur résistent, ceux qui laissent filer les mots et ceux qui les retiennent ». La pièce de théâtre *Pour un oui ou pour un non* n'échappe pas à cette architecture fondée sur l'opposition, la dispute. Comme le final d'un feu d'artifice, elle se termine sur une explosion où chacun signe l'arrêt de mort d'une amitié qui pourtant ne semblait pas vouée à l'échec. Pour H. 1, la vie de H. 2 est fluctuante, inconsistante, angoissante. Pour H. 2, celle de H. 1 est oppressante, cloisonnée, étouffante[1]. Cet aveu marque la fin *a priori* définitive de leur relation. Et pourtant, malgré le drame, on a envie de rire. Il faut dire que le surgissement du tropisme, ce rien microscopique, qu'il faut observer à la loupe, ce « c'est biiien…ça… » n'a, nous l'avons vu, rien de sérieux. H. 1 s'en étonne à plusieurs reprises et les voisins se demandent si H. 2 ne montre pas les signes d'un dérangement psychologique. L'absurdité de la situation est le premier élément comique. Mais c'est l'ironie qui naît de cette situation qui donne à la dispute théâtrale sa véritable tonalité et elle est, dans la majeure partie du temps, le fait de H. 1. L'ironie est à l'origine de la dispute puisqu'elle se serait glissée, selon H. 2, dans la prononciation de « c'est bien ça », avec son étirement et son suspens, qui révèlent une sensation de mépris, de condescendance. H. 1 utilise ce même étirement pour répondre à H. 2 qui venait d'expliquer qu'il y avait eu d'autres procès[2]. De façon tout à fait ironique, il s'étonne de cette réalité[3]. H. 1 n'ignore pas que la demande de H. 2 a été déboutée et cet étonnement souligne l'irrationalité de H. 2. Ce qui pour ce dernier est un drame prend ainsi l'allure d'une extravagance qui s'avère être comique. H. 1 ne semble pas mesurer la douleur de H. 2 quand il se moque de lui en étirant à son tour le « r » sur l'adjectif « grand[4] ».

La transposition de l'étirement dans la bouche de H. 1 provoque le rire mais, en creux, elle soulève une tragédie sociétale : H. 2 est condamné à l'incompréhension et il est de bon ton de le railler car il ne fait pas partie des gens normaux. Ses métaphores enfantines, ses impressions, ses élans : tout porte à rire et en même temps le condamne. Qu'importe ses griefs, ses sensations, son ressenti, il est dans son tort à partir du moment où la dispute est arbitrée par les « gens de bon sens ». Lorsque les deux amis sont face au jugement des voisins, H. 1 continue sur le même ton doucereux, s'étonnant que H. 2 n'ait pas apprécié sa proposition de lui obtenir des tournées. À chaque fois que H. 2 se laisse déborder par l'émotion, H. 1 rompt le pathétique de son discours par une réflexion ironique. Le rire qui surgit alors enfonce davantage H. 2 dans son malheur en transformant sa détresse en une émotion ridicule et absurde. Il finit d'ailleurs

1. *Ibid.*, p. 48.
2. *Ibid.*, p. 28.
3. Nous soulignons le mot.
4. *Ibid.*, p. 27.

par mettre des mots sur le comportement de H. 1 « cette distance, cette ironie… ce mépris[1] ». Distance, ironie, mépris. Les trois mots sont liés, fonctionnent ensemble, dans une même impulsion qui est d'autant plus cruelle qu'elle provoque le rire. Puis la situation s'inverse et c'est à H. 1 d'être pris au piège. On peut alors voir la similarité entre le premier mouvement de la pièce, bien qu'il soit plus long, et celui où H. 1 accuse H. 2 de voir en lui un béotien. Il cadre son discours sur celui de H. 2 et emploie à son tour le « c'est bien ça », la métaphore du piège tendu par l'autre, la victimisation. Le vocabulaire utilisé par chacun des deux personnages s'avère également être le même.

Ainsi, H. 2 emploie le mot « bonhomme » pour désigner avec ironie la façon dont son ami le perçoit[2] tandis que H. 1 utilise une formule similaire, « un bon petit », pour traduire la vision que H. 2 aurait de lui. Le terme n'a rien d'affectueux. La dispute qui fait rage lui ôte toute valeur hypocoristique donnant à la tournure une tonalité ironique qui tend vers la cruauté. C'est d'ailleurs la partie la plus violente du conflit qui s'ensuit : celle où H. 2 parle de guerre sans merci, de lutte à mort, de survie…

La vérité est là : un « oui » ou « non » suffisent pour qu'une amitié se délite et meure après de cruels échanges qui remettent en cause tout ce qui fut. Le « oui » et le « non » prononcés à la toute fin, sonnent comme un néant personnel et sociétal, traduisant la fragilité des rapports humains face à la puissance destructrice de la parole.

3. L'œuvre à l'examen

3.1 EXPLICATION LINÉAIRE : LE MOTIF DE LA DISPUTE

Depuis la page 26 (troisième réplique de H. 2) jusqu'à la fin de la page 27.

- **Éléments de contextualisation**

  Dans cet extrait qui se situe au tout début de la pièce, H. 2, cédant aux objurgations de H. 1, va enfin lui révéler la cause de la rupture qui se dessine. Ici, Nathalie Sarraute souligne particulièrement l'importance du langage, mais aussi et surtout celle de la prononciation qui va déterminer le sens du propos. Ce passage met également l'accent sur le caractère *a priori* dérisoire du tropisme. C'est le rien, l'infime, l'impalpable qui provoque le cataclysme car il est chargé non seulement d'un sens mais aussi d'une multitude de frustrations réprimées. Bien entendu, l'inanité de la parole provoque le rire et l'étonnement de H. 1.

1. *Ibid.*, p. 42.
2. *Ibid.*, p. 35.

Le passage révèle enfin la présence répressive et autoritaire des gens normaux, représentants d'une caste dominante parfaitement adaptée à la société. Ils seront les arbitres d'une dispute que leur « bon sens » ne parviendra pas à régler.

■ **Problématique** : En quoi ce passage détermine l'importance du « rien » dans la mise en scène des tropismes analysés par Nathalie Sarraute ?

– **Annonce des mouvements de l'extrait**

I. Révélation du motif de la dispute

De « Eh bien » (p. 26) à « sérieusement ».

1. Un aveu hésitant (début du texte à « C'est bien... ça... »)

- Le texte commence par une hésitation : « Eh bien... » : pour H. 2, la révélation est difficile car le sujet est très sérieux.
- On note la présence multiple des points de suspension qui définissent des modulations dans la voix et véhiculent les émotions imperceptibles.
- Annonce de la raison de la dispute : H. 2 marque une pause grâce aux deux « deux points » qui précèdent le « c'est bien ça », donnant ainsi l'impression d'une annonce importante.

2. Étonnement de H. 1 (de « répète-le » à « pas possible »)

- L'étonnement de H. 1 est palpable dès sa première réplique. Il demande à H. 2 de répéter ce qu'il vient de dire comme s'il s'agissait d'un aveu improbable. L'idée d'avoir mal compris renvoie à la difficulté du langage et à celle de la compréhension d'autrui qui occupe toute la pièce.
- La supplication, « je t'en prie », confère à la réplique de H. 1 un ton accablé. Il semble tomber dans les affres de l'incompréhension et en appelle à la bonté de son ami, comme d'une grâce, pour éclairer ses ténèbres. Cette réaction accentue la dimension irréelle qui entoure la parole de H. 2.
- H. 1 renforce l'idée d'incompréhension : « j'ai dû mal entendre ». La raison exposée par H. 2 n'est clairement pas audible. On ne peut objectivement pas se disputer pour « si peu ».

3. Solitude de H. 2 (de « Tu vois » à « sérieusement »)

- La didascalie qui accompagne la seconde réplique de H. 2 apporte une nouvelle précision concernant le personnage. On l'avait vu hésitant ; à présent, l'hésitation se mue en un sentiment de peur. H. 2 doit faire preuve de courage. Nous ignorons alors s'il est mal à l'aise avec le langage, s'il prend la mesure d'une rupture éminente ou bien s'il craint la colère de son ami. Quelle qu'en soit la raison, cette précision confère au personnage une certaine fragilité.

- Dans cette réplique il évoque les dangers de l'intonation. Nous comprenons alors, contrairement à H. 1 toujours ébahi, que le nœud même du problème se situe non dans l'expression elle-même mais dans la façon dont elle est prononcée.
- La sensation provoquée par la prononciation est pourtant à peine évoquée. Face à la l'incrédulité de H. 1, H. 2 semble faire machine arrière. Sa troisième réplique ressemble à un découragement. L'expression « tu vois », accompagnée de « je l'avais dit » et de la question « à quoi bon » expriment de trois façons différentes la position de H. 2 : la discussion est impossible. Il affirme ainsi qu'il avait entièrement raison, et qu'il était inimaginable que H. 1 puisse le comprendre.

II. H.1 cherche à comprendre les motivations de H.2

De « Écoute » à « retenu ».

1. Un début de compréhension (de « écoute » à « C'est bien, ça ? »)

- L'emploi de l'impératif du verbe « écouter » suggère une volonté d'ouvrir la discussion. H. 1, après avoir entendu les reproches faits par H. 2, se place dans la position d'une personne qui cherche à comprendre mais qui veut également être entendue.
- Dans cette nouvelle réplique, H. 1 emploie d'abord le verbe « rêver » mais il se reprend et le remplace par le verbe « se tromper ». Il semble décidé à faire un effort de compréhension. « rêver » exprimait probablement plus précisément ses sentiments mais le terme renvoyait les propos de H. 2 dans le domaine de l'extravagance. Par le verbe « se tromper », il donne aux paroles de son ami une crédibilité nouvelle qui semble ouvrir la possibilité d'un dialogue.

2. Importance de la prosodie (de « *Soupire* » à « importance »)

- La didascalie de la dernière réplique de H. 2 donne une précision sur l'attitude du personnage. H. 2 doit désormais entrer plus en avant dans la discussion et expliquer à son ami pourquoi ses paroles, *a priori* anodines, furent à ses yeux blessantes. Le soupir est justifié par une connaissance du danger à venir. H. 2 a conscience qu'en détaillant ses impressions il va ouvrir une faille.
- Il va alors mettre l'accent sur la prononciation et l'intonation. Le langage est détaillé. L'expression « pas tout à fait » annonce déjà une rupture dans la perception de la parole. La signification va être modifiée par l'intonation.
- Le lexique de la prosodie est employé : « intervalle » entre deux mots, « accent », « étirement », « suspens ». Le langage module et transporte ainsi différentes émotions. La parole prend tout son sens et toute sa valeur en fonction de l'intonation et du rythme. L'expression « c'est bien ça » devient une arme de destruction selon la façon dont elle est prononcée.

3. Évocation de la rupture (de « Et ça... » à « retenu »)

- H. 1 ironise avec l'emploi du pronom démonstratif « ça » comme le montre l'expression « c'est le cas de le dire ». Plus la pièce va avancer, plus H. 1 va ironiser sur les propos de H. 2 qui apparaît comme étant une victime quelque peu paranoïaque tandis que son ami maîtrise le langage et donc la situation. Nathalie Sarraute par la dissection du tropisme révèle un problème social majeur : l'impossibilité d'exister si on ne parvient pas à entrer dans une case. H. 2 passe pour un original, voire pour un fou, aux yeux de H. 1 et des voisins.
- Le verbe « rompre » est réitéré trois fois dont deux fois dans la bouche de H. 2. Il est alors évident qu'une rupture se profile malgré la temporisation de H. 2 qui parle « d'éloignement ».

III. Métaphore du tribunal

De « C'est que » à la fin.

1. La demande d'autorisation (de « C'est que » à « de qui ? »)

- H. 2 va, par l'emploi du verbe « permettre » et du substantif « autorisation », amener un nouveau concept sarrautien : il est nécessaire d'obtenir la permission d'une certaine caste pour rompre une amitié. H. 2 par l'emploi de ces termes démontre qu'il existe dans la société des règles tacites régissant les rapports humains.

2. Présentation des « gens normaux » (de « Eh bien » à « respectabilité »)

- H. 2 va ensuite évoquer l'existence de ces juges implacables qui accordent, ou non, les autorisations. L'énumération « des gens normaux », « de bon sens », « jurés », « citoyens » garantissant « la respectabilité » constitue une longue définition parfaitement représentative de ce que sont ces juges. Ils constituent à eux seuls une caste supérieure car détentrice de la bien-pensance. La métaphore de la cour d'assises témoigne de leur pouvoir absolu. Ils ont la capacité de définir ou redéfinir un individu d'un point de vue social.
- L'expression employée par H. 2 (« c'était à prévoir ») montre qu'il connaît bien l'autorité de cette caste supérieure et qu'il sait qu'elle est inébranlable.

3. Les rapports humains soumis aux jugements des gens de bon sens (de « Et alors » à « poursuivis »)

- Dans une nouvelle énumération impliquant différents rapports humains (parenté, amour, amitié), H. 2 confirme la présence intrusive de ces gens « normaux » dans la vie sociale.
- Par ailleurs, la dernière réplique de H. 1 ironise à nouveau sur le « c'est bien ça » : il ajoute deux « r » à l'adjectif « grand » dans le but d'étirer le mot et de se moquer de H. 2.

- Dans sa dernière réplique H. 2 revient sur l'importance du langage et du pouvoir des mots. Certains, dit-il, sont encore plus « probants ». Le choix de cet adjectif employé avec l'adverbe « plus » montre l'infinie possibilité de répercussion du langage. C'est bien lui qui est au centre de tous les conflits.
- Le lexique du procès est encore une fois employé par H. 2 avec les mots « déboutés », « condamnés aux dépens », « poursuivis ». Il avoue alors que le procès s'est retourné contre lui car les gens « de bon sens » ne peuvent tolérer que l'on sorte des normes qu'ils imposent.

3.2 EXPLICATION LINÉAIRE : LA DISPUTE À SON PAROXYSME

Depuis la page 44 (« Oui, tu ne le perds ») jusqu'à la page 45 (« ratés »).

– **Éléments de contextualisation**

Ce passage survient à la fin de la pièce, quand la dispute atteint son paroxysme. La situation s'est inversée et, à son tour, H. 1 a accusé H. 2 de lui avoir tendu un piège alors qu'il regardait par la fenêtre, qu'il « contemplait ». H. 2 lui avait tapoté sur l'épaule et H. 1 avait alors vu dans ce geste une marque de condescendance. C'est donc désormais H. 1 qui accuse H. 2 de le mépriser et de voir en lui un homme obtus, fermé : un béotien.

Au-delà d'une confrontation entre deux hommes, ce passage met en scène une opposition manifeste entre deux visions de l'existence. À ce moment de l'intrigue, le conflit a largement dépassé le problème originel. Il est devenu indéniable que le tropisme n'a servi qu'à faire émerger un conflit bien plus vaste. H. 2 est persuadé qu'aux yeux de H. 1 il n'est qu'un marginal et qu'un raté ; H. 1 sent peser sur lui le mépris de H. 2. Chacun a une façon de percevoir le monde et l'existence. Il n'y a pas d'accord possible.

La dispute ne peut désormais tolérer aucune discussion ni espoir d'apaisement. Il ne s'agit plus à présent d'essayer de comprendre l'autre mais de le détruire totalement et définitivement, et avec lui, tout ce qu'il représente.

■ **Problématique :** Comment Nathalie Sarraute montre-t-elle que la dispute est devenue une confrontation violente entre deux conceptions totalement opposées ?

– **Annonce des mouvements de l'extrait**

I. Le camp des béotiens

De « Oui, tu ne le perds » à « Dis-le ».

1. Un nouveau tropisme (de « Oui, tu ne le perds jamais » à « C'est bien, ça ? »)

- H. 1 appuie son propos sur la situation précédente, lorsque H. 2, le surprenant à contempler l'extérieur, a tapoté d'une main son épaule. Le souvenir est amené par l'énumération de compléments circonstanciels de temps puis de lieu, séparés par les pauses que procurent les points de suspension et les virgules. Le rythme lent permet au souvenir de s'installer, ce qui renforce son importance. Car enfin, ce moment apparaît comme étant un nouveau tropisme, celui qui a permis à la situation de s'inverser et à H. 1 d'accuser à son tour H. 2.
- H. 1 profite de cette situation pour pousser H. 2 dans ses retranchements en l'accusant non pas d'avoir dit mais d'avoir pensé « c'est bien ça » au moment où il lui tapotait l'épaule. Au-delà d'un coup porté par H. 1 à son adversaire, cette remarque révèle un autre aspect du tropisme. L'intonation est ici remplacée par le geste. Un mouvement aussi peut paraître anodin, voire amical mais être en réalité teinté de mépris.

2. Le sentiment de H. 1 (de « Mais oui » à « capable »)

- H. 1 profite alors de cet état de grâce pour accuser H. 2. Il insiste sur l'importance du geste dont la fonction est de remplacer les mots comme le suggèrent les verbes relatifs à la parole – « dire » « insinuer », le second ayant une connotation plus péjorative puisque moins franche.
- L'emploi du mot « prix » renvoie à une idée de valeur dans l'esprit de H. 2. H. 1 l'accuse de penser qu'il n'y a de valeur que dans ce que lui aime et apprécie, tout le reste étant méprisable.
- H. 1 emploie alors le mot de « béotien » résumant par ce terme ce qu'H. 2 pense de lui. Dans l'antiquité, les Grecs pensaient que les Béotiens, habitants de la Béotie, étaient rustres et incultes. H. 1 accuse H. 2 de voir en lui un homme sans saveur car peu enclin à la contemplation.

3. Une incompatibilité de longue date (de « Mon Dieu » à « dis-le »)

- L'expression « Mon Dieu » et le verbe « croire » connotent l'innocence de H. 2.
- Ce dernier semble soudainement avoir la preuve irréfutable que son ami n'a aucun point commun avec lui. Les emplois répétés de « oublier » d'abord dans une forme déclarative puis négative, l'emploi de « savoir » noté deux fois, notamment avec l'adverbe « toujours », créent une antithèse. H. 2 affirme avec la force qu'imposent les répétitions qu'il avait toujours pensé que leur amitié était vouée à l'échec, sans doute à cause de leur différence de tempérament.

II. Un combat acharné

De « Su qu'entre » à « ils ont un nom ».

1. H. 2 déclare une guerre sans merci (de « Su qu'entre » à « toi ou moi »)

- H. 2 emploie le lexique de la guerre pour qualifier les rapports entre lui et H. 1. Les négations montrent que la paix n'est pas envisageable.
- L'absence quasi totale de verbe dans chacune des courtes phrases prononcées, confère à l'ensemble un rythme rapide comme autant de coups assénés sans répit sur H. 1.
- L'opposition « c'est toi ou moi », marquée par la conjonction de coordination « ou », montre qu'il faut que l'un des deux adversaires disparaisse.

2. Une guerre de clans (de « Là tu vas fort » à « un nom »)

- Le verbe « voir » employé par H. 2 témoigne d'une libération de ce qui était enfoui dans le subconscient. Aucun des deux amis n'avaient jusqu'alors pris conscience de la différence fondamentale qui les opposait. C'est subitement clair pour H. 2. La dispute a fait la lumière sur la véritable nature de leur relation.
- H. 2 va alors employer trois fois le déterminant numéral « deux » afin d'insister sur la dualité. La dispute est devenue un duel sans merci.
- Les adjectifs « adverses » et « ennemis » viennent renforcer cette idée d'affrontement qui est d'ailleurs corroborée par le verbe « s'affronter ». La dispute a atteint sur paroxysme et la rupture est à cet instant claire et définitive.

III. Les uns contre les autres

De « Ah les noms » à « raté ».

1. H. 2 affirme sa différence d'une voix qui ne tremble pas (de « Ah les noms » à « je ne sais pas »)

- « Nommer », « attribuer » une case à chacun, voilà ce que H. 2 reproche à H. 1. En même temps, il agit de même en l'accusant d'être de ceux qui « nomment » et en le mêlant aux autres par l'emploi du pronom « vous » qui remplace rapidement le pronom « toi ».
- La référence aux guillemets atteste une nouvelle fois de l'opinion de H. 2. Il avait précédemment reproché à H. 1 d'utiliser les guillemets[1] dans la conversation. Les deux personnages débattent alors sur l'effet produit à l'oral par les guillemets. Il s'agit une fois de plus d'intonation laissant sous-entendre une mise à distance.
- Par l'utilisation du pronom « moi » qui vient renforcer le pronom personnel « je » suivi du verbe « savoir » à la forme négative, H. 2 se marginalise et affiche fièrement sa différence et son indépendance.

1. Nathalie Sarraute, *Pour un oui ou pour un non*, *op. cit.*, p. 42.

2. Défense de H.1 (de « Eh bien » jusqu'à « eh bien »)

- Les deux camps sont énoncés par H. 1. Les adverbes « d'un côté » et « d'autre part » marquent à nouveau l'affrontement entre les deux parties.
- La subordonnée relative « où je suis » permet une fois de plus à H. 1 d'affirmer son appartenance au clan de ceux qui font bouger le monde et font vivre la société.
- Les subordonnées relatives qui suivent sous la forme d'une gradation se forment autour de verbes d'action – « luttent », « donnent », « créent » – affichant toujours de la part de H. 1 une volonté de montrer pourquoi ce sont les personnes comme lui qui font avancer le monde. H. 1 appartient au clan de ceux qui se sacrifient dans le travail pour que la société puisse exister.
- Il oppose ces verbes au verbe « contempler » qui caractérise H. 2 et témoigne de sa marginalité. H. 1 pense que H. 2 ne connaît la vie qu'à travers « la fenêtre » contrairement à la grande majorité des gens. L'emploi des guillemets qui entourent l'adjectif « vraie » permet à H. 1 d'appuyer le mot et de l'éloigner de la conception que H. 2 se fait de l'existence.

3. Le cri de H.2 (de « Eh bien ? » à « raté »)

- La suite d'interjections « eh bien » marque l'hésitation. H. 1 n'ose aller plus loin dans la conversation. Il s'apprêtait dans le défoulement de sa pensée à formuler l'opinion qu'il a de H. 2. En même temps, en lui répondant par la même interjection sous la forme interrogative, H. 2 le pousse à dire ce qu'il pense.
- H. 1 marque un refus par l'adverbe négatif « non ». Il semble moins enclin que H. 2 à aller au bout de ce combat et tente encore de limiter les dégâts provoqués par la dispute.
- Mais H. 2 est submergé par la colère qui l'a totalement envahi. L'adverbe « si » en réponse au « non » montre une fois de plus l'opposition entre les deux hommes et sa volonté d'en finir en ne laissant aucune place au non-dit.
- Finalement H. 2 affirme en employant les guillemets que H. 1 le place dans le camp des « ratés ». Les guillemets mettent une fois de plus le mot à distance. Cette affirmation est aux yeux de H. 2 criante de vérité et elle fixe définitivement une barrière infranchissable entre les deux hommes.

3.3 L'ÉPREUVE ÉCRITE : SUJET DE DISSERTATION

> « *Alors, tu vas vraiment faire ça ?* […] *Non, tu ne feras pas ça… Les paroles m'entourent, m'enserrent, me ligotent, je me débats… "Si, je le ferai"… Voilà, je me libère, l'excitation, l'exaltation tend mon bras, j'enfonce la pointe des ciseaux de toutes mes forces, la soie cède, se déchire, je fends le dossier de haut en bas et je regarde ce qui en sort…* »

Dans quelle mesure ce passage d'*Enfance* (1983) peut-il illustrer les différentes phases de la dispute dans le théâtre ? Pour répondre vous vous appuierez sur la pièce de Nathalie Sarraute mais aussi sur les œuvres issues du parcours associé.

Piste d'analyses

Ce témoignage extrait d'*Enfance*, œuvre autobiographique de Nathalie Sarraute, met en scène ce qui pourrait être le premier tropisme, celui d'une petite fille en proie à une violente envie, celle de fendre à coups de ciseaux la soie lissée d'un fauteuil de salon. La pulsion destructrice qui s'empare de l'enfant passe par une phase de tension, à la fois interne, mais aussi externe, puisqu'elle s'oppose à l'interdiction de la nourrice. Néanmoins, très rapidement, la fillette cède à la pulsion et libère, dans une sorte de jouissance, le désir qu'elle contenait. La soie se déchire et elle observe alors ce que l'ouverture béante laisse apparaître.

➜ Peut-on appliquer ce mouvement au processus de la dispute dans le théâtre ?

La question induit de comparer la description romanesque du tropisme avec la mise en scène dramatique de la dispute dans le théâtre de Nathalie Sarraute mais aussi dans d'autres pièces.

- Ainsi, la raison apparente de la dispute provient du langage, de la parole, du geste et parfois, elle peut être déroutante. Les mots, les gestes, tournent dans la tête de celui qui les a entendus, perçus. Ce que le dramaturge donne alors à voir au spectateur, ce sont les tensions internes qui agitent le personnage. La tension interne pourrait être comparable à une pulsion refoulée, un désir réfréné de briser le carcan, de transgresser l'interdit. « Non, tu ne feras pas ça… » « Si, je le ferai ». Céder ou ne pas céder ? C'est finalement la question qui prédomine. Les tensions occupent tout l'espace scénique.
- Mais une fois de plus, c'est le langage qui donne à la dispute toute son ampleur. Principal protagoniste de la scène, il va permettre au personnage de se libérer aussi violemment qu'il l'avait enferré. « Voilà, je me libère, l'excitation, l'exaltation tend mon bras ». Qu'il soit geste ou parole, le langage est une arme. Dans la pièce de Nathalie Sarraute, à peine le langage s'est-il délié que la dispute s'enfle. Plus les personnages parlent et avouent, plus ils se touchent, plus ils s'exposent l'un à l'autre, plus ils ajoutent du feu à l'incendie.

- La dispute atteint son apogée quand les adversaires sont blessés à mort, au sens propre ou au sens figuré, qu'ils se déchirent, comme la petite Nathalie déchire la soie : « j'enfonce la pointe des ciseaux de toutes mes forces, la soie cède, se déchire ». Déchirer l'autre, le mettre en lambeaux, le transpercer. H. 2 le dit clairement : c'est une lutte à mort qui s'engage, un combat pour la survie. Car déchirer l'autre, c'est survivre, c'est se sauver soi.
- « Je fends le dossier de haut en bas et je regarde ce qui en sort… ». Ainsi se termine la citation, par une volonté d'observation. Nathalie Sarraute observe les tropismes, les analyses, les dissèque. Et ce qu'elle voit, c'est le gouffre béant laissé par la dispute et ce qui en ressort.
- La mise en scène de la dispute suit un mouvement similaire à celui de l'enfant qui s'est emparé des ciseaux. C'est le même tropisme, la même pulsion qui s'infiltre dans une brèche, monte vers la surface, grossit jusqu'à l'explosion. D'abord, il y a le langage, celui de la parole, des gestes, qui a instillé dans l'esprit une tension insoutenable dont il faut se libérer. Puis, c'est la libération, l'exaltation, la délivrance et avec elle, la dispute, qui éclate et ravage tout sur son passage, faisant ressortir ce qui était enfoui. C'est une lutte entre deux camps, deux visions de l'existence, deux idéologies. Puis quand les adversaires se sont déchirés, il reste le constat glaçant d'une ouverture béante à l'intérieur de laquelle gît un problème personnel ou sociétal qu'il faut considérer avec importance, comme si, après tout cela, le plus dur allait commencer.

Plan de dissertation

I. Les tensions, prémices de la dispute

→ Les origines de la dispute et les tensions qui la précèdent.

- 1. Tropisme ou raison apparente de la dispute.
- 2. Tensions intérieures.
- 3. Forces opposées.

II. Le conflit mis en scène

→ Montrer de quelles façons les protagonistes cèdent à la pulsion, se lancent avec frénésie dans le conflit pour en définitive constater les conséquences mortifères de leurs paroles et de leurs actes.

- 1. La libération par le langage.
- 2. Déchirement.
- 3. Conséquences dramatiques.

3.4 PARCOURS AUTOUR DE L'ŒUVRE : « THÉÂTRE ET DISPUTE »

- **Proposition d'un corpus**
  - Molière, *Le Médecin malgré lui,* 1666 : une dispute conjugale (Acte I, scène 1).
  - Alfred de Musset, *Les Caprices de Marianne,* 1833 : la dispute, manifeste pour la condition féminine (Acte II, scène 3).
  - Yasmina Reza, *Art,* 1994 : Une dispute macro-structurelle.
- **Lectures cursives en lien avec le parcours**
  - Molière :
    - *La Critique de l'École des femmes,* 1663.
    - *L'Impromptu de Versailles,* 1663.
    - *Le Misanthrope,* 1666.
  - Marivaux, *La Dispute*, 1744.
  - Alfred de Musset, *Les Caprices de Marianne*, 1833.
  - Jean-Paul Sartre, *Huis Clos*, 1944.
  - Albert Camus, *Les Justes*, 1949.
  - Samuel Becket, *Fin de partie*, 1967.
  - Jean-Luc Lagarce, *Juste la fin du Monde*, 1990.
  - Yasmina Reza :
    - *Art*, 1994.
    - *Le Dieu du carnage*, 2006.
  - Matthieu Delaporte et Alexandre de la Patellière, *Le Prénom*, 2012.

numérique

Impression & brochage - France

Numéro d'impression : N19367240208 - Achevé d'imprimer : mars 2024

Dépôt légal : mars 2024

IMPRIM'VERT®

PEFC 10-31-3532